法兰克福的青春战役

徐徐 - 著

Die aufstrebende Generation in Frankfurt

中国青年出版社

晚晴，有个女孩子的名字叫晚晴。

名字漂亮的女孩子，容貌也是别致的。晚晴，闭上眼睛，每每念着她的名字，仿佛空气里带了夕阳的美景，雨后的香味，仿佛又看到了她那明亮倔强又带着忧伤的眼睛，让我迷醉。

迷醉是一剂毒药，毒药的结果：作为四十岁的男人，本不该如此缠绵，但她盘踞在我心，成为我生命中唯一的女子。

而在她那一方，我显然没有同样的待遇。

法兰克福，欧洲大陆的纽约加北京，这个融合着现代时尚与传统建筑的国际大都市，有着让人无法摆脱的吸引力。这是一个让人百分百自由的舞台，只要有梦想，就可以拼尽全力在此演上一场自己的好戏。除了家乡——浙江一个叫做清源的县城之外，我的人生基本都在这里度过。我眼看着一批批华人的爱恨故事在此上演，也看着晚晴从五岁的乡下单薄丫头走向她三十来岁最为妩媚动人的时刻——当然，成熟的魅力需要付出高昂的代价。唯独我自己，似乎没有太多改变：有人说我晚发育零成熟，四十岁看起来仍像二十多岁的学生样。说此话者似乎是想带给我好心情，但是改变不了一个现实：我是一个配角，配角是不需要改换太多行头的。

001

晚晴被改变命运的那一年，是她十八岁、我二十八岁之时。

那一年是二〇〇一年。

我在法兰克福攻读着文学博士，专业是布莱希特的戏剧理论。能从中国小县城走出来并跨进德国的大学，且我的未来，很可能是德国研究所里的一名研究者，或者可能是大学里的老师，我由衷感谢我那能干的父亲和贤惠的母亲。

父亲开中国餐馆起家，但他坚决反对我的人生再在餐馆中重复。所以，当我九岁被父母带到德国时，尽管父亲创业的条件艰苦，按照很多中餐馆的套路，老板的孩子都会在餐馆里当小跑堂来为父母分担繁重的工作，但我不是，我的时间不是在学校里就是在各种补习班里。我的父亲要求我在一年之内赶上德国孩子，然后在十岁小学毕业（德国小学只有四年），在所有德国小学的孩子都要面临中学分班之际，进入文理中学，为未来进大学作好充分准备。

我没有父亲想象中的好能力，我做不到一年赶上人家的十年，我重读了两年小学，然后，在吃力且痛苦的补习中，跌跌撞撞冲向了那条文理中学的录取线——我以为我做得很好了，我是外国孩子哎，但现在我也进了"直通德国大学的重点中学"啊！可是几年后，一个瘦弱身材大大眼睛的五岁女孩子进入我家，我才发现这天下还有这样的不公平：有的人就是可以轻松做到半年赶上人家五年，不用花我老爸一分钱的补习费就轻松学好德语，并在玩乐中顺便学了芭蕾、钢琴，还有骑马。

她就是晚晴，我的非亲生妹妹。

十八岁的晚晴已经非常成熟，而且迷人。她身材高挑火辣，情商超群，虽然我是长她十岁的哥哥，但若我们俩一起站在父母的客人面前，所有气场无意中都会转向她那一边，客人都会热情地与她攀谈，谈着谈着肢体语言就多了，给她端送咖啡杯的，往她手里塞水果的，握她手的，搂着她肩膀的……非常亲热。而我，根本做不到在短短一分钟之内与人如此亲切，我常双手不知安放哪里，就那么尴尬笑着。是的，我就是一配角。

晚晴的成绩还非常优秀。

十八岁的晚晴面临着申请大学的人生重要选择。德国的中学生没有高考定终身的说法，在读完十三年的小学和中学后，除了一个会考之外，他们平时的成绩会作为一个标尺，通过一个复杂的计算，得出一个总成绩，然后就用这个总成绩来申请大学，成绩越好，申请的大学就可以越顶尖。

依照平时的成绩，晚晴的总成绩在一点二分之内没问题（最高成绩为一分）。当年我是一点九分，还考得很辛苦。

老妈曾问过晚晴要考什么学校，读什么专业，是去外地还是留在法兰克福读大学。

晚晴说还没想好。

其实，照她的情商和主见，她才不会没有规划，她只是暂时还不想说而已。

老妈再催问。因为若晚晴去外地上学的话，她想为晚晴买个单人公寓，省得到时有一些租房的麻烦。若是选柏林，那就在柏林买；若是选汉堡，就在汉堡买。

"就当是给你准备个嫁妆了！"老妈玩笑地同养女说。

晚晴撒娇地一把搂过老妈的脖子："妈，我可没想结婚呢！"

我满怀欢喜地看着这充满家庭温情的一幕。

事实上，某一段时间，在妹妹晚晴面前，我甚至常会局促，是一种紧张，还是一种在躲避与迎接之中的挣扎？

我知道，那是因为暗恋。从她十六岁时起，我就暗恋她。

我一直以为我对她的暗恋只是天知地知我知。但是一年前，当我开始攻读博士学位，父母为我设了一场巨大豪华的庆功宴且喝得七分醉意后，我才发现，其实我那精明的父亲老早有想法，希望未来我和晚晴能够喜结良缘：一个是自己的亲儿子，虽然能力有限情商不足但是未来会是平稳的，也会是体面的；而养女晚晴，他们太了解她了，她从六岁起就能当孩子王，未来的事业无可限量，若愿意，可继承他们开了快二十年的中华美食城，若不愿意，老人可以倾其所有拿出储蓄给她作其他商业投资。老人对自己的一儿一女最了解了，一热情一内敛，一能干一宽厚，这样理想的姻缘将会让他们喜笑颜开。

但是，十八岁时，晚晴有了意中人。意中人不是我。

而意中人，将决定她去哪里读大学。

布莱希特的间离理论是我的博士论文研究重点。但是，在研究德国伟大戏剧家的理论的同时，我越来越感慨戏剧本身最要表达的本质——命运起伏。

命运啊，命运。从中国来到法兰克福的人，每年有那么多，他们能知道自己在走进这座国际大都市之后的命运吗？

大概在二〇〇三年之后，中国流行一个词叫"成人礼"。那是因为国内一望族千金成为历史上第一个在法国参加"克利翁名媛舞会"的中国淑女，这一单从文字上看起来就让人很有想象力的消息以及充满贵族气息的图片在开始重视时尚风范和优雅礼仪的国内疯转，然后"成人礼"就开始大热。当然，在海外，"成人礼"早不稀罕，虽说这仪式最初流行于巴黎，却是在法兰克福华人圈里发扬光大的，因为法兰克福愿意为孩子花巨资举办成人礼的好爸好妈们太多了。

我的父亲就是这样的好爸爸。

我们的爸爸，有能力，肯吃苦，有想法，能执行，会管理，他天生就是一个非常优秀的企业家，只要离开中国那个时代因为国情捆绑而贫瘠不堪的小村庄，到哪儿，他都能生根发芽然后枝叶繁茂。而毫无怀疑的，在好企业家之前，他首先是好爸爸。

爸爸为晚晴的十八岁成年礼筹备了近半年——那时国内那位望族千金还没有因为"成年礼舞会"而进入大众的视野呢，但晚晴已经开始享受成为成年礼上女王的待遇。

爸爸的想法是，他要在莱茵河上包一艘漂亮的游轮，然后请花店把游轮打扮一新，女儿的晚礼服是定做的，船长肯定要穿很正式的服装，船上有丰盛的自助大餐，当游轮晚间行驶在宽阔河面上时，负责点燃烟花的工作人员要在指定时间给自己的女儿一个巨大惊喜……这笔费用不菲，但是，我们的老爸，他舍得花。他要为心爱的女儿留下美丽记忆。

晚晴很开心地在电脑上打印嘉宾名单，设计请柬。她是成人礼主人，所有嘉宾自然由她邀请。而嘉宾中最多的，就是她的闺蜜、朋友、同学。

托马斯是她排列在邀请单上第一位的名字。然后是朱丹——晚晴的多年好友、无话不说的闺蜜。

002

　　当晚晴怀着少女最开心的心情，为成人礼上最高潮的时刻——晚装舞会——而孜孜不倦作准备的时候，上海一座百分百拷贝了欧洲古堡风格的别墅里，一个年轻的中学男生，正在闹着情绪。他的面前，是一套繁杂的西式餐具以及一张写得密密麻麻的用餐规则，教他上西餐礼仪课的外国老师刚走，走前让他按照纸上的规则多多练习。

　　我没千里眼，自然不能穿透，也不能预测。是研究戏剧理论让我所敬畏且敏感的命运，帮我还原了未来的人生故事交叉在当下最初展露命运先兆的景象。

　　男生叫徐子涵，是上海一企业家的独子。这个企业家是位有实力的新贵，拥有以自己名字为名号的产业——天昊集团。显然，企业创始人梦想把家族企业做成品牌——关于理想或者梦想，中国企业家与德国企业家都相似。

　　当时的徐子涵还是个初中生。他的母亲，正在让家里的两个保姆收拾众多的行李。因为，按照录取通知书的信息，他过几天就要去离德国法兰克福不远的一家国际中学报名注册。

　　徐子涵没有好心情，是因为他那妈妈。半年之前，被佣人恭敬称为"徐太太"的徐子涵母亲着魔一样地在全世界范围内为宝贝独子寻找最好的贵族学校——徐太太可能是中国最早一批一心要把孩子送往国外学校接受"贵族教育"的母亲了。

美国的贵族根基太浅，加拿大的冬季太长，法国意大利太乱，英国的教育文凭在国际上不够硬……半年折腾后，徐太太花了二十万，在国内一家中介机构的帮助下，拿到了距离法兰克福约三十公里的一个小镇上一所叫做赫勒霍夫国际学校的录取通知书。

中介把这个国际中学吹得神乎其神："德文中'赫勒'是更亮的意思，'霍夫'是庭院的意思。在欧洲，很多贵族的地方都是带着'霍夫'的，比如大名鼎鼎的荷兰库肯霍夫郁金香公园，法兰克福也有个五星的、老派又贵族范儿十足的'法兰克福霍夫酒店'……"中介的神情很虔诚，徐太太听得神往不已。她的先生是二十多年前白手起家，近十年才巨富，"贵族"这样的字眼，对她有种巨大的杀伤力。

介绍完名字，中介又介绍这学校的师资："总共五百名学生，教师职工有一千多名，全寄宿，英语授课，还要学法语拉丁语。你知道拉丁语吗，那又是很贵族的一门语言！你知道报这所中学的都是什么人吗？都是来自世界各地的高级职业者的孩子，他们的父母不是律师就是医生，或者是演员，还有教授，对了，还有的是足球棒球冰球明星呢……跟他们在一起，不到一年，你家公子就积累了多少国际人脉啊！"

"至于学费嘛，也不贵，每月三千欧元，除去假期，每年连三万欧元都不到。要知道，他们可是全天候寄宿的。你知道孩子们都吃什么吗？都是最正宗的西餐，都是很讲究就餐礼仪的……对了，他们还有统一的校服。你知道那校服有多漂亮吗？他们是非常注重着装礼仪的……能进这样的国际中学啊，你那个英俊的儿子很快就会被培养成小贵族的啦！"

徐太太兴奋不已：一年才三万欧元，国内的贵族学校也是这个价格啊，那肯定是国外的贵族学校更好呀。

二〇〇一年，欧洲刚刚开始实施统一的货币欧元，当时欧元的兑换价格比美元便宜。三万欧元，约二十万人民币。

　　带着对这所还没见过的学校的崇拜和向往，徐太太迅速买好机票，为儿子办好国内学校的退学手续，吩咐保姆火速为儿子整理行装。

　　徐子涵，这个面容英俊但还很孩子气的十五岁少年，面对风风火火的母亲不容置疑的命令，有心违抗却无力实施。他了解自己的母亲：做事泼辣，欲望强烈，树立了目标就必须实现。若没她的帮助，她的夫君掌握企业小帝国的进程肯定会慢几拍。自己年龄还小，与母亲之间，一半是亲人一半是敌人，不，半个是拌嘴冤家半个是亲密伙伴，算了，还是从了她吧。但是，想到一下子就要分别的那些小伙伴，还有对于未来无可想象的校园前景，徐子涵一点激动的感觉都没有。望着满脸兴奋的母亲，徐子涵忍不住揶揄道："老妈，你这么开心，要不代替我去念这个贵族学校吧。你这么聪明能干，去国外念书也挺好的，顺便把你的文凭给补一补。"

　　徐太太"啪"地甩过去一个LV包，里面是一摞光盘："臭小子，嘲笑妈妈中学都没毕业是吧？告诉你，我也在学德语的，你妈若是文盲你会看得上你妈吗？我还要去法兰克福陪你三年呢，全职当陪读妈妈！"

　　徐子涵瞪大眼睛，原来老妈还要圈养自己三年啊。

　　那一年，那一季，那一时，从后面的人生交叉故事来看，还有更多的人在为今后在法兰克福的相遇作着准备——

　　黎阳，一个刚从中国名牌大学毕业的计算机专业学生，二十三岁，踌躇满志地进了一家薪水颇高的民营大公司担任工程师，这公司后来把名号打到了全世界各地，包括法兰克福著名的蔡尔大街，巨大的带着汉字的广告在那里骄傲地竖立。黎阳的起始工资是每月八千人民币，工作地是上海。黎阳来自浙江小城市，虽说大学毕业了但是衣着还是有点土，每月八千人民币在当时是巨款，这让他感觉非常幸福。这份理想工作的唯一不完美处是要经常加班。但他不介意，他那比他小三岁的女友冯晓晴——就是晚晴的姐姐——也不介意。年轻并且精力充沛的黎阳喜欢加班，加班结束后走出公司大楼，收看过还在上大学二年级的女友晓晴的晚安短信，然后在大上海凌晨一点依旧喧闹的大街上点一碗十八块钱的日本拉面。他觉得这样的生活又小资又接地气。

他的理想是：加油挣钱，三年后把漂亮女友娶回家当媳妇，买房买车，在上海落地生根。

史提芬·冯·迈耶博士，德国葡萄酒商，大学里葡萄酒酿酒专业的客座教授，这位保留着德意志贵族称号的老男人，尽管已经不再拥有富豪的财富，但保留着绅士的身段。此时，他正为第一次去上海的葡萄酒展会作着准备。对于不久之后的中国之行，他感到好奇，也有一丝亢奋。在他的想象中，中国，那是一个集合了美国的现代、意大利的混乱、希腊的古老，但是很可能没有德国的严谨和理性的巨大之国，他要去亲身体会一下。

003

我来说说我们的家庭情况吧。

我叫陈建中，建设中国的意思，我有个弟弟叫陈建国。我是九岁时被父母带往德国的，那时父亲在家乡亲戚的提携帮忙下移民德国。那个时代的移民，职业基本就是一条路：当大厨或者开餐馆。

我的父亲很给力，他实在是个很优秀的男人，既不怕苦，而且又有眼光，当然最重要的是他还有一个贤内助。最初的创业极其艰辛，但是数年过后成绩显著——德国真的是个公平竞争的国家，只要足够勤劳，聪明能干，无不良嗜好，积累财富是毫无疑问的。来自中国浙江的很多家族，选择在餐饮业打拼，后来都有良好的家境为后代提供优越的教育条件，无非是财富多一些少一些的小区别而已。

我目睹了父母亲的刻苦打拼，但父亲并不想让我继承他的事业，他知道我不是那块料。我能做的事好像也就是读书，而且还读得不轻松。小学比人家多读了两年，大学成绩不算拔尖，因为学的专业比较冷门，找不到工作，就又找了位教授继续读博。读书的日子比较适合我。

我有个弟弟比我小十岁。因为要打拼餐馆，弟弟一出生就被父母送回浙江清源请老家亲人带。当我十五岁的时候，有人从中国来到我家了——但让我感到意外的是，来的不是我弟弟，而是晚晴，她替代我的弟弟建国来到了德国。

这是一个有点让人哭笑不得的故事，好像只有中国人有想象力和执行力来操作这样的事情——我的妈妈一直想要个女孩子，想女孩子想得有点走火入魔。而很巧，在清源她有个童年伙伴，很要好的那种关系，俩人差不多的年龄，她连生了两个女儿，大的叫晓晴，小的叫晚晴，晚晴与建国同岁。当建国被我爸妈扔在清源老家时，一直想要个男孩的晚晴妈妈就经常去照看。在祖父年老无力照看孙子的时候，她就把建国带到自己家里当儿子照看了。这么一来二去，建国与晚晴妈妈互相离不开了。所以当我父母要把孩子带回德国时，建国死活不肯来，晚晴妈妈也眼泪汪汪，于是一个皆大欢喜的结局出现了：我爸妈把晚晴收为养女，带回德国当女儿养；而亲生儿子建国，依旧在国内的养母那里，等他成年后再自己决定是否来德国。

二十多年前，德国的生活条件远比中国好。当小晚晴穿着一件明显大一号的连衣裙怯生生走进我家时，她显然被整齐有序的家具、漂亮的窗帘、尤其是那个现代化的厨房，还有牛奶、香肠、冰激凌、酸奶、布丁等好吃食物填塞得满满的大冰箱怔住了。我看见她舔了一下嘴唇，眼睛明明亮亮。接下来在我妈妈的引导下，她第一次喊了我一声"哥——"。

那一声"哥"一直烙在我的脑子里。

十年过后，十五岁的晚晴，其成熟度远超过当年十五岁的我。在社区里她是孩子王，学校里她是领袖，上电视表演舞蹈不稀奇，稀罕的是小小年纪参加烹饪比赛还拿到了名次，她还代表学生与校方对话，维护学生利益……这样的情商我是不敢想象的，我只会一人安静地看书。在德国生活的孩子都发育比较早，十六岁不到，身材骄傲眼神明亮的中国少女陈晚晴走在大街上就能灼伤一大片德国少年的眼睛。也就是在那个时候，已经在大学里读完硕士无所事事的我，突然发现自己暗恋上了妹妹。

因为是自己的妹妹，我坚决不敢说一字，甚至有段时间，我都不敢认真地看她的脸，就怕目光会转向她的脖子、她的胳膊、她的胸部……我宁愿更多时间呆在自己房间看书看电影，或者去俱乐部找朋友下棋。

因为自己晚发育晚成熟的恋爱，以及暗恋带来的纠结与苦楚，所以后来看到徐子涵与晚晴的无意邂逅，并引发了那男孩持续多年的少年初恋故事，其热烈，其痛楚，其失落，其幸福，都让我深为理解。

004

很显然，在上海自家地盘上向来说一不二的徐太太这次确实是被忽悠了——才到德国两周，就发现那个被中介吹得神乎其神的贵族中学只是一个普通之极的以英文授课的国际中学而已。

徐子涵到学校的第一天就发现不对劲。被中介说得神乎其神的"贵族中学"，如同中国很多新兴学校一样，从里到外透着四个字：大兴土木。贵族学校，哪怕没有几百年历史，那怎么也得有几十年历史吧，怎可能像是中国新农村一样都是最新的建筑呢？

再进入课堂一看，吓人，一个班里十八个学生，超过三分之一是亚洲脸，其中一半又是中国人。

四个中国人，三个来自上海！第一天，徐子涵说得最多的就是上海话。万里迢迢跑到德国的国际学校来说家乡话也就罢了，问题是，来自上海的另外两人是"移二代"，自成一个小圈子，其父亲或者母亲不是在德国拿了博士就是大公司的科研者，有种学者的清高味道。刚从国内过来的"新贵二代"徐子涵，暴富气味太重，不在他们的圈子之内。

徐太太一看不对，立马一个长途电话打给中介，痛骂一顿，中介还透着委屈：招生广告上是写着赫勒霍夫国际学校向中国招生啊。

总共招多少？

三……三十个，中介说。这是中介一直没向徐太太透露过的信息。

"妈的，我说得很清楚，我是要为儿子找一个全班只有他是中国人的真正的贵族学校！"徐太太愤怒之极，在大街上怒甩手机。

搞清楚了，平心而论，这所中学，除了新，其他也没什么可以挑剔的，因为它本身就是为周围为数不少的海外家庭而设立的一所国际中学（因为附近有个规模超大的高科技跨国公司，有很多是流动的海外职员），英文授课，部分学生可以全日寄宿，以方便一些父母都要工作的学生。它自己从没有打过"贵族学校"的幌子，但是为了扩充生源，就向亚洲一些国家招生。而中国的中介，自作主张把它描绘成了一所全日制的贵族寄宿学校。

没有朋友的徐子涵在德国最初两个星期的日子过得很不愉快。

他想念国内的小伙伴，想念国内的老师，他想回去，但是老妈态度坚决：来都来了，怎么可能回去？回去丢死人了！

徐子涵说：我才没觉得丢脸。

老妈徐太太眼珠一转：你先上着课，我另外再去给你找个好学校，肯定那学校里只有你一个是中国人。

徐子涵没好气：怎么找？除了找中介你还能干什么？

徐太太从来不缺奋勇拼杀的勇气，一听儿子这般不信任，勇猛之心立马激发起来：儿子，你等着，我肯定给你找个真正的好学校！

徐子涵老妈开始了亲自为儿子寻找名校的艰苦历程。那必须是一所真正的好学校——校园古朴，老师渊博友善，最好有贵族传统，周围同学都是拔尖的精英，而且，要没有其他中国人，更不能有东欧人非洲人等。

这是一位中国母亲为孩子能受全世界最好教育而给自己下达的任务。

在法兰克福无亲无故，毫无信息源，而且外语蹩脚，这任务对于徐太太，怎么看都像天方夜谭。不过，徐太太就是徐太太，她能辅助老公成为上海的富豪，自然有自己的能力。

在中国有学区房的说法，也有择名校的各种花招，徐太太有钱，她想在德国试试看这些外围路线。

她先找到一家房产中介，用蹩脚的外语并且连比带划地表明来意：想买房帮儿子进好中学。

房产中介听了半天，没明白。

徐子涵老妈的英语不好，只能用简单的英语一个词一个词地蹦："你们……有……会……中文的人吗？中文……中文？"

中介摇头。

徐子涵老妈没了耐心，没好气地说："这是什么中介？连个中文翻译都没有！"

说着，徐子涵老妈从口袋里掏出两张信用卡，然后在白纸上画了一个房子，接着又画了一所学校。

中介总算明白了她的意思——她要买学校附近的房子，立马点头表示有房源。

"不不不！我儿子要进这学校！是要著名的学校！"徐子涵老妈拼命强调，她知道"著名"的英语，于是在学校上标出了"famous"。

中介面面相觑，几个员工聚集在一起讨论。

幸好中介公司里有个马来西亚的华裔，来德国多年，汉语说不好，但能表达，在她的奋力帮助下，大家大致明白了是怎么回事。

这是他们遇到的第一个有如此特别需求的客户，这客户来自中国。

中介主管双手一摊："女士，抱歉我帮不了您的忙，我们的业务还没有延伸到买房子还要捎带进好学校，可能整个德国也还没出现这样的业务！"

徐子涵老妈悻悻地走出中介所大门，边走边嘀咕："德国人真是死脑筋，没有这样的业务那就赶紧开展啊，你帮我一下，我肯定会成为你们的大客户，你们不帮我，就等着后悔吧！"

不过，马来西亚华裔很快冲过来，递给她一张名片，用半生不熟的汉语说："夫人，您若有需要，请给我电话，我很乐意随时为您服务！"

徐太太满意地收下名片："这才是正常中介应该有的服务精神嘛。"

第一步出师不利，但徐子涵老妈不泄气。

她现在最大的问题是缺少信息。不过聪明的她马上想出一个主意——每天晚上都去法兰克福最热闹的中餐馆打探。

我爸的中华美食大酒家一度是法兰克福人气最旺的餐馆，上下两层，楼下大厅楼上包厢，因为空间大，常会举办一些活动，生日宴会或者公司年会什么的，再加上食物丰盛新鲜，食客满意，于是几乎夜夜爆满。

超过一定规模的餐馆不好打理，有很多的环节都需要良好的情商：食材采购、大厨管理、餐馆布置、对食客尤其是熟客的寒暄、应付卫生或者黑工的突击检查……人气旺的餐馆必须对每个环节的掌控都游刃有余，我对这种八面玲珑的管理能力尤其欠缺，但是晚晴在这方面有着惊人的天赋。在妹妹的帮助下，我爸的餐馆可谓是红火之极。

毫无疑问，中华美食城是法兰克福一个重要的华人社交场所，徐子涵老妈很快就打探清楚并登门而来。

餐馆是个大舞台，这里人来人往，法兰克福向来不缺乏龙凤精英，中华美食城时常出现一些华人名流，比如教授、大老板、侨领等，还有国内过来演出的歌唱家、名演员，定居在德国的当年红火之极的运动员，甚至还有一些流亡人士等等。当然，名气越大的人，并不见得就是愿意帮助人的人。

徐子涵老妈在餐馆的前几天先熟悉环境，用她精明的眼睛了解法兰克福华人圈子的特色。

在中华美食城这个热闹非凡、推杯换盏的社交场所，有一位常客为众人所知，他就是华文媒体《华人快报》的主编胡若愚。这个在法兰克福这座城市里生活了近三十年的资深华人，被称为德国"华人信息中心办主任"、"八卦集散地版主"，还有另一个更具诱惑力的封号：法兰克福少奶杀手。听着这名号虽然心花怒放，但为显示低调，他常乐呵呵地笑着自嘲："我真那么有魅力吗？"

那天，徐子涵老妈又来到餐馆先作一番巡视，她很快看见靠窗一个大桌子被一群人齐齐围住，大桌的食客有德国人有中国人，一个衣着随意神情随和的老年男子显然是沟通中德两方的主要角色。

徐子涵老妈在靠近主桌的一张小桌子坐下，细心观察，静听言谈。德文听不懂，也搞不清楚他们究竟在谈什么生意，但是一下子就能明确的是：那位老帅哥是个德国通，且好酒，好友，好侃。待会儿她的任务就是结识他。

富商太太的眼光确实很辣，是的，胡主编确实有那"三好"。当然，若再熟悉他一些的话，还会发现更多：好美女，好谈论时政，记忆超群，精力充沛，常被需要信息的食客们拥簇着敬酒然后听他高谈阔论，上至德国政界商界，下至移民签证指南，他都精通。

酒过三巡，大桌子的事情谈得差不多了，德国客人先撤退，剩下的几个华人继续往胡主编的杯子里倒酒，说是三十年的汾酒，好酒如美女，不要浪费。

徐子涵妈妈端着一小杯白酒笑吟吟走到大桌子旁，旁边几位老中见陌生人来稍有戒心，不过胡主编倒是无所顾忌："这位朋友，以前都没见过您，是新来的？"

徐子涵妈妈有点佩服主编的眼力，实话实说："我刚到德国来，才两三周呢。"

胡主编："旅游还是做生意？"

"您看呢？"

胡主编："我看您不像一般游客，估计先旅游再看看，然后做做生意吧。"

徐子涵妈妈："您猜得真准，大哥您是做什么的？刚才听您说话，就觉得您在这里生活很长时间了吧？"

旁边的老中就争着介绍："他是德国《华人快报》的老总老胡啊，你到德国有什么事情就找他吧，准没错！"

徐子涵妈妈赶紧把酒杯端上："那我赶紧敬一杯，胡总，第一次见面，请多关照。我行李里还有两瓶好酒，是三十年的茅台，明天您还来这里的话，我就带来我们一起喝！"

胡总的眼睛立马一亮——被击中软肋了。

几句交谈，徐子涵老妈就被邀请坐上了大桌子。

"这位大姐，我怎么称呼您？"

"我姓王，叫王凤英，很土的名字，是浙江小地方人。"

"不过王姐看起来气魄可不是来自小地方啊。"

徐子涵老妈一笑。她知道，有的人就是智商高情商高，她喜欢与这样的人打交道，痛快。

"王姐住在哪里？"

"法兰克福霍夫酒店。"

大桌子的其他人有一些惊叹："你来一直住那五星酒店？"

徐子涵老妈点点头："我发现德国很多地方都有霍夫这个东西嘛，这究竟是什么意思啊？还有，好像还有一个名称也经常出现，叫巴登，搞不懂什么意思，但是经常看到这名字，很好奇。"

胡主编喝一口酒，点着头说："霍夫，德文Hof，庭院的意思，欧洲的很多宫廷建筑都有巨大的庭院或者花园，所以这个词通常给人很优雅美好的感觉，因此也常出现在酒店或者城镇的名字中。巴登在德国也是个挺有意思的词，原文是Baden，意思是洗浴。因为日耳曼人在与罗马人打仗的过程中接受了罗马人热爱洗浴的风俗，而德国多温泉，很多有温泉的城市，名字里都会有个Bad（巴特）或者Baden（巴登）的封号，比如威斯巴登，巴特洪堡。但是城市要拿到这个封号可不容易，通常都是既有温泉又风光优美的地方才能带有'巴登'的名号。霍夫啦，巴登啦，都是美好身份的象征。"

徐子涵老妈有数了，这确实是个有文化的人，傍上他，儿子的中学没问题了！

"胡总，我请教您一个问题啊，德国最好的贵族学校在哪里？"

一桌子的人都看着她。

徐子涵老妈笑着说："我跟您说实话吧，这事也挺没面子的，我是被国内一个中介忽悠了，交了二十万，人也被忽悠过来了，结果发现就是个很一般的国际中学，我想让儿子转学去真正的贵族中学。您有没有办法啊？"

胡主编摘下眼镜，擦着镜片，没怎么思索就说："德国最著名的贵族中学叫Schule Schloss Salem，是王宫贵族学校，成立时间并不算很长，一九二〇年由巴登王子和一位教育家共同创办。成绩被德国高校认证，有美国常青藤合作伙伴。"

徐子涵妈妈赶紧问："这学校在哪里？"

胡主编："在巴登符腾堡州，远离城市的一片隐世田园里，校园就是一座很漂亮的王宫和四周的田园风光。"

徐子涵妈妈很神往："这才是真正的贵族学校啊，国内那个没见过世面的中介，把个新农村一样的中学吹成贵族中学，我回头一定要找电视台投诉他……胡总编，你说说，我怎么把我儿子送进那学校？你帮我想想，我付你费用！"

……

尽管这一天没有什么结果，但是徐子涵老妈异常兴奋，除收集到了关于贵族学校的有效信息外，更重要的是，在法兰克福的最大信息集散地平台上，顺利地打开了通向德国人核心世界的门户。

这样能干的老妈，还被自己儿子称为"文盲"，回去揍那小兔崽子宝贝一顿！

005

晚晴与徐子涵的邂逅，就是在徐子涵的情绪低落期。

从八岁开始，晚晴都有骑马课程，一周一次，每次一个半小时。最开始的时候都是我带着她去，因为从家里到那个著名的马场有超过半小时的地铁，但是十岁以后都是她自己去。每次她带着一个巨大的运动包，里面装着必备的专业设备和服装，一个人往返于郊区乡野上的马场和法兰克福家里。三十五分钟的地铁，到一个叫做赫勒霍夫的小镇后，再走十五分钟。每周如此，坚持了十年。

这是她十八岁成人礼之前的最后一次马术课程，她要给马场里的朋友分发邀请函呢。在马术课结束之后，晚晴心情很好，就骑着与她相伴了多年的马儿辛迪，去附近的田野里溜达一圈。

马儿带着她在沿河的小路上欢跑，在一个拐弯处，马儿一声长嘶并紧急刹住脚步。幸好晚晴有多年的骑马经验，立马拽紧缰绳，才没有从马背上摔下来。

拐弯处，是一个有着中国面孔的少年。少年的脸庞帅气，但是神情抑郁。

若是德国人，惊吓了别人，肯定就一脸歉意地赶紧道歉了："对不起，惊吓您了啊，您没事吧？"这是基本的礼貌。不过这个少年没动静，甚至视若不见。

晚晴有点不高兴。"您没问题吧？"她用德语问。

　　少年看了她一眼，看到晚晴红扑扑的俏脸，才回过神来，终于懂得道歉了，用中文说："哦，抱歉啊，我刚才没注意到。"

　　晚晴带着不悦的神情看了他一眼，想立马走开，但是不知为何，可能是由于看到少年寥落的神情吧，于是多问了一句："你好吗？"

　　这句最初并不是发自内心友好的问候，开启了少年与少女整整一个下午的对话，也开启了他们斩不断的离奇缘分。

　　这段时间一直未被同龄人关心过的徐子涵是如此落寞和焦虑，晚晴的突然出现犹如春风。在晚晴面前，他感到了前所未有的轻松。晚晴像是姐姐，学识丰富，能干出色，告诉他德国的生活其实会是很有趣很丰富多彩的，德国的风光也很美，尤其是小镇，宁静得像一幅画，而德国人既认真又友善，他一定会爱上德国。晚晴几句话的描述和安慰远胜于老妈喋喋不休的洗脑，放眼一望，徐子涵真的立马觉得眼前的德国真的好美好美。

　　不过，徐子涵又忽然觉得晚晴不像姐姐，而是自己的女友，尤其当看着晚晴身穿马术衣服，英姿飒爽，相貌俊俏，身材火辣，拉着马缰绳与他一起走在夕阳下的田野上，那种少年初恋的感觉一下子涌上来。最让他无法呼吸的是，临近分别，晚晴拉住他的手，让他一起合骑辛迪，送他去最近的地铁站。晚晴让他紧抱住自己的腰，那个时刻，徐子涵从未对女生开启过的心脏一下子激情爆开。

　　少年初恋的火花被点燃了。

　　徐子涵害羞又大胆地向晚晴要电话号码。为避免被拒绝，徐子涵暂时称呼晚晴姐姐。姐姐很善解人意，为了关照这个刚到德国不久的弟弟，她在徐子涵手忙脚乱从背包里翻出的小笔记本上留下了手机号码。徐子涵很幸运地发现包里还装着个莱卡小相机，于是又要求姐姐与他合影一张。徐子涵再次手忙脚乱，把莱卡挂在树上，调成自拍模式。晚晴搭着徐子涵的肩膀，灿烂地笑着，徐子涵在自拍倒计时的最后一秒，勇敢地搂住了晚晴姐姐的腰，也笑得灿烂无比。

晚睛十八岁成人礼即将在莱茵河的游轮上举办。一切节目的进行都如我们老爸精心准备的那样完美。老爸做了多年餐饮，这次活动可能是他最操心的一次吧。

我的老爸，我真的爱他。他是勤奋的华人移民里，拥有最多优点最少缺点的男人。若人生真需要一个楷模，我就选择我的父亲。

我父亲的爱好比较年轻化，可能因为挣钱能力不错吧，他的花钱也比较有品位，与很多太过勤俭节省的老一代移民很不一样。他的最爱是一辆黑色保时捷，称那是他的"小老婆"，德国很多高速公路路段不限速，餐馆休息的时候，他就带着我妈开着保时捷去兜风，很拉风的。我的父亲年过五十，但他最喜欢穿的衣服是皮装，短上装、长风衣，黑的、咖啡色的、甚至暗红的，他的皮衣服不下十套。对，他还爱穿皮裤子，酷吧？

更酷的是他的心。

在晚睛成人礼前一天，老爸把我拉到阳台上，给我一杯酒，拍着我的肩膀说："来，儿子，和老爸说说话。"

我问他有什么指示要告诉我。

他开口就说："我知道你喜欢你妹妹，我也巴不得你们两人有个好姻缘。"

如此开门见山，让我连害羞的时间都没有。

但是我知道，晚睛在成人礼邀请函上的第一号人物的名字——托马斯，无疑已经成了我和她之间的障碍。这一点，老爸也知道了。

我们各自捏着酒杯，在阳台上一时无语。

"儿子，你不像你妹妹，你不是个搞事业的人，你能安心做些你喜欢的工作就行了。平安第一，健康第一。老爸已经为你们打好了经济基础，你看，这个美食城，到上月为止，你老爸已经把所有贷款都还清了。以后美食城的收入，都可以当作给你们的投资。大富大贵我们不指望，让你安闲过日子，老爸还是能做到的。你就做你的书生吧，老爸支持你。"

星空下，我的老爸一边喝着葡萄酒，一边淡然说着。说话的时候都不看我。

我一时有点要流泪。

这个美食城，是他一辈子打拼的成果，在他最苦最累的时候，他没有把我当小跑堂，没让我在里面洗过一个碗拖过一次地，全是他自己亲力亲为。他说第二代能不做餐馆就不要做，能读书就读书。读书比做餐馆有面子。

餐馆，这是一个打着华人烙印的、与"生存"密切相关的词。对于第一代华人来说，一个餐馆倒了，就意味着一家人的生计都会有问题。所以，餐馆是生存之根，是全家人的心血所在，是最要存敬畏之心去关照的。但是，我的老爸，他宁愿我与餐馆隔离，叫我读书。可是，我读书，读到博士了，有面子了，却很可能连个工作也找不到，最后还是要依靠老爸辛苦打拼下的餐馆。

是的是的，我完全明白是怎么回事：不是说我能读书，而是他太明白地看出，我太平庸，根本不是继承他餐馆事业的料。转行吧，给我留下面子，免得以后让同行笑话。若我像妹妹那般能干，他怎会不乐意看我延续家族事业？

我喝着酒，无语。

老爸把手臂搭到我的肩膀上："来，建中，同老爸干一杯，老爸上月付清这栋房子的所有贷款，全身轻松，你要祝贺老爸的伟大成就啊！"

我与老爸碰杯，一饮而尽。然后两人同时仰头，看着这栋五层共超过一千平米的大房子。这是我爸毕生的心血和财富，有巨大庭院，有两层宽敞的美食城，一楼大厅二楼包厢，第三层棋牌休闲房，第四层员工房，第五层是我们自己的住房，这里见证一个中国老移民二十年从一无所有开始的梦想和奋斗。

这是老爸一生的荣耀。

星空下的庭院和大房子，显得那么端庄优雅。

那是晚晴最欢乐的一天。一百来位嘉宾都祝福她，有父母辈的亲友老乡，更有她的朋友同学。嘉宾一半是中国人，一半是德国人。

托马斯是被她隆重邀约的同年级男同学。隆重邀约对于十八岁的少女来说意味着什么，大家都知道。托马斯是法兰克福一位知名律师的儿子，挺拔英俊，每个举止细节透着日耳曼人的得体与修养。也许是成见，也许是经验，作为长辈，老爸还是觉得女儿找个外族人当男友有些显得生分别扭，毕竟文化传统不一样。但是我们都感受到了这对少男少女泛着热恋春光的眼神，并且觉得他们俩是如此般配。

老爸特意停了一天不营业，把所有员工都安排到游轮上来为大家服务，并特别要穿上浆洗过的熨得挺挺的白制服，戴上大厨帽。这天不仅是女儿的生日，更是女儿从此进入成人社交圈的纪念日，他要让这一天百分之百完美。

被鲜花布置的游轮从威斯巴登开始，缓缓行驶在莱茵河上，葡萄园、古堡和美丽小镇逐一出现，这是德国莱茵河最为迷人的一段，被称为"浪漫莱茵"，多少文化名人和游客为之倾倒。一游轮的嘉宾不仅享受着美景，铺着洁白餐布的长桌上更是不断补充着中华美食城让人不断欢呼和惊艳的美食。

老爸做美食确实有一套啊！游轮里配厨房，但是那个很现代化却不提供煤气大火的厨房显然不能同餐馆里的强火力厨灶相提并论，平常里游轮大厨能为游客提供的都是几道老生常谈的西餐。老爸事先考察了游轮的厨房设施，果断决定，自己设计菜单，所有点心与主食都在餐馆里做好然后送上游轮，务必要让女儿十八岁成人礼上的美食给每位祝贺者留下深刻印象。

老爸做到了。美食、美酒、乐队，不仅仅我们游轮上的嘉宾惊呼连连，甚至连莱茵河上相遇而过的其他游轮，也为我们的欢乐而慷慨鼓掌。

当夜幕降临的时候，高潮随之而起。烟花绽放下的莱茵河与古堡，如同童话中一样。甲板上的桌椅被腾空了，这里将是少男少女们的幸福舞会。姑娘和少年们跑去房间换了漂亮礼服，然后个个像公主王子一般，在快乐的音乐中等待着今晚的焦点时刻。

这是少女一生中最难忘的一刻，也是最幸福的一刻！

晚晴被托马斯牵着手，从装饰着鲜花的游轮楼梯上走下来。众人热烈鼓掌。多么唯美的画面啊。托马斯的西装礼服衬着他的身材完美无缺，而我的妹妹晚晴，整张脸被幸福的光芒笼罩着。

老爸和老妈站在船沿甲板上。老爸手持一杯葡萄酒，老妈手挽老爸的手臂，两人看着晚晴，眼神里满是爱意。

"若晚晴喜欢建中，那多好啊。"老妈的语气里有遗憾。

"孩子的事情，就自己决定吧，他们都会很幸福的。"老爸说。

是的，孩子的事情，只能自己决定。本来老爸老妈希望这一天晚晴挑选一件红色的礼服，因为红色喜庆啊，会为未来的生活带来福气和兴旺。但晚晴喜欢青绿色，她一定要穿那件她最喜欢的抹胸礼服，显得青春而挺拔。青绿色裙子搭配着精美的白色蕾丝，确实是时尚漂亮，并且独特，今晚的幸福派对，她是名副其实的女王。

托马斯托起晚晴的手臂，在晚晴手上一吻，然后他们领舞，其余的姑娘们兴奋地被自己的舞伴领着，在月光下的音乐声中翩翩起舞。

"我爱你。"托马斯说。

"我也爱你，很喜欢你，喜欢到紧张。"晚晴害羞地说。

托马斯趁着跳舞，紧紧搂住晚晴的腰。

我没喝酒，我担心自己开喝的话会喝醉。我在甲板上散步，看莱茵河两岸的古堡和小镇在身后缓缓倒退。从来没有一个时刻，我如此想向莱茵河倾诉一些什么。

一曲终了，晚晴与托马斯正在人群中间。托马斯挽着晚晴的手臂打圈，优雅的结束动作后，他搂过晚晴，在她的嘴唇上轻轻一吻，众人爆发出热烈掌声。

完美的二〇〇一初夏之夜。

我们都没有注意到，在开心的人群中，朱丹在晚晴的背影里悄悄拭去了难受与嫉妒的泪水。

这是少女最通常的故事了——因为闺蜜俩爱的是同一个男孩。

006

徐子涵老妈没想到，她为儿子辛苦争取的入读贵族中学计划，在儿子这里受到了阻碍。

"那中学在哪里？"

"斯图加特和瑞士之间。"徐太太的德国地理没学好，只能给个特别大的范围。

儿子抬头看了她一眼，给了她三个字："我不去。"

紧问几次，儿子多了几个字："离开法兰克福我都不去，我只在这里的中学上学。"

"为什么？"

"老妈，你不用多问了，我就是这样决定了——除了法兰克福，我不去其他地方。"

少年的心被花儿占据了，根本不能再去远方。

徐子涵老妈又提了瓶三十年茅台，到中华美食城找了个僻静位子，再次向胡主编请办法。

胡主编双眼发光，一点没客气地招手要了两个杯子，倒酒，品味，满意地点头。

"我家那兔崽子说只想呆在法兰克福，不换地，胡主编你说这里有贵族中学吗？"

"贵族中学更多的只是个名号，其实德国有很多很好的中学，教育理念都很好，培养出来的孩子都很优秀，根本不用舍近求远。"

"主编，你推荐一个！"

"比如法兰克福有个洪堡中学，是很著名的，孩子在里面受到的教育都很全面，视野也很国际化。你可以去网上搜一下，他家的网站很详细。"

"贵族的吗？"

胡主编看她一眼："这世界上哪有那么多贵族？"

徐子涵老妈呵呵一笑："我就问问嘛……是私立的吗？"

"你那么喜欢付费那就多捐几次钱吧，校长没意见的。"

"我想着嘛，付费多的，总比不付费的好呀。美国不都这样吗？"

"德国不是美国。你去学校网站搜一下，看看那学校的历史，看看他们培养出来的学生，你就知道了。"胡主编抿一口酒。这女人的酒真香啊！

徐子涵老妈陪着笑，再次呵呵呵地："好好好，我相信胡主编的推荐哈……我孩子怎么能进去？"

"需要提供以前的学习成绩，需要考试，需要面试，校长觉得可以，就能进去了。"

"你认识校长吗？"

"我以前采访过他一次。"

徐太太两眼放光："胡主编,我把这事拜托你了,你能带我去找校长吗?我备点礼去拜访他。"

胡主编吓一跳："你要干吗?"

徐太太:"先认识认识啊。"

胡主编:"要认识就去学校办公室,你千万别乱送东西,这里是德国。"

徐太太瞪大眼睛:"真送不进去?"

胡主编喝一口酒:"这里的老师校长只能接受自己学生十欧元以下的礼品,你儿子还不是那学校的学生,更不能收了。"

徐太太眼珠一转:"可不可以这样,我捐赠十万欧元甚至更多的钱用于图书馆买书,然后他们就录取我儿子?"

胡主编放下杯子:"他们可能会在图书馆的某个地方留下你的名字,感谢你的慷慨奉献,但是与你儿子的录取应该没有关系,因为这两件事是走不同流程,两者之间没交集。"

徐太太感觉没辙了:"那怎么办啊?"

胡主编感觉这场国际咨询有点做不下去,若不是贪恋杯中好酒,他真想一走了之。

"你儿子智商情商怎样啊?要不就去考一场,能上就上,不能上就回上海吧。"

"很聪明,超级聪明,就是这块料需要放在好地方,不然万一学坏了,十个机器人都拉不回来。我们当父母的,就这么一个孩子,当然希望孩子能成才,以后有能力继承他父亲的事业啊,不然那么大的家族事业,交给谁啊?"

徐太太一提及自己儿子,满脸放光。当然,赞誉的话没算过头,对孩子的期望也说得实在。

胡主编边喝酒边沉吟。

"你去市民办公室登记你的暂时居住地了吗？"胡主编问。

徐太太摇头："我一直住在酒店里。这有什么关系吗？"

胡主编解释："德国的学校，都很讲人文关怀，若学生住得离学校比较近，申请起来会多个理由，若孩子有姐姐或哥哥在同一个中学，申请也会容易通过些……"

"那我可以买个房子。"徐太太着急打断。

胡主编看了她一眼："你租一个也没关系。租房还快，拿着租房合同去市政府的居民办公室登记一下，就拿到你的户籍单子了。当然你要买房子也行，只是买好房子又发现孩子没有被录取，那房子就成累赘了，在德国买卖一次房子，费用差不多要百分之十呢，不划算的。"

"没事没事，反正我在德国还没有房子，怎么也要买一个的，就当投资了，没人需要住的话，到时胡主编你去住。"

胡主编瞪眼看着她。

阅人无数的法兰克福大才子胡主编，第一次见识到如此豪迈的女人。他发现自己好几次都跟不上这女人的节奏。

"接下来，你赶快去公证一下你孩子以前的成绩单，还有现在所在学校的证明，并写好一份书面的转校理由，把这些文件尽快递交上去，再请学校安排你孩子作个面试……我能给的建议也就是这样了。最后情况如何，就看面试结果了。"

杯中美酒让胡主编尽心尽力。

而再次让胡主编大为吃惊的是：三天之后，徐太太眼皮也不眨一下就买下了靠近洪堡中学的一套公寓，而且一点都没侃价，连百分之五的中介费也一分不降如数支付。

007

在庆贺完妹妹的十八岁生日之后，我的父母要短暂回国一趟。一是参加国内侄女的婚礼，二是去看望我母亲的童年好友、我弟弟建国的另一位母亲，三么，国内的好山好水他们都没来得及玩呢，回去就趁机好好游玩一趟。

回国三个星期，父母把打理餐馆的事情交给晚晴，并由我作配角辅助。在晚晴十六岁的时候，他们有次因为紧急事情也回了一次国，本想让我暂时打理，晚晴当配角，结果比我小十岁的妹妹处理事情远比我老到。当时一名大厨因为失恋了，冲动之下想跳槽，跟着甩了他的女友去汉堡。当大厨告诉我他的决定时，我束手无策，甚至被大厨的爱情打动，想鼓动大厨去汉堡追女友，哪怕美食城会因为大厨的离开而遭受损失。晚晴却只用不到一小时的一次谈话就打消了大厨的幻想，大厨继续留在美食城上班。

父母回来，知道了这件事情。从他们的表情中，我知道了他们对我的评价：无论是在理性以及管理水平上，我远比妹妹差了一大截。

晚晴从五岁起就待在餐馆里。她喜欢餐馆，在她看来，餐馆里一切琐碎的事情都是那么有意思，包括折叠餐布，放置刀叉，点燃装饰蜡烛。甚至打扫卫生也是一件开心的事情，看到餐馆玻璃一点点脏，她就会拿洗洁剂用小喷壶的细嘴一喷，然后用一张柔软的白色餐纸擦干净。所以我们家餐馆的地板总是清清爽爽，窗户更是如同没有玻璃那般明净透亮。长大了后，因为目睹父母亲最大的精力是花在与不同的各种人物打交道，在我看来是那么有难度。可在晚晴看来，就是一种轻松之极的交际，她与谁都能搞好关系——大厨、跑堂、坏脾气的食客、喝多酒的客人、移民局的突袭人员（针对黑工）、卫生单位税务单位的突然抽查者……晚晴的德文已经是她的母语，她懂得用语言化解各种危机，轻松幽默，云淡风轻，这样的情商，我实在是望尘莫及。

在机场，父母亲在叮嘱声中与我们挥别。晚晴神情轻松，她笑着说等父母大人回来一定会对餐馆更为满意。我感觉晚晴隐藏着一个计划。

我不喜欢变化，我喜欢固守。也许这是我与妹妹晚晴之间的最大差别。每次回国，看到家乡清源都有巨大变化，我在自己的家乡都迷几回路，我的心里就充满伤感，觉得我的乡情开始无处依托。但是晚晴总是说：若不变化，怎么能更好？

果然，父母走后，晚晴就在餐馆里实施了一系列改革。

首先，她换掉了所有旧窗帘。

原先的窗帘是耐脏的深暗颜色，毕竟餐馆是积累油烟的地方，若不耐脏，会增加很多工作量，当然，耐脏的颜色大多不那么好看。晚晴这次大动干戈，把所有窗帘换成雅致的白色绢纱，又买了不少盆栽，白色绿色相配，很是温馨，让餐馆的气氛大为改变。她说宁愿多清洗几次，也要让食客的心情更好一些。

中华美食城的装修是十多年前的底子，尽管后来又多次重装修，但是底子没变。十多年前的餐馆是那种幽暗隐秘型，餐桌餐椅也都是黑色色调，比较有"成熟稳重"气质，因为那时候人们还是把上餐馆当作一件蛮重要的家庭大事，有什么要庆贺了才进餐馆。但是风潮是年年换的，如今的大餐馆都喜欢走"亲切清新"路线，因为越来越多的年轻学生也时不时会走进餐馆打打牙祭，点餐吃饭没有原因，就是馋了。至于其他的食客，可能仅是家里不想做晚饭了，就全家出来吃一顿，所以餐馆更需要家庭的轻松情调。

晚晴以前同父母说起过这种变化，老爸也觉得需要作些改动，但是总是有什么事情耽搁着，所以总是没有变化。现在晚晴觉得她大显身手的机会来了。

为了让餐馆更明亮更温馨，晚晴换了不少灯具，把原先幽暗老旧古板的灯换成了新款。光线是艺术，好的灯光能增强食欲，晚晴很懂得这种美。为了艺术和美，她甚至让不是真正电工的临时装修工改变了电路走向，多安装几盏漂亮的灯。

我当时有点不放心，但妹妹很自信，说没问题。

晚晴的这两项改革起到了立竿见影的效果，马上有食客说美食城一下子亮堂大气宽敞了，而那一周的顾客数量以及酒水消耗也确实比以往更多。晚晴颇为得意。

除了硬件设施，妹妹也改善了软件环境。

在餐馆里，妹妹最信任一个叫阿杜的员工。但阿杜是餐馆里唯一没有搞定长期居留的工人。按照他的签证允许时间，他只有半年不到的正常居留了，若这次搞不定，只有两条路：要么回国，要么变成黑户留下来。

阿杜有个游移不定的女朋友，女友有时说很爱阿杜，可有时又说阿杜给不了她安全感。阿杜对女友很好，但是女友迟迟不能明确是否愿意嫁给他。若女友嫁给阿杜，阿杜的身份也能解决，因为女友是有长居的。

晚晴很烦女人的这种犹豫暧昧的态度，她直接找到阿杜女友，问她究竟是什么打算。阿杜女友吞吞吐吐地说：她也知道阿杜人很好，但是阿杜不会挣钱，嫁给他会没有安全感的。晚晴问她怎样才会有安全感，女友说，除非阿杜能帮她借到钱盘下一家不远处的快餐店，她自己当个老板娘，她才能放心。

晚晴当即答应，一等父母回来，她会向老爸老妈说明情况，借五万欧元给阿杜女友，以此作为条件促成阿杜的婚事，好让阿杜顺利拿到绿卡。我发现这又是我与晚晴的区别。我觉得用这样现实的方式对待婚姻会留下后遗症。妹妹看了我一眼说：婚姻本来就是现实的，越现实才越稳固……对了，我得跟阿杜说一声，在借钱给他女友时要写个合同，婚姻必须保留三年以上，当然多多益善，最好永远，因为结婚三年后阿杜的签证才能变成永居。

我当时石化在那里。我的妹妹，你真的不要太精明能干啊。

阿杜因此对晚晴感激得不得了，因为并不是每个老板都愿意借员工那么一大笔钱的。老板与老板之间相互借钱那是惯例，那是调剂周转，是抱团分担，是为了在海外更好作战，大家都知道对方有餐馆的担保。但是，对于一个没有任何资产的跑堂，借钱就意味着自己承担风险，跑堂走人的事件，实在是太经常地发生。

晚晴对于阿杜的感激涕零，用让人很舒服的语气回应："阿杜，我们是朋友，我帮你更是在帮我自己，你为人好，我希望你日子越过越好，你肯定会很幸福的！"

哎，如此能用诚意熨帖他人人心的话，我怎么就是说不出来呢？

晚晴班里有个德国男生叫莫理茨，家境不好，从小父亲就去世，是妈妈一人抚养他。但是莫理茨很有些音乐天才，是超级音乐发烧友。莫理茨是晚晴的好友，晚晴认识他不久就给他取了个中国名字叫"毛栗子"。这名字让莫理茨很是喜欢。

毛栗子从上五年级（德国的五年级起为中学，一直到十三年级，然后就高中毕业进入大学）起就同班里的几个爱好音乐的朋友组建了一个乐队，晚晴一度是乐队的成员。后来晚晴在音乐上的迷恋远没有其他成员那么强烈，于是就退出了，但是一直是乐队的啦啦队员。这个乐队持续了八年，非常活跃，也非常有感情。如今因为中学毕业，乐队的成员们即将选择不同的大学各奔东西，毛栗子想在毕业之前搞个乐队八周年的庆贺。年轻人没有什么钱，就到处找免费的场地。晚晴得知后就慷慨承诺，说美食城的大厅可以给乐队朋友们免费使用，而且参加活动的所有人都可以以成本价享受晚餐。这个提议让毛栗子喜出望外，因为不仅解决了场地，而且还有丰盛晚餐提供，自然会有更多的人参与，让这个乐队的八周岁庆典画上一个优美的句号。

008

徐子涵给晚晴打过电话，羞羞答答，欲说还休。

晚晴不明就里，直接问他找学校找得怎么样。徐子涵说他那老妈在疯狂给他报名校，要他准备面试，但他无所谓。

晚晴安慰说，母亲都是一番好意，希望孩子好。又问他是什么中学。

徐子涵说洪堡中学。

晚晴立马鼓励："哇，这可是很好的一个中学啊，我当年就想过报这个学校呢，可惜就是离家太远了。你若能上这个中学，那我会特别为你高兴！"

姐姐这么一说，徐子涵立马来劲了："真的，这么说你喜欢这个中学？"

晚晴回应："喜欢啊。但是也很难考进的……"

"姐姐喜欢的，我也会喜欢。"徐子涵在电话那边甜蜜表达。

"那你要好好面试哦，若你上了那个中学，姐姐请你吃饭！"

晚晴的高情商，在于会向任何一个人表达她的友好。

"好的，那我一定考上，姐姐不要食言哦！"

徐子涵兴奋地挂了电话。眼下他可有事情做了。

可怜他那尽心尽力的母亲，真的不知道，一个她不认识的小姑娘的一句话，远胜于她掏心掏肺的付出。

　　我家的变故，就发生在这一天。

　　明知想也无用，但事后我一直不停回想，这一天里，究竟有哪些环节本来可以制止这场可怕的变故？人生里的细节那么多，要制造出一场灾难，其实不容易，是需要很多环节的配合才能完成一场完美的灾难，一环没连接，灾难就会终止。可惜的是，这些环节，都一环连一环地完整契合在那一天中。

　　导火索是毛栗子为活动准备的小型室内烟花的星火。那是一种能喷出近一米高小焰火的烟花，很炫。本来，从安全考虑，这个烟花是在庭院里放的，可是那天下雨，活动人员都移到了大厅。

　　那烟花本来是不足以造成火灾的，但是烟火很漂亮，晚晴为了给大厅里其他人制造气氛，就把烟火放在餐桌上点燃了，代替蜡烛。以前有客人过生日时，父母也有送烟花和蛋糕作为礼物的。这烟花没有大能耐，不会兴风作浪，多年来都是顺顺利利的，晚晴有经验。

　　但晚晴忘了，原先父母在的时候，窗帘是厚重不易燃的，有烟花火星迸出，也不会在窗帘上惹是生非。可不久之前她把所有窗帘换了，换成了轻纱的，轻纱窗帘固然飘逸好看，却有个致命的缺陷——易燃。

　　也许这就是老一代移民与新一代移民的区别吧。老人总是以稳妥、安全为第一。而年轻人，为了创新，为了艺术和美，会侵占一些安全保险的阵地——在父辈的掌控下，美食城一直是安全的，这种持久的状态让晚晴懈怠了。

　　那一晚，气氛原本非常美妙，乐队八周年庆典的精彩表演不仅为乐队成员们自己带来了满足感，也给食客们带来了巨大惊喜。晚晴那一天特别快乐，她甚至想这样的活动以后可以更多地在美食城里举办，让美食城增加一些艺术色彩，也增添与食客之间的欢快互动。

让人意外的事情终于在某一个快乐的瞬间里发生了——从幸福天堂到灾难地狱之间原来可以是如此短暂。

烟花的火花溅射在窗纱上，窗纱着火，警报装置尖利大响，食客惊呼，美食城没有了老管家的坐镇，员工们惊慌失措，食客们一看情况不好，立即弃座逃跑。短短时间之内，火势变大，大家慌乱逃窜。平常那么冷静的晚晴此时也是六神无主。更可怕的灾难接踵而来：因为不久之前的电源布线改动，安全措施不到位，一些裸露的线头让火灾增加了几个数量级，在一些地方响起了噼里叭啦的爆炸声，火势一下子爆发性地增大。这一切都发生在短短两分钟之内！晚晴呆若木鸡，神情恐怖，根本就忘了逃生。还是阿杜眼疾手快，一把拉了晚晴，在浓烟席卷整个大厅之前，赶紧逃出餐馆。

几分钟后，市里的消防车带着尖锐的鸣笛和耀眼闪烁的蓝光赶到现场，以最快速度扑灭大火。

第二天一早，报纸的新闻出来：本市一家大型中餐馆遭遇火灾，具体原因正在调查，初步估计损失在一百万欧元以上。幸运的是，火灾没有造成人员伤亡。

009

这是一个不眠之夜。

晚晴盖了一块毛毯，瑟瑟发抖。在朋友们的阻挡和包围下，她才没有往已经烧成废墟的酒店里面冲。

我们不敢把此事告诉正在国内度假的父母。这事隐瞒不了，但是，能隐瞒多久就隐瞒多久吧。

霉运像是一条已经点燃了的导火线，在把燃烧的线头死死掐断之前，更残酷的事还将继续发生。

父母在国内的度假很开心，留在国内的几个亲戚的生活远比当年好多了，买房的买房，开店的开店，让父母很是欣慰。父母当然也去看望了自己的亲儿子建国，十八岁的建国个头早已经比老爸还高，魁梧健壮，大大咧咧。他不爱读书，一捧起书就睡觉，但是人缘颇好，朋友多，仗义，爱打抱不平。在学校里成绩不好却依旧得到老师喜爱的学生不多，但他是一个。很多老师都说建国有情义，以后会是个很吃得开的人。父亲问建国是否想来德国，建国说可以来德国玩玩，至于长久居住，他好像没这想法。因为他忙着在高中毕业之后与几个哥们开个餐馆——这一点上，我的弟弟可真是继承了老爸的基因。

在国内，老爸借了亲戚的一辆小车四处奔跑，以免打出租或者乘坐公交的周折。但是当时的国内，小汽车并没那么普及，尤其好车远没有现在这般常见。亲戚的车子是个小奥拓，只是个代步工具，相比老爸的保时捷，实在是有点寒碜，安全性能更别提了。

火灾事故的两天之后，我爸开车去一个亲戚家，亲戚设宴。那天本来是带上我妈的，但是我妈腹泻，没有去。小奥拓到亲戚家后，亲戚说宴席摆在镇里的一家酒店，老爸不认得路，于是亲戚带路老爸开车。在车上，亲戚接了一个电话，听到我家餐馆发生火灾的事情。

在海外，第一代华人做餐馆的，出去的途径都是老乡帮老乡，奋斗也是以一种抱团的方式，不可能离群独斗，所以不同餐馆的一些信息，在老乡之间都极为灵通。当我们还在设法瞒着父母的时候，家乡的亲戚却已经得到了消息。

"什么，老陈家的餐馆被火烧掉了？什么时候？"亲戚在车上接到的电话过于意外，本能所致，根本没有掩饰的机会。

我的父亲听到这个噩耗，一股血冲上脑门，车子往路旁一冲，发生了车祸。

父亲被送到医院的时候，一条腿已经保不住，医生说必须截肢，截到膝盖以上。

母亲听到这样两个坏消息，只有一个反应：头往后一仰，便不省人事。

她中风了。

花儿还是那样的花儿，阳光还是那样的阳光。

法兰克福街上的行人照样笑容满面，食客们依旧有好的胃口挑选他们中意的餐馆。

一切都没变。

对于晚晴，却分分秒秒都是折磨。她不单单毁掉了父亲一生的事业，更给父母带来了不可逆转的伤害。一个截肢，一个中风，都是因她而起。晚晴没有哭泣的力气，只能努力想，这事该怎么弥补啊？尽管她可能一辈子都无法弥补了。

晚晴的同学，在表达了最初的惊愕和同情，以及络绎不绝的探望和安慰之后，逐渐地，该怎么样又都怎么样。考试成绩都出来了，选择和申请大学才是他们眼下最要操心的事情。

晚晴要强。出事后的第二天，她的手机上有上百条的短信，都是表达安慰和同情的，她才看了五六条，就把所有的安慰信删除了，尽管那时她只能躺着，连站立的力气都没有。

电话不停地响，朋友同学要来看她，或者捐助一些钱，都被晚晴拒绝了。

晚晴觉得这是她一手造成的错，一切都要由她自己承担。

可是怎么承担呢？我们都不知道。晚晴也不知道。

首要一条，她不想被怜悯。

不停发出短信提示声的手机被晚晴丢在洗手间里，她想一人独处，她想安静。电话被冷藏一周，待到她有力气能走动时，她索性买了张新卡，换了原先的号码。可能这是一种洗净霉运的仪式吧。

在换号码的过程中，朱丹是她联系外界的唯一通道。

晚晴只想见一个人：托马斯。但托马斯此时在英国参加一个比赛，需要一周以后才回来。

那一晚，晚晴抱着朱丹，诉说她的担心。

他们两人本来已经商量好一起申请柏林的大学，托马斯学法律，她学金融或者企业管理。但如今变故发生，她根本没法再去其他城市，只能呆在法兰克福。而且要先休学一年，把眼下焦头烂额的事情处理掉，然后慢慢解决餐馆的烂摊子。她担心，托马斯不一定会留在法兰克福，因为法兰克福的大学有限，且法律方面的名校更少，而柏林，对于家风良好自身优秀的托马斯来说，实在是最适合的……晚晴心里害怕，这是一个让人为难的问题。她想让朱丹帮她打听一下，托马斯究竟会怎么想？若托马斯愿意留在法兰克福读大学，她会非常感动和珍惜他的陪伴，若他选择柏林，那么这是命运的安排。

朱丹搂着她，说托马斯肯定会陪伴她，肯定会在法兰克福申请大学。朱丹说，晚晴，一切都会好起来的，一切都会变好的。朱丹说，若晚晴需要，她也会留在法兰克福，申请法兰克福大学，陪伴她一起渡过难关……

晚晴在朱丹的怀中睡着了——前面的三天三夜她可是一点没有入睡啊。而后面的更多时间里，就算短暂睡着，也时不时被噩梦惊醒，然后睁大眼睛，感受心脏像被一只手粗暴地揉捏，那是入地狱般的痛楚。

委托完朱丹的那晚，是晚晴在出事之后睡得最安稳的一晚。

010

在清源老家，慌乱持续着。

两个老人都在医院里，一个截肢，一个中风，想着远在万里之外的德国倾家荡产的变故，这样的状态，搁哪一个家庭，都很难不崩溃。

我的母亲不吃不喝不说话，只是躺在病床上，痴呆了一般，然后突然流泪，那泪水，成串成串能把半个枕头打湿。

在她的有生之年，不是说没见到过灾难，但是都被她挺过来了。最大的一次灾难是老爸被人劝去Casino（赌场）玩一把。那时餐馆起步了，小钱也有一些，我的老爸有点得意，真当自己是个有钱人，于是昂扬去了。是为了"见世面"，但是在很轻松地赢了上千马克后，他觉得自己是个天生可以在赌场里发财的福星，这个可怕的念头让他在一夜之间输了近二十万马克。当他面如死灰回到餐馆时，他一直觉得那餐馆不可能再是他们夫妻的了。

那一次，作为贤惠妻子，母亲尽管在心里极其心疼那二十万，可是她知道，失去的永远不会再来，能争取的只能是未来的希望。她只让父亲发个毒誓永远不再进赌场，其他一点重话都没有。但是二十万的欠款啊，这是多么重的压力，背地里她用拳头狠狠揍自己的胸脯，来缓解一些痛苦。这一幕被我的父亲看到，他抱住她，涕泪交加：我绝对绝对再不会走进一步Casino！

夫妻同心，其利断金，那一年餐馆的经营非常成功，二十万马克的欠债很快还清。而以后，我的父亲果然遵守诺言，再不进赌场一步。

在海外经营餐馆的移民，不沾赌场的真是少之又少，我爸就是其中之一。

而且，后来我爸和我妈的恩爱也是大家有目共睹。我爸经常提起当年的事情，来证明自己娶的老婆是多么贤惠。尽管旧话题经常炒着吃，但我爸每次说起这陈年往事都是爱意满满。我的老妈也都是幸福地抓过老爸的胳膊——二十万马克的摔跤让他们恩爱一辈子，老妈说，值！

母亲常拿这个事情来教育我和晚晴："人生路上，摔个跤没关系，只要能站起来，能变坏事为好事，就好了。所以，一定不能泄气，一定要往好的地方看！"

但是，这一次的摔跤，她挺不过来了，因为这次把所有扳回来的本钱都给摔没了。

能赶来医院照顾的亲戚都轮番劝慰。但母亲在那些日子里却有求死的心思。

我的老爸也好不了多少。本来，作为海外第一代餐饮业的成功经营者，他走过的路，吃过的苦，受到的累，甚至受过的骗，都足以让他有强大的抗压能力。但是这次，他明显垮了——他遇到了一个从没遇到过的困境：他的身体，已经残疾了。

一条腿被截掉了，截到膝盖以上，未来的生活所要面对的，不是轮椅就是假肢。

这样的情景，对于一个喜欢游泳、热爱开保时捷跑车、以自己匀称身材为骄傲的爱面子的老帅哥来说，是不是太残酷了？

我的老爸脾气很倔，他拒绝亲戚的探望，除了自己的亲儿子建国，还有建国的养父养母。

对建国，他可能是想作些嘱托，类似交代后事。建国没有让他说下去。建国说："爸，以后你去哪里玩，我都会背你去，我就是你的双腿。"

因为两个孩子互换，在建国身上，我爸爸给予的父爱不多，虽然每次回国他都给建国买很多礼物，甚至在两年之前，就给才十六岁的建国在城镇里买了一套房子，说是以后当婚房。但说句实话，他因为人不在身边，所以很多心理和精神层面的爱，能给建国的都远少于给我和晚晴的。

这话让我的老爸流下了老泪。

老爸的精神气还是很差。他虽然终于能接受亲戚们前来慰问，却互动很少，常常沉默寡言。想想也是人之常情，不久之前还是大家族里最有出息的、打拼打到了德国的、而且还有不大不小"侨领"称号的成功者，现在却需要听老家这些老弱亲戚毫无实际意义的宽慰话，这对他是多么巨大的反差！

但是，老弱亲戚里也有哲学家，其中有人说了一句话："老陈啊，情况都已经差到了极点，也就无所谓了。还怕什么？以后只会更好，不会更差了。"

是什么人这么有才呢？

只是，再有哲理的话，依旧改变不了老父老母无助的处境。

在上海，慌乱的一幕在继续。

晓晴——晚晴的亲姐姐，在上海上大学二年级。她哭着在电话里告诉男友：妹妹家里出事了！

尽管工作繁忙，男友黎阳还是用最快速度赶过来与她会面。

"不怕不怕，我们一起渡过难关。"黎阳像很多有力的男人那样，搂过女友的脑袋，让她靠在肩膀上。

晓晴却只是摇头。

励志的话，宽慰的话，其实都是无意义的话。因为说话的人并没有认识到现实有多残酷。

"我会帮你妹妹的！"黎阳向女友保证他有这个诚意和能力，只要是女友家的事情，他都愿意担当。

黎阳八千一个月的薪水在省吃俭用的情况下能存下五千元，再加年底分红，他是个一年可以存款十万的青年才俊。

"多少？损失超出一千万？"

黎阳被女友嘴巴里说出来的数字吓呆了。

对于女朋友这个远在国外的亲妹妹，因为没有见过面，多少有些距离感，不知对方的境况，但终究听多了晓晴嘴里的晚晴，亲人的感觉还是挥之不去。听说亲人家破人残，遗憾与心痛是必然的，而当得知损失之巨时，黎阳则懵掉了。这个平日里能言善道、爱开玩笑的大男孩在那瞬间觉得自己渺小如蚂蚁。

二〇〇一年时，一百万能买上海市区的一套房子。黎阳为一套房子在苦苦拼搏天天加班。而同一时间，与自己女友关系密切的一个年轻人，因为疏忽被火烧掉了十套这样的房子，他能不倒抽口凉气吗？

"我……我……能帮些什么忙呢？"尽管黎阳已经知道他问的问题毫无意义。在大海面前，一杯水是可以忽略不计的。

晓晴摇头。

很多事情，只能无能为力。

"我……我感到害怕，原先觉得妹妹的生活那么幸福，现在发现她可能是最痛苦的人了。所以，人生无常……"晓晴多愁善感。

是的，她感到害怕的不再是经济损失，因为那个数字太大了，相当于让一个人去想象一个工厂烧毁了整个仓库的损失然后说这些钱你都得赔，那时赔不赔都是一样的，反正赔不起。就是，欠五万是债务，欠五亿，啥事都没有。晓晴突然之间感到生活如此恐怖，是在于人随时会失去手中的幸福。

正常的健康会变得很奢侈，最亲的人会突然离去，曾讨论过的并不遥远的计划会永远无法实现，最微薄的期待会遥不可及，最熟视无睹的幸福会顿时粉碎……

黎阳的脸上浮现出心痛，他只能紧紧抓住晓晴的手，以此告诉她：最起码他还在。

011

面试后没多久，徐子涵拿到了洪堡中学的录取通知书。

通知书打印在一份手感颇高档的纸上，那信纸有洪堡中学的校图案，暗金色并凹凸不平，很有贵族感。除了恭喜徐子涵同学进入这个有着百年历史的文理中学外，通知书还特意要求家长参加"家长之夜"的活动，以方便各位家长认识和互动。

录取通知书上面是校长的亲笔签名。

徐子涵老妈没想到儿子如此顺利进入了这所名校——她顾不得国内是凌晨时分，一个电话直接打给老公："好消息好消息，我家儿子上了一个真正的贵族学校了！"

那边的声音似乎还在梦呓中："什么？什么？什么贵族学校？"

徐子涵老妈大吼一声，硬是用高分贝把老公从睡梦中重重拍醒："老公，儿子上了真正的名校了！你准备请客吧！"

"好的，好的，要多少钱，我让财务打过来。"

"钱暂时倒不需要，我的账号里还足够。我是说国内的亲友，等我回来一定要好好请客。"

"你还要回来啊？什么时候回来？"

徐子涵老妈不满："我自己的家我何时回来就何时回来！"

徐子涵老爸赶紧解释："不是那个意思……"

"你就给儿子准备个礼物吧，他那么能干，是我给你生的！其他人谁还能生出这么优秀的儿子！"徐子涵老妈声音满满都是骄傲。

"行行，等他十六岁了，我们给他买个保时捷吧。老婆，你在德国需要的话，你也买个车吧，什么车你自己挑。"

"我宁愿打车，这里的出租车都是奔驰的，服务也特别好。"

"成成，随你随你。"

……

夫妻俩终于挂断了这通因为儿子而倍感幸福的电话。

洪堡中学是一所公立学校，学生都不用缴费。按照徐子涵老妈最初的想法，公立学校肯定比不上私立学校啊。可是在德国一段时间的恶补，她也开始进入了一些圈子，每当与人说起"洪堡中学"的名字，人人都是一声称羡，那声称羡让她心花怒放——她更加相信和感谢胡主编的有效指点及丰富人脉了。

她要请胡主编好好吃个饭。依旧定那个中华美食城吧。

但胡主编给她的消息很是震惊：就在几天前，中华美食城遭遇了一场大火，损失惨重。

虽说这个餐馆与自己没啥关系，毕竟在这里认识了胡主编，多少有缘分啊。在胡主编定下的另外一个餐厅里，徐子涵老妈还没来得及告诉他好消息，就赶紧询问中华美食城的遭遇。

"损失一百多万欧元。"胡主编惋惜地说。

"还能重新修复吗？"

"要重新修复，就是要一百多万啊，烧毁掉的桌椅家具不值钱，但修复一栋房子可折腾了，成本不低于重建一栋房子。"胡主编喝着徐子涵老妈带来的茅台酒。

"一百多万欧元，一千万人民币，还好啦，若是我亲戚朋友啥的，我就让我老公出资周转一下。这餐馆什么的，是不能停的，停一天就亏一天，房租什么的都要钱。用最快的速度修复，最快的速度开业，才能最快地止损，然后重新挣钱。"

"徐太太说得有道理，看来你确实是商业上的一把好手啊，跑这里来当孩子的全职妈妈，可惜了你的才能了呢……咦，都忘了最重要的事情了，来来，我要迫不及待向你表示祝贺呢。"胡主编举起杯子赞叹她也祝贺她。

徐子涵妈妈与胡主编一碰杯，满脸兴奋。

"看来你这个孩子是有潜力哈，洪堡中学真的很难进，他能被校长认可，很是不简单。"

徐子涵妈妈一听胡主编赞美自己儿子，顿时满脸花朵："是的啊，我家儿子吧，绝顶聪明，他的英语吧，其实没去过美国，不过参加了一个英语比赛，就让评委以为他是在美国长大。数学物理更有天分……对啦，他还很喜欢运动的，很多体育项目他都很喜欢的……"

胡主编点着头："难怪，这样的孩子，是比较容易受西方精英学校的喜欢。"

"但是这个熊孩子啊，坏起来也是很坏的，恶作剧什么的总少不了，有一次差点同我们别墅区里的一个邻居打起来。你知道为什么吗，他把我家奔驰车的车标搞下来焊到他家宝马车的屁股上，那邻居还不知道，车子开出去一天被客户嘲笑了才发现，气死了，为此我老公赔了他十万呢。"

听了这桥段，胡主编也忍不住笑了。

"我这孩子，学东西快，但是好东西坏东西都学得快啊。他要打游戏可以打得天昏地暗，他要交几个不良朋友那做出的坏事肯定出我的控制范围……胡主编，我也正想讨讨主意，你看，我也不能时时陪着他。我还得不时回一回上海，我老公的公司我还得盯一盯，而且现在国内的女人很主动的，我得防着我老公身旁的那些打他主意的女人……可我儿子这边也放不下啊，你说有什么好办法的？"

胡主编真没想到这个女人这么坦率实诚，对自己放开胸怀了就倒豆子一样的家里什么事情都能说，倒也有几分可爱，便也真心为她分了几分忧：

"这样，你可以考虑找个伴读，或者说帮你儿子找个伴。你不是已经买了公寓房么？反正就腾出间房间，免了人家的房租，然后让这个学伴多关照和监督你儿子，比如按时吃饭，不乱交朋友，有情况随时向你汇报。当然这个伴一定要找好，最好找那种家境不是很好，自身又比较努力奋斗的，性格上也比你儿子成熟一些的，那最好。"

"咦，这可是一个好主意啊！胡主编，我发现你真是我的贵人，我一到德国，只认识了你，我就发现我儿子的前景一片顺利……哎，还是在德国的人实诚，见多识广而且与人为善。中国的那些中介，实在是可以气死人。我同你说啊，以我现在的经历，我去办个中介都比他们靠谱……来来，胡主编，我再敬你，实在是太感谢你了，这样，以后只要你去中国，一切都由我来招待……"

徐子涵老妈手舞足蹈，心情超好。

徐子涵惊恐地发现，晚晴姐姐的手机突然打不通了。

他与晚晴的唯一联系就是手机，他本来想问过电子邮件地址的，但上次与晚晴通电话一高兴，忘乎所以地就忘了。后来他再打电话时，先是没人接，再后来，一遍遍地打，一遍遍地回复：抱歉，此号码机主联系不上。

徐子涵傻眼了。

上帝作证，这个号码绝对是存在的，以前也绝对能联系上晚晴的，可是如今怎么会是这样？

他想尽各种原因，是晚晴姐姐回国了？手机掉落了？欠费停机了？能想到的可能性都想了。若是这些原因，那还有重新联系上的可能。可是，徐子涵已经连续打电话快两周了，一直没能联系上。

他甚至跑去手机营业部，希望通过手机号码查询到机主的信息。当然，他的要求被工作人员礼貌又坚决地拒绝了。

徐子涵全身虚脱地回到房间，在与晚晴姐姐能联系上之前，都是虚无，什么被名校录取的幸福感，他什么都没有拥有！

老妈来敲门，声音里满是甜蜜的快乐和自豪感："宝贝，你老爸说明年就给你买个车，你想要什么车？"

"妈，你别来烦我，成吗？"徐子涵一声怒吼回去。

徐子涵老妈愣了愣。

这熊孩子，又犯少爷毛病了。没办法，不惯着他，还能惯着谁？总得要有个儿子来爱的呀。

时间一天天地过，如同风筝断线，卫星失联一样，任他怎么打电话，都是一样的自动回复：抱歉，此号码机主联系不上。他的晚晴姐姐，一个大活人，就这么消失在了法兰克福。

他以后很可能再也见不到晚晴姐姐了。

刚刚感受到初恋的甜蜜，就被生生剥夺了。一想到这，十五岁少年徐子涵的心就像被掏空了一样。

初恋是什么？是这个富家少年在他永远不愁得不到什么的世界里，第一次感受到的牵挂，他没想到这种牵挂可以让人那么甜蜜。他的生活从未缺过什么，所以他也很少体会有满足感，可第一次发现这种得到是那么让人振奋。像第一针亢奋剂，直注血液，于是心花怒放，所有的感受真的都像花儿一般膨胀绽放，细细密密的神经大肆呼吸春风雨露，那种浓烈的幸福感，以往绝无体会！

但眼下，心，空了。

被空心的痛苦煎熬，他想做出点什么事情发泄。

买醉吧。

他去酒吧，但酒吧招待瞧着他的相貌，要他出示证件。

干吗？他恼火。

"小伙子，你不到十八岁，还没有进酒吧的权利呢。"

徐子涵愣了愣，冷着脸只得离去。

不让我进酒吧，我总可以去超市买酒吧。当徐子涵拎了一扎六瓶的啤酒去柜台付钱时，胖胖的售货员再次直接拒了他："让你妈妈来买，未成年人不让买酒。"

徐子涵几乎要仰天长啸：失恋了连喝酒都不让啊？

在街头，他看到了一个自动售烟机，只需投币就可以弹出一盒盒的烟来。

他从没抽过烟，但是为了麻醉自己，眼下就是大麻他也想闭着眼狂吸。

他从钱包里抽出一张十欧元钱币。这次很顺利，一包万宝路香烟很快弹了出来。

但有一只大手先于他取走了烟。

他惊愕又恼怒地回头。

"年轻人，看看这行字！"

牛高马大的一个德国人站在他面前，好为人师地读着售烟机上的一行醒目黑字：十八岁以下未成年人不得买烟。

他从钱包里抽出一张十欧元还给徐子涵，然后自己拿了烟走了，走前还不忘提醒："年轻人，要学好不要学坏，这是法律规定，当心有摄像头！"

徐子涵石化一般，待回过神来，一掌猛击在自动售烟机上。售烟机巍然不动，自己却疼得倒吸好几口冷气。

德国人，你们能不能不要管那么多闲事？

当晚，徐子涵骑了他老妈给他买的二十七档自行车，绕法兰克福一圈，凌晨回到家，精疲力竭到几乎虚脱。

精疲力竭，也比那掏心的痛苦好受些。

012

保险公司的核算出来了，中华美食城能得到的理赔，远低于晚晴的预期。

德国的保险业很成熟。为规避风险，中餐馆都会买一些保险。但德国的保险条款众多，不同的保险分别对应不同的情况，同时有些疏忽的出现，会让损失不在保险范围之内。

有个在华人圈子里流传很广当作警戒的事故：一华人邀请国内一亲戚来德国玩，开车旅游，国内亲友没习惯系安全带，深夜玩得开心回家，在路经一片森林时，突然发现路中间站立着一头野猪——这样的事情在德国公路上经常遇见——由于车速太快，车主来不及反应就一头撞了上去，坐副驾驶位上的国内亲戚被重重弹出窗外。这起车祸引发的绝大多数损失都由保险公司承担了，但是其中最大的损失——副驾驶座上那人的几万马克医疗费须由自己承担。国内来的亲戚无力支付，按照法律必须由邀请方来支付，因为邀请人事先为被邀请人承担了所有的责任担保。

我家餐馆的保险一直沿袭着我老爸十来年前开餐馆办理的保险条款，每年自动延续合同，但并没有按照新的情况进行变更。

这次事故，按照调查结果，还有个非常不利于理赔的情况：导致火灾的重要原因在于不合格的电路改线。

我知道，这对于晚晴来说，又是一个打击——对她的自信心的打击。

似乎命运就在明白无误地告诉她：你太优秀了，你也太自负了，所以我必须给你点苦头，让你知道你的错！

可是一次小错，就非得要承受这样惨痛的惩罚吗？

毛栗子亲历了一场从没见过的恐怖灾难，并见证了一个殷实之家的毁灭，这个十八岁的少年吓坏了，有那么一周时间，他躲了起来。

他不是懦弱，他可以在十岁时创建一个乐队，他可以带着团友四处演奏，他可以为中学话剧团或者歌舞团的活动伴奏，他也可以做很多能力范围之内的事情。可是，眼下的灾难，已经超出了他的心理准备，他不知道该怎么承担。所以，有一段时间，他不敢见晚晴，他把自己的手机都关闭了。

但是，一周之后，他还是找到晚晴。

"晚晴，我很抱歉，是我拖累了你，若不是我们搞这个庆典，你家不会出事。"

晚晴看着他，无声地摇头。

"晚晴，我想过了，我想先不上大学，我陪你一起处理这件事情。"

晚晴再次摇头。

"我已经过了十八岁了，十八岁的男人，应该承担了。对不起晚晴，前面一段时间我实在太害怕了，所以躲了起来。但接下来，我不会再躲起来。晚晴，请告诉我该做什么，我会与你一道并肩去做的。没什么会走不过去的，这是我祖母说的话。"毛栗子拉住晚晴的手，真诚地说。

我没统计过，这世间有多少事情的走向，是出于"一念间"。

朱丹，此刻也面临着这"一念间"的选择。

为一个选择，她不停地折腾自己。第二天托马斯就回德国，她必须有个明确的决定了。

朱丹的父亲与晚晴的父亲是好友，也是一起在海外闯事业的第一代华人。朱丹的父亲做食材海鲜生意，晚晴的父亲做餐饮，自然更是生意上的好搭档。朱丹的父亲在商会以及侨界里兼着职位，时不时要开开会见见国内领导人，他喜欢这种场合。而晚晴的父亲则安于家庭和餐馆，美酒美食跑车健身是他的最大爱好，侨领的名号对他倒是无所谓。两家是世交，孩子的友情从童年就开始。

她本来想根据晚晴的嘱咐，帮晚晴询问托马斯的心底所想。晚晴是她的闺蜜，在人家最艰难的时候，对她如此重托那是信任，信任让她感动。

可是，不知从何时爆出的一个小念头，从最开始的蒲公英小种子飘散，到后来落地着床，生根发芽，以致变得现在越来越大地占据她的心，念头越来越强烈。

晚晴与托马斯一定要在一起吗？自己与托马斯在一起是不是会更幸福？

自己爱上托马斯的时间远比晚晴长，虽然是暗恋，但是从十六岁开始，她的心就属于帅气潇洒的托马斯。她十六岁时就天天留意，托马斯穿什么衣服，托马斯留什么发型，托马斯每星期会参加体育协会的什么活动，托马斯爱看什么书，托马斯喜欢什么电影，托马斯两年后的大学会去哪里上……而那个时候，晚晴在干什么？晚晴对托马斯视若无睹！

她想，总有一天她会表白，因为她在等待，等待自己最好的时刻来临；更重要的是，总有一天，托马斯会感受到她这位东方女性的含蓄。

然而，最近几个月，晚晴突然关注到了这个越来越帅的少年，而她的高超情商，让她在最短时间内就被她喜欢的人立马吸引，旋风一样。她一出现，朱丹就没机会，这世界上最糟糕的闺蜜关系可能就是这样了。少女时代的朱丹只会在旁边默默关注，然后看着意中人被人抢先吸引走了，又默默伤心。为此朱丹恨死了自己的胆怯。自己对于爱情的过长时间的酝酿，反而让爱情变得隐秘了。

有一度朱丹是那么烦厌晚晴。是的，嫉妒，嫉妒晚晴的交往能力，这点是朱丹最欠缺的，让原本有先机优势的她，作了那么长时间的准备却是零收获。为此，朱丹决定要最大地改变自己——是啊，机会不等人，为了幸福，就是要抢先出手。

可是怎么出手呢？

这几天，朱丹翻来覆去一直处于两个念头之间。

作为晚晴的闺蜜，她应该维护晚晴，帮一无所有的晚晴抓住托马斯的心，让晚晴还存有爱情的慰藉。另一个念头却一直在说服着她自己：晚晴这样的想法，不仅是想利用感情牵绊住托马斯的自由选择，而且其爱情之路完全没有前途！

想想看吧，晚晴的家族餐馆已经成这个样子了，低价转卖或者拱手相让是百分百的，当晚晴休学一年，处理着复杂的后续事务时，怎么指望与托马斯顺利恋爱？

良好的爱情是要对双方都有益的，可以一起追求更好的事业和生活，而不是利用善良来圈住对方，用怜悯来维持感情，不然就是对对方不公平。若真按照晚晴那样的想法去打探托马斯，那么托马斯该如何选择？这种强加的压力让他无论怎么选择都是有愧内心的坦荡的。若晚晴足够爱托马斯，那就应该为托马斯考虑，爱的本质是牺牲和利他，晚晴就该让他走一条宽宽敞敞坦坦荡荡的路。

当朱丹心中的蒲公英小种子着床后，她就一路上都在往这个方向考虑。

问题还在于，休学一年就能解决问题吗？德国人高傲自信，社会交往中喜欢分圈子，若是一个不成功的外族人士，德国人会愿意花很多时间去交往吗？这一点，自己的父亲，一个成功经营着食材海鲜生意的侨领，就曾不停地告诫自己：丹丹，我们第一代的辛苦我们自己知道，我们不会唱歌跳舞钢琴画画，我们的时间都用于挣钱了，我们的圈子也太小了，但是我们还是抗争着为自己划出领地。只是我告诉你，我们这一代寻求平等也是用花钱砸钱的方式，时不时要做些公益或者其他需要赞助花钱的事情，以此得到社会的承认——因为我们除了挣钱不会玩其他的。但等到你们这一代了，你们是平等的，你们会玩的东西与德国人一样，你们可以用正常交往找到朋友，采取和他们一样的谈恋爱的方式，很自然地建立你们的新领地。记住，丹丹，自尊是以金钱保证来实现的，你的爸爸那么努力奋斗，就是为了你们第二代不用那么辛苦就可以比我们更有自尊。

这不是自卑，这是现实。就算今天把晚晴的心愿带给了托马斯，就算托马斯愿意留在法兰克福，就算他们会继续恋爱，可现实的生活依旧会把他们生生拆散。就像莱茵河流域一带，所有溪流的走向都会归附到莱茵河，这是规律！

小溪流的走向是命中注定的。那么，不如让这条小溪流在此时就拐一个弯，别去穿流那无人喝彩的荒野和峡谷，就往开满鲜花的草原里前行吧，为人人可看到的大自然的美丽再增加一种味道。

最后，她告诉托马斯：晚晴不想见他，她也不愿意再与他一道去柏林念书，她希望他顺利并祝福他一切都好。

013

徐子涵老妈捧着个精巧的笔记本电脑坐在沙发上，打开视频，然后让阿姨给自己倒杯咖啡，布上糕点水果，舒舒服服地又开始当"教主"了。

她大呼小叫地把儿子入名校的消息快速传递到中国以后，那些以住别墅为主的中年太太圈子里的朋友开始争先恐后地捧她为"指导老师"。

"入名校，找王太！""姐，我们等你回国来指导我们。""我儿子也想上你儿子的那所名校，花多少都可以。""我们排队组个团，让王姐当团长吧！"……

QQ群里，只要徐子涵老妈一出现，全场立马安静，大家都等着有成功经验的"名校指导老师"传授宝贵经验，这场景令徐子涵老妈备感荣耀。

是啊，都是独子独女，都是千万身家上亿资产，都是为了孩子的未来，或者说为了孩子未来的贵族气质，满世界为孩子找个名校，不算过分吧。谁让国内国外信息不对称那么厉害，连精明的王太都被中介忽悠过，可见这假冒伪劣的水有多深。其他什么东西作作假也就罢了，但是孩子的教育，那是绝对不允许作假的，名校就得是真正名校，孩子上完名校出来就是要在上层社会里展示光芒的。"出身名门""与××王妃是校友""欧洲某位银行家是我师兄"……社交圈里这样不经意的一番自我介绍，多么有震撼力啊！

徐子涵老妈呵呵笑着，慷慨答应，回国后肯定无私奉献经验，组个太太团考察名校也是可以的。反正，要让圈子里姐妹们的千金公子都能接受全世界一流的教育，成为名媛，成为绅士，把中国家族富有的年轻一代推向最高端有范的世界舞台。

就在徐子涵老妈赢得国内太太们欢呼的同时，她却越来越被自己的儿子不耐烦地打发。

在儿子到新学校入学之前，徐老妈很贴心地为儿子准备了名牌西装。当然，不仅西装，其他所有戴在身上的东西都是大牌子，包括腕上的手表。

到学校后，徐子涵意外地发现其他同学都是很普通随意的休闲衣，自己过于精致的西装在一群休闲服中，有种尴尬，不合群。

有两个差不多年龄的少年远远冲着徐子涵招手，徐子涵心中有种暖意：名校就是名校，培养出来的男孩个个是绅士。

两男孩走近徐子涵，问："是新来的？"

徐子涵点头。

"是中国人吗？"

徐子涵点头。

徐子涵伸出手要跟那两个一脸阳光精力充沛的男生握手，他们却突然跳开了。然后，其中一个冲另一个哈哈地笑，另一个则无奈地从口袋里掏出钱包，抽出一张二十欧元的票子。

徐子涵立马明白了：他们在拿他当游戏下赌注，那男生猜对了他来自中国，所以得到了二十欧元。

男生哈哈笑着，声音飘向四周："中国人好面子，喜欢名牌，所以他全身都是名牌！"

这个见面方式让徐子涵极为恼火——恼火自己母亲不合时宜地让他穿名牌衣服，恼火这里的学生如此不受拘束，更恼火自己被当众取笑竟然无法回击。

回家后，他"砰"地关上门，一句话也不愿意跟老妈说。

在房间里，他拿出晚晴姐姐的照片，边看边想，若是漂亮能干的晚晴姐姐在，他就不会这样被同学欺负了。她会提早告诉自己，德国是怎么样的，德国学生是怎么样的，他第一天上学应该怎样做。就算发生了这样的事情，她也会耐心告诉自己，以后他将怎样做才会更好……因为，她是那么温柔和美好。

可是，照片中的漂亮姐姐却是消失了一般，在这个世界上，与他匆匆相遇一次，在他心里刻下烙印，就再也无从寻觅……这是怎样让人癫狂的痛苦初恋啊。

徐子涵把照片上的晚晴姐姐的头像剪下，装进一个银质项链挂坠里，然后把项链挂在脖子上。

不过，衰运不会老是随行。两天后，徐子涵总算找到了些面子。

课堂里老师上地理课。在说到地球的第三极时，老师拿出DVD准备播放。

"人类第一次登上世界第一高峰是什么时候？"

地理老师随口一问。

没人知道。徐子涵立马回答："一九五三年五月二十九日。"

地理老师赞许地点头。

地理教学片开始播放珠峰的雄伟风光。

"虽然我们都没去过第三极，甚至连珠峰的真实面目都没见到过，但是不影响我们对这一圣地的向往……"

"不，老师，我去过。"徐子涵举起胳膊说。

地理老师一愣："你，登过珠峰？……当然，我不认为你能登顶，但是哪怕你尝试了登珠峰，我也会为你骄傲的。"

"我九岁那年就抵达了大本营，那里海拔五千二百米。十四岁那年我抵达了一号营，那里海拔七千零二十八米。本来我今年是想向二号营地冲击，但我被我母亲带到了这里，就不能再去珠峰了……"

徐子涵这番话让班里至少一半同学露出了不可思议的神情。欧洲的最高峰，阿尔卑斯山上的勃朗峰不过四千八百一十米，可那已经是非常雄伟的高度！父母带着他们前往阿尔卑斯度假时遥指那银色的山峰，都是以敬畏的语气说：瞧，欧洲的最高峰，多么壮观！但是这个从远方中国来的少年，在不到十岁的时候就抵达了五千二百米的高度！

这对于徐子涵来说，实在没有什么，因为他的老爸就是国内一家顶级登山俱乐部的成员，当他的老爸以"五加二"（五大洲的最高峰再加南北两极）作为奋斗目标的时候，用精良的交通运输装备把儿子带上珠峰的半途，什么大本营前进营一号营，都不过是小事一桩。

地理老师发现有这么一个来自亚洲的活生生的"教材助理"时，很是兴奋，问他是否留有录像或者照片，好给同学来个实景展示，毕竟，对于中学生来说，自己同学的实景展示将远比教学录像更生动。

地理老师甚至决定下一次上课时专门给徐子涵十五分钟，让他在讲台上充当老师。

这一天，是徐子涵最为兴奋最有成就感的一天。

他情不自禁地把手摸向脖子上的挂坠。若晚晴姐姐在，她一定会热烈地祝贺他。

014

我陪着晚晴，与胡主编面对面坐着。

这位经营着一家知名报馆的老法兰克福的华人侨领，前半生也是历经波折。下乡、扛枪、牢房、高考、首届研究生、离家去国……浪荡不羁的才子，中国文人跑德国来当了"德国通"，从宗教到八卦，从时政到法规，从历史到美食，端一酒杯就可以在餐桌上秒杀大批粉丝。人生中大波大澜的喜喜悲悲都经历了不少，拿中国一幅山水画来描述，就是"山川覆雪，小舟横停，一身蓑衣，红泥暖炉"。

胡主编看着我的妹妹，眼神里是对美丽少女的怜悯。怜香惜玉是他掩盖不住的弱点。

他给我们倒着茶水，斟酌着说：

"事情来了就不要怕，总能对付过去。你们还年轻，只要年轻就什么都好办。我年轻时遇到的事情你们都不能想象，现在不也好好的？要不就这么想：反正现在是低谷了，只会越来越好，对吧？"

晚晴点点头。

"你们自己想怎么处理？我这里能帮上的肯定尽力帮。因为让困境一直停顿着延续着不是好事，不仅心理上会疲惫拖沓下去，而且这烧掉的门面房是肯定要赶紧处理的，哪怕先用人工美容墙围起来，省得影响市容。不然市政府要干涉，逾期不处理的话会开罚单，那又是一桩麻烦事……"

我看着胡主编。是的，我们都忘了这回事。

"德国的报纸也报道了，建筑公司的人也来评估过了，不算是毁灭性的火灾，这么大一栋楼房，要修复也可以，但我想你们最大的问题就是资金。这笔费用实在是有点大……若你们想转让或者以其他方式脱手这个餐馆，我可以帮你们免费做宣传，关注报纸的人也蛮多的，你们这个餐馆原先也是很有知名度的，估计有兴趣有财力的人也会有……人最重要，留得青山在，不愁没柴烧。"

餐馆转让，这是一个转折性的思路，也是遭遇变故后最常见的思路。但这真不是一个美好的话题，以胡主编的人情世故，他也觉得有点难于提出这样的建议，故而他话说得也不利索。

"是不是有人同你说起了？"晚晴突然问道。

晚晴好久没说话，但是一开口，就连胡主编都觉得凌厉。

他有点尴尬，好像被迫做了落井下石的事情一般。

"没事，胡主编，我知道你的好意，也知道你的人脉，若来人开出的价格可以，那我就出让。"

晚晴的回答让我吃惊，她能这么快作出决定？

晚晴看着我也看着胡主编，说："但是，我拿到了钱，肯定要再开一家同名的餐馆，还给我的父亲。"

胡主编牵头的餐馆转让一事没有结果。对方报出的价格实在太低了。

胡主编为没帮上漂亮女孩的忙而有些歉意，他问晚晴是否要在报纸上做个转让的广告，他可以免费提供版面。晚晴迟疑一下，摇摇头，说先让她想一想。

餐馆是父亲的心血，大张旗鼓做低价转让的广告，犹如大声吆喝卖自己的孩子。

那天，朱丹带着一盒漂亮的蛋糕来我家。我直觉有事。

听完朱丹的转告，晚晴很久没有说话。

朱丹紧紧抱住晚晴，说：好男人很多，人的一生里会碰到三百个与自己极为情投意合的人，无非是时间问题。朱丹又说：女人要对自己好，不开心时多吃些甜品零食，会让心情好起来。

朱丹走了。

我担心着晚晴。我知道这肯定与托马斯有关系。我当时只是有点奇怪，在德国生活多年，按照德国人的做事方式，再难堪或者再歉意的事，大多是眼睛对着眼睛当面说清楚，消除芥蒂。托马斯委托朱丹来告知晚晴，这男人这样做事，挺没修养的。

只是当时情景实在乱，托马斯的破事在我这里已经排到很后面了，所以根本没时间多想，要放在平时，我肯定单挑托马斯要他当面与晚晴说清楚。

晚晴却没什么异常表现，她坐在半是废墟的庭院里，安静地想事情。

我很心疼她，但她说她很好。

015

来不及适应，徐子涵的名校生活就给了他一个个下马威。

教室里二十八个学生，二十八张小桌子，但座位不像中国的那样方方正正地整齐摆设，而是环形的，方便老师与大家互动，同时又是四人一组，也就是四个桌子会比较靠近，便于小组讨论。

安东与莫理茨（此莫理茨可不是彼毛栗子），就是第一次见面就拿徐子涵下赌注的两个调皮鬼，与徐子涵一个组，另外一个是女生妮娜，漂亮的金发姑娘。

尽管两个调皮鬼向徐子涵伸手问候，但第一天徐子涵并没有与他们多搭话。有事情他请教妮娜。妮娜很友好，噼噼啪啪啥都跟他说。徐子涵知道了，安东是市议员的儿子，莫理茨是医院院长的儿子，那院长父亲据说有两个博士头衔。

都不是普通家庭，所以个个都"有胆有识"。

妮娜问徐子涵来自哪里，徐子涵说上海。

妮娜又问他，为什么跑这么远来念书。

徐子涵觉得自己还真回答不了这个问题。

是不是你父亲要在这里建工厂？妮娜问道。因为她已经知道徐子涵的父亲是个大企业家。

徐子涵点了点头。

哇，那以后你们会给德国纳很多税哦！

徐子涵觉得惊异，这么个女孩子，第一反应竟是这么……喂，德国女生，你可不可以别这么认真较劲地"爱国"！

下午的体育课，男生要踢一场足球赛。

徐子涵在上海的时候学过高尔夫，学过冰球，学过拉丁舞，但是就是没有好好练过足球，因为他老妈说足球是下里巴人的运动，用不上。却没想到，来到新学校，第一次"男生秀"就是足球比赛，赛耐力，赛体能，赛灵敏度，当然也赛合作。

徐子涵和安东被老师安排当了前锋，莫理茨是中场。

后卫一记长传，皮球到了莫理茨脚下。莫理茨看到徐子涵和安东一左一右分别被对方的后卫紧盯着，把球送到徐子涵脚下，盯着安东的对方后卫开始跟向徐子涵。此时徐子涵若把球传给安东，以安东的位置来看，也许进球机会大一些。

徐子涵有点犹豫，是自己往前带还是传球？

"传啊，传给我……"安东大喊。

徐子涵为了一雪前耻，决定自己射门。

他带球猛跑几步，然后准备起脚。但是他身旁的两名对方后卫机敏地把球给抢走了，连射的机会都没有。

"你为啥不传给我？"安东愤怒地质问。

徐子涵心里有点发虚，是的，那球若传给安东，进球的机会是九成。

再次传球时，徐子涵学会了合作。

两次很好的机会，是安东传给他的。但徐子涵就是没有抓住机会：他的体能比不上一直在德国长大的、每周至少两次参加球赛训练的同龄同学。虽然他处在最佳位置，但是他的腿没有力量，射出的球都软软的，很轻易地就被对方守门员扑住了。其中一个地滚球，简直像十岁孩童投掷出的保龄球一样无力，让对方球员都笑了。

足球赛输得挺难看。

徐子涵心里不是滋味。

"你赶快去参加俱乐部吧，也许还能赶上学会什么是合作。"在更衣室里，安东毫不客气地说。

"还有，不管夏天冬天，每天都去跑上十圈，你的腿踢出的球就不会那么软了。"莫理茨也不忘嘲讽他。

体能比不上人家，足球技术比不上人家，还说他没有合作精神，而且有意无意的嘲讽还在继续：

"你们班里是不是来了个登上过圣峰的中国人？说说看，是不是很酷啊？"外班的同学问本班的同学，神情好奇。

"嗨，那哪是登山，那是人家乘着特殊越野车上去的。"本班的同学回答。

"这样啊，那可真不算稀奇……"外班的同学有些不屑。

徐子涵听到同学们毫不顾忌地议论他，毫无办法。

那个原本让他自豪的十五分钟地理老师助理时间里，他的信心只持续了最开始的五分钟。因为，随着他一页一页打开笔记本电脑里的宝贝图片，便很快迎来了一片质疑声：

"我想请教一下，子涵同学，你怎么上大本营的？"

"开车上去的。"徐子涵站在大屏幕前，镇定地回答同学的提问。

"大本营是不是什么车子都可以开到的？"

"是的，可以这么说。有非常简陋的巴士，也能上，但司机需要很熟悉地形和气候。"回想起当时的一幕幕，徐子涵心里很是自豪。

"也就是说，去大本营并不是很难？旅游者也可以去？"同学的问题开始减少崇拜感了。

"可以这么说吧。"

"啊，这样啊，不是登山吗？"

"当然也可以登山，但是更多的人是直接乘车上大本营的。"

"那同坐缆车没啥差别啊！"

随着进一步的了解，课堂里的少年们亢奋的神情开始变得平淡了，叽叽喳喳的谈论也变得尖刻起来。

"这就是一号营地，海拔七千零二十八米，这里的岩石要不裸露要不被积雪厚厚覆盖，藏民会在这里搭起帐篷，供登山者补给。"他介绍着照片上的细节。

"我看到这里有辆越野车！"眼尖的同学大声喊。

徐子涵翻下来的照片显示有更多的越野车，停在帐篷前面。

"怎么那也能开车上去呢？"班里的同学们表示困惑。

"这是登山俱乐部的一次比较大型的活动，所以有好几辆特殊的越野车。我就是搭乘这车抵达这里的。但是一号营地以后就再也无法开车上去。"徐子涵老实介绍。

"嗨，闹了半天，原来你是乘车上去的啊？那哪里叫登山啊！这是作弊！"有男生夸张地喊道。

徐子涵愣在了那里。

这是他人生中最艰巨的一次远行，就算是开车，可是常人能想象那一路的艰辛吗？登珠峰需要很多的准备，包括高山氧气，保暖服装，甚至需要一份登山批复许可，他都自己去准备了。高原反应，残酷的气候，艰难的行车，车子开不动时团体队员要下去推，十四岁的他也不例外；而且不习惯高原上的简单粗劣的饮食，吃什么吐什么；高原上的风景有种苍凉深邃的美，但是无论行走还是呼吸或者小便，别说美了，都一点没感觉到正常！苦，累，难受，冰寒，很多的折磨逼得他几次要打道回府，可是他咬牙坚持了下来，就为了走向那个心中的目标。他在老爸的俱乐部里引发了一次不小的轰动，成了那次登山活动中的明星。可是，眼下，他的壮举却被班里同学称为"作弊"——就因为他不是"手脚登山"，而是"乘车登山"。

越来越多的同学开始不听他的解说，而是开始探讨"乘车登山"算不算登山，或者属于另外一个概念，叫作"另类旅游"。这群从小就接触严格分类教育的德国孩子，只接受登山就是用手脚、肩背登山器械、使足劲往山顶上攀爬的概念。正因为高标准，所以越发觉得珠峰神圣。也正因为对神圣珠峰的崇拜，所以前两天对徐子涵的自我介绍很震惊。因为震惊和期待，所以当看了徐子涵从圣峰现场发过来的实景图片，发现徐子涵是乘车抵达超越七千米的高度时，一切感觉都变了！

徐子涵站在讲台上，看到刚才还是亢奋神情的同学们有的耸肩，有的不屑，有的无所谓，他一时不知所措。那一瞬间，他感觉孤单死了。

地理老师及时作出的总结词总算结束了他在讲台上几乎要被逼出眼泪来的尴尬。

德国中学生们，你们为什么会是这样？你们别这么较劲好吗？

更让徐子涵崩溃的是，才不过两周，一切都没适应，老师就布置下了一个作业，不是一沓卷子，不是书上的练习题，而是一个报告，是要合作完成：四人一组，主题与汽车有关，可以自行讨论，每人要独立完成自己的部分；同时又要合作，把每个小组成员的工作合在一起；有一名主讲人，其余三位补充，组成一个完整的报告。这个报告将在多媒体教室当着众人的面阐述清楚，老师和同学会为报告打分。这个作业的准备时间是两周，每个报告的打分都将与期末结束时的成绩挂钩，而期末成绩又将与Abitor（高考）成绩挂钩……所谓环环相扣，想生病逃离都逃不掉。

若是单独完成的作业，徐子涵一点不发怵。他聪明，在中国读中学时候没少玩，但是作业和考试什么的都难不倒他，他看一遍习题解答例题就能知道解题规则。可德国的中学没有习题战，他的优势显不出来。创新性的考试他也不怕，什么开放思维，什么动手能力，只要他一个人单独行动的，他都能搞定。可眼下，让他痛苦的是要与那些认真较劲又自恋傲娇的同学一起头碰头作所谓的科研合作。

徐子涵手里紧紧拽着银饰链子——晚晴姐姐，若你知道我在德国中学里的日子不好过，你会不会来帮帮我啊？

但是，在德国，没有人能手把手帮助解决问题，所有的困难，都要自己去面对。

徐子涵背着书包走在大街上，心情郁闷，无所事事地游荡。

街上有来来往往的帅哥美女，欧洲的姑娘大多身材丰满，帅哥也都身板挺拔，很是养眼，徐子涵都没有注意到。他只看到墙角有一个正在打盹的孤单老人，面前摆放着的用于乞讨的破帽子里没一个铜板。

不开心，十五岁的少年，一点都不开心。父母为了自己自私的想法，什么要让孩子接受全世界最好的教育，就把他扔在一个没有朋友的所谓百年名校里，随他自生自灭。

他在这里，没有感受到快乐，也没有朋友的鼓励，没有同伴，他孤单……孤单得就像街头那正坐着打盹的流浪老头。

徐子涵游荡累了，坐在流浪汉对面的公共椅子上，对着老头傻看。可能因为午后的阳光很充足很温暖，老头一直在睡觉。

徐子涵突然有些伤感：同是天涯沦落人，这个睡着的老头，他不应该这样孤单的。自己已经这样不快乐了，他要为街头的这个老头做点什么，让他不像自己这么孤独。

探头看书包，书包里有几支彩色粉笔。绘画是徐子涵的爱好，于是他拿出几支粉笔。

十分钟过去，在阳光下沉睡中的老头四周，被徐子涵画上了客厅、沙发、吊灯、电视机，栩栩如生，最绝的是，徐子涵让流浪老头就坐在那沙发上，旁边还画了一条温顺的小狗，偎依着他。

在画狗狗时，徐子涵觉得是在画自己。这么一想，他几乎要落泪了。

一张粉笔街头画，因为老头躺在其中，变成了艺术与现实的结合。

几个欧元硬币以及几张小票慷慨地扔进了流浪老头的破帽子里。徐子涵一回头，发现不知何时四周已经围上了一堆观众。

"嗨，天才的艺术家，你们是一起的吗？"有人好奇地问。

徐子涵赶紧摇头："我，我路过……我只是看着他很孤单……所以就画了这些。"

"你真棒！他肯定会很感谢你送他的礼物。"

"谢谢。"徐子涵说着，心里却想，天下的评论者大多是些自大狂，从来都不会了解作者的。不是老头孤单，其实是他自己孤单；不是他送老头礼物，其实是他要表达自己的渴望。

越来越多的人往画中老头的破帽子里投硬币。老头不知道此时一顿丰盛的晚餐款已经在睡梦中筹集好了。

徐子涵画完画，背起书包准备离开，画中的老头醒来了。

他茫然地看着四周围观的人群，惊奇地发现破帽子里装满了欧元。在围观者的提示下，他发现自己原来身处在一个充满温情的画面中。

顿时，老头子咯咯咯地笑了，很是开怀的样子，嘴上的胡子一抖一抖地，边笑边问是哪位大画家帮他画的。

众人手指徐子涵。老头笑着让徐子涵一起坐在他身旁的"沙发"上，紧搂着他，说："小兄弟，有伙伴就会快乐多了！"

他又指着帽子里的欧元："晚上我们一起吃一顿！"

一次奇遇一样的街头行为艺术，让徐子涵忘却了学校里的不快乐。待他和老头像一对老朋友一样坐在粉笔画中的大客厅里，由一条画面中的狗狗陪着他们啃完香肠面包擦着油油的嘴巴时，徐子涵突然觉得，其实是自己的心态决定着生活。

就是啊，若被自己老妈看到少爷徐子涵在街头与流浪汉一起啃面包，那会怎样天崩地裂痛不欲生？不过，那一餐，徐子涵觉得吃爽了。只是，吃完面包，流浪老头就让他回家去，不要他在渐渐暗下来的大街上久呆。街头行为艺术已经结束。

徐子涵重新回到学校。一切都在正常运转。

再去看流浪老头睡过的地方，粉笔画还在，人已经走了。每人都有每人的征途，哪怕是流浪者呢。

第一次作业是一次痛苦的经历。不过当完成了第一次后，接下来的就不算稀奇了。

事实上，这样的报告连做两次后，徐子涵好像一下子感觉到，团队的合作远比单人做作业要有趣——就像老头告诉他，尽管他喜欢自由自在流浪的日子，但有条画中的狗狗陪他流浪，就是比他单人坐着流浪，要有趣得多。以后他孤独了，就收养条狗狗，一起流浪，一起分享。

嗯，是不错的合作。

晚晴的一个决定让所有人都震惊不已。

那天，她瞒着我，一个人找到了胡主编。

胡主编以为是谈转让餐馆的事情，但是她开口却是："胡主编，我知道您愿意帮我，我也很希望得到您的帮助——我想卖身救餐馆，您认识的人多，能否帮我找到一个男人，只要他有足够的能力且愿意帮助我修建餐馆，我就立即与他结婚，为他生孩子。"

胡主编本还想在美女的陪伴下夹筷菜喝盅酒的，一听到晚晴的话，顿时愣在那里。

"你……你这是开玩笑的吧？好好的不要这样想啊，什么日子过不下啊，要拿自己的婚姻大事开玩笑？"

"胡主编，我是认真的。"晚晴语气急切。

胡主编继续摇头："你想得太幼稚了，你才十八岁，正是大好青春的时候，再说，你还要上大学，不要这么想……"

"我已经决定不上大学了。"晚晴态度冷静。

"这事你同你父母商量了吗？"胡主编再也喝不下小酒了。他的孩子比晚晴小不了几岁，都是父母心，要心疼的。

"我成年了，这事不需要同父母商量，我自己可以决定。"

这倒是的，在德国，年满十八岁的孩子有权利独自作决定的。胡主编说不出话来。

"你再想想看吧？"胡主编再次询问。十八岁的少女，因为一次变故，从此就要完全改变人生方向，这好像有点残酷。

"我这几天一直在想，想得够多了，所以决定了……其实，胡主编，找一个男人嫁了，也不一定就是件不幸福的事情，很可能我会把婚姻给经营好的。相反，正常地上大学谈恋爱结婚，像很多人那样，不也照样有一半的离婚率一大半的吵吵嚷嚷，而且中间还有抛弃呀背叛呀什么的，都是烦心事，对吧？您是过来人，知道无论走哪条路都会有很多烦恼，所以无所谓选择好不好，主要还是走路过程中好好走就是了，是吧？"

晚晴反过来劝胡主编，劝得胡主编还没法反驳她。

毛栗子气急败坏地来找晚晴。

"你怎么能这样？你一直在骗我！你还说就是休学一年的，我也陪你休学的！"

"他会帮我修好餐馆，半年之后重新开张。"晚晴安静地说。

"这餐馆开张这么重要吗？重要到需要你用婚姻去换？"

"比我生命还重要。"

"比你的生命重要？好好，算你狠……但是，但是你就算结婚，你也可以上大学啊，这不矛盾。你读完大学，总是对你以后的前途有用啊。"

"我答应了结婚后就给男人生个孩子。上了大学，心就会乱。"

"上大学很重要，文凭是以后找工作的武器，你就算生了孩子，你也可以三四年后离婚，重新再有更好的选择。"

"我答应了人家，就要诚意做到，不能三心二意。何况，我也不想找工作了，我就是为餐馆工作，我要把父亲的餐馆做得让他没有遗憾。"

毛栗子无语。

"晚晴，我真的不能理解，你这是拿女人最宝贵的东西来交换，用你的青春、自由这些最宝贵的东西交换，这很……很……"毛栗子语无伦次了。

"很不道德是吗？就是说我用男人来实现自己的目标，给法兰克福的年轻姑娘们树立了坏榜样。"

"不是，我是说，这种交换，对你很不划算，你付出了整个人生……"

"但我觉得我赚了，人家才是亏了呢，同我一结婚，他也付出了整个人生，还要付出一百万欧元，还不知道我能不能生出孩子……"

毛栗子瞪大眼睛："这是你吗？晚晴！你怎么这么作践自己啊？才十八岁就想着为男人生孩子，你以前不是这样的！你以前那么有理想的！现在你的脑子里怎么就是餐馆啊？"

毛栗子恼怒。

晚晴冲他一笑。

"我不要看你这样笑！这不是你的命运！"

"谁说这不是我的命运，这就是我自己选择的命运。"

"我不相信这是你的命运！"

毛栗子再也受不了自己的好友如此作践自己，他狠狠摔了门，转身离去。

阿杜也来找晚晴。知道晚晴的决定后，尽管无能力帮忙或者改变，但也试着想劝说一番——晚晴的那个决定，是当时法兰克福华人圈里的最大号消息。

因为餐馆出事，原先的员工只能先遣散了。阿杜是餐馆里唯一没有正式居留的员工，他的临时签证很快就要过期，原先按照晚晴的计划，帮阿杜女友开一家小餐馆，俩人结婚后，阿杜可以顺利延长签证，并在三年之后自动转为长期居留。但现在经此变故，这个计划只能取消。阿杜未来何去何从，晚晴不知道，阿杜也不知道。

为了这个没有实现的承诺，晚晴对阿杜一直心有愧意，尽管不是她的错。

"晚晴，你好吗？我去厨房给你下碗面？"阿杜站在晚晴面前，搓着手问。

很快，阿杜给晚晴捧来一碗肉丝面，上面铺着一个煎得油汪松软的荷包蛋。阿杜就是手巧。

晚晴默默地吃着面。

直到她吃了一大半，阿杜一直静静地心疼地看着，没说话。

"阿杜，我知道你肯定有话要问我，你就问吧，不用担心我难为情啥的。"

"我是觉得挺不好意思问，可是……晚晴，你一定要这么嫁人吗？"

也许是同病相怜，在阿杜面前，晚晴真正露出了她的受伤的女人心。

"阿杜，我也不是一点都不挑……那天，胡主编介绍我认识金哥，虽然他第一眼看起来有点粗俗，但他心眼不坏，我看见他眼睛里就想说一句话：我会对你好。阿杜，年轻的女人是可以选择更高端有档次让自己心动的男人，但是，若他们要冷下心来，离了你而去，那么那种寒心，是更酸楚的。"

"可是，你了解他吗？"

"可以在结婚以后慢慢了解。"

"你也不喜欢他呀。"

"谁说我不喜欢，我挺喜欢的，虽然看起来缺点多，但是他说半年之内肯定让餐馆重新开张，他说到做到。对我，这就是最大的优点了，比起那些穿着时尚举止绅士辞令出彩的才俊们，靠谱多了。我喜欢的。"晚晴低头吃面，不看阿杜。

阿杜别过脸去。他知道晚晴眼里有泪水。

"阿杜，你帮我好多，我心里一直很感谢你，等我们餐馆修建好，你再来中华美食城吧，那时我让金哥帮你搞定身份。"

金哥，就是晚晴要嫁的那个人。

016

徐子涵无意中做了一件让班级里同学目瞪口呆的事。

跟中国一样，德国的中学里也常有一些小捐款活动，就是用学生们的零花钱做些公益事情，比如为图书馆增添一些书什么的。

这次也是，因为班级里要增添一些盆花用于美化和清新空气。同往常一样，捐款都是事先发一个通知，告知原因，然后按照每人的情况，想捐就捐，捐的话就提前把钱放在信封里，封好后，统一交给班长或者老师。一切自愿，捐多捐少随意，无人知道数额，所以也无压力。

五欧元十欧元二十欧元是比较常见的。徐子涵收到了通知，不过最近他焦头烂额，事情多就忘了，到学校后见其他同学交信封，才想起这事来，于是就从笔记本上撕下一张白纸，掏出钱包，取了两张五百欧元，想了想，又取出三张，然后包好，交给班长。

捐个一千两千的在中国不是常事吗？

半小时后，全班同学都知道了有人用现金，五张五百欧元大钞，做了捐款，而通常，五十欧元为最多的现金捐款。

当天的课结束后，班长手拿纸笔来问他，是否需要一张捐款证明？

"捐款证明？"徐子涵困惑。

"因为这么大面额的通常都是开支票，通过银行汇款。"

"二千五百欧元算大吗？"徐子涵更加困惑。

班长感觉自己有点接不上这个中国少年的标准。

他再次问："那么给你开个捐款证明？写你父母的名字吧，可以退税。"

班长拿出纸笔，外国人的名字向来是很难记住的。

"退税？什么是退税？干吗要退税？"徐子涵脸上的困惑绝对不是装出来的。

班长几乎要崩溃，完全是鸡同鸭讲的节奏啊。

"你的意思是……"

"这是捐款，我捐了，就不应该再来找我的麻烦了，对吧？"

班长目瞪口呆，这究竟是什么样的思路啊？他明明是好心啊，全德国只要上了幼儿园的孩子都知道，纳税人都要纳税，捐款是可以退税的。二千五百欧元，几乎是德国人普通工作位子一个月的税后收入了，凭账单年底报税时能退好几百欧元呢。这个中国少年竟觉得这是"找麻烦"！

班长拿着纸笔，无功而返。

阿拉伯有王子，原来中国也有王子。有个阿拉伯王子给父亲写信说：爸爸，我来到欧洲，发现我的同学都坐地铁，就我是坐法拉利。父亲写信说：儿子，买辆地铁多少钱，我给你买，让你也坐地铁。现在，这个中国王子，在捐完款后对班长说：啥叫捐款证明？啥叫支票？啥叫退税？我不懂，我只懂从皮夹里取出钱给人家，这叫捐款！

捐款后没几天，在德国同学们眼里，徐子涵又出格了一把。

秋假探险旅行是洪堡中学的一个传统项目。在每年秋天的假期，班里热爱运动的同学会约好，带着帐篷和睡袋去大自然旅行，每年的旅行都会设定一个运动主题，诸如登山、攀岩、滑雪等。

今年的运动主题是皮划艇。这次秋假探险旅行选在一个湖边，一行三十多人驻扎在营地里，很是壮观。

徐子涵第一次露营旅行。这可不是像在国内公园里扎个帐篷玩玩，而是需要整整一周都睡在野外呢，所以每人的随身行李都不少。不过德国的野营地里都有一些必要设施，如简单的洗手间淋浴房、投币洗衣机烘干机、租赁自行车，可以骑车去附近的地方。

除了蚊蚁小虫多一些外，徐子涵还是很快喜欢上了这样的旅行——虽然第一次安装帐篷不利落，被安东嘲笑了一番。

"你真的才第一次露营啊？"安东帮他把一顶崭新的帐篷支好，动作娴熟地用地钉在地上固定

徐子涵点点头，不大好意思。

"那你失去了多少大自然的时光啊！"安东替他遗憾。

"你第一次露营是在什么时候？"徐子涵问安东。

"七岁吧，从小学二年级开始，每年都会参加露营活动——露营很好玩。看，这就是你的房间了。"

安东说着，让徐子涵把行李都塞进帐篷里去整理。

此时，湖边的皮划艇教练已经在吹哨子集合了。

从第一天开始，特别邀请来的两位教练就开始为大家做这项水上运动的训练，每天三个小时。时间一周，最后一天是所有人都要参加的竞技比赛。除了水上运动，其余时间，大家可以自由自在到野外旅行：跑步、骑车、游泳、野餐。

第一天天气不错，三小时的训练很快完成。这种身材修长、色彩鲜艳的小舟，主要附件也就是脚蹬板、坐板、舵杆、舵绳、舵等，看似轻巧简单，其实要操作到人艇自如合作的状态也蛮难的。看着两位教练坐在舟上轻轻一划桨，小舟一下子蹿出去十几米远，大家都很兴奋。

但是，从第二天起，天天下雨，而且这雨下得怪异，教练来之前是小雨，教练来之后是大雨，教练走了又是小雨。接连的下雨把皮划艇训练计划完全打破，骑自行车、跑步、野餐等项目也都被取消，但是多了两个项目：在帐篷四周徒手捉因为下雨而冒出来的鼻涕虫和打乒乓球。

捉拿鼻涕虫对徐子涵是一个挑战，因为他觉得那周身软软的蠕体动物实在太恶心了，手一碰到就全身打冷战。其他同学却一点不怕，安东手上

戴个手套，帮他从帐篷上一条条摘取然后远远扔进草丛里，一边扔一边欢笑——这些德国孩子，他们是不是太热爱大自然了啊？

因为害怕鼻涕虫，徐子涵对野营和帐篷充满恐惧。煎熬了一晚后，他去附近找了一家民宿，他成了这次野营活动中唯一天天晚上离开大部队去家庭旅馆住宿的落单者。

徐子涵害怕鼻涕虫，自然又被班里的几个男生笑话了好一阵。

徐子涵能感觉到，笑话也分两种：一种是善意的，比如安东，他虽然嘲笑他，但是又帮助他；另外的几个男生，眼神却远没有那么善意。可他有什么办法呢？

两个教练面对这样的雨天也很无奈。不过学生们很快发现，营地的简陋大房里竟然还有两个旧乒乓球桌。巧合的是，两个皮划艇教练还是乒乓球爱好者，在乒乓球俱乐部里跟着一名乒乓球运动员出身的中国教练学过不少时间。大雨阻止了皮划艇训练，就改为乒乓球训练吧。接下来，一群孩子围着两个旧球桌玩得照样很嗨。

当皮划艇教练客串乒乓球教练时，来自乒乓球之国的徐子涵也因为乒乓球技术优势而当了一把教练助理。虽然他的乒乓球技术有限——徐子涵老妈觉得乒乓球不是贵族运动，没有让他跟着名师学，徐子涵的球技完全是"野路子"，在中国学校里与小伙伴练出来的。相比之下，倒是安东和其他几名男生因为在乒乓球俱乐部学过，动作上其实更正规更出色一些。而那几人，就是明着嘲笑过徐子涵害怕鼻涕虫的同学，这让徐子涵觉得更加没有面子。

最后几天，大家彻底放弃了皮划艇而转攻乒乓球，有乒乓球运动天赋的同学也脱颖而出。教练决定最后一天进行乒乓球比赛。比赛总是让人激动的，众人的情绪顿时高涨。临比赛的前一天，教练委托助理徐子涵为报名参加比赛的三十多人做出对战表，先分组循环，抽签决定对手，后进入淘汰赛，每场三局两胜，十一分制，决出前三名。

晚上，徐子涵把安东叫出来："你想明天的比赛得个好名次吗？"

"当然啦，怎么可能不想啊？"

"那我们联手，打败那几个吧。"徐子涵说。

安东看着他，好奇："你说能打败就能打败啊，我还担心他们打败你呢。"

"不懂了吧？中国人打乒乓球会算的，算好了，就能赢！"

安东不解。

"给你讲个故事，好几千年前，有个中国人叫田忌，他很喜欢赛马。他手下有个谋士叫孙膑，孙膑发现赛马的脚力都差不多，要想取胜就要靠运气。但是若把赛马分为上、中、下三等，第一场比赛用下等马对付对方的上等马，第二场比赛就用上等马对付对方的中等马，第三场比赛就用中等马对付对方的下等马。这样比赛就可以两胜一败而最终成为赢家。我们明天的乒乓球比赛也可以借鉴这个办法。"

"那我怎么做？"安东感兴趣。

"我刚才研究了战表，在循环赛中，我们不要每场比赛都取胜，而是设法让对手强强相遇，这样我们可以绕开实力最强的对手……这样吧，明天你听我的，我们见机行事。"

"你真能很快算出来？"安东神情佩服。

徐子涵一笑："我们经常在学校里打比赛，一看局势就知道该怎么打才能出最好的成绩……别说学校了，就是全国性比赛，有时也会算一算，然后该全力就全力，该半力就半力……"

安东瞪大眼睛。

没办法，德国中学生的数学脑子就是不好。拿个计算器做题的速度依旧比不上中国学生的脑子做题。

一整天的乒乓球比赛在欢呼、惋惜、惊异、不服气的种种声音中落幕。比赛结果出来：安东第一，徐子涵第二，嘲笑过徐子涵的另一名男生获第三。

外面依旧是滂沱大雨，教练把一枚原本是授予皮划艇第一名的奖牌授予了安东。

安东比较缺心眼，一见奖牌挂上脖子了，就大声嚷嚷："你们知道我为什么能获胜吗？因为子涵教我一个办法，他说他们中国有个田忌赛马的故事，用那个故事当指导，就能获胜了。我也觉得，我在最关键的一局比赛上让了对方，结果后来我就越打越顺了……"

太复杂了，其他学生还没听懂，但是身经多次比赛的教练马上明白了。

教练感觉不对，他收起正准备要往徐子涵脖子上挂的奖牌，询问徐子涵怎么回事。

徐子涵神情无辜，语气大咧："教练，我违反规则了吗？"

教练被问住了。

徐子涵笑着示意要教练手中的奖牌。他还沉浸在打败了对手的快乐中。

教练想了想，终于还是把奖牌挂在了徐子涵的脖子上。但是，他又当着众人说："子涵同学，我知道你聪明，为了获取冠军，除了很努力之外还很用心找捷径。可我并不希望你把你的聪明用在捷径上。我们争夺和奋斗，为的是一种快乐，赢也快乐，输也无悔，心里充满阳光和坦荡比什么都强。你自己想想，你在走捷径的时候，能做到赢也快乐输也无悔吗？"

徐子涵愣住了。他没想到教练会这样当众问他。

露营回家，徐子涵不理老妈的拥抱，一人在房间里待了好久，然后把那块奖牌塞进了抽屉的角落里。

晚晴要放弃读大学，近期就嫁给一个四十来岁商人的消息很快传到国内。

我那刚刚平复了一点的家庭，顿时又陷入一片混乱。

虽然也曾在短短时间里埋怨过晚晴的大意和自负，一把大火毁掉了半生拼搏的家业，但是我的妈妈，她从小就把晚晴当亲生女看待，疼爱的程度甚至超出对我这个亲儿子。得知晚晴的决定，妈妈号啕大哭："这样做是不会幸福的，晚晴这是何苦？人都还活着，怎么会没有一条活路的？大不了去借钱好了呀……"后来妈妈告诉我，那次她的伤心，超出了这辈子所有面临过的痛苦。

我的父亲，他截肢后没有完全康复，伤口还常隐隐作疼，但，养女晚晴的结婚计划却让他心口的疼痛远甚于伤口疼痛。知女莫如父，他完全明白晚晴的意图，这个向来喜欢承担责任的女儿，曾经是他的最得力助手，可是眼下，女儿的这种责任感，让他不得不忍受这世间最大的折磨——一个餐馆，就那么重要吗？重要到需要用婚姻去交换？

他有心想尽快回德国。但是，他做不到，老伴中风，自己残疾，怎么回得去？而且，依照他对晚晴的了解，就算回去，晚晴也是不会听从他的劝告，她只会说一声："爸，这就是我最幸福的婚姻！"

这就是自己的女儿。

晚晴的亲妈也是涕泪涟涟。当妈的，为自己女儿设想最多的自然就是好姻缘。所有的结局都想过，唯独没有想到，那么优秀的亲生女儿，会落得这样的结局，要跟一个年龄大一倍不止的粗俗商人共度一生。原本以为慢慢培养，晚晴会和我走在共同的道路上，那么她自然是放一百个心的。后来听我父母说，我和晚晴之间可能性不大，晚晴有了一个家世和修养都不错的男朋友，她听说后，虽然有遗憾，但也认可。眼下却冒出来一个与晚晴毫无共同语言的中年人，尽管有钱，可晚晴以往的家庭也是体体面面的呀，现在竟然要为钱下嫁，这是什么命运啊？

最不能接受且在行为上表现得最激烈的，是与晚晴同年的我的弟弟建国。

　　两年前我父亲比较有钱的时候就为他在老家城市的最好地段买了套不小的公寓，说是给他做未来的婚房。晚晴出事后，建国没告诉任何人，就去中介把那房子挂出去了。

　　建国与我是亲兄弟，但是什么都与我两极分化。按理我在德国生活，应该是我人高马大体格魁梧，可是十八岁的他却比我高出将近一头，胸肌腹肌一眼看去就是货真价实。除了一壮一瘦外，性格也完全不一样。建国是典型的仗义汉，果敢胆大，粗枝大叶，大大咧咧，不爱读书却爱交朋友爱做生意，两年前就学会在校园里倒买倒卖一切能挣钱的小东西，书读得不好却在老师那里混得如鱼得水。相比之下，我是书虫，遵纪守法谨小慎微，书读得并不容易，社会打拼更不是我的强项，我也承认我的人生可能是比较无趣的那种。我相信以建国的性格和情商，以后肯定会比我有出息。

　　就在两天前，建国拿到了售房款，四十万人民币。若再多些时间等更合适的买主，四十五万没有问题，可是建国一心要早拿钱。

　　他还向当初要筹钱开小饭店的弟兄们高利贷借钱，二十万的饭店筹集款，竟然被他说动全借给他，借期两年，这两年这些兄弟们一道去上海打打工看看世面。建国手中有了六十万的现金，他说要全部换成欧元给姐姐寄去。

　　我常为我的家族成员感到自豪，浙江清源，这个民风淳朴的小县城，用清净的空气和甜美的溪水抚养我们长大，让我们知道感恩，知道分忧。我常恨自己能力有限，无法替亲人分担，这让我在后面长长的一段家族低谷里，不停地恼恨自己。

　　可是，建国辛苦筹集来的现金却没有派上什么用场。

　　后来，妈妈告诉我：那天建国回家知道了这个消息，就把手上的二十万现金狠狠抛洒在院子里，以前被人用棍子打伤手臂都没哼过一声的他那天号啕大哭，说我们不帮姐姐，说姐姐这样嫁人，他很伤心……

　　只是，那时伤心的，何止是他？

徐子涵老妈不能再在法兰克福待下去了，她要回中国呼吸另外的空气。

一来，她出国已几个月了，让老公在国内无人管束，她不放心。二来，国外毕竟是国外，她过不惯。

"鬼地方"是她对法兰克福的称呼。德国的城市，乍一看都很好，天很蓝，餐厅很雅致，人很悠闲，处处透着高端大气，可是时间一长，问题源源不断。

尽管徐子涵老妈与人交往时向来气场十足，但是碰到需要语言解决的问题，她再双手并上表情也依旧表达不了。在商场购物，碰到的这类事情尤其让她感到不快，明明她是上帝，是刷卡去的，但是看那导购，却一点都不主动，好几次都是她着急地大声招呼，导购才慢慢过来问她需要什么帮助，而且来了也派不上用场。一番鸡同鸭讲，原先很好的购物兴趣都被打消了。

在一些大商场有日语阿拉伯语的标识，就是没有汉语，这让她觉得很不爽。一次，她找到商场的主管，指着指导标牌上的五六种外文标识，用生硬的英语问："为什么……没有……中文？我们……中国人……越来越多……不差钱……"

那主管愣愣看着这位气场强大的中国顾客，对她颇有指责意味的问询竟然不知该怎么解释。

吃饭也是个问题。在中国，什么好吃的没吃过？自家老公就是做酒店的，天南海北想吃啥立马就能吃到。这国外的餐馆，就是个花架子，坐在餐厅前，杯子盘子一大堆，真正好吃的却不多……当然也可能是口味的问题。

法兰克福也算是个国际大都市了，但是真正好的中餐馆，能烧出正宗中国菜味道，同时又有高档硬件的，按照徐子涵老妈的标准，那是一家都没有。在法兰克福待了三四个月，用她的说法是瘦了三四公斤。

德国还有一个让她无法保持耐心的毛病：德国人太死板！

国内一位闺房老蜜友，托她帮买点药回去，就是那种类似太太静心口服液的药，缓解女人更年期烦躁和不舒适的。老蜜友做事仔细，写好了药名，甚至拍了照片，说德国生产的这药让人放心。徐子涵老妈跑去市中心的一家大药店买药，卖药的竟说需要医生的处方。不得已，她只好花很大力气在黄页本子上找到一位妇科医生，约了时间去看病，指明要配这种药。那医生给她量血压验血好一通检查，之后说她身体很好，不需要这种药。

徐子涵老妈不得已，只得说这药是帮朋友买的，不走德国的医疗保险，就是自己花钱，希望医生帮开个处方。医生明白怎么回事后更死活不开处方，还说这是他的责任所在。

啥，这是啥责任……就是自己掏钱买个药嘛，又吃不死人……对啦就算吃死人也不用医生管，可是，这德国的医生口口声声就是说责任。

还有，刚到德国不久，一次牙疼，去诊所看了牙医，医生捣鼓了一阵，说没啥大问题，然后又给她洗了牙。洗牙不在保险之内，要额外付钱，付钱就付钱呗，徐子涵老妈掏出一百欧元大钞递过去，小护士说不收现金，到时会有账单过来。回家后徐子涵老妈忘了这事，平时里她不看信件也不懂转账。直到最近，徐子涵挥着几封信问：老妈，你怎么欠人家钱不还啊？人家都来信好几次警告啦！

这是什么事啊？不就是六十欧元的洗牙费，当初给钱他们不收，现在又催命一般地讨要……徐子涵老妈从来没有这样像欠债鬼一样被人催过钱，心情很不爽。她又不会转账，只好求着儿子去银行手把手教她，学会使用那个没有中文提示的多功能取款提款转账机，真是累啊。

最让徐子涵老妈难以忍受的是，德国人看起来一个个很有修养，但骨子里傲慢无边。

一次，她去图书馆逛逛。她也看不懂德语书，就是想替儿子看一下，以后这是儿子经常要来的地方。图书馆的管理员看起来还友善，就算不认识她，见面先问候临走又告别，浅浅的笑容让人感觉很好。临走之前她去了一趟洗手间。德国的洗手间很怪，两个门是至少的，有时候甚至三个门——外门进去是洗手池，洗手池边有个门，进了那门之后才是隔间的各自带门的厕所。

这个图书馆洗手间是两个门的。因为生理反应比较急了，她进了第一道门后随手关上，第二道门没来得及关就蹲坐下来。有人进来，开了门后直奔她没有关紧门的隔间，大力开门。一开，两人眼对眼尴尬。那女人退出，随即生气地喊："怎么不关门呢！"

待徐子涵老妈从小隔间出来，那个等候在外的女士冷艳地看了她一眼，说："请记得关门，冲水！"

那眼光，绝对含着特别色彩。靠，不就是两道门中的一道没关吗——这位冷艳神情的女士，不就是刚才那位见面招呼临别招呼的浅笑不停的图书管理员吗？原来那笑，都是职业的啊？

郁闷事情还有。

她德语不好，是因为她是中国人，德国人跑到中国去难道汉语就会很好吗？看看中国人的善意和热情吧。若一个德国人要买东西，一群人围着他替他翻译这个解释那个。她那天心血来潮想吃个德国餐，拿着菜单就是无从下手。你说，中国的大餐馆哪个不是把菜单做得图文并茂的？可这德国人的餐馆，就是一张折成三折的菜单，摸起来质感很好，可是一点不实用。徐子涵老妈起身想去厨房看看，却被侍者拦住。她东张西望，看到有人正在吃的牛排好像不错，就点了牛排。过一会儿又有侍者给邻座送来了烤蜗牛，她又想吃，于是又叫侍者再来份烤蜗牛。侍者不知是习惯思维还是看她刚才的动作语言不那么优雅，就是摇头，估计意思是牛排下锅了不能换了。徐子涵老妈一着急，嚷嚷着说要笔，她要画，一盘牛排加上一盘蜗牛，侍者没搭理她，跑去找其他人。好一会儿后，侍者和主管一道过来，两人没给她笔，却一直在旁边用她听不懂的、她感觉并不善意的话喋喋不休说着什么。

在中国大餐馆里从来都是享受优越服务的徐子涵老妈懒得费口舌，直接从包里取出一百欧元放在桌子上，然后比划着一盘牛排一盘蜗牛，她都要。明知这两盘东西最多六七十欧元，但要当就要当个有骨气的中国人，她扔出去一百欧元就是要告诉这些鬼佬，就算是吃一盘扔一盘，这也是她的自由！

侍者和领班没办法，走了。她看到那领班还边走边摇头。她也看到了那个小侍者的脸上，有种嘲弄的神情。

牛排和蜗牛很快上来了。但那天原本想美食一顿的徐子涵老妈，看着两盘端上来的主菜，突然一下子没有了胃口。她把一百欧元放在餐桌的醒目处，然后拿起了LV包，在一众食客的惊愕目光下，昂然走了。

把这些委屈事情告诉儿子，徐子涵还没心没肺地说："你傻啊，打包给我吃也好啊，白白浪费钱，还好意思对我说……谁叫你乐颠颠地来国外当二等公民的？你自己当当不过瘾，还把我拉来垫背！"

"儿子，你自己想想，你是要在中国当那么辛苦做题背书的高考生，还是到这里来自由成长？我是心疼你，不想你被国内的高考给逼得那样辛苦，辛苦完了还不知道自己学进了什么，可你还这么不体谅妈妈……"徐子涵老妈几乎要眼泪汪汪了。

徐子涵赶紧搂住老妈："好了好了，我又没说什么嘛……老妈你想回国就回国吧，赶紧回去管住我爸，你那么放心，我都不放心，昨晚还梦见老爸在和一个年轻姑娘打网球！"

徐子涵老妈瞪着眼睛看儿子，徐子涵立马再次搂住老妈："我骗你的啦。咱和老妈是一边，这分量重着。老爸不敢乱来的，他乱来我帮着你！"

徐子涵老妈在儿子的脑袋上亲了一下，心里暖暖的。是啊，关键时刻就是要看儿子的啊。

"儿子，老妈爱你，你是妈妈的骄傲。"徐子涵老妈衷心地说。

"老妈，别肉麻了，你早点回国享受去吧，我也少个耳边不停聒噪的人，你帮我找个烧饭好吃的大厨就行，其他的我都能照顾自己。"

这孩子又在老妈献爱心的时候推开老妈。

017

金哥是个什么样的人呢？

这位神秘的妹夫，直到与晚晴结婚前几天才进入我的视线。至于我的家人，则一直没有机会见到他。

我对他不抱任何希望，无论是相貌、修养，还是学识，但是一见面，我还是愣住了。他个子矮胖——是的，比晚晴矮。而且，他的脸上，有很多凸起的小疙瘩，我不想说是麻子，那只会让我越来越觉得上帝亏待了晚晴。我也不想再说他其他的不足……我承认我心情不好，看他什么都不顺眼。

当然，他是精心打扮过了。可能也是为了让晚晴娘家人有个好的第一印象吧，凡是能加分的他都加上了：他穿定做的阿玛尼西装，名牌工匠确实有好本事，不能改变顾客的容貌，但能最大限度地突出顾客身材上的不多的优点。经过那套面料高档的西服的遮挡，金哥看着也挺拔一些了。

可能也知道娶了晚晴是福气，他出手阔绰。我是晚晴唯一的娘家人代表，他一见我面，就以对待老岳父的标准，热情恭敬。彩礼除了我们心知肚明的餐馆修复之外，他又给了一个厚厚的红包，说是给老爷子补补身体用。红包里是五百欧元的大钞，共五万欧元。

明知我父亲最近是不会回德国了，金哥还是满嘴甜蜜地让我请父母尽快来德国，以后的康复费用全部由他来支付。

然后，金哥就是满满承诺，承诺他一辈子对晚晴好，承诺立马开工修复餐馆，承诺餐馆重新开业后一切都听晚晴的，承诺以后的一切经营包括所有权都和以前一样……

平心而论，金哥的承诺是很有诚意的。这是我见了金哥之后，满心失望之余得到的唯一安慰。

对了，金哥是个什么样的人呢？什么职业？什么经历？

无需隐瞒，第一代前往欧洲国家的很多移民，只有一些是走正常途径。很多的人，包括后来拿到居留国国籍的老侨民，都经历了不堪回首的历程。

艰难的历程能磨练人。身家满满的老侨民，没有一个是靠彩票致富的。所有财富的积累，都是两个词：血汗和心机。

很多侨民之前的名称是"难民"。不要以为所有定居在海外的侨民都是乘飞机十个小时之后平安落地的！不是！他们可能是乘火车、汽车、轮船，转换了多种多样的交通工具，也可能是步行穿越了一座又一座的山……中国人的坚韧和吃苦，是世界著名的。

老侨民们都说：德国读完了大学的本地人挣钱都挣不过没读完中学的中国移民。这话有道理，因为第一代的移民经历了太多的苦难，在苦难的环境里拼出来，他们是抗饿的骆驼，是吃苦的牛，是忍耐的马，是坚忍拼搏的狼……性格里有这样多的优点，怎么会挣不了钱？

但是，勤劳只能让人小康，变通才能让人发财。

能快速积累财富的华人，不可能是靠勤劳的打工获取。单靠骆驼、马和羊的耐力，也就是单线增值。敏锐的豹子，狡猾的狐狸，富有欲望的狮子，才是那些身家满满的侨民的代名词——这里涉及到了性格中的欲望和做法中的变通。

"变通"一直是个有争议的词。

德国人也变通，只是他们的变通被一些外衣合法化，比如某一年突然增加收入的家庭，请了关系良好的理财咨询师，咨询师帮他们做个账目，这里支出那里支出，本来应该缴纳不少税的，结果看起来好像还入不敷出了。世界上的人，都是一样有金钱欲望和想办法滑头的。

中国人也变通，包括我那妹夫。后来我才知道他的变通方式：做假冒伪劣的名牌包。

金哥是做外贸起家的，从东欧国家进货，大货车运进德国，然后在德国的各个节日市场上雇人卖。先是最低级的小商品，几马克一个，包括钥匙扣、项链、拖鞋、手袋等。

后来，路子铺熟了，生意做大了，再不安于售几马克的小商品，他就挑选几十马克的生活用品，尤其是箱子和包包，进行仿制，在东欧加工，再运回德国销售。

金哥是个聪明人，长得不怎么样，但就是有眼光能挑出当下最热销最时髦的货品。开始的仿伪还做点小改动，后来就索性拿着样本直接仿造，那样环节少，效率高，来钱快。

再后来，金哥把眼光定在了价格更高的有些名气的品牌箱包上，那就不是几十马克，而是上百欧元一个。顺利倒腾掉一车货的话，那就是几十万欧元了。

这是高风险的活，没人敢做。但金哥敢。他敢，是因为以前几十年铺的路子，他有能力把货转给他信得过的人。

金哥德语不行，中国字也写不利索，走在哪里都让人觉得很不堪。但是，我看到过他在办公室签发一张张出货单时的精明，眼神锐利，动作飞快，那些在我看起来很繁琐的一笔笔业务，在他脑子里犹如一加一那么清晰明了。

金哥告诉我，他那个普通得几乎算是寒碜的办公室里，随时备有十几万欧元的现金。这对于一般的外国人是不敢想的，但是，金哥就敢。我也曾问过他，是否要放在银行里，保险一些。他笑着对我说：放到银行里，税务部门就马上找上门来了，还是这样最安全。

他说着话，手从抽屉里随意放置着的一个手表包装盒上掠过，随手拿起那个手表包装盒，打开给我看一下，轻描淡写地说："前段时间去苏黎世，等客户，那人没来，就去表店消磨时间，顺便买了一只，你喜欢就给你吧。"

是个欧米伽，中国人的最爱。

我当时是被尊严驱使吧，竟然没接受——是觉得不好意思接受。可惜的是，这只蛮漂亮的手表，在几个月后被德国警察突袭仓库和办公室时，毫无悬念地没收走了。若我收了这手表，那在后来晚晴艰难的生活中就能帮上一点忙了。

金哥就是这样的人。有钱而粗俗，能干又敢冒险，对待晚晴，应该是捧在手心里的——对晚晴好，这是对我们这个家族来说，唯一的安慰。

当天，在见过我，送了礼金后，他就兴奋地拉着晚晴的手，去了蔡尔大街那家著名的首饰店，一眼不眨买了一只大钻戒，接着又买其他首饰，直到把漂亮西装口袋里的所有现金花光为止。

我不知道，晚晴找了金哥，在她心里，是不是觉得这确实是她当时的最好出路？

上海国泰路的一家小饭店里，黎阳与晓晴在一起吃面条。

"有钱真好。"晓晴一边划拉着面条，一边感慨。

黎阳抬头看女友。

"有钱就能娶到我妹妹那么漂亮能干的女人……真是挑了个好时机，那人赚死了！"

黎阳不说话。他已经知道了晚晴结婚的事情。他什么忙都帮不上，所以，只能沉默。

"我的弟弟过几天要来上海逛逛，看看机会，然后打打工什么的。"

晓晴又说。

"好啊，我请他吃饭……对啦，他有住宿的地儿吗？没有的话，跟我一起住？给我个机会，献献殷勤哈！"对于女友，总算有一事儿他能帮上忙了。

"他是同三个哥儿们一起来的，现在还不知道他的计划。不过，你放心，我弟弟他可有能耐了，说不定到时是他照顾你呢！"

"想献殷勤还没机会，这么惨啊。"黎阳自嘲道。

几天后，背着一个大行李的建国果然出现在黎阳面前。

第一晚上，黎阳就见识了建国的大咧咧的仗义性格。

在上海与姐姐团聚，建国与黎阳第一次见面，他就当着未来姐夫的面向姐姐借钱。

"姐，借我五百块钱。"

黎阳赶紧掏出钱包，从里面抽出所有的大钱，共十张百元钞。

"谢谢姐夫哈，我挣了钱就还你，今晚我请你们吃饭。"他挥着刚借到的一千元钱说。

饭桌上，建国一边喝啤酒一边问黎阳："姐夫，你说上海做什么职业最挣钱？"

"干吗呢？理想就是挣钱啦？"

"对，受刺激了，就想挣钱。"

黎阳认真想了想说："做销售吧，提成高呢。"

建国一拍大腿："我也这么想呢，明天我就让哥儿几个找家公司做销售去……不过，销售什么最好呢？"

晓晴说："那就卖房子吧，一套房子一百万，卖出去一套就能挣近一万呢。"

建国再一拍大腿："好，明天就去找房地产公司。三剑客一起杀过去！"

018

徐子涵在学校里又做了件让人大跌眼镜的事情。

德国教育与中国教育的最大不同处，就是德国教育是开放式的——从小学起，学生们就会被带入社会各种不同的职能部门，比如邮局、市政厅、图书馆、银行、消防单位等，去了解社会。如果说小学生比较多的是参观，那么作为中学生，就要真正进入职能部门去更深入地了解，这类社会活动通常都是以"项目"的方式，分成一组一组合作完成的。

这周开始，徐子涵所在班级开始了为期八周的"模拟股票交易"竞赛项目，该项目是为了让学生知道经济这门课不是虚无缥缈的，或者说，是为了让学生更早接触金融股市。这个项目，在国际金融城市法兰克福一向是非常受中学生欢迎的。

项目开始，先由金融行业里的员工作为"项目经理"给大家讲解理论基础。接下来，项目经理带领大家参观证券交易市场，现场解答问题。待大家对股票交易的一切程序都有所了解后，项目经理就给各个学生小组开出一个账号，里面是虚拟资金，每个小组都是五万欧元，作为项目运行的启动资金。这些虚拟资金可以投入到真正的股市交易中去，只是不可套现。项目为期八周，八周后，看每一个组里的账户有多少资金，哪个小组最多，哪个小组为胜利者。

项目流程与正式股民的操作流程一样，参加项目的中学生们参观完证券交易市场，就要开始以小组的形式，去市银行填写股民的表格，签字画押。徐子涵对于这个项目很感兴趣，他毛遂自荐当四人小组的组长，填表之类的琐碎事情他都包了。

在银行登记报名，开好账户，账户里的虚拟资金就开始启动，正式开始市场运行。

项目经理在银行为大家指导完毕，项目竞赛的第一天好像就要这样过去了，再没啥事可干。可徐子涵就是在看着没啥可干的银行里弄出了一个幺蛾子。

他看着银行里的自动取款机，突然想出一个主意：他也要搞一个项目，他当项目经理。

他问同学们：你们知道一个叫做"我当取款机"的项目吗？

没人听说过。

徐子涵解释道：在这个项目里，每人可以报名当一天"取款机"；在自己作为取款机的当天，所有参加项目的同学都可以申请"取钱"，当然主要取些零食、玩具、画册等，小面额现金也可以，去餐馆吃饭也是福利之一。"取款机"必须保证源源不断吐钱，有求必应。作为回报，"取款机"可以对自己的顾客有软性服务要求，比如代替自己写作业之类。

当即有人觉得这个"项目"无聊，但也有同学觉得非常有趣。

徐子涵就让对这个项目感兴趣的同学报名签字，学着今天这一位项目经理的做法，完备一切流程。

第一天当自动取款机的自然是徐子涵。他从钱包里逐一吐出来的福利有：足球画册、电影票、零食，甚至有小面额现金……福利确实是源源不断，让"客户们"惊喜连连。

徐子涵并没有要求其客户为他做什么事情，也就是说，首批客户当天是白吃白拿。一天过后，徐子涵在学校里的知名度大增。

一个俄罗斯的男孩子好像有点醒悟到了徐子涵当"取款机"的意图，原来花区区几百块钱就可以得到很多粉丝啊。第二天，他申请要当一天"取款机"，但徐子涵显然还没当够，两男生于是为了争夺当"取款机"而斗起气来。

徐子涵问俄罗斯男生，他当天的取款总额有多少，俄罗斯男生说五百欧元。

徐子涵说：我加倍，一千欧元。

俄罗斯男生耍赖：我一千一百欧元。

徐子涵继续追加：我再加倍，二千二百欧元。

俄罗斯男孩猛喊：我二千五。

徐子涵依旧加倍：五千。

无论是心理还是气势，俄罗斯男孩都处于下风，围观的同学越来越多，俄罗斯男孩气急败坏，狠盯徐子涵一眼，涨红着脸走了。

这件事后，徐子涵"中国王子"的绰号在学校里开始流传。

当天，徐子涵被校长请去了办公室。

校长秘书请徐子涵在简单但是整洁之极的会议室里等待校长。

虽说自己没有"违法乱纪"，这样玩玩游戏，不是打赌，没损害别人权益，也没有什么见不得人的动机，按照德国的法律，不违法，谁都不能把他怎么样。但被叫到校长办公室来"喝茶"和"谈心"，徐子涵还是有些忐忑。

校长来了，态度和悦地问他是否要喝点什么。

徐子涵说："喝茶"。

秘书端来了一杯袋泡茶。

校长说："我们聊聊吧……我对你有印象，你的面试表现很好，聪明机智，有想象力，也充满活力，所以是我点名要了你。"

徐子涵想：校长这是欲抑先扬。

校长接着说："其实在面试你之前，我就知道你，也知道你的家庭条件不错，因为你的妈妈来过我办公室。"

徐子涵一愣。

"你妈妈当时想向我们的图书馆捐一笔钱，但是她委婉地提出，想让你进这个学校。"

这个老妈，又干蠢事！这让我多没面子啊！徐子涵脑子里恨恨地咒着自己的母亲。

"当然，我拒绝了。我说，学校很感谢各界人士的支持和捐款，但我们学校接受捐款是不会带条件的。所以，后来你母亲就没有再提捐款的事情。"

徐子涵脸红了。

"这事跟你无关，所以我们就不用谈这事了。但是，我想与你说说我们这个学校以及我们这个社会的一些事情。

"我们学校有一百三十年的历史，它的前身是一所贵族学校，是一位公爵出资成立的——你的历史学得不错，对，就是在威廉一世皇帝的时代成立的。当时学校的校训是：尽全力担当社会责任。"

徐子涵静静听着。

"我不想从太过理论的角度来讲述什么是社会责任，但是，我今天想告诉你我们的一位校友的故事，他是我们这个学校的最大的骄傲。

"一九一二年在大西洋上发生了一件著名的大事件，你知道吗？"

"是泰坦尼克号事件吗，校长？"

校长点点头。

"一九一二年四月十四日的晚上，泰坦尼克号共有七百零五人得救，一千五百零二人罹难。在罹难的人里面，很多是当时的社会精英、超级富豪。其中就有世界首富亚斯特四世。"

徐子涵听着，他知道这个故事，这位财富可以打造十几艘泰坦尼克号的世界首富拒绝坐上救生艇，因为船长已经下令，救生艇优先为妇女和儿童提供机会。

"打捞人员发现他的尸体时，他的头颅已经被烟囱打碎了……再恐怖的情景都不会改变他最体面的尊严。尽管他在我们中学只上过短短一个学年，但是他遵守了我们的校训：尽全力担当社会责任。他是伟大的贵族。"

徐子涵不说话。

"孩子，也许我跟你说这些快一百年前的事情，可能有点遥远了，现在新的国家、新的科技、新的财富、新的观念、新的价值、新的富翁……层出不穷，我也有些忧伤，好像坚固的大堤被冲击了。但是，只要一进我们的校园，所有人都会知道，我们的校训，当年是，现在依旧是：尽全力担当社会责任。

"我们学校的学生都很优秀，有平民的孩子，也有数代富豪家族的孩子，我们一视同仁，教大家一种分担情怀。但分担的是责任，而不是炫耀，孩子。"

徐子涵并不是个少条神经的孩子，相反，他情感细腻。

那一天，与校长三十分钟的"喝茶"和"聊天"，让他觉得，胜过读了很多书。

晚晴的婚礼在即。

那是十月初，离德国的大学十月底开学还有段时间。当时的情形就是这样：三个月前，还是中学同学的好友们都在收拾上大学的装备；三个月后，其他同学的日子在继续，唯独晚晴准备披上婚纱走进婚姻的门洞。站在门洞之外观看，我们没有一人知道晚晴是否会幸福快乐。

金哥为了显示他的诚意以及对新娘的喜爱，特意订了法兰克福最著名的肯尼迪别墅酒店。把婚礼现场放在那个高端上档次的庭院里，浪漫是百分百的。他让晚晴邀请尽量多的朋友和同学，他都会尽心招待。

晚晴说："不用那么高调吧。"

金哥说："一定要高调！我不是为了炫耀自己娶了这么漂亮的老婆，我是为了让你得到最多的祝福。你虽然没有上大学，但是以后你可以上啊，你不会少于他们的，大学一定要上的啊，你不过就是先结婚了，而且找的男人很疼你。你要告诉你同学的就是这个！"

这话从金哥嘴里说出，让晚晴感动不少。

晚晴也终于有心思去商店里挑选漂亮的邀请函。

邀请朋友和同学时，晚晴问朱丹，是否要邀请托马斯。朱丹是伴娘，她帮晚晴做了不少事，也出了不少主意。

朱丹想了想说："请吧。"

朱丹对晚晴说："用这样的方法可以告诉托马斯，每人都有最适合的选择，你陈晚晴在走着自己的路。"

晚晴觉得也对。班里其他好朋友都通知了，却不通知托马斯，似乎自己太在乎他。他既然有他的选择，那她也会有自己的选择。

婚礼很成功，很唯美，很难忘。钱能买很多东西，包括艺术。这是金哥花大钱办的婚礼，他为这个婚礼尽心尽力，拼命砸钱。肯尼迪别墅酒店提供的服务非常完美，烛光晚宴让人惊叹，重金邀请的主持人也是中德双语妙语连连。金哥再粗线条，也在此时呈现了难得的细致。

我替代我的父亲，担当了红地毯上牵着妹妹的手、把她交到金哥手中的那个角色。

这个角色不好演，就算我父亲在德国，那天可能他也不愿意出场。这是这辈子我为父亲做的最艰难的一件事。

那晚的宾客有近一百人。近三分之一是晚晴邀请的，主要是同学朋友；三分之二是金哥邀请的，以侨界的华人为多，有餐饮界的，有外贸圈子的，也有各商会协会的，都是大大小小的侨领，或者说是法兰克福人脉最旺的大牌华人。其中当然也有胡主编。

晚晴那晚真的是好漂亮啊！当她挽着我的胳膊出现在红地毯这一端时，很多人都惊艳地站起身来，神情惊愕。

金哥兴奋得涨红了脸，在地毯另一端不停地搓手。

我已经无从表达当时的心情，我只希望做完这一件艰难的事情之后，能让我提一瓶酒躲到哪个地方去。

音乐响起，我如在梦中一样，走过红毯，把晚晴的手放在金哥的手中。晚晴的手光洁细腻，金哥的手粗短肥厚，这是那一晚进入我脑子里的唯一感受。

金哥可能过于激动了，在接过新娘的手之后，对着话筒，半天才挤出一句话来："今天我太幸福了……老婆，我会一辈子对你好！"

大实话引发了一阵鼓掌，也诱发了人们略显粗鲁的玩笑："金哥你不对老婆好的话，我们要竞争让你下岗！"

金牌主持人也明显感觉到了这一场婚姻中的不对等，赶紧用漂亮的、老套的祝福来掩饰缓和强烈的对比。

我躲在人群后面，静静看着烛光摇曳下的妹妹。再见了，我的妹妹的少女时代；再见了，少女晚晴青春飞扬的中学生活；再见了，三个月前还在与同学朋友们热切计划的、却无法完成的大学计划；再见了，一切关于白马王子的甜美梦幻……我祝福妹妹的新生活，能尽可能宁静和安逸。

但是，命运注定，晚晴的那一晚，过得非常不宁静。

在宾客们尽情碰杯之时，尽管有夜色的掩护，晚晴还是发现了——我是在看到她突变的神情后顺着她的目光才发现——花丛背后，有两个在忘情亲吻的身影，是朱丹和托马斯。

019

徐子涵又惹是生非了。

四人一组做模拟股票竞赛的项目，才过一周，他就兴趣大减：尽管所有的操作都和真正的股票交易一样，要么在银行网络上操作交易，要么打电话给交易所下指令，每次交易后，账号里的资金看起来也是随着股票的买进卖出而进来出去……但是，一切都是虚拟的，再赢钱，也是一个符号；再输钱，也一点不心疼。

安东和莫理茨在很用心地学习股票知识，收看股市节目，跟踪股市行情，平时那么调皮的两人没见如此废寝忘食过。

为了一只股票买的时机不对，安东捶胸顿足；而在相对最高点成功抛出一只股票，又让莫理茨兴奋得简直乐晕。徐子涵摇头，搞不懂德国孩子怎么这么好糊弄。

徐子涵跑去银行问，是否可以打真钱进去。银行工作人员查看了记录，说不行，这个账号只能用于中学生的虚拟股票交易项目。

徐子涵问是否可以重新开个账号。银行人员看着他说："你满十六岁了吗？没有的话，必须得有父母陪同。"

这个好办，把家里的大厨师傅借来一下，就说是自己的爹；或者保姆阿姨也行，就说是娘。

只是，这次玩的数字有点大。因为虚拟资金是五万欧元，为了让自己小组来玩个真格的，那么填到新账号上的资金，也应该有五万欧元。

五万就五万吧。

徐子涵给老妈打电话："妈，你尽快往我的账号上打五万欧元来！"

"什么事情？"徐子涵老妈一惊。

"你别多问了，是学校里让我们搞一个项目……我负责筹钱。"

"儿子，你没做坏事吧？"

徐子涵一听气呼呼地："我做什么坏事了，不信你来看看，我们的项目就是八周时间，其实只有七周了，是老师让我们做理财的实践……算是我借你的，七周后我还你钱，连同利息！"

见儿子生气了，老妈赶紧息事宁人："好好好，今天就给你汇出……"

上海一家装修豪华的会所里，徐子涵老妈此时正与一群衣着光鲜的太太朋友大谈德国的"贵族中学入学指南"。她手捧一本厚厚的相册，解释着徐子涵在德国入学过程中的种种奇遇。

"王姐，你就带我们去考察考察嘛，我对那个萨什么的王宫中学很感兴趣的，照片上看起来多漂亮啊，是不是欧洲的王子公主也会在那里上学啊……我女儿若在那里受教育，那出来可定是名媛淑女啦……"

"说不定以后还能嫁个王子什么的呢！"

"那就算了，咱们家公主还是嫁中国人吧……别打岔，我们要让王姐组团去德国看名校。"

"对对，王姐你那么能干，能自己给孩子找那么好的学校，你一定要组个团啊，你的费用全部由我们来出，我们保证全程都听你的话！"

"对啊对啊，组团找名校去，让孩子们都在同一个优秀的圈子里生活和受教育，以后的朋友啊人脉啊也都会很有档次。现在的一个说法是：什么样的圈子培养出什么样的人。很有道理的，是吧？"

　　徐子涵老妈合上相册，带着满足的笑容："什么费用，这费用对我们还不都是小意思？不过，我们都是希望孩子越来越好的，孩子那一代好，我们这一代才能好，能帮孩子们找到最好的中学，让我们的孩子接受世界上一流的教育，就是我们的心愿了。对吧？"

　　"看王姐说的多好，王姐就是我们圈子里的领头羊、带路人。有王姐在，我们就放心了！""是啊，朱蒂小妹的嘴巴就是甜，不过王姐就是最好的指南针。咦，朱蒂，你的孩子才四岁吧，你怎么也这么着急啊。"

　　"提前作准备。对了，到时我还想多买些欧洲的大名牌呢。"

　　"我们也是呢……王姐，你要多多带领我们哦！"

　　"好的好的，谁让你们都是我的好姐妹呀。"

　　众人呼应，徐子涵老妈神情自豪。

　　窗外的庭院里，停着一排溜的宝马、奔驰和保时捷。

　　周末的夜晚，霓虹灯闪烁，上海徐汇区一片热闹。在一家大排档里，晓晴点好五个菜和两瓶酒，与建国一起等待着黎阳。

　　黎阳气喘吁吁赶到。

　　"喂，说好九点能搞定，你看看，又拖到十点啦！害我们等。"

　　"加班嘛，忙点好，忙就意味着公司发展好。"黎阳一坐下，与建国招呼了后，立马拿起筷子给晓晴夹菜。

　　"那罚你请客啊。"晓晴也给黎阳夹菜。

　　"那当然，就算天天请客，哥也是请得起的。建国是吧。"黎阳笑着边吃边说。

　　"给你点小菜你就当大餐了，真有你的。"

　　"怎么着也是跨国大公司的工程师嘛，未来的大栋梁呢！"

　　"什么跨国呀，是不是就跨在东南亚一带啊？"晓晴掩嘴偷笑。

　　"谁说，我们公司马上要在德国开分公司呢。"

"那会派你去，给你个总经理当当吗？"

"好男儿志在四方，这不就是咱五年计划之内的一个小理想吗！"黎阳大口吃饭，并冲建国挤眉弄眼。

"算了算了，你能否被派去德国，那机会可渺茫着，不过我们校园里今天可贴出了一个广告，有现成去德国的机会，而且还包吃包住包学费。很多同学想去面试呢。"

"哦，什么机会呀，国外公司的招聘广告还贴到学校里啦？还有免费培训？"

"是个富豪，她要为她家的公子找个伴读，包吃包住包学费甚至还包一年一趟的回国机票。但是条件也蛮苛刻的，要男生不要女生，要会做饭做家务但不能娘娘腔，要勤奋好学但首要任务是照顾她公子，要性格开朗不能忧郁，体育是强项但又不能贪玩，要为人真诚热情正直但又要随时向她打报告……"

"那不就是我嘛！找她报名去！"黎阳以一种最认真的表情大言不惭。

"最后注明一点：要求报名者自己搞定前往法兰克福的学生签证。因为其他都可以用钱解决，就是这个签证，没法用钱解决哦。"

"那你们那么多同学折腾什么劲儿的去面试呀？"

"好玩呗。"

"切，都是些不靠谱的事儿！"

建国看着姐姐晓晴，听着他两人绕嘴，心情比前些日子好多了。

"对了建国，你现在的房地产销售怎么样？"

"房子没有卖掉一套，但是人却成房东了。"晓晴抢着说。

黎阳惊愕地睁大眼睛。

建国才来上海一个星期啊，就大手笔买房了？

"房子我今天已经实现零的突破，你看短信，今天有位客户签单了——而且，我直到今天才开始卖出房子，是因为前面的一周是实习期，我还没有签单卖房的资格。"建国慢慢吞吞地说。

黎阳感觉这短短一周时间里，因为忙着加班，他遗漏掉了很多事情。

其实，这一周对于建国来说也很普通，高潮时间也就那么几分钟：

他拿着报纸，按照上面的彩色广告，找到一家正在开盘的房地产公司，想去找销售的活儿干。

售楼现场很热闹，在围观看房的人群中，他发现一群操着与他家乡很近口音的温州老乡——清源是温州下面的一个小城。

温州老乡说他们要整层买下三层楼。那种板式公寓，一层有六套公寓，三层就是十八套公寓。建国听后顿时石化。

老乡问他，是不是也买？跟着他们一起买的话，价格可以便宜。

建国脑子里的血在那一瞬间有点涌。他不知原先的购买价格，也不知能便宜多少，只是因为看到老乡买了十八套公寓，也就跟着点头说买一套。

之后，他拿到了一张纸，上面是一个编号。纸上有告知，多少时间之内要先付三十万。

建国手头有六十万现金呢，一点不怕。

有个记者来采访，建国挥着手中报纸："我本来是来找一份当销售的工作的，结果，我也不知道怎么回事，买了一套公寓。"

这个不超过十秒钟的现场报道在电视上出现后，房地产公司市场部经理给他打电话，说要招聘他当销售。火线培训，一周后上岗。

这就是建国在上海第一周的奇遇。

020

上海，真是一座魔都！

史提芬·冯·迈耶博士望着展会大厅里一大批端着高脚酒杯品酒然后争着买酒的人群，感到自己这一趟上海之行太值得了。

原先，他也不相信中国的消费者会喜欢德国雷司令。在他的印象中，中国消费者喝一种便宜的米酒，用大米酿制。作为一生精力都放在做酒事业上的资深葡萄酒商、葡萄酒专业客座教授、葡萄酒书籍作者，他曾饶有兴趣地琢磨过那种很有中国市场的"黄酒"，这两种酒无论是酿造方法还是口味，都是两个体系，所以他很长时间都没觉得中国市场会是他的合作战场。

直到他的助理提醒他，中国市场显示的作用已经越来越强劲了，他才在一番安排之后，趁着国际食品展的机会，带着他的雷司令来到上海。助理对于开拓中国市场很有兴趣，早早就联系了媒体，并布置了一个漂亮的品酒现场会。

品酒会上，助理开启了十种不同的酒，大屏幕上展示着莱茵河畔大片的雷司令葡萄园，还有古堡和小镇，风景美艳无边，让品酒者发出阵阵惊叹。尽管需要一百块钱一张的品酒门票，但还是阻止不了爱酒人士的热情。"一百块钱，畅饮德国正宗葡萄酒！"有人这样呼喊着，于是，进大厅的人越来越多。

助理还在逐个解释起泡酒、粉红酒、半干、酒庄、酒标、单宁、年份、晚摘酒、贵腐酒、冰酒等各种名词时，着急的品酒客人们已经迫不及待品尝起杯中的美酒，一杯又一杯。尽管有的人握杯子的姿势并不正确，尽管他们喝葡萄酒的速度有点像喝啤酒，尽管他们一点没在意酒瓶上那个漂亮的酒标，但是一点不影响他们排成长队，成箱购买"从德国运过来的正宗高级葡萄酒"。而且，已经有客人注意到：雷司令的酒瓶子很苗条时尚，与国产葡萄酒直筒的圆酒瓶子不同。他们说：这样的酒瓶子，送人是很体面的哦。

长途海运过来的葡萄酒有限，有的人很遗憾没有"抢到"正宗德国酒。他们的神情都让史提芬博士于心不忍。

这一天，葡萄酒商史提芬博士有种非常愉快的成就感，市场的培养就是这样慢慢来的。他相信，让他引以为豪的德国雷司令，将会越来越多地占领中国食客的胃，因为雷司令本来就代表着值得拥有的品质。

夜幕降临，忙碌一天的史提芬终于可以倚靠着阳台欣赏这个有魔力的都市，这里夹杂着各种元素：攀比、时尚、精致、有钱、充满学习的渴望、拥有强烈的物欲……一个比法兰克福更多些性格的大都市！

史提芬去宾馆的就餐区就餐。因为宾馆紧邻展会，所以住的很多客人就是展会的展商。

在经过一个半开放的包间时，史提芬看到服务小姐的手里拿着的就是他卖出的雷司令，而且还是价位最高的那一款。史提芬停下脚步，看着服务小姐拿起开瓶器打开那瓶来自他家酒庄的葡萄酒。

史提芬想，他怎么也要同包厢里的客人们打个招呼。作为酒商，他很乐意看到客人们享受自家美酒的陶醉神情。

但是，史提芬很快打消了这个念头——他吃惊地看到，服务小姐正按照客人的要求，把一瓶晚摘雷司令悉数倒进一个装着可乐的大玻璃瓶里。

雷司令兑着可乐喝！史提芬一个趔趄，差点摔倒在地。

我能感受到妹妹晚晴心中有一股像火山熔岩一样要喷发的欲望，虽然她表现平静。

婚礼后的第二天，晚晴就换了衣服，去餐馆监工。

没有蜜月。金哥本来想两人去希腊的桑托林岛拍蜜月照，晚晴婉拒了，她说一切欢庆的活动都等到餐馆开张之后。她让金哥也去仓库正常工作。

金哥说：现在餐馆的修建是我最重要的工作。

金哥其实很聪明啊，他知道要获得晚晴的心，那就是重建餐馆。晚晴的欲望就是这一个，无别的。

我不知道这种身份和角色的改变对于一个人的心理来说有多大的压力。当班里所有同学都进入了大学，走向正常的生活轨迹，唯独晚晴已为人妇而且可能不久之后将为人母，这差距够大。

毛栗子是唯一受了邀请但没有来参加婚礼的同学。后来晚晴得知，他上了一个高等技术专科学校。这种学校的学制不长，五年就能拿Diplom（工科硕士）文凭。比起当音乐家，这是最为现实和稳妥的选择。

宁静的生活貌似又恢复了。我也回到了大学，继续我一度中断的论文。

夜深人静时，我会端一杯茶，看星空，看星星运行的轨道。

世界万物，只要有运动，就会有轨迹。正常的运行，就有正常的轨道；不正常的运行，那就是错轨了，错进了其他的轨道，然后相撞了，爆炸了，不可收拾了，但再不可收拾也得收拾，逐渐恢复常态，再开始步入新的轨道。

我的老爸喜欢飙车，喜欢开着他那拉风的保时捷超快地换轨和并轨。有一次他带我出去兜风，那时我都还没拿到驾照，看着老爸熟练地打灯打方向盘超车，迅速地超过一辆又一辆，觉得老爸很牛。

老爸告诉我："儿子，生活就是超车，你可以不停去借道和错轨，但是你必须作好准备，并最终回到自己的轨道，不然代价会很高昂……当然，生活没有过不去的坎，都能过的。"

当时我没懂。我觉得这话有太多的理解和解释了。

那天我的老爸给了我最低版本的解释，无任何哲理，完全是从生活实践的意义上说的——

"你在开车，这正像你的生活，当觉得生活有必要提升一步，那么就超车。但是超车前，按照驾校老师所教的，一定要有充足的准备：观察快车轨道是否可以用，打转向灯提醒，扭头瞟一眼后视镜的视线死角，确定一切OK，打一把方向盘，顺利并道、超车，然后回到自己原先的轨道。这是一个非常符合正常事态发展规律的超车。人生的每次超车若都是这样，那么就会稳步向前。"

"那么，不符合正常事态发展的超车呢？"我问老爸。

老爸呵呵笑着说："若你没有完全充足的准备，就傻乎乎地一头扎向快车道，会是什么情况？"

我看着空无一人的几条高速车道，说："现在也没问题。"

老爸说："那是你运气好，但是正常情况下，你没准备好，你就要被崩了。所以儿子，一定要打有准备的仗，包括你以后结婚啦、生孩子啦、职业转向啦，一切！你要观察快车道是否可以借用，因为生活不是以你为中心，你要考虑别人的承受力。你打转向灯提醒，那是告知对方你要有动作，所以很多事情都要坦诚告知。扭头瞟一眼后视镜视线死角，那是很多人会忘记和疏忽的步骤，可要知道，很多意外和事故就是出于疏忽，不是车子不好，不是技术不好，就是可怕的疏忽。做完这些，你就顺利并到快车道去了，你顺利地超了普通车道的车。这时就要记住，不要久久留恋快车道！那只是借用的，是暂时加一把油后发力用的，但是真正的生活，都是在自己的普通车道上。所以，还是要回到普通车道来。"

"老爸，你是不是一辈子没有出过车祸？"

老爸呵呵笑着："小车祸刮啦碰啦的是有，不过伤人伤生命的，一件也没有过，老爸开车三十五年了，一直平平安安。"

"老爸，那万一出了车祸，那结果都会很可怕吗？"

"按正常事态，这世界，没有过不去的坎，都能解决问题的。有的是靠医疗科技来解决，修复，还原以往的人生，只不过时间过了几年，钱花费了一些。有的是靠精神意志，靠逐渐适应的习惯，因为若丢了一些永远回不来的东西，那就不用找了，赶紧去享受还没丢掉的、还保留着的那些，继续享受生活，说不定过得还能比以前更好。若真的出现了最坏的情况，完全都不保留了，包括生命，那么活着的人更要好好珍惜，代替已经死去的人享受生命，尽早回复宁静的生活，不要大吵大闹，不要终日痛苦。可以怀念但不必殉葬，人生放在整个世界上看其实轻如鸿毛，因为轨道还是在这世界上无尽延伸着。所以，只要车子还在，那还是要开车，慢慢地开……"

我喝着茶，看着星空，想着老爸的话。

021

徐子涵老妈在办公室里挥手送走了最后一个面试者，然后倒在豪华舒适的老板沙发椅上，叹气：怎么找个陪读都这么难啊？

这时，手机响。徐子涵老妈一看来电号码，顿时乐了。

来电的是外国语大学的魏教授，曾经给徐子涵老妈上过德语课。

"魏教授啊……是的是的，您的消息真是灵通啊。好的好的，您那边学生多……就是啊，呵呵，你帮我留意着啊。若有合适的人选，您一定推荐我啊，所有费用我都会支付的……对对，机票、房租、学费，甚至旅游费用……这事拜托您了啊，是啊，我又得去德国啦……是啊，为了儿子的教育嘛……

"魏教授，上次帮您带的那种德国烟丝，你喜欢的话，我继续帮您带哈……

"是的是的，我很快要回德国去，还要带上一批姐妹去，考察德国中学名校……魏教授，我实在是很惭愧，只能说是天下父母心吧，反正现在生活也好了，挣钱也容易，挣来的钱么，就花在孩子的教育上吧，对不……

"魏教授啊，那么那件事情，就拜托您了啊。谢谢啦，真的太感谢啦！"

这魏教授，确实热心。徐子涵老妈在外国语大学里上过几节德语课，这老头子给他们上听力课。徐子涵老妈没学进去多少，却与魏教授成了好朋友。她得知老教授就爱抽德国一种牌子的烟，每次去德国就都给老头子带烟丝来，让老头子乐不可支。这次，老教授不知怎么知道了她在四处为儿子找学伴，就来询问此事是否属实。若属实，他可以在学生圈子里帮助找找看。

徐子涵老妈知道，若魏教授能推荐学生，那一定是靠谱的。

徐子涵老妈总是能找到最合适的人帮她做最急需的事。

徐子涵再次被校长叫到了办公室谈话。

对于负责指导学生们操作这个炒股竞赛项目的项目经理来说，这一天绝对让他出一身大汗。他认为是他职业生涯里犯下的最低级也是最巨大的错误：在一个小组的账号上，五万启动资金进入，完成八周的竞赛时间后，账上多出了一万多欧元的股票收益。然后，在某一个时间，这六万多欧元被转账了。

项目经理瞪大眼睛："这是不可能的，这是一笔虚拟资金，不可能被转走的！"

但确实是被转走了，账上空了。

项目经理顿时汗如雨下——那意味着有人真的盗取了六万多欧元。

他立即打电话询问银行工作人员，对方仔细查对资料，说："他们的启动资金不是虚拟货币，是真实资金。"

项目经理愣在那里。

"你确定？"

"确定。"

"是谁干的？"

"一个中国人，叫Xu Zi Han。"银行工作人员发音不准，把Xu发音成Shu。

不管了，找到罪魁就好。

而此时此刻，也有两人，望着眼前一沓货真价实的纸币，瞪大眼睛：这八周来，原来我们都是用真的钱在玩啊？

"刺激吗？"徐子涵看着安东和莫理茨，神情亢奋地问。

两人半天说不出话来。

"输了怎么办？"安东忍不住问道。

"输就输了呗，反正也就是五万，我支付。"徐子涵轻描淡写说道。

"这赚的钱呢？"

"我们小组辛苦八周的合法报酬，当然四人平分啦。"徐子涵很仗义。

是的，仗义的中国人都是这样：亏了算我的，赢了大家分。

就在他们在教室的课桌上数着一大堆钱、要平分成四份时，校长进来了。

校长不得不承认，在把这个中国孩子叫到办公室里，请他坐下，并给他倒了一杯水的时候，他心里没有作好该如何进行谈话的准备。

拥有教育学和心理学两个博士头衔的校长，以前与各种熊孩子谈话都是轻车熟路，因为青春期的表现尽管五花八门，可大致情况就是那么几种：叛逆、情绪不稳、感情纠结、父子代沟、炫富、自我等等，很容易被归纳，也很容易对症下药。

但这次这个熊孩子的表现，让校长犯难了。

这问题不是因为孩子的性格或者教育缺陷，而是两种文化的对立碰撞。

"我又做错事了吗？您上次说，要分担责任，我一直记在心里的。"

这个孩子真是超级聪明，有了上次喝茶的经验，他现在一点不发怵，还先发制人。

校长笑着，等这个孩子心情平复一些后，云淡风轻地问道："你知道普鲁士国王腓特烈大帝吗？"

"当然知道，德国历史上的一位明主，全才领袖，制定《普鲁士通用国家法》，率先实施义务教育，设计无忧宫，创作《德国文学论》，对艺术、绘画、音乐都极为推崇，是伏尔泰、歌德、巴赫的知己好友，绝对的人才，通才！除了高大上的战果，他也很接地气，了解民间疾苦，不仅自己节俭，还积极推广种土豆，解决了当时国家面临的粮食短缺问题。"徐子涵眉飞色舞，他不久前读了腓特烈大帝的一本传纪，正好卖弄一下。

"不错。"校长说道："那你可了解他的一件逸事？一个关于风车磨坊的民间美谈。"

"这个，我不知道。"

"轶闻来自一个法国的民间故事家，他收集了很多故事。这个故事传入德国后，就迅速流传。他在书中写道：无忧宫的主人腓特烈大帝，因为被紧邻其宫殿的一座古老风车磨坊的叶片噪音搞得烦恼不已，他希望从磨坊主人约翰·威廉·格雷凡尼茨手里收购磨坊。但遭到磨坊主人断然拒绝。腓特烈大帝恼怒，厉声说道：'难道你不知道我只需凭借手中的王权就可以剥夺你的这座磨坊，而且还不用支付一个铜板？'磨坊主人一听，坦然地说：'是的，国王陛下，您是可以那样做，要是——我说的是个假设——要是柏林不存在高等法院的话。'腓特烈大帝一听，从震怒中恢复了冷静，他向磨坊主人道歉。如今，作为这个故事的结尾就是：那个巨大的、有着象征意义的磨坊，仍然矗立在无忧宫的身后，接受着无数来自世界各地的游客的品评和拍照。"

徐子涵看着校长，没说话。

校长喝了一口茶，态度淡然地说："可能你已经知道我想要告诉你的是什么了——这样吧，如果说这是一个很受人欢迎的民间故事，那么我再说一个真正进入历史档案的关于腓特烈大帝的故事。"

徐子涵颇感兴趣地听着。

"在普鲁士的一个小地方，磨坊工克里斯蒂安·阿诺德在世代租赁的一块地皮上建了一座水磨坊，水磨坊的创收用以支付租金。但后来，水磨坊所在河流上游的地主开掘了一口鲤鱼池塘。阿诺德认为，池塘用水导致下游水量不足，直接影响其水磨坊的产出，因而无法支付租金。于是，他与物权所有者、施梅桃地区行政长官发生法律纠纷。阿诺德两次败诉，就求助于腓特烈大帝。大帝在听取阿诺德陈述后把此案转到柏林最高法院，但阿诺德再度败诉。一七七八年，水磨坊遭强制拍卖。大帝得知后很是为平民阿诺德不平，他说：'推行不公正的司法官员比盗窃团伙更为危险更为可怕，人们可以防范盗贼，却无法躲避披着司法外衣却成全其险恶嗜好的无赖。'于是，这位仗义又侠义的国王就以不公正的判决及盗用国王名义为由把法官投入大牢。

"这件事情产生了两个结果，一是民意飙升，国王获得平民大力支持。但第二个结果是腓特烈大帝违背了自己对法治精神的承诺，一国之君对司法的干涉竟然如此赤裸裸，司法界视此举为王权压制司法权。柏林最高法院的其他法官拒绝审判那几位遭遇不幸的同事，腓特烈大帝只得代行裁决权。这可谓是法律界一件触动司法独立底线的大事。这案子不了断，法制就不是真正的法制。

"这件事情直到腓特烈大帝这位'既开明又专制'的国王百年之后，才由他的继承者弗里德里希·威廉二世作了一个了断，称此案为'一场误会的结果'。这样，既保护了大帝的尊严，又竖起了司法独立的大旗，并直接推动了普鲁士法律的修订和完善以及对国王与司法之间关系的反思。

"直到今天，很多德国人都骄傲于他们的国家拥有全世界最厚的一部律法《基本法》，同时他们也很愿意遵守这社会里无处不在的各种规则和条约。子涵同学，你明白我的意思吗？"

说完，校长安静地注视着徐子涵。

徐子涵自然知道校长想要跟他说的意思：瞧见了没有，什么叫规则？这就是规则，远在仗义和侠义之上，是连德国国王都要遵守的！就算前一位国王没有做到，后一位国王还是要替其遵守！知道规则和法律的厉害了吧？

徐子涵不再像刚才那么一副得理的无辜样子，他用喝茶来掩盖他理亏的神情。

校长倒是照样神态和悦："子涵同学，我知道你们中国古老文化里面讲究仗义和侠义。但是我想要说的是，任何人对于规则的遵守和服从，才是社会公平以及社会文明的基础。而基础，是不能被任何理由破坏的，连大帝也不行！"

022

十一月的德国，已经红绿褪尽，寒风中一片萧瑟。

不过，一群衣着时尚的中年女人，手拿相机和纸笔，却热情如火。她们参加的是一个特殊的旅游团——名校考察团。

整个团的配备很精良，有导游，有翻译，有豪华的商务巴士，当然还有一位咋咋呼呼的团长——徐子涵老妈。为了履行对富太太姐妹们许下的承诺，徐子涵老妈不远千里，不惧风寒，一路陪同。

就是，人人都是富太太，若没有一点奉献和能耐，怎么能当上太太团团长，接受大家甜美的恭维？

很多人对那个王宫贵族中学感兴趣。那中学里有什么课程且不说，但据说那学校出过王妃，也出过好几个部长，还出过不少律师和银行家，这些都是珍贵的资源。一旦介绍起自家的女孩子："我们家闺女可是王妃的校友！"那不是很体面？至于男孩，这一辆商务车的女人们，哪个不会为自家的儿子准备上一份丰厚的家产？让他在未来道路上的同行者不是部长就是著名律师，那多么有成就感！

奔驰商务车停在王宫中学门口。

有个小小的遗憾：按照事先的预约，在学生在校时间，商务车不让开进学校，同时这群时髦女士们也不能进入校门里去，她们只能在校园外面拍拍照片。等下课放学，也就是五点钟以后，学校外事部门的负责人可以与她们见个面，时间也不长，半个小时，那时候她们才可以在校园里拍照。

"你怎么同他们联系的？让我们在这里等整整半天？"徐子涵老妈不满意地问翻译。

翻译很委屈："他们一直就是这样说的。但是你们要求一定要早点来，说我们一车人来了就能进了，所以车子就早过来了……"

"那你怎么不早说？"

"我老早就说了，但是没人理我……我的头儿说了，这个团等级高，一切要听你们的，所以就听你们的了。"

"真是的，我们这么一个大团，万里迢迢从中国过来，却关着门不让进，就算进了也只有半个小时……太大牌了。"徐子涵老妈的语气不知是愤懑还是自嘲。

"王姐，这就说明这个中学确实很贵族啊，我们先在外面拍几张照片吧。"有好心态的太太这样安慰。

一群人在学校外拍完照片后，徐子涵老妈看看手表，还有近四个小时呢，苦等也不是个事情啊，她们从来都是被人家等的，很少要去等别人，何况这附近也没个购物中心的。于是，徐子涵老妈问导游，附近是否有地方可以玩玩或者能购物，这样打发时间比较快。

导游自然愿意带去购物，说不远处的城市很美，而且很时尚，汇集世界名牌。女人们便决定去购物。

这一购物就购出了麻烦。因为一进商场女人们就作鸟兽散，挑着自己心仪的名牌便忘了时间，等到翻译心急火燎地喊大家立即集合往回赶到校门口时，早已经过了预约时间。

徐子涵老妈也有些不好意思，请翻译再去沟通。

翻译沟通回来，垂头丧气："他们外事部门在后面的时间还有其他预约，我们错过时间就只能重新预约了。"

"重新预约是在什么时候？"

"最早也是两周以后。"

"两周以后？两周后我们都回中国去了！"几位太太惊呼。

"那没办法，德国人做事都是这样。他们做什么事情都是提前安排的。"

"他们知道我们是从中国来的吗？"

"知道。但他们从来不管拜访者是从哪里来的，他们只看时间安排。"

"好牛啊……姐妹么，你们自己看着办吧。我是觉得，你们外面看了也就看了，差不多知道了怎么个学校，想报名的话，就自己托关系找人，反正我们来这一趟，也就是为了看看而已，里面看不到，就外面多看几眼吧。反正除了这个中学外，我们还有好几个中学要参观呢。"徐子涵老妈权威发言。

一车子富太太就在外面拍了些照片，带着些计划外买的名牌包包和手表，原路返回。

徐子涵在课堂上无聊地听着数学课，太容易的内容，还有教室里太热的暖气，让他昏昏欲睡。

他张大嘴巴打了个哈欠，幸好下一节课就是体育课。他把头转向窗外看看操场，想找点亮点来提提神，这一看，立马让他瞪大眼睛，睡意全消——他给吓醒了。

一群女人，大概十来个，穿得花枝招展的，名牌手袋、名牌围巾、名牌大衣，立在操场上，无所顾忌地在那里叽叽喳喳，杂乱的说话声打破了操场的宁静。

徐子涵赶紧悄悄把脑袋移回到数学课本这边来——他必须假装不认识这群女人。若有人问起，他就毫不犹豫说这群女人来自日本，或者韩国，而绝对不能说她们来自上海，而且领头那个，也是嗓门最大那个，就是他的亲妈！

徐子涵叫苦不迭，自个的亲娘，当然知道她脾气，热情豪爽，能干活跃，又常干出些不合时宜的事情来。像现在，也不管是什么时间什么场合，就把人家中学当自家客厅或者后院，带领一大批姐妹在那里指点江山呢。亲妈啊，你怎么能这样豪爽到爆啊？别怪我啊，我绕着你走，我不认识你！

"看看，这个学校，历史还比那个王宫中学更长呢，我的儿子，就在这里上学！"徐子涵老妈骄傲地手指四周。

"是啊，是啊，王姐，这个中学也很好啊，而且不像那个贵族中学，那儿太偏了，穷乡僻壤的，孩子会很孤单的。这里好，就是法兰克福市，以后我们来看孩子也方便啊。"

"怎么样，这个学校是否更开放更友好？你们看，我们这样进来，都没人拦我们，我们要拍照，也随我们拍——不过没事，就算有人问起，我就说我儿子在这里上学。"徐子涵老妈很得意。

"王姐啊，你真能干，一个人的能耐就把儿子送到这么好的中学了……对了，你还单枪匹马找了校长谈话，是吧？谈了以后校长就立马同意收下你儿子了。王姐，你简直就是个传奇啊，你太厉害啦！"

"差不多啦，版本是很多，也没那么厉害，还是要考试的……喂，你们的孩子要来这个中学，首先要他们在国内的成绩，然后要面试，所以还是要看孩子自己的，我家子涵确实是聪明，所以我也操心少。"徐子涵老妈的语气里是得意的骄傲。

这群女人说话的声音实在太吵，终于有人出来干涉了。翻译赶紧跟上，说是她们想参观这个中学。

"你们有预约吗？"来人严肃地问。

翻译摇头。

"那请你们预约了时间再来。"

"我们这里有人是你们学生的母亲。"翻译试图想找点关系。

"这有什么关系吗？"那人反问。

"好好好，我们马上写邮件作个预约。"翻译了解德国人的脾气，立马顺从。

一群衣着华美的女人们在翻译的带领下，从没有围墙的校门口走出。

女人们还在感慨着："这个中学好，感觉很好！"

徐子涵老妈得意地微笑。

修建中的餐馆每天都改变着面貌。金哥说，他要让施工单位赶在冬天结冻之前把外墙都做好，这样就可以开始里面的装修工程了。内部的装修其实更费时费钱——因为他想给晚晴一步到位的一个现代化餐馆。

金哥娶了晚晴后确实一直在流水般地花钱。所有的费用都比预期的高，硬件、人工，而且德国人做事不赶工，周末不工作，节日要休息，要按照晚晴和金哥设想的进度来操作，必须请更多的人。

金哥悄悄对我说，无论如何要在圣诞节前把外墙都搞好，看起来餐馆将是个漂亮的大房子，他要把这个大房子当作圣诞礼物给晚晴。

我心里感动。

晚晴天天去散步，有时一个人，有时与金哥一起，绕着餐馆附近的道路走一圈。我感觉，晚晴在看餐馆的时候，眼神里非常幸福安宁。

晚晴和金哥在一起，始终都有种违和感，一个太漂亮，一个太矮锉。不过，矮锉的金哥在用没有商量余地的语气指挥施工队的时候，低分感就会一下子减弱。

拿破仑也矮锉，但他打仗的时候，人们只看到他的智慧和勇猛。

晓晴走在校园里，包里的手机响了。

手机是黎阳刚送她的生日礼物，是他们公司的新产品。晓晴当时还嘲笑他到处做广告，黎阳倍儿正经地说肥水不流外人田，员工买有员工价呢。

"晓晴，我要被派往德国的公司了！"黎阳在电话里兴奋地告诉女友。

晓晴一时没有回过神来。

"以前不是跟你说了吗，我们公司发展势头很猛，全世界各地都在开拓市场，在德国也要扩大力量，我被头儿叫去谈话，说作好外派的准备。"

"那什么时候走？"

"大概三个月后吧。"

"这么快啊……一走多长时间？"

"外派人员，尤其是我们做技术的，都很难说，我们就是一块砖啊，世界各地都可以搬。"

晓晴明白了。这一走，就是两人的分别。

"你不开心啊？我又不是去非洲，我是去欧洲，德国！德国不是挺好的吗？"黎阳安慰道。

"那你去做什么呢？辛苦吗？"

"当然依旧是技术啦，你以为我能像你弟弟一样，培训一周就能转行当销售啊？他那嘴好使，我不行啊。"

"现在终于承认自己只是做技术的，不是当总经理啦？"她揶揄道，目的是想找点好笑的话题。

"你的未来老公，当个总经理，不过是在与你结婚前还是结婚后当的小小区别啦。"黎阳继续豪言壮语。

晓晴想笑，没笑出来。离别对于恋人来说，总归有些伤感。

"没事的，我问过啦，等你毕业，与我一结婚，你也可以到德国去，作为外派人员的家属……还有啦，我们公司外派人员的福利很好，不仅两边拿工资，而且伙食超好，不差于谷歌的呢。你知道吗，据说我们在海外的公司或者办事处，只要工作人员超过十五人，公司就要专门配备食堂，中餐西餐任挑，价格是成本价收费，多牛啊……"

"那我可以去看我妹妹了？"晓晴想着妹妹晚晴。

"是呀。多好啊！所以，分离个两三年，还是值得的……对啦，你帮看看吧，我们一起去外语大学报个德语班，恶补德语，省得到时在德国当文盲哈。你也学吧，好不好？"

晚晴怀孕了。按照时间，明年的夏天她就能当妈妈了。

年轻就是好，健康有活力，做什么事情都容易有结果，连造人都轻松。只是十九岁就当妈，好像也有点过早。很多人说女人一当了妈，就会推掉自己人生计划里的很多事情，不知晚晴是否也会这样。不知她是否心里还会继续有念大学的打算。我希望她还是能回到校园。

当我把晚晴怀孕的消息告诉国内的老妈和老爸时，听得出来是喜忧交集。因为看不到他们的表情，所以也不知是喜欢的多还是忧心的多。我明白，他们的忧，是担心孩子会耽搁晚晴，本来晚晴多少还有青春抗争的弥补机会，但是伴随孩子的出生，奶瓶尿布的日子固然有幸福的一面，肯定也会让晚晴的青春战役更加艰难。

"你觉得晚晴对怀孕开心吗？"母亲小心地问我。

"我不知道。"我老实回答。

原谅我的一种自私心态吧——晚晴怀孕，我竟然有种难堪和尴尬的感觉，也许在我的意识里，晚晴还是少女。为此，我不敢仔细看她的神情。

母亲好像理解我不能坦荡放置在阳光下的想法，她对我说："建中，晚晴结婚了，晚晴是为了餐馆而结婚的，晚晴就是你的妹妹！"

"晚晴就是我的妹妹！"话语像雷声一样。

妹妹怀孕，我就该更多更细致地关心她，包括了解饮食和身体反应上的一些私密性问题，我还该由衷地表达我即将成为舅舅的喜悦和幸福。

因为有排斥，所以难，但我努力去做吧。

最开心的自然是金哥。那段时间他是人逢喜事精神超好，除了自己请客，时不时还有哥们好友招呼他去餐馆喝酒祝贺。他圈子里的朋友，人人都羡慕他，说他又抱美人又添贵子，人生实在太得意了。狐朋狗友一起哄，他就更加飘飘然了，说他总算在德国活出人的感觉了："有家，有老婆，有孩子，还有钱，有事业……齐了，少活十年也乐意。"

胡主编同他碰杯，然后手搭他的肩膀，掏心掏肺："好日子要珍惜，你一些不好的习惯，比如喜欢去个赌场夜场什么的，还有一不顺意就张嘴说脏话什么的，都要戒掉，为以后当好爸爸铺路。现在日子顺了，就不要太忘乎所以，一些高风险的钱就别挣了，来钱太快的活儿也别揽了，你的基础都打得差不多啦，一般生意做做也足够了……还有啊，喝酒啦，开车啦什么的，都要留心点，多给家人想着些，你是家庭的主心骨，你好，全家才能都好。"

金哥感动，碰了下酒杯，就抿一口，说："主编大人，我一辈子都感谢您，您给我找了个好老婆，真的幸福死了。以后，不，今天开始，我肯定回归家庭，做个好男人。我风雨见多了，玩的也够多了，够本了，不玩了，就这么安安心心过日子啦！"

023

"妈，我们学校没有围墙，对外开放，是因为包容，但并不是说所有时间都可以让外面的人能无所顾忌地打搅！"

在餐桌上，徐子涵一边往面包上涂果酱，一边对老妈提意见。

"儿子，老妈做错什么啦？"徐子涵老妈心情很好，按照计划，今天要带姐妹们杀向歌德街，买名牌去。虽然这一路买了不少，但是歌德街有着国际最新潮最时尚的新品，绝不可错过。

"老妈，有一门课叫社会行为规范，是德国小学里很重要的一门课。里面教育大家：进入人家的空间要事先告知，公共场所不要大声喧哗，和人交谈要彬彬有礼，与人互动时尽可能为他人着想。"

"我没做到吗？"徐子涵老妈不服气。

徐子涵看了老妈一眼："老妈，我想问你，你们去商场购物，会像前面那人一样，扶着那门，等着后面的人进去吗？你们乘坐自动扶梯，会不会站在右侧，让左侧空着方便着急的人快速通行？你们一群人在与人说话时，会不会安静地等着一个说完另一个再接着说？"

徐子涵老妈看了儿子一眼："看你妈不顺眼啦？"

徐子涵说："不是看老妈不顺眼，是希望老妈做得更好一些……好吧好吧，没啥好撒谎的。是的，是有些不顺眼，老妈不够有修养。"

徐子涵老妈委屈："那你觉得什么人有修养？"

徐子涵："德国老太太都挺有修养的，安静，看着舒服。还有，日本老太太也是，一点不像你们那样咋咋呼呼。她们包里随时放本书，坐下来翻看，很nice。而你们，就知道吵闹，拥挤，挤成一团，购物，然后大笑……真是，像群乡下妞！"

徐子涵老妈瞪着儿子看。

徐子涵拎着书包要走了："老妈你们要再去我们学校参观，拜托给我们校长留点好印象，给我同学们留点好印象，说话温柔些，一群人进进出出有秩序一些，不要四处去指点江山。不然，我没脸呆啦！"

徐子涵老妈愣在原地。

在法兰克福市中心的餐馆里，太太团挑剔地品尝了当地名菜：烤猪肘子和苹果酒。被导游吹得神乎其神的名菜套餐，也就是那么一回事，还三十多欧元一份呢！太太团的大多数人各剩了一大半，把个餐馆的服务生弄得很担心，一个劲问："是不是不合胃口？是不是不好吃？"

太太们继续奔赴在歌德街上。

徐子涵老妈带队，这些有着不菲消费能力的女人们浩浩荡荡、三五一群地出现在LV、Gucci、Chanel、Prada、Versace、Hermes的专卖店里。

为了高效作战，队伍打散成小分队，不同口味的女人们组成团，集体进出。

一阵风一样，四个花枝招展的身影在保安开门迎接下嬉笑着进入，徐子涵老妈在头里引导。在卡地亚珠宝首饰店里，四个亚洲脑袋低着头，挑着各种款式的镶钻戒指，柜台上已经铺陈着多个打开的首饰盒，每人都套了不下十款。门口着笔挺西装的保安有点小紧张。

徐子涵老妈试戴着一枚标价三千多欧元的钻石戒指，又要了与之配套的钻石胸针，其他三位都盯着看。

"再看看吧。"徐子涵老妈摘掉戒指，取下胸针，交还导购员。

没有告别，四个女人脚踩风火轮一般撤退了，留下柜台上十来个首饰盒。导购员赶紧逐一擦拭每一枚被试戴过的首饰，小心装入盒内，归纳放置好。

半小时后，四个女人再次出现，再次要求试戴几枚首饰，培训有素的导购员再次服务一遍。徐子涵老妈指着其中一款说："这个我要了！"

导购员把一个首饰盒放在柜台上，随后在购物单上填写号码和价格。

"我也要一个这个。"第一张单子还没填好，第二个女人就说。

"我也要。"

"好吧，你们买，我也买了，我也要这个。"第四个女人也这么说。

金发碧眼的导购员终于搞不懂了。她困惑地看着眼前的四个亚洲美妇，不相信地问："每人一个？一模一样的？"

四人点头。

"你们刷卡吗？"

"现金。"四人又集体回答。

导购员震惊了。

在用现金付完款后，徐子涵老妈从名牌钱包里取出一张中国银联卡，用气场十足的英文说道："我们的中国卡……你们什么时候……会……接受……？若你们可以用这个卡刷卡……会有非常多的……中国人来……血拼……"

买卡地亚的首饰是这样，买爱马仕的丝巾也是如此。

另一团组的三个女人，拼团去爱马仕。原本安静无声的专卖店，一待她们进入，顿时如一池春水被搅动，整个大厅都荡漾起来。

三个女人指挥着两个导购员几乎试遍了所有的丝巾，互相询问"好看吗？"然后，其中一个在举棋不定中说了一句："包起来吧，都要了！反正才三百欧元一条，买个十几条也不算贵，送人或者自己用，都好的。"

一人要了，另外两人也都说要了。非常统一的步调，非常集体的行动。

爱马仕导购员尽管面色试图保持平静，眼神里还是惊喜交集。

在歌德街附近的咖啡馆里，一群女人拎着手中大大小小的名牌纸袋，占了好几桌位子。

在咖啡和蛋糕上来之前，女人们兴奋地交流着购物经历，以及手中的大袋战利品。很快，包包和围巾铺满了桌子椅子。

"咦，你这香奈儿包好看，我怎么没看到？多少钱？"

"不到三千，再加上退税，也就二千五百欧元，比国内便宜呢。"

"好看的，待会儿我也去买一个，二千五真不贵啊。"

"就是就是，所有名牌都比国内便宜，我买了十条爱马仕，当时觉得要三千多欧元，后来一想，若在上海买，几乎要贵一倍呢。看来十条还是少了。"

"看看我这古奇包，好看吧，最新的款，我来之前看了时装杂志的，配黑色大衣或者风衣都很显气质。"

"不错，我也买了三个包包，真的比国内便宜多了啊。"

"我这次单购物都花了四五万欧元了。"

"我想我还不止呢。"

"我们女人已经算好了，他们男人一个手表都要三四万四五万的，我们一大堆东西也就四五万。"

"就是就是。"

……

服务员端来咖啡蛋糕，女士们终于把显摆秀露的宝贝们收进了纸袋。

"王姐，谢谢你哈，这趟出来旅游，不仅给孩子挑了学校，还购物购得很尽兴呢。"有人恭维着徐子涵老妈。

"来来来，我们为感谢王姐碰个杯，王姐就是我们的带路人，她做什么我们就跟着做什么，肯定没错。"

"就是，王姐已经在这里买了房了，我后面就等着我儿子上中学，他一来这里读书我也赶紧买个房，到时王姐还要带我们来买房的啊。"

"是啊是啊，王姐你再组个买房团吧……"

徐子涵老妈手端咖啡，面带笑容，毫不谦逊地接受着一群富太太的赞美。

建国绝对没有料到，仅仅过了三个多月，他手中那张价值三十万的纸，突然就涨到了五十万。

啥都没有，买房时什么承诺都没有，销售小姐也来不及承诺，因为想买房的人太多了，而这家房产公司的房性价比算不错，若不赶紧下单就被其他人抢了，建国不知道自己的房子何时建完，不知道房子在哪栋楼在哪一层，反正，人人都在抢，于是他也就抢了。

付了三十万定金，换回了一张预购房产的纸，建国把那纸随便一塞完事。

那一批开盘的房源很快卖光，现在已经成为房产公司销售先生的清源帅哥建国，开始为公司的下一批开盘房源吆喝——其实，还需要吆喝吗？

开盘日人头攒动，一个比较靠前的选房号码就能换五万块钱。此时人高马大的建国，与其说是公司的销售先生，更不如说是一名"肉搏"现场拼命维护秩序的保安，以及保卫关照女同事的好哥们儿——每当人多时，总有一些恶男趁着蜂拥人流而趁机咸猪手一把。

"肉搏"在夜幕降临时终于逐渐平静，建国在这一天里出了无数身汗，原本如洪钟一般的嗓子此刻干涩嘶哑。他坐在地上，整整西装，喝一瓶同事递过来的水，疲乏之极的身体已经没有任何进食的欲望。

这时，一对中年夫妻过来，体质较弱的他们无法挤到选房号码。

"这位先生，没号码真的就没法买房了吗？"

建国点点头。

"你有号码吗？"觉得建国能干热心，那对夫妻抱着一丝希望。

"我们公司发选房号码是有严格流程的，都是按照客户申请的时间来发的，我们员工不能留号码。"

"唉"，那男的叹口气："拿个号都这么难。"

"我没号码，但是我定过一套房子。"建国炫耀似的说。他才十八岁呢，看人家为一个号码就愁死人，可号码是什么呀，号码离买房还远着呢，并不是有号码就一定会有房子的。为此，建国不惜炫耀一把，满足一下自己上次当机立断为当下带来的巨大成就感。

那对夫妻一听，对视一眼，立即异口同声问："那你卖吗？"

建国一愣。

那对夫妻就像捡到了最大的希望，两眼放光，满怀期待地靠近建国，急切地问是哪一期的房子。

是前一期开盘的。建国回答。

"前一期开盘的，那十八个月后就建好了，比这一期要早半年呢……"那对夫妻眼睛里注入了更多的热切。

"这位先生，你若不着急住，就卖给我们吧，我们的儿子结婚要婚房呀。"那女的说。

"兄弟，你三个月前定的，这样吧，你定的是多少钱，我们就在上面加个十万，成不？"那男的更现实，直接开出价码。

"对对对。"那母亲附和。

"我……我是不着急住，不过，我也没想卖……"

"要不这样，兄弟，一口价，我加二十万，你就转让给我好了，三个月你稳赚二十万，多好呀！"那男的再次加码。

建国吓一跳。坐地起价啊，而且还是对方主动给加的啊。

"这位兄弟，你本来就在房产公司工作，信息多，机会也多，你挣一笔钱后，可以继续找机会买房，公司也会照顾你们员工一些的。我们两人都是老师，平时上班都很忙，哪有精力到处跑？可是儿子又要结婚，我们好歹要给儿子送个结婚礼物，所以，我们确实很需要尽早买个房子……刚才你说那房子是上一期的，更好了啊，我儿子可以提前半年结婚了呢……"那女的打感情牌。

建国有点动心。确实，他买那个房子，既不为自己也没有其他目的，就是因为脑子里热血一涌，人家抢他也抢了，定金三十万，三个月做好银行贷款，然后每月要开始扣钱……买的时候都没想好，若没有足够工资的话怎么扣钱，不过他存折里还有三十万。

那女的看到建国有点心动，立即从包里拿出一个小本子，撕了一个纸条，快速写上联系方法："小伙子，今天没带名片，这是我们的手机号码，我们都是老师，诚心诚意的，你也给我们一张你的名片，我们这几天一定要保持联系哈。"

坐在美食街的餐馆里，建国绘声绘色向晓晴和黎阳描述前几天的奇遇。

"真赚了二十万？"晓晴惊呼。

建国点头："钱已经到卡上了。"

"怪不得今天请我们吃了这么多海鲜，弟发财了呢，快，干了。"黎阳冲建国碰啤酒杯。

"上海真是个容易发财的好地方！"建国开心。

"你们这几天的好消息真多，我都有点担心，福气太多，漫出来了会不会不好啊？"

"这丫头，还迷信呢。"黎阳拍拍她的脑袋。

"我才不怕福气太多，再多的福，我都扛得住！"建国虎头虎脑不畏好运。

"那你后面怎么计划？"

"继续买房啊。"建国毫不犹豫。

黎阳咂嘴。

"要不姐夫你也买房吧。"建国鼓动。

晓晴看着弟弟："他很快就要去德国了，人都不在这里。"

"那和买房又不矛盾的，买了放着，我帮你们管着。"

晓晴看着黎阳，这好像也是个主意。黎阳的工资不低，那可都是高学历高劳动强度换来的血汗钱，不像建国，什么学历都没有却轻松捡了个元宝。如此殊途，虽有所不公，但值得借鉴啊。

黎阳看了晓晴一眼，有点没底气地说："晓晴，我这段时间在看德国大学的资料，越看越喜欢，我想，若到了德国，也能适应德国，那么，

在工作期满后，也许我还可以继续读书拿个学位什么的……我若能攻个
德国的博士，那我的人生就很完美了……所以，我得攒些钱，为以后读书
用……"

晓晴一愣，原来黎阳还有这样的宏伟计划啊。

建国瞪着眼睛看黎阳："你怎么读书读不厌啊，比挣钱还有乐趣
啊？"

晓晴一甩建国，双手握着黎阳的手，对他说："三个字——支持
你！"

黎阳有黎阳的路，建国也有建国的路。

卡上有八十万，再鼓动远在清源的父母能借则借，倾全家之力，建国
又定下了两套房子。

因为前面的小试牛刀，他已经知道套路，也知道在哪个最佳节点购入
或者卖出，可以让最低的成本产生最大的效益。

是的，建国能这样玩钱，就是因为他想得简单。人有时候啊，越简
单，就越强大，因为没有一丁点的能力被额外发散掉。

024

事情的发生毫无预兆。

临近圣诞节，全国上下都是一种温暖祥和的气氛，每个城市都有圣诞
树，每个商场里都有圣诞老人，每个家庭里都有圣诞装饰。女主人自家烤
制的圣诞甜饼香味弥漫着每条街巷，旋转马车的快乐音乐让每人都感觉着

家人在一起的幸福快乐。

但是，就在圣诞前不到两周，法兰克福警察局和移民局共同配合，在郊区一片外国人工厂集中的地方，进行了突然搜查。据说是得到了关于使用黑工以及加工假冒名牌产品的详尽信息，所以不惜在圣诞前搞突袭。那一场搜查涉及的华人不少。

金哥也在其中。

其实，金哥已经想收手了。一来他已经在假名牌上挣够了钱；二来他这两年的货越铺越大，交叉的人脉越来越多，打破了原先点对点的联系，买家来不及培养信任，也越来越不是他能控制的。所以，凭他的敏感，他感觉到了危机。

他想把库存的货放掉以后，就金盆洗手，另开正规的财路。哪怕细水长流，也胜于大笔挣钱但要让老婆孩子担惊受怕。

但是，一切没来得及。

因为圣诞前实在是做礼品生意的好时机，仓库天天发货。金哥有两本账本，一本是应付财务部门，另一本是自己使用。这两本账本平时不可能同时放办公室里，可这一天就是那么诡异，两个账本都被他带到了办公室。

突击检查的情景很是恐怖。装备齐全、面目严峻的搜查人员开了十来辆执法车直奔目标，这里密布着外国人开办的廉价商品工厂或贸易公司，一溜执法人员迅速下车，然后动作迅猛地闯入办公室和仓库，亮出证件，在众人惊恐的目光中无所顾忌地、粗野地、抄家式地搜寻一切对他们有价值的东西。

现金是首选，凡是办公室里发现的现金统统没收。抽屉里或者保险箱里值钱的手表也是重要目标，金哥曾经无意展示给我看的、本想送我的欧米茄也被抄走了。

除了手表，戒指首饰等值钱的东西都是搜查和没收范围之内的，但是戴在手腕上的手表和首饰不在没收之列，所以一些经历过大搜查的人，会趁执法人员不备时赶紧把手表猛往自己胳膊上戴，以尽量止损。

一阵短暂的混乱后，金哥办公室里所有的财物都被抄走了。

金哥办公室里被抄走的现金不多——很多钱都用在餐馆重建中了；假冒名牌包包也不多——大多都已经出货，且他也不再生产；并且为仓库工作的几名劳工中没有使用黑工。本来按照正常情况，他是搜查中比较走运的一个。

但最大的霉运在于——办公室里两本账本被搜到，这是直接证据。

金哥当即被带走了。

025

这个打击对于晚晴，更甚于前面半年的变故。刚刚怀孕三个月的晚晴，觉得刚为自己打开的，也许是这世界上最后的幸福之门，也关闭了。

为了报恩而投其怀抱，尽管衣食无忧，但那肯定不是晚晴的幸福。

金哥是她的丈夫，但她还有情人——情人是餐馆。

餐馆是她的感情和理想所在，细细密密的旁支，都是幸福时刻，都无不与餐馆连接，它们是写在日历上的逐渐逼近的开张日期，是把父母接过来让他们看到重启航程时流下的热泪；中华美食城，名字不会变，牌匾不会变，它不仅是热闹食客的欢场，是朋友聚会的场所，更是老人为美食奋斗半辈子而见证到的慰藉。

餐馆日显漂亮的模样，她眼神里的光芒也日渐明亮。

我有一个问题，怎么想也总是解答不出来。晚晴是个不服输的人，也不是个会依附的人，她与金哥的婚姻充满了不般配，他们的婚姻之路虽然短暂，却几乎没有磨合就互相抵达了完美配合的境地，虽不叫幸福完美，也是搭配有致，也有不少乐趣和和谐。这让我非常非常羡慕，甚至嫉妒——因为，我就怎么也做不到，我与晚晴后来磨合了三年都没磨合好。我相信在这个世界上，再没有一个男人比我更怜爱晚晴，更希望看到她的欢颜，更愿意为她付出所有。而在我眼里，金哥粗俗，陋习多多，没有柔软的神经，没有细腻的心思，只是能为晚晴大把花钱。

也许，一切和谐都需要以强大的物质为基础？或者，金哥还有其他没有被我发现的男人的优点？

待到晚晴怀孕，十九岁不到的女生，眼睛里竟然闪出了母性的宁静。当她散步走向餐馆工地，不由自主把双手放在腹部，而眼睛凝望着建设中的中华美食城，仿佛全世界的满足和安宁全部聚集在这一点。我只恨自己不是画家，不然，那一定是一幅最富诗意的油画。

诗意不是烛光，不是晚霞，不是玫瑰。诗意是珍爱拥有，所以就算站在凌乱的工地上默默观看，我的妹妹晚晴，依旧一身诗意。

但是眼下，幸福的、诗意的光亮，随着圣诞之前的那场风暴，熄灭了。

在电话里，我的母亲一边痛哭一边诅咒命运："怎么能这样？一年之内两次？而且都是那么大的事啊，老天怎么能这样残忍？"

这个圣诞节特别寒冷。

我把房间里的暖气开到最足，也没有能够抵挡从门缝和窗户缝隙里钻进来的阵阵寒意。晚晴前些天刚得知消息时有些呆傻，今天过节时好像有点无所谓了。当初因为听到突如其来的让人震惊的消息，装饰了一半的圣诞树也停了工，现在被她重新捡起，端着一个纸盒子，里面是各种彩球和麦秸装饰，她一边哼着圣诞歌一边往树上挂漂亮的饰物。

我烤了一只鸡，买了面包奶酪香肠，又做了色拉，洗了几个水果，烧了一壶开水，就当是圣诞晚餐。

本来，按照金哥的安排，这个圣诞晚餐是要去五星酒店享受一顿大餐的，为庆贺晚晴过最后一个不是母亲的圣诞节。现在有人缺席，我就取消了预定。何况，我得仔细计算这个家庭的一切开支了。

晚晴得知我取消预定，很平静地问："你们不给我过这个节了？"

我赶紧说："家里过也很好啊，可以一起看看电视。"

晚晴没说话。

她吃了一点点菜，然后看电视，看着看着就睡着了。我给她盖好被子，心疼地看着她沉睡的脸。

圣诞节就这么过去了。

两周的圣诞假，徐子涵回了趟上海。

徐子涵老妈搂着儿子的肩膀出浦东机场，司机接了母子俩直奔别墅。

"儿子，想不想家？"看徐子涵专心望着窗外，老妈关切地问。

徐子涵不是想家，他是突然想起了晚晴姐姐。半年过去，对晚晴的想念虽然不是持续的，但总会在突然间来一下，牵挂的味道有刺刺的痛，因为不知晚晴姐姐在哪里，不知晚晴姐姐好不好。他现在在上海了，晚晴姐姐会不会也刚好在上海过圣诞啊？

"儿子，坐头等舱一点不累吧？想家的话就经常回来，现在都那么近，十个小时往返，就像去趟北京一样。"徐子涵老妈喋喋不休。

到家了，徐天昊——天昊集团的老总，伸出双臂迎接半年不见的儿子。

"儿子，这么高了，更帅了，想不想老爸？"

徐子涵点头。

"我的儿子，肯定想老爸啦。德国怎么样？"老爸边说边像老友一样拍儿子的肩膀。

"还行。"

"我儿子这么帅，有女朋友了吗？"

徐子涵一愣，然后神情落寞。

"瞧你这问的，儿子才十六岁呢……儿子，妈不是反对你有女朋友，不过你一定要答应妈妈，有女朋友了一定告诉老妈一声，老妈帮你把关。现在的社会，可复杂啦……还有，儿子，有女朋友玩玩不要紧，但是，结婚可千万不行的啊，一定要三十岁以后才结婚，知道吗……"

"老妈，我很累，我想休息一下。"徐子涵情绪不佳，直奔自己的卧室。

"瞧你多什么嘴！我本来问他有没有女朋友，是表示我这个老爸和他之间没代沟，是平等对话。你又来这么插一杠子……让儿子不开心了吧，真是的！"老总看着儿子不愿呆在身边，直埋怨老婆。

"这年头，当爹当妈的争着讨好儿子，真是犯贱……喂，给儿子准备好新年礼物了吗？"

"定好了。"

"保时捷？"

"是啊，你说的，我就执行呗。"

"在法兰克福定的？"

"那当然，那样一个车，你以为在上海定啊？我已经打了款了。你挑时机送吧，我把这个讨好儿子的机会让给你啦。"

……

在卧室里，徐子涵拿出挂在颈脖上的银饰链子，打开挂件，看着照片上晚晴的笑容。

少年的初恋，多么纯真，又多么苦涩。

前来访问的旧日好友络绎不绝，在与中学时代的同学一起混了两天后，徐子涵又恢复了少年的活力。

这一天，徐子涵老妈接了魏教授一个电话后，兴奋地冲儿子大喊："儿子，我给你找了个很不错的室友，可以让他多关照你，是你的魏伯伯推荐的。魏伯伯记得吗？就是教妈妈德语的那位教授……"

"知道，他肯定后悔死收你这样的学生，学到现在也说不了十句德语。"徐子涵当着同学的面毒舌他妈。

"这孩子，真是的……儿子，我们一起约个时间，见见他吧。"

"要见你见……对了，男的女的？"

"男的，很优秀的一个哥哥，名校毕业，外派去德国法兰克福，不仅学习好，还很会照顾人……"

"男的可以，女的就算了。我被男的监视，还能安心点。"徐子涵打断老妈的话。

"呵，明明是照顾你，怎么变成监视……兔崽子，没良心……"

在市区一家咖啡馆里，徐子涵老妈与黎阳见面。

"徐太太，您好！"黎阳起身打招呼。

徐子涵老妈的一双锐眼像扫描仪一样从头到脚把黎阳扫了一遍。

黎阳和晓晴一起在外语大学里报了德语班，每晚都去两小时，班上的授课老师魏教授见他有天分又努力，性格乐观开朗，很是喜欢，课后常有开小灶似的指点，给他一些书目。黎阳也很是感谢魏教授。在一次买了水果拜访魏教授的时候，魏教授谈起徐子涵老妈委托他的事，说是否兼职照顾一下一个十五六岁的少年，东家给的条件很好，包吃包住还包每年一张机票。

"可怜天下父母心。这母亲最大的希望，就是有个积极上进的大哥在旁边给他儿子一个鼓励作用，能传达善良、热情、积极的正能量，别让自己孩子走歪了路，天天跑游戏厅啊酒吧啊什么的，那样孩子就废了。我就觉得你是最适合的，我想这个兼职也不会占据你工作生活中的很多时间，主要是树榜样嘛。"魏教授鼓动黎阳。

"包吃包住包机票，好差事啊！"黎阳惊呼。

"那孩子……好调教吗？会不会他的能量大到反而把我给调教了？"黎阳幽默一把，不过确实心里稍稍有点担心，因为调皮淘气还很聪明的孩子，是很难管教的。他在大学时代当过几个学生的家教，有经验。

"你可以自己见见那个孩子，我的感觉，是个极其聪明的孩子，应该会与你成为好朋友的。"

就这样，黎阳来到了咖啡馆，本打算是与孩子见见面。

徐子涵老妈一坐下，为两人点了咖啡，就询问道："我想高薪请一位家庭老师。你有经验吗？"

黎阳点点头。

徐子涵老妈锐利地看着他的脸："我看人挺准的，刚才一见到你，就觉得你会是我儿子的陪读老师。"

黎阳一愣：自己成陪读了？

"不过，我要工作的。我是被公司外派去德国……"他想更正。

"我知道，没关系，我说的陪读，不是让你去跟着我儿子上中学，你就是随时了解他，知道学校的来信通知，去参加一些家长会——我外语没懂几个单词，去那些家长会，啥也听不懂——然后你把情况都告诉我。还有，我不能整年都在德国，肯定要时不时回来打点一下国内的事情。那时候，你就随时告诉我他的动向……我儿子上午上课，中饭在学校吃，下午才回家，你的工作就是管住他的课余时间，别让他去不该去的地方。我儿子已经在青春期了，很逆反，一些事情他都不会跟我说，到时我就通过你的渠道了解我儿子。你知道你的角色了吗？"

徐子涵老妈在工作时一向雷厉风行，噼里啪啦一阵就交代完毕。

黎阳一时有点难以定夺，因为这个角色他还没完全理解——好像是当徐太太的耳目？

"我们在法兰克福有个近二百平米的大公寓，三房两厅，你、我、还有我儿子，一人一个房间，有专门的清洁工，每天两小时打扫卫生，也有专门的师傅帮助做晚饭，所以对你来说，就是包吃包住，另外我还会给你生活费用。当然，一年一次的来回机票我也给你报销。我儿子假期都要出去旅游，他喜欢带你去的话，你的旅游费用也是我出，邮轮、滑雪、登山，全部费用不用你操心……"

这确实是个美差啊，黎阳愣愣地听完，实在无法拒绝。

026

后来，我对于圣诞节日的感觉冷淡，也极少期盼过圣诞节，自己想想原因，一来是年龄，二来肯定是与晚晴的圣诞变故有关。

那个圣诞假期，我们几乎什么事情都做不了，但是时光必须要打发掉，于是晚晴整天在擦餐具，她把所有的金属餐具都擦了一遍又一遍，边擦边哼歌。

我起先听不大出是什么旋律，听多了，才发现是《红楼梦》里的几首老歌。晚晴以前从来不哼中国老歌，嫌节奏太慢，她喜欢德国的富有活力的说唱歌，旋律快得我跟不上。

自古穷通皆有定，

离合岂无缘，

从今分两地，

各自保平安

……

这个歌词她循环地哼。

"晚晴？"我担心地看着她。

"怎么啦？"

"你……没事吧？"

"哥，我没事啊。就是想哼哼歌。"她抬头看我，语气平静，然后又低头擦餐具。餐具擦完就擦锅，每个锅都被她擦得精光铮亮。

电话响了，是国内晚晴妈妈的。

"晚晴……"那边的声音凄切。

"妈，怎么啦？我好的啊。"

"晚晴……你想想看，要不要，肚子里的孩子……处理掉……"晚晴妈妈吞吞吐吐提着建议。估计这个建议也是国内大人们商量出来的。

"干吗呀妈？这是礼物，是老早定下的礼物，是缘分。"晚晴说。

"哦……"估计晚晴妈妈没有想到晚晴这样回应。

"我们就是想，若不要孩子了，你就去上大学吧，把过去都忘掉……我们这里帮你筹钱，能筹多少就是多少……"

晚晴一笑："妈，我要孩子的。"

晚晴妈妈一听，知道扭转不过女儿，立马改换安慰的方向："好的好的，那也好的，十九岁就有孩子，虽说有点早，但是过不了几年，很多人都会羡慕你的。真的，人生是一辈子的事，像爸妈是过来人，其实都知道，生孩子越早就越赚，生得越多也越赚……"

晚晴脸上有浅笑，说："我先就生一个吧，先把这个养大了再说，后面的事情以后再想。"

"好好好……"晚晴妈妈忙不迭地顺应女儿。

"对了晚晴，你姐姐晓晴的男朋友好像过一两个月后就来德国，是公司外派的，他说他要来看你，到时你们就好有个照应。那是个很不错的孩子，名牌大学毕业的呢，性格好，挣得也不错……"晚晴妈妈同女儿唠叨着家常事，但是突然停下了。也许她觉得这样说，会让晚晴想到自己的遭遇而觉得更失意。

晚晴平静地说："我知道了，到时我请姐姐的男朋友吃饭。"

晚晴妈妈又赶紧补充："晚晴，你千万别把自己弄累了……晚晴，你让建中接下电话好吗？"

晚晴把话筒递给我，然后低头继续擦锅。

"建中……"晚晴妈妈一开口，就哭出声来。

"阿姨……"我赶紧安慰。

"建中，我这个女儿，从五岁以后我就没有关照到，现在出这么多的事，我想给她烧个鱼汤补补，都做不到……"感觉电话那边晚晴妈妈已经涕泪交加。

"阿姨，你放心，我会照顾的……"

"建中，阿姨只好多多拜托你了，帮我家晚晴一把，别让她出事。我总觉得这孩子的很多语气那么不对劲……可我们又过不来，唉，这是什么日子啊……阿姨请求你了，多看着她点，好吗？"

"你放心，你放心。"我鸡啄米一样地赶紧点头。

过完新年没几天，一个西装革履的律师到我家来，说是按照当事人的委托，要与晚晴谈一下。

我握着晚晴的手，陪着她，听律师的陈述。

律师说，按照目前警方掌握的证据，被判入监是肯定的，就是量刑，少则三年，多则五年。

有一个问题：警方根据账本计算出他最近一两年非法的收入很多，在询问这些收入去向时，他一口咬定：赌场里输掉了。若不退出一些非法收入，会影响到他的量刑。

晚晴身子一抖。

她非常清楚，这短短半年时间，金哥在餐馆里投入了不止五十万欧元。而这餐馆，因为法人名字是晚晴父亲，只要金哥不承认，便是与案件无关的。

"我还有当事人的一份文件和一个请求。"律师从考究的黑色Boss公文包里取出一个大信封，抽出里面的一张A4纸，说：

"我的当事人要求与您离婚。这是他签过名字的文件。他说很抱歉给您带来了痛苦。另外他有个请求：若您能留下孩子，他会很感激您，若您实在有困难，他也能理解。"

律师推过那个信封。

第一次，成串的泪水从晚晴的眼睛里源源不断涌出。

027

我和晚晴结婚了。结婚时，晚晴已经大腹便便。

没有婚纱，没有宴请，我给晚晴的礼物非常寒碜：就是一枚光光的、连最微小的钻石都没有的戒指。

我在心中向她承诺：她和金哥的孩子，我视若己出。我可以让自己受苦，但绝不会让晚晴和孩子受苦。

可是，生活中的苦，不是能够轻易分割的。

在大概三个月之前，晚晴姐姐晓晴的男朋友黎阳来德国了，在安顿好自己后，他第一时间找到我家。

尽管手头拮据，晚晴一定要请黎阳去德国餐馆吃个晚饭。

我们都是第一次见面，不过感觉都不陌生。

黎阳一见面，坐定后就拿出一个信封："这是晓晴爸妈和建国在我出来前筹集的现金，共一万欧元，建国说，若不是刚在上海预定下两套房子，本来可以帮助姐姐更多的……主要是，同上次那事一样，又是一点思想准备都没有……他们让你多补充营养，别亏待了身体。"

晚晴没说话，我代替她接过信封。是的，晚晴现在，缺的就是钱。

"你们知道吗，建国可有本事啦，三个月就挣了比我一年收入还要多的钱，以后肯定会有出息的……"黎阳专找一些有趣的话题，把建国在稀里糊涂中狂挣二十万的故事描绘得有声有色。

我的这个弟弟，我知道。以前我们每年都回国相聚，他的性格脾气，与我完全不一样。

可能是想象到了建国小时的一些混混事情，晚晴的脸上浮现出浅笑。

"你都安顿好了吗，是住公司的公寓吗？"我问黎阳。

"公司不提供公寓，都要自己找房子。我在出来之前，一位有钱太太找到我，希望我照看她的宝贝儿子。她孩子在这里上中学，怕没人管教就走野了，让我监管着一些，包吃包住包机票。我一听好事啊，连房子都省心去找了，不过就是当个伺读嘛，给孩子做个积极榜样，容易！我自己就是一路好学生过来的！晓晴也说这份工作超级适合我。"黎阳果真还是个年轻人，心情是那么阳光。

"现在出国比以前容易了，想出来留学的人越来越多，而且好像也越来越年轻了。"我说。

黎阳点头："中国人有钱了嘛。"

我又问了黎阳他未来的打算。

黎阳说，等晓晴大学毕业，就把她接出来，按照公司外派人员的规定，只要结婚就可以把配偶带出。现在只好先两地分离，每天写电子邮件，以解相思。

"我妈说了，你很爱我家晓晴。真好。"此前晚晴一直不说话，就听着我们闲聊。但此时她简短地说了一句。

我一听晚晴想到"爱"字，眼睛立即发光了。

"真好，……"她这么说，是因为她心中有羡慕吗？若她羡慕女人如此被爱，我可以给她很多很多的爱！

"晚晴你累吗？晓晴说不要让你累着，多休息。"黎阳是个仔细的男生，而且很关照人，还时时把女友晓晴挂在嘴上。

晚晴点头。

这样，在简单的见面聚会后，我就把晚晴送回家。

就是在这次与黎阳见面后，我动了与晚晴结婚的念头。

我非常乐意与晚晴一起做一些迎接孩子的准备工作，比如买孩子衣服婴儿用具。

蔡尔大街Kaufhof的婴儿用品占据了商场三楼的很大一部分，以前我熟视无睹，在晚晴怀孕之前竟从来不知道这里会有婴儿用具。但是现在，这里成了我的最爱场所。

我看着那些可爱的婴儿衣服，那么小，那么柔软，我每看一件就想买下。我那时并没有产生自己像是当父亲的感觉，就是希望我买回的小衣服能够让晚晴喜欢。还有奶嘴、奶瓶、色彩鲜艳的床头玩具、婴儿浴桶……我像购物狂一样，一呆半天，一买一整袋。

有一天，我在商场里为挑选一个婴儿睡袋而询问导购员的时候，她问我孩子大概何时出生，什么性别。我顺口接上："六月，是个男婴。"导购员帮我挑了个最适合的，临了客气地赞美了一句说："你真是个耐心的爸爸。"

"谢谢！"我看着导购员的笑脸，回应她。

就在那一时刻我回过神来：我此时已经感觉我就是孩子的父亲！

真的，这是一种非常奇妙温暖的感觉，像突然通电一样。我与晚晴之间的亲密关系，是从我觉得我就是孩子父亲那一时刻开始的——那时，我可还没把自己当丈夫呢，但是我已经把自己当父亲了！我与晚晴肚子里的孩子产生了最亲密的牵挂和互动。

在晚晴肚子越来越凸显的时候，她要去做定期体检，同时为了保证分娩顺利，每周还要去助产士那里上产前班。

产前班有十名孕妇，在铺着地毯的大厅里，大家一起聊天，交流经验，做孕妇操。产前班的孕妇都有丈夫或者男友陪同，因为分娩的时候，孩子爸将在产房里一道配合孩子妈生产。

我很快融入这群未来父母的圈子里。虽然有些话题让我这个还没有经历过风月之事的大龄男人汗颜，但我还是无障碍地就进入了，比如晚上怎么睡觉可以舒服一些，用怎样的胸罩可以托住沉重的乳房，按摩哪个部位可以避免Popo变形走样……我没谈过恋爱，我没感受过少女是如何如纤细娇嫩的花蕾一样就直接跳到了花开蒂落的收获阶段，而这一大步的跳跃在我看来也跳得毫不别扭。我想，这全是因为我已经在心里接受了孩子的缘故吧。

大厅里一轮做操结束，丈夫们或搂着自己的女人，或搀扶按摩，或去倒水补充水分，尽情体现好男人的魅力。

我扶着晚晴在一个大皮球上坐好，然后给晚晴揉肩膀。

休息期间，助产士教大家在长长的怀孕期里怎样的做爱姿势会比较保险，既不伤着大肚子太太又能充分体会做爱的快乐。她找了位孕妇，自己扮演丈夫，做着演示的动作，所有人都微笑着观看。我有点慌乱，看了一眼晚晴，晚晴也有些尴尬。为了缓解尴尬，她伸出手，握住我的手。

我和她就身体靠着身体，看着助产士一丝不苟地解释"做爱规范"。

再然后，助产士又打开录像机，给大家观看丈夫给妻子做按摩以及其他的家庭保健教学录像，全部都是家庭生活场景。

在这样的产前培训班里，理所当然地，所有人把我当成晚晴的丈夫，我也是，好像晚晴也有这样的感觉。

产前培训班结束了。春末夏初，白天时间变长，空气很好，沿街的居民花园里，各种植物开着娇艳的花。

很宁静的一个晚上。我提议："我们去散一下步吧！"

晚晴点头。我就拉着晚晴的手，安静走在居民区的小街上。

我们很久没说话，直到看到一个鲜艳的皮球突然从一条小巷子里滚出来，然后一个三四岁的男孩子，穿着背带牛仔裤，很结实的样子，跟着皮球跑到了路中间，捡了球，冲着我们呵呵一笑，又跑回了自家花园去。

我看着这场景，对晚晴说："以后我们的孩子，也会这样健康可爱的。"

我说这话的时候，一点没有犹豫或者设计，就是那样，在一个春风沉醉的夜晚，在家家户户的花园里都开着花的居民小区的小道上，在拉着一个大腹便便的女人的手的时候，脱口而出。

晚晴没有反对。

当晚，我熬夜熬到中国的早晨时间，打电话把想结婚的消息告诉我的母亲，她一听立即说："儿子，你想结婚的话，那就赶紧吧，我和你爸都支持……只是，我们眼下实在提供不了资助，儿子，让你受委屈了……"

就这样，我和晚晴去了市政厅，办证官员见证了我们成为合法夫妻。

没有宴请，没有婚纱，没有游轮。我给晚晴买了一个最简单的白金戒指。我还想买一束玫瑰和百合时，她拦住我不要买，说她不需要鲜花，鲜花会枯萎，然后扔掉。这个过程不好。

所以，我们结婚，连个鲜花也没有。

我们去一个简单的摄影工作室拍了一张结婚照，最简单的那种，有点像父母辈的，肩并肩坐着。

我们结婚了。

她的孕妇斑，她的鼓起的肚子，她的妊娠纹，她的臃肿而缓慢的孕相，与她不久之前在游船上轻盈跳舞的形象相距犹如一个世纪。但在我心里，她依旧是少女晚晴！我一念到这个名字，就感觉有着夕阳的美景，鲜花的香味。我的少女晚晴。

028

黎阳很快感觉到了，自己在中学生徐子涵面前的角色完全不是以前所想的。

"哥们儿，你是我妈派来监管我的吧？"在宽敞华丽的大客厅里，中学生一边玩着手机游戏一边问。

"不是，我是来当你的辅导老师的。"

"你辅导不了我。"

黎阳一愣。这小伙子，说话直接嘛。

"嗯，可能刚开头会需要磨合，但以后我肯定会越来越好。"

"听我妈说你是名校里的高材生？"

"那是以前的事情了……"黎阳想谦逊一下，在考虑要不要说他是全地区高考第一名。

"嗯，我也没想问你以前有多好，我只想说，现在你在德国了，德国与中国不一样，你自己在德国工作可能都会压力很大。"中学生的回答让黎阳彻底晕菜。

好吧，慢慢来。

他知道富家子弟不是那么容易征服的，但他有信心。在他的大学时代，就为不少中学生当家教，其中也有家境不错的，最初也是很傲慢，但是一旦发现黎阳这个名牌大学好学生的无所不能，数学、物理、化学、英语，任何科目无所不通，就立马转变态度。那时候，黎阳充分地感受到了"知识就是权威"的力量。这种力量让他很有成就感。

可是，德国的中学生徐子涵，根本不需要他这个家庭教师的满腹知识。

本来，按照徐子涵老妈的要求，他每天要检查徐子涵的作业本。

当他向徐子涵要作业本的时候，这个中学生看了他一眼，淡淡说了一句：你看得懂，就拿去看吧。

那眼神——怎么说呢，虽然没有透出不屑，但还是有着傲慢。就像一个绅士，明明知道对手的弱小，却不想点破，不过骄傲之气存在骨子中。

黎阳半信半疑打开作业本，一看，还真震惊不小——"这是什么作业？"

是的，德国学生没有作业——没有中国学生那种独立完成的像试卷一样的作业，但又有着与中国孩子完全不同的另外的作业。

在一本A4纸大小的笔记本上，一个作业题是：探讨德国哲学家伊曼努尔·康德关于"舒适的生活本身并不是人类本性中所追求的，而人类追求的是通过勤奋工作换取舒适生活所得到的尊严"这句名言的内涵以及意义。

报告类型：探讨

准备时间：两周

报告时间：十五分钟

报告人：徐子涵，妮娜，莫理茨，安东

报告人主题分工：

一、妮娜：康德的理论概述；

二、莫理茨：康德的《实践理性批判》，强调人格的尊严和崇高；

三、安东：康德的《判断力批判》，追问人类精神活动的目的、意义和作用方式，以及人的美学鉴赏能力；

主讲人：徐子涵

……

"这是你们的作业？"黎阳半信半疑。

徐子涵点头。

"我花了整整半个学期时间，才适应了他们的作业。以后你在这里工作，估计要花更多的时间，去适应德国人的工作方式——没关系，到时我会帮助你！晚安，哥们儿。"

徐子涵扬长而去，走向自己房间，"砰"地关了房门。

留下黎阳站在那里目瞪口呆。

我和晚晴结婚后的日子依旧是平淡的。

好像上天注定了我们的气场不一样——我能感觉到从前桀骜不驯的晚晴对命运的顺从和配合，我也认定自己是天底下最爱晚晴的男人，但是我们之间，好像就是缺那么一点什么。

晚晴的预产期在一个月之后，但是婴儿房还没布置好。因为没有经验，我做很多事情都效率不高。

我从宜家买来婴儿家具自己安装，一个柜子，一张床。宜家的家具都是很零碎的部件，我把柜子的上百个部件放在地板上，慢慢琢磨研究。

晚晴先还在床上休息，然后她下床烤了几片面包，看了一会儿我的安装工程。我让她再去休息，说等她醒来后就好了。

她饿醒了，可我的安装工程才进行了不到三分之一。可能我是个完美主义者，什么都想做到细节最好，安个柜子也是。晚晴有点不耐烦，说："哥，这不过是个几十块钱的柜子，你安装得再好，也就是一次性的使用。"

我嘴上答应着，却没法腾出身来：一旦开工，我就不想停下。何况我一心想把婴儿房布置好，让晚晴看着高兴。

晚晴自己开冰箱找吃的。她吃掉了两瓶酸奶两根香蕉，继续上床。我向她许诺，等她再次下床时婴儿房将初现规模。

可是，当她再次饿醒的时候，别说婴儿房，就连那个柜子都没现出雏形来——我低估安装的难度了。

晚晴走到我身旁，推开我，她无法蹲下大腹便便的身子，就索性一下子坐在地板上，然后看了几眼示意图，就用家用的小电钻接连拧好好几个螺丝，十五分钟不到，柜子在她的手下成型了。

高效、泼辣、能干，这是她惯有的风格。

"我做得没你好，你的作品精细。但是，若你为这个柜子付出一天时间的话，你今天的劳动价值就只值十五块——这是宜家安装工安装一个家具的价格。"晚晴毫不客气地对我说。

因为没有收入，不敢轻松花钱，日子显得越来越拮据。我以前做的博士生研究课题，是属于不能直接产生效益的冷门科研，不像理工类的博士生，导师的手中有大把科研经费，博士生每个月有近两千欧元的工资或者奖学金就可以支撑一个家。我跟随我的导师作研究期间，除了领过为期两年的奖学金外，其余资助均是来自我的父亲。

钻研一些无经济回报的冷门学科，真的是需要有钱有闲的条件来作底子的啊。我以前一直不知道，为我的体面身份和未来的博士头衔，我的父亲为我慷慨付出了多少。

而眼下，养家糊口的重任远比拿博士学位迫切。

我向导师申请了两年的休学，导师了解我的处境，同意了。但他的一句话给我带来了不吉祥的预感。我的导师问："你确定能很快找到工作吗？"

我点头。因为是生存，不管找不找得到，我都得挣钱。

我回家告诉晚晴我暂时终止了博士生的科研。

晚晴愣了好一会儿，问了我一句："你不能一边读博士一边做半份工？你若读出博士，爸爸会很欣慰的。"

我很汗颜。一边读博一边做半份工，这是晚晴按照她的能力对我的期待。不，按照她的能力，应该是一边读博一边生孩子一边再做着一份完整的工作（反正有国家规定的产休假）。但我对自己的预期，只能一边当着爸爸一边努力去找工作。

只是两年后，我才发现晚晴这句话里的真正意图：我的爸爸和我的妹妹，从来没有期待过我会挣钱养家，他们内心真正期待的，是我能为这个家族挣出一个博士的头衔——一个在德国受人尊敬的、终身陪伴的、意味着自己奋斗的、证明着才学的真正荣誉。

家族成员的使命是有分工的，有人能创造财富，有人能创造荣誉，这样家族通往欣欣向荣的征途才会显得有效率。这样说固然显得功利，但是对于家族来说，得到这样的结果，何尝不是最美好的？

在潜意识的分工中，我自然被排在了创造荣誉的那个队伍，而这个队伍成员只有我一人。可以想象我是怎样被家族寄予了希望。但现在我从这个队伍里退出来，又将给那些满怀渴望的心带来失落。

我向晚晴承诺：两年后回到导师身边，三年后拿到博士学位。

但是，晚晴有着过人的洞察力，自从她看到了我在她睡完三觉依旧没有安装好柜子的拙笨之后，以一管窥全豹，她知道我的人生征途将会坎坷而低效。

黎阳终于逮着机会把徐子涵这个小花花公子教训了一顿。

徐子涵背着他偷偷喝酒！

黎阳问门后面的一个葡萄酒空瓶是怎么回事。徐子涵先装模作样说不知道，见黎阳神情严肃，知道蒙混不过去，于是就坚定承认："是的，是我喝的，我想喝酒，就去酒柜里找了一瓶喝，怎么啦？"

"你没成年，十八岁前你不能喝酒，知道吗？"

"我借酒浇愁……我难道没有浇愁的权利吗？"

"你有消愁的权利，但是你没有喝酒的理由。"

"凭什么？凭什么我没理由？凭什么我不能自己作主？昨天是我认识她一周年，可是她死了，再也不能接我电话，我就只好喝酒……怎么啦，我有错吗？"

"不管你有什么理由，只要你没成年，你就不能喝酒，知道吗？"黎阳更严厉地看着他。

"为什么？为什么我自己的人生不能自己决定？为什么不能喝酒？为什么你要管着我？"徐子涵开始发飙。

"为什么，你想知道为什么你的人生不能自己决定？好吧，我告诉你，法律规定你的人生在你成年之前就是不能自己决定。徐子涵，你想想，你有签字的权利吗？你至今没有在任何一份文件上签字的权利，所以你无从承担责任！你的所有责任承担，都是你的父亲母亲为你扛着，你知道了吗？

"不久前你们不是才做过康德的讨论课吗，若你们的那个讨论课是合格的话，那你一定记得康德还讲过另外一句话：只有当我们遵守道德法则时，我们才是自由的，因为我们遵守的是我们自己制定的道德准则，而如果只是因为自己想做而做，则没有自由可言，因为你就成为各种事物的奴隶。

"你去看看法律，成年之前与成年之后有什么不一样？法律给你责任才能给你自由，你心里根本没想到担负责任就希望能够想做什么就做什么，你觉得这是你的能耐还是你父母的能耐？告诉你，这不是能耐，这是自私，是狂妄！"

徐子涵不说话了。

"我一个朋友，刚满十八岁就遭遇变故，年纪轻轻，她就要以青春为代价，偿还人生的错误而造成的损失，人家为什么要那么辛苦？因为她有责任感，她知道成年的意思，那就是意味着担负责任。你要啥有啥凭什么还对一切不满意，就因为你有个好爸爸，你是个富二代？你难道觉得你的父母有能力会为你的胡作非为支付所有账单？你敬畏一点吧，你父母不是全能的神，你若要挑战法律法规，你就是与整个世界作对，他们再有钱也付不起这张账单的！"

一阵严词教训，一番冷嘲热讽，竟然把徐子涵的彪悍之气给彻底打下去了。

徐子涵低着头，安耽了。他进了自己的房间，关了门。

晚上，他往黎阳的房间门缝下塞了张纸条："谢谢你的提醒，你说的，与我们校长说的，是一样的。谢谢！"

029

　　徐子涵要去考驾照。他已经过了十六岁生日，按照德国的规定，可以申请考照了。

　　"哥们，我知道你是我老妈派来监管我的，不过我们也能和平共处，是吧。"

　　徐子涵嬉皮笑脸。

　　黎阳不知这个少年又想说什么来让自己中计，于是严加防备："我不是来监管你的，我是来照顾你以及辅导你的，你们的作业，我能力有限还达不到要求，但也在练习，我希望很快能达到……"

　　"作业的事情，我自己都搞得定……但我现在有一件事搞不定。"

　　"什么事情？"

　　"你有驾照吗？"

　　"没有。"

　　"那你陪我一起考驾照吧，我需要你的车本。"

　　"为啥？"

　　"我想我很快就可以考出来，但是德国的法律规定，不到十八岁的未成年人开车，必须有个成年人在副驾驶位坐着，不能一人单独驾驶，不然警察会来找我麻烦。"

　　"好像那成年人应该有三年驾驶经验的……"

　　"嗨，只要有个成年人坐着就成……在德国，像你这年龄的，至少都有五年车本了。你看，我老妈不可能坐我的车，不然我去哪儿她不是都知道得一清二楚？我只好指望你老哥啦。当然，我开车去哪儿，你可别通风报信啊……"

原来是这样，少年郎的小计谋。虽然黎阳没有德国驾照，但好歹也有三年的中国驾驶经验。

不过在德国生活，驾照是迟早要考的，趁着有人催促着，那就去学吧。

黎阳不得不佩服徐子涵的聪明以及良好的心理素质，在两人都是零错误地完成理论考之后，徐子涵只用了十二个小时的路上实践练习，教练就放心挥手让他准备参加路考，而对黎阳，驾校老师却没那么放心——中国德国有些规则不一样，黎阳得重新调整一些习惯。陪徐子涵去考试，他自己心里打擂一样紧张，徐子涵却嘻嘻哈哈没事一样，四十五分钟路考完成，向来不苟言笑的考官也微笑称赞他："开车开得漂亮！"至于对黎阳，虽说勉强发给了一个"路考通过"的信息，不过显然没有像对待徐子涵那般满意。

考官现场做出了一个有防伪水印的驾照递给他俩。再一次很负责任地告诉这个还没达到法定成年年龄的少年驾驶员两点特别要求：

第一，前面两年是实习期，驾驶行为规则尤为严厉，被逮住犯规将延长实习期。

第二，在十八岁之前，开车必须有成年人陪伴。

徐子涵频频点头。

怀揣驾照，徐子涵终于可以上路了，黎阳陪着坐在了那辆鲜红色的保时捷的副驾位上。

黎阳是第一次坐上这么高档次的车。都是男人，都爱车，黎阳手不碰，但眼睛满满的都是羡慕。

"哥们儿，你喜欢练手的话，我不开的时候你就拿去开。"

"不行，世上有两样东西不能借：女朋友和车子。"

"女朋友我是不借的，但车子没事，我保了最全的险。"

黎阳笑笑，谢了徐子涵的好意。他是要计划买个车子了，虽然买不了保时捷，但是在晓晴来德国之前，一定要买个让自己满意的车，好带着她四处游玩，那肯定是很惬意的一件事。

"哥们儿，我带你兜风去。"徐子涵一踩油门，伴随一声轰鸣，红色保时捷一下子就蹿了出去。

车行约半小时，经过一段高速公路，又经历了两个小镇子后，车子沿着一条不知名的河流一侧的乡村公路，缓缓前行。

"在这里，有时会遇到骑马的少女。"徐子涵突然说了一句。

"好漂亮的田园风光啊。"黎阳感慨。

是的，德国的郊外，到了夏季，很多地方都很美。

"这是哪儿？等我把女朋友接来，我也带她来玩，她肯定喜欢。"

"一个叫赫勒霍夫的小镇。"徐子涵回答。他熄了火，戴上太阳镜，下车。

黎阳继续沉醉在乡村风光的美景中，这是他第一次来到德国乡下。

"哥们儿，你的初恋是怎样的？就是你那女朋友吗？"徐子涵突然问道。

"初恋啊？呵呵，好遥远了啊。"

"有多远？两个世界？"

"那倒不是，就是跟初恋已经没有联系了。"

"为什么？"

"我们是高中同学，当时忙着上课和考试，没有表达，想考上大学后再说。她家境好，高中一毕业就去了澳洲……若知道以后就再也不可能见面，那中学时肯定要告诉他，我很喜欢她。"黎阳把一段高中浪漫史说得很平淡。

"你觉得，她还会在人世吗？"

很久之后，徐子涵突然问了一句。

黎阳回头，很奇怪徐子涵会这样问："你怎么这么悲观啊？她当然在人世呢，以后我们肯定能再见面的呢。而且见面时我一定要告诉她，我当年很喜欢她！"

"你觉得有机会说吗？"

"当然有啊。"黎阳毫不怀疑。

"你呢，你谈过恋爱吗？"黎阳转头问。

徐子涵不说话。

一层夕阳照在徐子涵的脸上，黎阳第一次发现，那张少年的脸，此时是如此忧伤。

030

在一个仲夏夜，晚晴生了，是个儿子。因为出生在法兰克福的大学医院，我们给他取名小福。

生产后的日子是苦乐交融。

可能因为怀孕期间又经历了一次变故，让晚晴的心情焦虑，所以孩子生出来后，她一直挤不出奶来。

在德国，母亲没有奶水的情况不多见，好在商店里各种婴儿奶粉很是齐全，小福也对奶粉来者不拒，没有排斥。

冲泡奶粉在白天是件开心事，冲泡好后看着小福像小饿猫一样狼吞虎咽，心里很是快活，这就是生机勃勃的健壮生命啊。但是晚上和半夜，两次定时起床冲泡奶粉，并赶在小福大哭之前把奶嘴塞进他嘴里，如此分割睡眠，真是件苦差事。

晚晴白天照看婴儿已经够累，所以每天晚上睡觉前，我都把奶瓶冲洗好，晾干，把定量的奶粉事先装在奶瓶里，并在旁边放置好暖壶与凉水，到时候冲泡并兑上凉水至适宜的温度，能让晚上起夜冲泡奶粉的步骤降低到最少。

每晚起床两次，三个月都是如此。为了起床不惊醒晚晴，我用的是低瓦数的夜灯，灯光昏暗，起夜时眼睛睁不开，所以冲泡奶粉基本是摸索着操作。从最初开始的手足无措，打翻已经冲泡好的奶瓶，让小福等不了及而哇哇大哭，到后来可以在指定的时间点上自动醒来，闭着眼睛熟练完成一整套动作，我骄傲地感觉自己真的就是一个经验丰富的小爸爸啦。

小福的出生给我们带来了快乐，但经济问题随之很现实地摆在面前。

没有奶水，就要买奶粉，以及奶瓶、奶瓶高温消毒器、奶水保温壶……孩子虽小，所需要的财产却不少，而这些都是他最基本的需求啊。更不消说后面越来越多的衣服、玩具、辅食，以及各种必备的孩子交通用具。

我们要变卖一些东西。

家里比较值钱的东西也有，比如父亲的那辆保时捷，但晚晴坚决不同意出售。她说车子还在等着主人回来。我想，晚晴是不是过于固执了，父亲截肢，他见了爱车，更触景伤情啊。不过我听老婆的，她说不卖就不卖。

金哥为晚晴买的大钻戒，晚晴也不让卖，说等金哥出来，要把这戒指还给人家。

我这时特别后悔，当初金哥随手要送我那块欧米茄手表，我因为自尊而没有接下，若收下了，现在一转让，晚晴就不会为经济问题如此愁苦。

名表对于我的意义，无所谓身份象征，也无所谓旧物留恋，就是在贫困落难时可以变卖抵挡一阵。

小福满一百天的时候，我们邀请了几位朋友，当然还有黎阳，去了一家餐馆，算是百日宴席。没有新衣服，也没有买鲜花，不过黎阳和朋友们为小福拍了很多照片，那天过得很开心。

就算相依为命，也可以其乐融融。

我必须要出去找工作了。我们的积蓄已经不足三千欧元。虽然孩子的抚养上有政府的资助，但身为父亲、又是一个年近三十岁的大男人，没收入是可耻的。

只是我的专业太冷门了。按照我的专业，研究所或者高校应该是最适合的，可我没拿到博士学位，不可能寄希望于这类有高要求的单位。

我在网络上找了一周，找到一个与专业颇有联系的招聘单位，是个文化经纪公司，专门介绍中国的戏剧演出到德国，或者介绍德国的戏剧演出到中国。发现职位一度让我很惊喜，觉得就是为我而设的工作位子啊，又是自己爱好又是多年专业，而且当文化经纪人，又多么体面。但是，面试时，经理很直率地告诉我：因为很多戏剧演出都不挣钱，都需要政府或者基金会来赞助，所以他们能提供的薪水很低，若不介意薪水只是当爱好的话，会很有乐趣。当然，作为经纪人，经常有机会出差去中国。

我明白了，若我家不出事，这个工作会很适合我，安静、体面、雅致。我想起我的父亲曾同我谈心，说他为我作好了衣食无忧的储备，作为打拼一辈子的餐馆老板的儿子，我只需要找个自己喜欢的工作来充实自己的生活，并改变家族继承者未来的奋斗方向，让自己安心愉悦，也让他欢喜慰藉。

我突然发现，当年我的父亲是多么有远见，他也是多么地爱孩子。

只是这样的一份工作，已经完全不适合家境突变后的我了。我只得婉拒。

除此之外，我就再没找到过与我的专业有关系的工作了。

我当过销售，在一家车行卖二手车。但我真不是当销售的料。

我也当过翻译，展会里有时会紧急需要翻译。但那是短期的。

我还去酒吧当过服务员，但酒吧的服务员需要与顾客互动，而我天生不会调情。

时间一天天地过，没有一份工作让我安稳地做到超过三个月，虽然我很希望能长久。

又一次被老板婉拒续约而心情沮丧地回家时，晚晴说："要不你试试去当导游？这个工作，做好不容易，但是门槛低，只要你想做，就一直可以做。"

徐家汇繁华的大街，建国与晓晴一道在一家拉面馆里吃饭。

"一个人的日子，孤单吗？"

"才不一个人呢，他天天写邮件。"

"写什么呢？有那么多事情好说吗？"建国觉得奇怪，要让他写字，半天写不出两行来。

"什么他们公司的发展很好，什么巨大广告上了法兰克福的公交车和最繁华大街，什么还要再开分公司啦等等，反正，都是励志篇！"

"嗯，你家黎阳就是个不停发光发热的电灯泡。"建国大口喝汤，说。

晓晴瞪他。

"你呢？有姑娘喜欢你了吗？"

"有。"建国继续大口喝汤吸面条，声音山响。

"真的？牛啊。漂亮吗？"

"比你漂亮，但我不喜欢姑娘，我喜欢挣钱。"

晓晴再次瞪他。

"等我赚够了五百万，我就去德国，找晚晴去。我要和晚晴一起开餐馆。"建国对晓晴说着他的理想。

"还开餐馆啊？"

"对，开一家特别别致的餐馆！"

"儿子，你最近怎样？有没有被校长叫去喝茶？"

周末，天下雨，没法外出，徐子涵老妈难得地一整天呆在家里。

"好久不喝茶啦，都想念校长啦。"徐子涵合上一本书，把跷在椅子上的腿放下。

"小兔崽子还嘴硬……时间很快的，再过一年，你就要上大学了。你也要自己懂事一些，不要到大学也老是被喝茶。德国政府对没到十八岁的会网开一面，但过了这年龄，你再做点浑事出来，谁都帮不了你啊。"

"我就那么让你不省心吗？"徐子涵走到厨房，打开冰箱取了个酸奶。

"对啦，你老爸关心你呢，想知道一年后你要上什么大学。他现在生意越做越大，说等你考上大学，就在你大学所在的城市给你买套别墅，以后他来德国度假，也好有个歇脚的地方。"

"这儿不够他歇脚啊？他的屁股真大。"

"你爸说了，再要买房，就买个上档次一些的，湖景房海景房什么的，要不就是山上的，就算不住，也能够保值……你不用管那么多，你只要说你想去哪里念大学，妈就把别墅买到哪里。"

"我哪都不去，就在法兰克福。"

"你这小子，怎么就没有一点雄心壮志呢，柏林啊，汉堡啊，慕尼黑啊，多好的地方啊，都不想去吗？"

"不去，就在法兰克福上大学。"

"法兰克福有什么人这么吸引你啊？你不会谈恋爱了吧？"徐子涵老妈不解。

"跟你说你也不懂。"徐子涵一句话呛死老妈。

阿姨端着汤碗从厨房出来，餐桌上很快摆放上了中式的四菜一汤，还有徐子涵要的香肠面包。

"黎阳，一起吃饭吧。"徐子涵老妈吩咐阿姨去叫黎阳。

雨还在下。

徐子涵一边吃晚饭，一边神情凝重地说："对了，我们班的妮娜怀孕了，她没法与我们一起上大学了。"

徐子涵老妈一听，大惊，她紧张地看着徐子涵："儿子，快告诉老妈，是你干的事情吗？"

徐子涵皱眉瞪着他老妈，好一会儿没说话。

徐子涵老妈更紧张了："是的话，妈妈赶紧帮你想办法呀。"

徐子涵困惑地问："想什么办法？"

"给她钱，肯定不能让她生下孩子呀。"

徐子涵一扔手中的刀叉："你以为你的钱能解决一切事情吗？"

徐子涵老妈几乎要哭了："儿子，我知道你们年轻人好玩，可是，这生孩子不是你们年轻人的事情，它涉及一个家族啊，儿子！你的父亲的家业迟早要给你的，那是那么大一个集团公司，你突然出来一个孩子，会在很多方面影响公司的……"

徐子涵无奈地叹一口气："老妈，妮娜是我的好朋友，她生不生孩子，是她的决定。作为好朋友，我们无条件支持她的决定，并且会尽力帮助她。第二，我再说一遍，妮娜是我的好朋友，但只是好朋友，我与她没有那种关系，我不是她的孩子的父亲！"

黎阳一听这话，再细细思量一番，几乎要笑出声来——好大的一个乌龙。

徐子涵老妈一听，也放下了心。不过她又立即郁闷上了："这姑娘，怎么能这样放任自己？而且还发生在你们这么好的中学里？本来个个都要培养成淑女的，结果呢……这事千万不能让你国内的朋友们知道，国内的中学都不会出这样丢人的事情来。"

看来，出了这样一个女孩子，洪堡中学的名声在徐子涵老妈心里一下子掉价不少。

"妈，所有事情的发生，都是有原因的，你怎么就可以说她丢人呢。"

"一般女孩不会做这样的事情啊，才十六岁呢。"

其实，十六岁的德国女孩大都已经发育很成熟。很多走在街上的丰满高挑的女生，眉目和举止都很成人，按照中国人的标准，以为是二十来岁的姑娘。而若是中国的十六岁的女孩子，放在德国，则会让人以为才十二岁呢。

"老妈，妮娜是无辜的，她去柏林旅游，晚上去一家迪厅玩，同她一起跳舞的男生说给她介绍好玩的地方，并且自称是大学生，当地人。妮娜信任了他，对他很有好感，还约好第二天一起玩。然后那男人请她喝了一杯饮料，妮娜没有防备，就喝了。喝完了就出事了，第二天醒来发现被人睡了，而且那人一点线索都没留下。再过几个月，妮娜的肚子越来越大，去看了医生，才发现自己怀孕了……"

"唉，这样的女孩子，一点保护自己的意识都没有……那你说，学校都知道了？"

"当然都知道了，所有同学都知道了，都在想办法怎么帮她呢。"

"怎么帮？都沸沸扬扬的了，找家医院悄悄打胎才是帮忙。现在学校都知道了，还怎么解决啊？"徐子涵老妈眉毛一扬。

"妈，你怎么总是想着打胎打胎的，这是一条生命啊。你怎么这么没人性？就为了个名声，可以连孩子的命也不要？"徐子涵冲老妈怒吼。

徐子涵老妈一愣。自家儿子今天的情绪好火爆，就是自己那打胎的两句话惹毛了他？

"妮娜要生下孩子，我们都支持她！"徐子涵显然已经是德国观念了，对他老妈的想法不仅不理解，还很愤怒。

"好好好，就当老妈说错了，老妈当然也希望那女孩子好好过日子呀。"老妈赶紧消火。

"她……那她还上学吗？"黎阳小心问。他很好奇，想听徐子涵讲德国版校园青春故事。

"这个学期结束后，她就会休学两年，照顾孩子，然后继续上学。不过我们都说了，我们会经常去看她和她的孩子，我们很好奇她当妈妈是怎样的呢。"徐子涵说。

"这样……那女孩子……不会被同学们觉得另类吗？"黎阳再次小心翼翼地问。

"这样的事情是很少发生，而且，也让人觉得挺不美好的。但是让人鄙夷的是那男人，妮娜是无辜的，孩子也是无辜的，干吗觉得她是另类啊？而且，一想到我们的同班同学要生孩子了，我们当然是开心祝贺啊。老妈，听说生孩子很花钱的，我想给妮娜捐些钱，五千欧元可以吗？"

"你想帮助你同学，妈妈都支持你，可是，妈妈希望，以后你离这女孩子远一点……"徐子涵老妈提着要求。

"这不可能，妮娜本来是我们小组的成员，她将永远是我们小组的成员。"徐子涵断然拒绝了老妈的要求，毫无商量余地。

031

日子很沉寂，没有了鲜花怒放、少女情怀、漂亮礼服，而只有奶瓶和孩子的啼哭。

没有钱的日子真的不好过。但挣钱不是我的长项，所以晚晴要学会省钱。

我和晚晴去商场给孩子买奶粉和新一轮的奶嘴奶瓶。为保证健康，婴儿的奶嘴过一段时间就要换，因为晚晴没有奶水，八个奶瓶奶嘴同时上，一换也要八个，真的很费钱。来之前看了广告，说有特价小玩具，很可爱的木质彩色挂件，可以训练孩子的色彩感觉。晚晴说那就买个玩具吧。

晚晴去挑选奶嘴，我找玩具。但是特价玩具已经卖完，只有另外的原价玩具，更漂亮也更艳丽。我想为小福买一个，于是去付了钱。

回到家，晚晴看购物单，发现玩具比她想象的贵了十欧元，问我是否买错了，我说没错，特价的卖完了，所以买了原价的。

晚晴看着我，说："去退掉吧。"

我一愣。

晚晴重复一遍："去退掉吧，太贵了。"

我看了一眼躺在床上的小福，他正咿呀咿呀想表达些什么，眼睛也正好奇地看着我。

"算是我给小福买的，好吧……"

"这是超出我们预算的，去退掉吧。"

我从没见过这么理性的女人。我心里不高兴，像我的父爱被剥夺了一样。

"你不去退我去退。"她抓住购物单和玩具，大步走出房门。

她是隐隐向我宣战，因为我无力挣钱。

当晚，我们冷战了，第一次分床睡觉。我睡客厅。

半夜，孩子啼哭，晚晴蓬头垢面从卧室冲出，给孩子冲泡奶粉，当她手忙脚乱拿着暖水壶时，我递过了早准备好的奶瓶——我有生物钟，知道小福什么时候要吃奶。

晚晴抱着小福喂奶。

我看着她凌乱的头发和明显的眼袋，突然就紧紧把她搂在我的怀里。

如此一个青春美少女，却因为命运捉弄，短短时间内，人生际遇变化如此之大。我心疼她。

"我也觉得，我开始了小市民斤斤计较的生活，为了十欧元，就会心情低落，莫名发火，简直成了钱的奴隶……"晚晴在我怀里抽泣。

"我们会好的，一切都会好的……"我亲着她的头发。

我发誓一样告诉晚晴，我会去挣钱，一定努力去挣钱。

在与晚晴一起的低谷生活中，我挣得最多的一次，是两天挣了三千欧元。但这样的机会，是唯一的一次。

我是被一个德国同学紧拽着去救急——他们德国公司与中国的合作伙伴打官司，在这过程中，德方公司不满意中方带来的英语翻译，就临时找人，让拥有中德双语、且有法庭翻译资质的我担任德方的临时翻译，开价甚高。

我是到了法庭才看到黎阳，发现这起官司是黎阳他们公司与德方一家公司之间的商业纠纷。

纠纷的来龙去脉就不赘述了，作为翻译，我的任务是忠实转述。但法庭上的火爆与狗血，跟一些电影上的情形完全有一拼，而文化差异又让这些狗血更上升了一个等级。

在怒火中，中方指责德方的拖拉和不作为是"占着茅坑不拉屎"。

德方在中国的"厕所文化"中回过神来后回应道："就算是占着茅坑，也是我的茅坑；就算味道不好，我也有权利一整天待着……"

法庭上，我尽做着一些擦屁股的活儿，让双方火爆的言语在那个庄严的地方尽可能文雅一些。

我疲惫地走出法庭大楼时，一个年轻的身影经过我的身旁，对我伸出手，说："你的中德语翻译，是我见过的最完美最冷静的翻译，听起来简直是享受，我要向你学习。"

我感激地对他轻轻一笑。在如此纠结狗血的一天里，这个如此有修养的小伙子说的这句话，是我听到的最动听的一句话了。

后来我知道，这个男生，就是徐子涵。他缠着室友黎阳带来法院见世面。

这是我第一次见到他。我对他颇有好感。

晚晴推着婴儿车里的小福出去散步，在路过一家咖啡馆时，便进去小坐。

小福的辅食时间到了，晚晴从随身的"妈妈包"里掏出小瓶装的鸡肉糊糊。德国的超市里有很多不同的糊糊，不仅有粮食类的，还有水果糊糊和肉类糊糊。晚晴为了省钱，曾经想过自己蒸制糊糊，不过制作过程太复杂，孩子吃得也不多，只得作罢，每次依旧从超市里买各种糊糊吃。

一瓶鸡肉糊糊吃完，晚晴给小福擦干净嘴巴。邻座的老太太看着可爱的东方小宝贝，也忍不住上来逗几下。

难得的休闲好时光。午后的太阳照着晚晴的手臂，她的手背因为瘦而出现青筋，却更显出手指的纤细了。

　　小福在婴儿车上安静入睡，晚晴要了杯果汁边喝边四处打量——做餐馆的人都有这样的习惯。这个咖啡馆还从没来过，但布置得温馨可爱，服务员也温和可亲，以后可以经常来坐坐。

　　隔着窗户，她突然看到对面一家正在装修的小店里有一个熟悉的身影：阿杜。

　　多久没见到阿杜了？阿杜更瘦，也更黑了。

　　"阿杜，你好吗？"

　　"晚晴，你好吗？"两人几乎同时问对方。

　　阿杜笑笑，说挺好，在跟着一个同乡学装修。

　　"你的身份办出来了吗？"晚晴关心着阿杜的身份，因为她本来答应帮他解决这个问题的，没办成，一直很愧疚。

　　阿杜摇摇头。

　　"黑着啊？"晚晴一惊。

　　"反正我现在也不回国。"阿杜笑着说，安慰晚晴。

　　"你现在做什么工作呢？"

　　"帮人打工，做各种装修。"

　　"那你怎么拿工资呢？没身份，你连银行卡信用卡都没法办啊。"

　　"大哥接活，我干活，刷墙、安窗、做柜子、装厨房……我都会。他每天付我四十块，包吃包住。"阿杜说。

　　"休息就不给钱吗？"

　　"那当然，按工作日计算的。"

　　"那你生病了怎么办？"晚晴着急。

　　阿杜挥挥并不强健的胳膊："我还没生过病呢。"

　　晚晴一时无语。

　　"晚晴，你好吗？"

　　"我好的，你看，这是小福。"晚晴低眼看着婴儿车里的孩子。她怕抬头看阿杜。

"晚晴，你的中华美食城要开张的话，一定叫上我，我马上回来。"

"嗯。"晚晴低头回答。

"晚晴，大哥在叫我了，我得赶紧去干活。"对面有个大肚子的壮实男子在冲阿杜不耐烦地挥手，阿杜搓着手，不好意思地对晚晴说。

"阿杜，你好好照顾自己，别生病了。"晚晴忍着眼泪，叮嘱阿杜。

那天，晚晴回家后一直没说话。就在庭院里，她抚摸着未彻底完工的墙面，看着空旷残缺的大厅，陪着偌大个院子，就像陪着我的父亲一样。

我当起了导游。

导游可能是我所能想象的最具有故事感的职业了。是的，欧洲的华人导游每天遭遇到的故事很多很多。

在德国最高的瀑布门口，一群上海游客等待着买票进入景点。因为景点门票是整天通用可以不限次数地进出，一个精明的上海游客突然想出主意："我们可以分两批进入，外面的人吃饭，里面的人看景，这样不是省下一半的门票钱了吗？而且一点不耽误时间！"

好绝妙的主意啊。

来自中国北方的游客爱自带茶叶泡茶喝，吃饭以后必做的功课是端出一个被茶渍浸泡得黑黑的茶杯，请服务员加满开水。服务员吓一跳，若导游不解释，他们根本不知那茶杯是何神器。

中国的大妈游客爱跳舞，在法兰克福的罗马广场，若有卖艺者在弹奏强劲一点的音乐，大妈们就自动排成了几排，借助音乐开始跳起广场舞。在气派的法兰克福市政厅门口，舞者与卖艺者很是卖力互动，卖艺者的礼帽里被投掷的硬币明显会多很多。

购物自然是中国游客的常规节目，而更多的常规节目还有：不守时、不爱付小费、喜欢拿取免费糖果、喜欢挤成一堆逛马路、喜欢吃中餐、喜欢拍照、喜欢询问免费网络……

故事真的很多。

当导游的门槛，确实不高，会语言，有车本，爱聊天，然后跟着老导游走几条路线后，基本就可以入行。

最初入行，我带的都是大巴旅游团，所谓含金量最低的团，导游依靠有限的底薪以及游客按日计算的固定小费作为收入。带一段时间后，逐渐有了商务团的客源。

导游不好当——也许，是我的能力有限让我觉得不好当。若是晚晴，什么职业她都能整得顺溜之极。我暗暗感叹：可能这世界上唯一让我觉得胜任的就是那个薪水不高的文化经纪人的职业。

导游的薪水实质上取决于旅游团的购物量，因为在一些免税店，导游是可以光明正大拿佣金的，口才了得的导游，往往既能获得游客的欢喜，也能诱惑游客购物。若是晚晴来做这份职业，她肯定会在第一时间成为整个旅游团的核心，然后一整团人乖乖跟在她后面，她的建议就是黄金指南，她的几句不经意的赞美就会让一整团人无理智地购物——我见过这样的导游，有团员在其游说下可以一口气买下十口锅。

可惜我不是啊。

我也发现了我的最大问题：总是融不进团里去。

在我当导游的那些年，前往欧洲旅游的中国人越来越多，游客的数量大，性格脾气就自然不一样，摆的谱也不一样。

对于北方的一些比较特殊的游客，我无论怎么告诫自己，导游不过是个职业，可还是不能融入这些"衣食父母"。

他们衣着不整洁。好吧，不整洁也就算了，还喜欢蹲，蹲在广场上，蹲在商场外。好吧，蹲着就蹲着吧，还喜欢乱扔东西，香烟头、手纸巾。好吧，你扔吧，我捡就是了。可是，最崩溃的是，他们喜欢"欲扬先抑"。

在名牌商场的门口，他们神情萎靡不振。进入商场，他们又东张西望。当觉得身穿制服的导购员没把他们放在眼里时，他们开始反击——使唤画着精美妆容的导购员拿下一个个昂贵的包包，然后挑一个，然后从口袋里掏出厚厚一叠现金，让导购员自己去数。

他们喜欢看光鲜亮丽的导购员的表情变化。

这是一种用钱来争光的方法。在身为导游的那些年，我看到了很多这样的"争光"。

我曾经很想去告诉他们：在商场里，这光不争也罢，最好先把自己身上弄整洁些，形象可爱些，动作有修养些，言语多些礼貌，就是最好的争光。可是晚晴说，你是导游，不是小学老师，也不是行为指导老师，你只需要在你带队的时间，尽心完成你的工作。

北方的游客摆大爷谱比较多，南方游客则打精明牌，要花钱的厕所不去，小费能不给就不给，两人合喝一份饮料，但是在买东西的时候，所有的精明都忘到了九霄云外……

每次我把团里成员的故事当笑话一样说给晚晴听，晚晴总能以设身处地的心态与我辩驳。她问我，为什么你就不能站在他们的位子想一想呢？也许他们有的其实家境并不很好，能出来玩一趟是需要很长时间的节省，但这是一个愿望，所以还是出来了，那么在花欧元的地方，能省一点就相当于在国内省了十倍，你干吗就不能融入他们呢？

凭着晚晴这话，我相信，若她是经理，她的员工会很喜欢她；若她是销售，她的业绩会超出其他人；若她是秘书，她的老板会很倚重她；若她是儿媳，她的婆婆会很放心。

"哥，你记着你就是个导游，你在生活上关心他们，晚上多陪他们玩，知道他们的想法，帮他们省钱，让他们吃好睡好玩好购物好，就行了。每个人都有让人喜欢以及让人厌烦的两面，你就多看着他好的那一面，别去看他吐痰啦高声说话啦吃饭大声啦行为不礼貌啦，因为你改变不了他的……"她像导师一样指点着我。

晚晴有着比我好许多倍的职业素养。但是，晚晴是晚晴，我是我，她能融入，我不能，做导游的是我，不是她，所以郁闷着导游这个职业的我，依旧郁闷着。

晚晴叹口气。我知道，我可能又会把这个最大众的职业做砸。虽然我也不想这样，但我的低劣的情商真的好像把我自己限定在了一些很狭隘的关卡上。在这世界上，我能从事的职业可能真的少而又少。

可是一旦找到，我定然会为之迷恋。

就像我找女友一样，愿意以一生为许诺。只是，晚晴知道吗？

也许，她更多的是失望吧？失望我在生活最低谷时，无法给家庭带来最基本的安全感和保障。

032

我的弟弟建国，他的炒房工程以不可思议的成绩不停刷新着纸面上的财富。不停增长的财富会让人收不住手，当以六十万投资，一年换回一百二十万时，便立即会以一百二十万投资以换回二百四十万，然后继续追加投资，继续狂收效益。所以，虽然我的弟弟有数百万身家，可都是在见不到的期房上，在那几页中国人凌晨三点就会起床去购买的薄纸片上。

我无从理解这种疯狂，但是衷心祝福我的弟弟，他遇到了一个最好的时代。

上海，闸北区的一栋高档写字楼里，一群西装革履衣着精致的高管在激烈探讨着。

"虽然国内的房地产势头很猛，我也承认，未来三年甚至五年，都会是上升状态。但是，十年以后，二十年以后呢？房地产的黄金时代终将会结束。我们集团不是一对为了结婚为了生存的年轻人，不是一个只需要顾着衣食和小小旅游的小家庭，我们不能只盯着国内暂时火爆的房地产市场，我们得走出去，投资海外的实业，让我们的产业结构更科学，让我们的投资更长远，也让我们的名气更响亮。"

"是的，我赞同徐总的意见。虽然投资海外，可能前几年不见得有那么快的收益，甚至可能是大笔烧钱，但是对于'天昊'来说，战略意义重大。"

"在海外市场上的收益分红，肯定也是我们想要的，但是集团的产业结构优化，以及长远发展计划，更是我们看重的。"

"对，我们要进行产业投资，现在我们在国内有多家五星酒店，也有不少房地产项目，下一步我们就要迈向欧洲，利用欧洲的酒店管理经验、技术，还有品牌、营销等优势，既打响我们的品牌，又找到合理的投资，既优化我们的结构，又产生长远效益。"

……

一场探讨，确定了天昊集团的下一步投资方向：寻找机会，首先在德国的金融之城、交通枢纽法兰克福购买地标性建筑，或者投资大型酒店，然后再逐渐往欧洲更多的城市推进。

天昊集团，就是徐子涵老爸徐天昊在二十五年前白手起家创建的，现在已经是国内赫赫有名的以房地产和高级酒店为经营核心的大企业。

时间过得很快，当我为了生存而不断换工作的时候，当我为艰苦挣得百来块钱而要极力展示自己所不擅长的职业笑容的时候，当我躺在床上盘算第二天再去干点什么活的时候……当初那个不快乐的中国少年徐子涵，已在他的学校里如鱼得水。

他有一个外号叫"中国王子"，这当然得益于他那事业越做越大的父亲。"中国王子"慷慨大方，聪明过人，学东西特别快，每到假期，他想学什么好玩的项目，比如滑雪、帆船，就会请班里学得最好的同学一道度假，边玩边学，所有账单他来支付，一直学到他能玩得与班里同学打个平手，方才满意而归——真的有点"挑衅"的意味啊。

徐子涵老妈已经根本hold不住自己的儿子，本来就因为疼爱而愿意在孩子面前委曲求全，更何况这几年这个小男生突飞猛进，完全融入德国社会，而老妈的德语永远停留在一百个单词上，跑哪儿去不是要依赖徐子涵就是黎阳，为此没少被徐子涵冷嘲热讽："老妈，多读书多看报，实在不行，多看看电视里的图片也好，知道点常识，好吗？"

要不就是："妈，今晚的家长会，你就让黎阳哥去吧。你去的话，能听得懂几句？"

更毒舌的就是："妈，我会陪你逛街，但是若碰到我的熟人，我告诉你啊，你就别说话，因为你一说话，人家就要笑！"

虽然说话刻薄，但他的慷慨的名声已经在校园里传扬。

一次，学校组织一个项目——去流浪动物收养站实习，做出一个如何更好维护动物收养所的报告。两周的项目时间里，很多中学生做了纸箱子，画了可怜狗狗的画，然后跑到街上去募捐，可惜捐款收不多，才一千多欧元，但在项目的最后一天，收养所收到了一张两万欧元的支票。捐款人是徐子涵。

做了让人感动的事没两天，闯祸的事儿又出来了，而且这祸闯得还不小。

同学聚会，徐子涵开着保时捷，搭了一名女生去派对。没管得住happy的心情，喝了一杯啤酒，深夜返回时，在限速三十公里的小区内超速，运气不好被巡逻的警察逮住。警察查看车本，这一看，发现了更大的麻烦：男生还没满十八周岁。

当晚，徐子涵就被扣住了。老妈在中国，就电话打给黎阳，黎阳赶紧去擦屁股，又是填罚款单又是听警察训话，还要花两个礼拜的时间陪他去专门上"交通事故教训班"。

黎阳给徐子涵当"陪读"和"护驾"已经吃不消了。

原本说是"照顾"和"辅导"他，但是看那"王子"的架势，哪里需要照顾和辅导？黎阳也提出过要辞去这样一个名不副实的工作，可德国法律规定，在十八岁成年之前不能长时间单独在家，徐子涵老妈又经常回中国，于是就当两个男生一起做个伴。

"老哥，你都是愿意给我讲初恋故事的人哪，怎么就可以抛下我不管啊？"徐子涵除了霸道，还有的是软功，黎阳哭笑不得。这个帅哥，以后不得了，泡妞本事肯定一套又一套。

徐子涵老爸躺在自家那超级豪华的大卧室里看书，是一本著名企业家的传记。徐子涵老妈泡完澡后往脸上涂抹着高级营养霜，涂完一层再涂另一层。

"喂，老公，一起商量一件重大事情。我们儿子很快就十八岁了。"

"嗯。"

"给他什么礼物？"

"他想要什么？"

"他么，最想要的还不是自由？"

"那就给他自由吧。"

"不可能！这世界没有绝对的自由，有几个自由我是绝对不会给他的，比如挑选媳妇的自由……"

徐子涵老爸摘下眼镜看她："那还远着呢……说吧，十八岁的礼物，除了自由，你觉得还需要什么，上次说的是不是给他买个别墅啥的？"

"我也这么想呢。"

"那你去考察考察吧，你全权作主。"

"儿子十八岁时，我们是不是要给他搞个成年礼什么的呀？"

"在哪里搞？"

"我们包个古堡，就在古堡里面庆贺吧！"徐子涵老妈一拍脑袋，一个好主意出来。

"到时候你拍些录像来给我看看。"徐子涵老爸拍着徐子涵老妈的脑袋，语气赞赏。

"你不去啊？"

"我哪有时间去啊？我现在忙着海外拓展的几件大事呢。"

"一点都不关心儿子成长，挣那么多钱有啥用……"徐子涵老妈嘟囔。

"给你们用呗！"

033

"导游有风险，入行要谨慎。"在我磕磕绊绊当了一年多导游之后，市面上越来越流行这句话。

是的，南欧的一些国家越来越乱，好几个同行已经在带团过程中被洗劫——在喜欢携带现金的中国游客成为小偷的目标之后，善于研究的偷窃团伙更是有了新发现——手拿小旗、吆喝着汉语、带领中国游客购物的那导游，其不离身的皮包里通常都有成千上万欧元的现金，因为那是整个团的团费。

我的一个同行，在出西班牙一大城市的车站后，身上的斜挎包就被抢了，是被一群孩子抢的。很简单，他们被盯上了。两个妇女带着一群孩子，妇女手里拿着花，分别送给导游和一游客。游客以为自己很帅，就开心地接了花，导游要阻止都来不及。于是，两妇女围着帅哥要钱，导游想帮着解围，然后一群孩子一拥而上。短短半分钟，游客的背包被抢走，导游的斜挎包被刀割断，背包里是好几千欧元的现金。整个团队的人目击了生猛的一幕却只能面面相觑。

没办法，我的同行得自己赔上这笔损失。

我的另一个同行，带一个大巴团前往意大利，大巴停在酒店外的大街门口。第二天一早起来，大家震惊地发现，大巴没了，被偷走了。随之被偷走的还有团员前两天刚购买的大件商品，放在车上懒得带进酒店，结果一并消失了。

同行着急地打电话给旅行社老板，旅行社老板倒是一副泰然的样子："偷了就偷了吧，反正有保险的，你在当地再租个车子，把团给带回来就成。"

"怎么带啊，眼下一团乱呢。"

"你是导游啊，你解决吧。"老板淡定地挂了电话。

我问晚晴，若我的团发生这种情况该怎么解决？晚晴的冷静回答几乎与旅行社老板如出一辙：事情发生了，评估损失，立即止损，解决问题，安抚团员，赶紧回来，再接下一个团。

看，这就是领导的格局。

但我不是领导，所以没有领导的胸怀。每次带团前，我都要暗暗祈祷一番，希望我的工作能顺利。

可能因为谨小慎微，我倒还真一整年不出事。但是，该出事时，一切还是发生了。

我接了个不错的商务团。七个人在欧洲列国游山玩水游半圈，买了不少奢侈品，作为导游，购物佣金也不少。这七人有四个是企业家，另外三个就不说了，估计是一官半职的人物吧。企业家豪爽的同时也比较显摆，名牌手表，名牌包包，名牌皮带，很是晃眼。

晚上在巴黎一家高档酒店里吃完丰盛的晚餐，企业家说要带大家去享受一下夜生活。我去地下车库开车，这时候，有两个黑人尾随了我。

黑人应该只是想劫个财，因为我别在腰间的一只鼓鼓的旅游挎包太过于明显了，虽然我穿了个普通之极的外套来试图掩盖，但若我们一行早被盯上的话，怎么伪装都是没用的。挎包里面除了有七人的护照，还有一摞刚取出来的现金。谨慎惯了，见有黑人尾随，我立马全身肌肉紧张，心跳骤快，作好防备。

见两黑人一左一右准备夹击我，我立即没命地大声喊救命，这一喊倒把他们吓一跳，其中一人亮出刀想吓唬我，让我闭嘴。我喊得更加不要命了，并死死护住挎包。

打劫的黑人脸色惊慌，其中一人甚至双手合在一起求我不要大喊，看来他们以前都是以威胁的手段抢钱抢顺了，一亮刀对方就乖乖就范随他们打劫，却没想到我是个要钱不要命的人。

拿刀的人狠一些，他揽住我的腰部试图抢劫，我像条离水的鱼儿一样死命挣扎，他往我的手臂上划了一下，鲜血流了出来。

我心里吓得要死，手却一点没放松。没持刀的人心中着急，巴拉巴拉快速说着一些单词，示意让持刀的搭档赶紧走，抢这样爱财不爱命的人的风险太高，但持刀的黑人显然不服气，又去划挎包的绑带，试图抢包。

感谢德国制造的产品好质量，那个精美的旅游挎包是晚晴送我的礼物，绑带有些长，除了卡扣外，我还又绑了一圈。尽管黑人在绑带上划了两次，却依旧没能挑断带子，只是我的腹部又多了两个口子。

听到停车场喊救命的声音，有保安进来，黑人以极快的速度逃走了——有这样的速度，警察是不容易逮住他们的。

我身上挨了三刀，鲜血淋漓，但是保住了钱袋子。

几个企业家得知后，不停摇头，说我太爱钱了。

他们说跟命相比，钱是最不值钱。因为钱就是纸，可以不停复制，但命只有一次。

我知道我可能是过于爱财了，我爱财，是因为我后面还有一个家。

受伤之后，我就不做导游了，去试着找另外的职业。

我在一家中国人开的进出口公司的客服事务处找了个工作，主要是与国内外的客户打交道，写各种电子邮件。公司不大，老板很精明，他给我的合同是半年，说先看半年的工作能力，然后决定是否续约。而且，这半年期间，按照半个工作职位来计算薪酬。

回家告诉晚晴我的新工作，晚晴拿过合同，翻看着那几页纸，说："半个工作职位，一半的薪酬标准，可是合同上的工作时间是每周三十小时。真按照一半的标准的话，应该是二十小时吧。"

我不说话。我当然知道老板的精明算盘，也知道自己作为一个不能为自身权益据理力争的"窝囊"男人，根本无法面对老板那显示着"这是契约，你可以留，也可以走"的犀利眼神。

晚晴显然对于我的不辩解和不争取感到失望。不是我不作为，是我能力有限，我从事的不是唯一性的不可替代的工作，只要中德文好一些的，都可以做，候选人有的是，老板收留我，已经是对我的帮助。

而她的失望还在继续。

虽然我的工作职位是半个，还是要经常加班，而且要与中国的工作时间一致，所以那一纸合同，基本是个空文。我不得不在一大早四五点的时候就去收看电子邮箱，给客户回信，解决一些问题。这样，国内客户可以在我们的正常上班时间里与我们互动下去。不然，老板就会对我不满意。

用一个男人的半个职位的薪酬养一个家，对于女主人来说，是一件需要辛苦筹划的事情。而我，事实上又是以一整个职位的时间用在工作上，便没法再去挣一些其他的钱。

几个月过去，即将到续签合同的时候。晚晴拿着那份合同仔细地看，按照她的想法，我应该获得一个全职位了，这样收入能增加一倍。加倍的收入，让她在超市购买生活用品的时候不至于太过费心思。

但是与老板的合同谈判，我基本是全面溃败。

老板的意思，要我继续这样工作下去。

我艰难地告诉他：我需要养家。

老板告诉我，因为现在公司运行很不景气，他的日子也很艰难，好几个立下汗马功劳的老职员都写了邮件给他，但他全部都拒绝了他们的加薪要求，他也很无奈。

我看着他。我知道那些一起加班的日子，老板时不时拍着他们的肩膀说，这个单子做成，就给你们加薪……看来老板的口头加薪只是一种励志方式而已。

他又说，我的工作很好，他很欣赏，但是他的预算实在有限，若我的要求超出他的预算，他只好重新找能控制成本的员工。反正，我的工作是比较容易上手的……

老板亮底牌了。

我没有愤怒，只有无助。一切都是我的无能，老板可以任意拿捏。

我几乎是以一种很卑微的口气与他说：我做的工作，承受的工作量，不单单是合同的三十小时，还有很多为了配合中国时间而搭进的家庭时间。而本来，我应该更多承担一些当父亲的责任，与孩子在一起……

老板终于发了善心，说他也有孩子，能理解。同时也希望我理解他的压力。最终的结果：我每周减少一天的工作时间，其余的都保持原样。

那天，我第一次，感到害怕回家。

果然，结果让晚晴非常失望。她带着小福，一句话不说就出了家门。

我赶紧跟上，试着安慰她："我在家多出一天时间呢，也能找到小小的挣钱机会的。"但是她说了一句："以我的判断，起不了任何作用。"

如此尖锐的一句话，几乎像一个审判的判决语。

我没法回答。我只能跟着她走。晚晴在心情不好的状态下外出，又带着一个孩子，我担心。

"别跟着我！让我自由点！"她愤怒地说。

我只得拉大与她的距离。

晚晴紧拉小福的手，命令他加快步子。她去了Lidl超市，德国的廉价超市。她在超市里胡乱挑了一些蔬菜和牛奶，都是生活必需品。

她拉着小福的手出来。

在超市外面，摆放着几个色彩鲜艳的自动儿童摇摇椅，投币进去，就会有音乐和摇摆，小福不知大人的心情，看着摇摇椅，他停住了，要坐。

坐一次两欧元，一次三分钟，明显是比较贵的，平时小福也是偶尔享受。

"不坐。"晚晴简短回答。

但这次，向来乖巧的小福好像要非坐一次摇摇椅不可："妈妈，我要坐嘛。"

他的明亮的大眼睛向晚晴乞求着。孩子若有这样的神情，父母是很难忍心拒绝的。

"不坐，妈妈没钱。"

"妈妈有钱，妈妈口袋里有钱。"小福看到刚才晚晴掏钱买东西，有个两欧元硬币被找回来。

三岁的小孩已经有点力气，他开始挣脱晚晴的手，想爬上摇摇椅。

晚晴本来就已经愤怒的情绪，被儿子再次挑起狂怒的火苗。

"小福，回家！"

"不嘛，不嘛，要坐一次，就一次……"小福铁了心要玩一把。

晚晴狠狠地把小福从摇摇椅上拽下来，动作粗鲁。

小福大哭，从超市出来的人侧目，晚晴狼狈之极。

我赶紧上前，抱住小福。小福在我的怀里哇哇大哭。

"小福，我们回家，我们一起回家……"我去拉晚晴的手。

"要回你们自己回，我不回。"晚晴挣脱我的手臂。

"那你去哪儿？"

"你不要问我去哪儿，你问问你自己。这三年，你做了什么？一无是处！"晚晴冰冷的声音像冰锥一样戳过来。

这三年，我做了什么？

三年在我的晃荡中过去了。这三年对我犹如梦一场。

我曾经答应晚晴，两年工作，第三年写出博士论文。

现在，钱挣不了，工作找不到，论文写不出来，我也觉得自己一无是处。

我和晚晴的婚姻，以一种我无法掌控的姿态，在向下滑坠，滑坠。

034

徐子涵老妈在上海的高档美容院里，与一群太太姐妹们享受着舒服的泰式按摩。这是她们的定期聚会。女人不聚会，就会少了很多乐趣，弄得不好，会抑郁。有钱太太，更容易抑郁。

一个两小时的按摩疗程结束，这群穿着白色睡袍的阔太太们，一人一杯红葡萄酒，在休息厅里谈论八卦。

徐子涵老妈给大家看相机里存着的儿子成年礼的照片和录像——

在胡主编的帮助下，徐子涵老妈的计划圆满实现，中国少年的盛大成年礼果真在莱茵河畔的一个古堡里举办了。这群刚刚高中毕业的孩子，几乎玩疯了。

鲜花、啤酒、礼服、音乐、丰盛晚宴……专门做庆典的服务公司的一切安排都让徐子涵老妈很满意。他们甚至带来了专业摄影以及录像团队，以记录这个在徐子涵的人生重要意义上仅次于婚礼的难忘时刻。

胡主编的主持很接地气。胡主编不喝酒时说话很智慧，喝了酒后说话很幽默。他说这个男孩子有着最幸运的人生：聪明、财富、父母、自由、宠爱。但是别忘了，他享受着这些幸运是因为享受着父母的宠爱，同时他还最缺少一件财富——人生经验。所以，尽管从德国法律的角度，十八岁，他可以自己作主决定一切事情，包括找女友甚至结婚，但还是要多多请教父母，从父母那里得到爱的同时还要设法学到经验，不要一意孤行，尤其找女人结婚这件事上一定要征询父母意见……这话让徐子涵老妈听得极为受用。

唯有一件事让徐子涵老妈不爽：徐子涵也邀请了班里那个未婚先孕的女孩子，那女孩子怀里抱着一个婴儿。要命的是，那女孩子还穿了件玫红色的漂亮长裙，抱着孩子，尽往自己儿子身边凑。徐子涵还几次拥抱她，两人哈哈大笑。摄影师啪啪啪地记录下这些场景，徐子涵老妈又气又恼。

若徐子涵以后有个这样的女朋友，她肯定恨不得要一头跳进莱茵河去。

看着照片和录像，阔太太们自然又是大呼小叫，表达着对能干的太太团团长的崇拜。

"哇，王姐你包了一个古堡啊，真是有创意，又是大手笔啊。"

"大手笔也称不上，就是把古堡给包了一整天，也不贵……不过，这个创意，我自己也确实是很满意的。你们知道吗，来参加聚会的人，很多都是很有名望的人，因为都是儿子的同学的父母嘛，名校里的学生家长嘛。看看，这位是著名律师；这位，是大企业家，听说他与我们国家的领导人一起在柏林吃过国宴；还有这位是法兰克福市的市长，他儿子与我儿子是好朋友……那天都好开心啊！"

众人羡慕地看着她。

"这么小，就有那么好的圈子。"

"读名校就是这点好嘛，对吧……看看，这是莱茵河畔的古堡，真的像童话一样哎，是吧！"徐子涵老妈解释着照片上的场景。

"哇，是像童话一样……王姐，怎么让你找到这么好的地方啊？"

徐子涵老妈骄傲地说："我是什么人啊，我跑哪里去搞不定啊？"

当然，徐子涵老妈可不会说她在法兰克福其实两眼一抹黑，她的法宝是：给胡主编源源不断进贡好酒，胡主编就啥事都帮她搞定。

"那古堡，真的好漂亮啊，下次你们要办个什么生日晚会之类的，我帮你们搞定！"徐子涵老妈慷慨承诺。太太团团长，不给这些太太们一点与众不同的承诺，能当得下吗？

"好的呀，王姐就是能干，太羡慕你啦，子涵在照片上看起来好帅啊。"

"是啊是啊，我儿子确实是越长越帅……"徐子涵老妈眉开眼笑。

"王姐啊，就是，我们都很好奇，在成人礼聚会的照片上，有个抱着宝宝的女生，那是谁呀？"

"哦，是子涵的同学呀。"

"那她怎么有个孩子啊，还带到聚会中来？王姐……不会是与子涵有什么关系吧？"

徐子涵老妈一听，顿时阴沉了脸："喂，你们这是什么意思？说我们子涵太开放？没有的事，是人家女孩子的事情，我们子涵，接受着这么好的教育，怎么可能？"

"就是就是，王姐，是我们乱想了啊……不过，这个女孩子，还真是开放，对吧？"

徐子涵老妈恨着自家儿子不省心，搞个聚会，本来是挺风光的事，现在简直有嘴说不清了。

"对啦，我现在要准备在法兰克福买个房子，给儿子当礼物呢。"徐子涵老妈立即转换话题。

徐子涵老妈说国外的别墅那才叫漂亮，每栋别墅的设计都不一样，有的面朝大海，有的处在山腰，有的临湖而居，有的依傍高尔夫球场，有的以著名建筑为邻……都是稀少资源，没有新建造的，就是靠遗产继承才能得到。几十年的老房子，看起来那么有贵族气息，里面又是富丽堂皇，不像国内的很多别墅群，像流水线整出来的一样，看着倒胃……这样的房子啊，要买都要提前预定，德国那些想继承又付不出高昂继承税的人，就是最好的卖主。他们没钱啊，就算祖先亲戚再有身份那又怎样，所以还是有钱最好，想买什么就直接买什么，多爽心……

她的购房计划把一群阔太太们说得心里痒痒的。

"王姐，等你买好房子，有买房经验了，你就组个团，也带我们买房去啊，你可是我们圈子里最能干的姐啦！"

"就是就是，我们也想买，以后孩子留学，或者我们去度假，自家有个地方住，多方便啊。"

"王姐，你快点买哦，最好我们做做邻居，你去哪里玩，我就跟着你……"

一群太太，叽叽喳喳。

晚晴越来越久地在庭院里仰望大房子，眼神焦虑。我知道她的渴望。她有那么不安分的求胜心，怎么能平静呢？

她在网上不停地寻找信息。她在努力找工作。但是，没有大学文凭，没有公司的实习经历，在德国，太难被社会承认了。

在我当导游的那两年，我也曾经问过晚晴，她是否愿意与我换个角色，我在家带孩子，她外出当导游？但是她拒绝了。她说她离不开大房子，这内部残缺的大房子就像父亲，她要在家照顾，她不能再让大房子出点差错了。有时候，她外出买东西时间长一些，心里就会有种不安感，便要急急忙忙回家。

我知道晚晴得了强迫症。多年的担忧所致，她离不开房子，这残缺的餐馆是她心理支撑的大部，她怎么能出去当导游，一离家就是十天半月的？

十月，是德国最美的季节。但是，我和晚晴之间不是。

我们之间又吵架了，事后想起来，那实在是无足轻重鸡毛蒜皮的琐事，但显示着一个家庭的危机：这吵架是因为钱而起；而且这吵架的后面两人都不相让。

多年在家照顾着孩子当着家庭主妇的晚晴，不知何时开始出现了洁癖，可能也是强迫症的一个表现，她在其他方面节俭之极，但是在家庭上却有一种固执的整洁感并不惜用大量的水不停擦洗。

我下班回来肚子饿，餐桌和厨房里干干净净什么都没有，晚晴在卫生间里陪小福洗澡。我煮了一碗方便面。煮方便面时开水冲着调料溢出来，把厨房的灶台给弄脏了。我倒出面，锅子留在灶台上，油油的。我端着碗吃了一半的面条，想起来还要回一封电子邮件，就去房间开电脑。

当我返回餐桌时，晚晴正皱着眉头收拾餐桌和厨房，我眼看着她把半碗面条扔进了垃圾桶，我着急："别动我的东西……"而她，正被我印到白色桌布上的已经凝结的油渍所激怒。

"这是我的面，这要钱的，你这么浪费……"

"我刚打扫完厨房，又去打扫卫生间，一回来看厨房，又成这样了！你觉得我的力气是不要钱的吗？"晚晴反唇相讥。

"我能自己打扫的，你就不能等等吗？五分钟也不能等吗？"

"我等了何止五分钟，快五年了吧！"这话把我噎住了，同时也燃烧了我的委屈和愤怒。

"告诉你，我现在看不得凌乱无序的东西，包括你的卧室……你的卧室，我已经把你的脏乱的东西都打了包，扔在箱子里！"

我跑进卧室一看，果然，我的书，我的脏衣服、袜子、口香糖、眼镜盒、信件、文件，原本放在桌子上的，现在桌子已经被清空，就是简单地放了台灯。

房间是清爽了，但我着急了。"这是我的东西，你为什么不等我来整理？"我歇斯底里，因为有重要文件涉及我的工作，若丢了的话，要罚钱的。

"我昨天就告诉你了，我前天也告诉你了，我大前天也说过了，我等不了了，所以我解决了……"晚晴似笑非笑。

"那是我的工作啊，我已经工作得很辛苦了，挣得也够少了，你还要这样来对待我？"我转头抓住晚晴的肩膀，猛晃她的身体。

晚晴没想到平日那么无能软弱的我此刻将暴力的方式用在她的身上，有那么几秒钟，她随我那么猛烈摇晃，然后，她突然挣开我的手臂，从厨房的台面上，抓起刚刚洗干净的大碗，狠狠往自己的头上砸去！

盘子破碎成无数片。

那一刻，我惊呆了。

我赶紧去检查晚晴的头，但她推开我，直接拉开门，冲出房间。

小福亲眼看到了妈妈的这个举动，顿时吓得号啕大哭。

　　我抱着小福，在城里惶恐地奔跑着，四处寻找晚晴，却不知她那一晚去了哪里。十月的德国，白天已经变短，夜间气温骤降，晚晴只穿了薄毛衣和外套，没有手机，甚至没带一分钱，我担心又后悔，不知她会做出什么事情来。

　　小福哭着问我妈妈去哪了？我说妈妈出去散步了。小福问，妈妈还会回来吗？我说妈妈肯定会回家。小福放心了，在我的肩膀上睡去。

　　我知道我不是在骗小福，晚晴肯定会回家的——只是，我不知，晚晴在回家之前，究竟会怎样伤害她自己。

　　在我终于找到晚晴的时候，她头发凌乱，衣衫随意，孤单地走在美因河畔的小路上。我远远地跟在她身后。

　　已经很晚了，夜晚的气温骤然降低，河边的人很少，除了三三两两的游客。

　　晚晴像个流浪汉一样无目的地晃荡着。脸上有泪痕，嘴角又在傻笑。

　　一对男女手挽手迎面过来，男的英俊，女的好身材，他们亲密地说笑着，互相亲吻着，擦着晚晴的肩膀而过。

　　已经走出了一段路，那对时尚男女突然停住脚步，并且转身，招呼了晚晴。

　　是托马斯和朱丹，一对那么时尚的璧人！

　　晚晴愣了，她想赶紧低头走人，但又镇定站住，迎面向托马斯问好，向曾经的闺蜜朱丹问好。

　　托马斯面露惊奇，显然他不知道晚晴的境况。

　　问候完，晚晴从容地挥手告别，继续独行在河边的小路上。我远远地看着她的背影。

　　在无人的地方，晚晴终于爆发，她狠狠挥着手臂，用拳头砸向路边的大树，像个疯子一样大声喊叫："陈晚晴，你要重建美食城，你要过幸福的生活，你要重新得到尊严！"

我站在远处的角落，听到晚晴风中凄厉而决绝的誓言，为自己的无能而痛苦地狠揪自己的头发。

035

晚晴的自虐给了我巨大的打击。

我知道，我无法给晚晴快乐。

其实，我也不快乐。我害怕每一天新的开始，对于我来说，新的一天只意味着昨日时光流逝，而我又是一无所获。我太失败了，我什么都做不好。

只有每天与小福在一起，早晚接送他，心里才感到有一些温暖和慰藉。

去接小福时，我都会在随身小口袋里带上一瓶水、几片饼干或者其他小零食。因为在幼儿园回家的必经之路上有个面包糕点房，小福肚子饿，都会眼馋。若我这个当父亲的挣全职钱，一个蛋糕一瓶水也就是三欧元，但是我挣半职，三欧元也吃不消。每当小福经过糕点店，我就从小布袋里掏出水和小零食，小福像只小松鼠一样开心啃着。

"爸爸，今天幼儿园里老师讲了王子的故事。"小福边走边与我絮叨他的一天。

"是吗？王子幸福吗？"

"幸福。"

"为什么呢？"

"他什么玩具都有，什么好吃的都有。"小福说。

"小福，假如有个国王要你，让你当他们家的王子，每天吃最好的穿最好的，你愿意去吗？"我问。

"不愿意。"小福边啃饼干边说，一点不犹豫。

"为什么呀？"

"我要和爸爸在一起。爸爸是最好的爸爸。"

我突然眼泪夺眶而出，蹲下身，紧紧抱住小福。

036

命运，终于有了转机。

毛栗子，在读完五年的应用技术大学并顺利拿到Diplom（工程硕士）学位后，凭着优秀的成绩在一家大牌房地产公司得到了工作职位。

他利用其稳定的收入向银行申请了一笔贷款。不久，他拿着支票来找晚晴，支票上是十万欧元。

"晚晴，你是我所见过的最能干的人，不要再当全职妈妈了，重新为梦想站起来吧，就当是我的入股。若两年后，你的酒店兴隆，那就还我十万欧元，若不够，我再去借，你要记得你当年的承诺，你肯定可以的！"

晚晴看着毛栗子。

他们已经五年没有见面。五年之前，毛栗子还是个青涩的少年，现在，他踌躇满志。而晚晴，五年之前是能干的丽人，与班里的英俊少年在鲜花游轮上共舞，五年的生活磨难让她少了浪漫，却多了许多冷静。

是可以启动了。

这个大房子，外观庄重别致，里面的庭院也一直被晚晴精心打理，各种植物欣欣向荣。为了这个大房子，晚晴哪里都不去，她没度过假，没离开过超出两天，在她心里，这个大房子，犹如她的亲人。所以，其间多次有人来询问是否转让，她都一口拒绝。

晚晴告诉国内的父母，她想开始重新做餐馆。

一个月之后，刚在上海与黎阳领了结婚证的晓晴，身揣二十五万欧元的汇票，来到法兰克福。

"这是建国让我带来的，让你好好干，他继续在上海炒房，这是他卖掉一套房子的钱。若不够，他还会再卖房子，给你汇钱。弟弟他现在是地主，手里好几套房，比我们谁都有钱，你就放手做吧。"

小我十岁的亲弟弟，不念书没学历，却比我能干许多。这世界，常是这样。

阿杜是晚晴决定要重新装修中华美食城之后，第一个要找的人。

阿杜回到老东家，望着熟悉的庭院，瘦瘦的肩膀有一阵抽动，然后调转过头去。晚晴上前，挽住他的肩头，两人轻轻拥抱。

总共三十五万欧元，要让一个沉睡数年的餐馆装修一新，聘请名厨，重新开业，并不是容易事情，一切都要看晚晴的了。阿杜说，大钱要花在聘请名厨上，在装修上的预算，他来把控。

阿杜有三位朋友，都是做装修的，阿杜把他们叫来，同时带来的还有睡袋和床垫。

阿杜说，给他们三个月时间，这段时间，让晚晴忙她其他的事情。

晚晴掏出一张银行卡，让阿杜全权负责。进度和所有开支，她都不再过问。

　　好像晚晴最擅长的做法就是信任，信任朋友，信任承诺。信任是最昂贵的，也是最低成本的。在合作中，信任就可以精简很多过程，晚晴说她没有钱去设置那些核算的环节，信任了就好了。

　　在很多人的印象中，阿杜是难民，而难民是没有前途未来也不用承担责任的人，因为他们没有为自己作担保的条件，能过一天就过一天。所以，最不值得信任的就是那些没有能力为自己作保的人。这样的人，是被银行和信用卡拒之门外的。

　　德国社会的运行，就是一个隐形的信任机制的运行。上地铁坐公交不用事先检票，都是采用查票制。而查票的几率是很低的，有人统计过，逃票的收益远超过查票被罚的惩罚。但是，查票被罚只是惩罚的一部分，更严重的是，逃票是有记录的，若有多次逃票的记录，就意味着此人是在寻找制度漏洞以获利，信用值就低了。这是信用制度给人的打分，于是进大公司就难了，贷款也不容易了，这样的惩罚，自己看着办吧。

　　在信用社会，人人都在用自己的品行为自己作着担保。在这个信用圈子里，像阿杜这样没有身份的难民是容易被遗弃的——他们本身就是担保不起来的人。

　　我问晚晴为什么那么信任阿杜。

　　晚晴说，阿杜从来不会逃票。就算两站路，就算地铁即将到来买票会错过那趟车，他都会排着队先花二点五欧元买好一张市内公交车票。对于挣钱不多的难民，二点五欧元是顿午餐钱。但阿杜宁愿饿肚子也要买车票。

　　我不说话了。买票只是人生中最微小的一面，微小的一面上都能固导本分，其他方面就不用说了。

　　……

　　晚晴最大的任务是要找到能做出好菜点的大厨。

　　阿杜的装修兄弟说他认识一个点心大厨，在另一个城市，那大厨有家自己的餐馆，点心很受欢迎，但因为餐馆前面的路面搞修建，汽车的噪音和建筑工地的混乱让餐馆生意一下子冷清之极。德国人的工程期长，那个修路的时间要一年，点心大厨已关门大吉，现在正在寻找合适的东家。

装修兄弟说："正好嘛，多好的机会，那大厨就算开低一些的薪水也会愿意来的，他那餐馆，虽说不开张了，但租期没到，租金依旧要付的，人家正急着找工作呢。"

晚晴睁大眼睛："你说的是刘师傅大厨吧？那我一定要登门去请，但薪水绝不能降低的。"

我发现，在用人和对待员工上，晚晴多年跟随父亲，把父亲的那种中国传统的善意和仗义都学会了。父亲以前经常说，若能一起做事，那他就不是给你打工的，而是与你合作的。有人说我父亲太不精明，其实我觉得这才是父亲最精明的地方——以前父亲的美食城很少有大厨或者跑堂离开酒店，所以不需要总是花时间培训和熟悉员工。

我能体会，但自己就是说不出做不来。

晚晴前往，我陪着她，带了一背包的好酒好烟——我已经很久没这样做了，若让我一个人带上礼物去见人，我肯定觉得别扭死了，话都不知该怎么说。可是跟着晚晴，我就觉得，这是有人情味道。

我们进门时，老刘师傅正戴着眼镜，对着一台笔记本电脑一字一字地在键盘上敲字，旁边还有一部小相机，一条数据线连着电脑。

晚晴眼睛好，一眼看到老刘正在用电脑整理菜谱，每个菜谱还有相关的制作图片。

一见面，晚晴开口就说："刘师傅，我是您的晚辈，叫晚晴，一直很仰慕您的手艺，前两天给你打过电话说来拜访您的。对啦，刘师傅，我爸带我吃过您做的很多点心，我一直记得，有椰汁糕，咸煎饼，酥皮蛋挞……都非常好吃，现在，越来越多的人都在想念您做的点心，您是否愿意去法兰克福露一手啊？"

老刘师傅正为点心店的关门而纠结，见有人一上门就赞美他的老手艺，心情自然舒展起来。

"姑娘你是哪一家的？"

"我爸是法兰克福美食城的老陈啊。"

"美食城……我知道，以前美食城的叉烧做得不错，是一位广东大厨的手艺。"

"是的，他是朱师傅，后来他去巴伐利亚州开了一家广东馆，生意挺好的。"

"是吧？美食城……当年是很火爆的美食城……但是你们美食城的粥烧得实在不见得好，品种也少。"老刘师傅说话一点不客气。

"刘师傅，要是你，你会怎么做粥呢？"

"粥看起来普通，但一碗好粥熬制的过程就很细。以打底的白粥为例，并不就是米加水一热这么简单，它是有讲究的：煲的时候加点去核红枣和玉竹，一般米的配搭是八斤黏米，两斤糯米，也有的不加糯米，不过煲的时间要长点，这样熬出来的白粥很香。通常生滚粥的配料有猪肝、粉肠、瘦肉、肉根、排骨、皮蛋、咸蛋、牛肉、鱼片、鱼骨、鸡肉、姜丝、葱花、生菜丝、菜心粒、南瓜粒、香芋粒、芥菜丝、枸杞等等，而且各种料都可以搭配，有很多种变化。"

晚晴惊喜地抓住老刘师傅的胳膊："刘师傅，你这么好的手艺，不展示出来那太可惜了哎。中华美食城要重新开业，你来我们美食城吧！"

刘师傅一听，眼睛一亮。是的，人心动。而让刘师傅心动的，不仅是晚晴的诚意和热情，还有远高出他预期的薪酬——除了高薪，晚晴为他单独租市区里的公寓，甚至为他购买交通年卡，一切都是有备而来，所有细节都考虑得周到体贴。

老刘指着笔记本电脑里的美食菜谱："姑娘，我本来想把我这辈子能做的所有点心的制作方式都做到一个网站上去，叫'老刘点心'，只是我人老眼不好，动作又慢。这样吧，要不你来帮我整理。你的美食城肯定有网站，这些资料，全都给你的美食城网站，好让更多的人来学做好吃的点心，怎么样？"

晚晴惊喜交集。

而更让晚晴惊喜的，是刘师傅又为她介绍了好几位各有美食制作特色的师傅。

中华美食城将有不同的美食区域：寿司区、自助餐区、烧烤区、素食区、特色点心区。每片区域都有不同的设计，灯光与餐厨的色彩明亮，让人垂涎，可以单独每个区域买票品尝，价位很吸引人。而购买两个区域后就可以一个价格全部品尝遍，更是让大胃王们欢喜。

晚晴自己为工人设计服装。她借鉴巴伐利亚裙子的风格，女生是长短正好到膝盖的红裙子加白色带花边的小围裙，显得年轻、有活力，不过于暴露但又显出健康的肌肤。她要求所有女生盘头，以防头发散落；化自然淡妆，让双颊有红润的感觉；手指甲短而干净，不涂指甲油。

她为新餐馆的卫生状况定下了很详细的规则：室内绿化的植物请园丁专门打理以及检查虫害，洗手间每两小时必须清理，门窗玻璃随时保持一层不染。

人多，想法多建议也多，晚晴专门去询问一些朋友，一一把大家的想法都记录细化，能实现的就立马实现。有个孩子妈妈问能否设立一个孩子玩乐区，晚晴真的就让阿杜在装修时开辟出一片宽敞的角落作为孩子玩乐天堂。有人问中华美食城的大庭院能否有茶点服务？晚晴想了想，说她会在庭院里放置石头桌椅，天气好的时候，有人想饭后喝茶休息的话，庭院就是个很舒服的茶点区。

……

最后，阿杜建议，在中华美食城前面加一个"新"字——新中华美食城，既传承原先的美食，又带来新的气息和味道。

新中华美食城在几个年轻人一片火热的创业激情中，再度迎来春天。

037

莱茵河边的葡萄酒小镇，一大早就热闹起来，家家户户摆出了各自的美酒，迎接一年一度的葡萄酒节。这里，几乎每个家庭都有个小酒庄，酒窖里珍藏着美酒以及让自己家族所骄傲的酿造技术。每到葡萄酒节，就是把技术给亮出来让大家品评的时候。

这里是闻名世界的"浪漫莱茵"最美的季节，最开心的节日，莱茵河上的游轮迎来了大批游客，古堡、小镇和葡萄园是这里的旅游名片。这里还是冰酒的家乡，盛产全世界最好的雷司令。

徐子涵开着他更新换代后的最新款保时捷，约了几个大学朋友去参加莱茵河畔的葡萄酒节。

小镇的葡萄酒节不外乎用三种方式庆贺：香肠和大肉烧烤、葡萄酒，还有音乐歌舞。徐子涵和朋友们兴奋地在四处攀爬着葡萄藤的大街小巷拍照，小镇的每个酒庄招牌都非常有趣，徐子涵觉得这样的设计实在很有意思，他想收集这些设计。光看不喝是不符合葡萄酒节精神的，他们于是在不同的酒庄门口试饮着葡萄酒，酒酣脸热，越喝越带劲。

小镇中心广场，可谓葡萄酒节的中心，除了设有嘉年华的各种游戏，还有各种酒棚子，播放着热情洋溢的音乐，游客可以坐下点不同的葡萄酒，与邻座碰杯称兄道弟后，随着音乐一起勾肩搭背地绕着木头酒桌跳舞，心情超爽。

在这样的气氛里结交的朋友，常是最纯粹最容易找到快活的朋友。

与徐子涵邻座的是一个德国中老年男子，他笑着向徐子涵伸手，并用汉语说："你好吗？"

徐子涵立马回答："哥们儿，中国通嘛！"

那中老年男子当即傻在那里。

徐子涵冲同学坏笑：又是一个只会一两句汉语的爱中国的鬼子。

徐子涵虽然毒舌，还是向德国男子招呼并介绍自己："徐子涵，来自上海。"

德国男子说："史提芬，我去过上海，很有活力的一个城市，很喜欢。"

酒是好媒介，突然邂逅的两个来自天南海北、年龄差距也颇大的老少，喝着酒，竟越聊越投机。

"知道贵腐酒的来历吗？两百年前，莱茵河边的约翰山，酒庄的一名信使来不及把主人要开始采摘葡萄的信送达山上，等山上的人收到信，莱茵河边葡萄园里的葡萄因为出现贵腐菌，很多都腐烂了，人们只好硬着头皮采摘酿制。令人没想到的是，那一年酿出的酒的品质格外出色，色泽诱人，口感优越，那就是世界上第一支贵腐酒……孩子，所以说，这世界上，有的错误是美丽的，有的试验是值得的，对吧？"史提芬呵呵笑着对徐子涵说。

"你是老师吗？"

"我在附近有个酒庄，我自己就是葡萄酒商，一辈子做酒，我的酒获过金奖。我也给大学的学生授课并辅导他们写论文，这是我很开心的一件事……"史提芬眯着一双蓝眼睛，快活地喝着酒。

"大哥，那我也要辅修一个葡萄酒酿酒课，也请你辅导我的论文哦。"徐子涵的玩笑像真话，真话又像玩笑。

"可以的，我肯定对你严格要求，因为我已经看出来你很聪明。"史提芬也同样回敬徐子涵。

"中国很有潜力，不仅买好酒喝，为了喝到好酒还要买酒庄，有这样想法的老板我已经遇到不止一个了。"

"我相信是的。"徐子涵认真地说。

"中国人很时尚，但是有些时尚让人看不懂，比如把葡萄酒兑着雪碧喝，太可惜了……"史提芬摇着头，仿佛还依旧可惜着多年前的那支好酒。

"那是因为他们要制造出一支最有风味的雪碧，利用葡萄酒的美味。但并不是每个创意都会成功，也不是每个错误都美丽，你要原谅他们的试验。"徐子涵机智回答。

史提芬看着他："孩子，你真的很聪明，若你学我的课，我一定好好培养你。"

"你已经是我的老师，你不培养我，我也要跟在你后面学习——学习喝酒！"

史提芬端着酒杯，抿着嘴唇，点着头，笑着说："好的好的，今天就去吧，去我的酒庄看看，我有个改装过的拖拉机，配着专门的冰箱，可以带上好酒，开到葡萄园里去，一边兜风一边品酒，能品上八支十支酒，怎么样？——这样的机会，可不是每天都有的啊！"

徐子涵听得眼睛顿时发亮，今天是什么好日子，喝了两杯酒，就这样收获了一位既有学问又善于享受生活的忘年交？

"为什么啊？我撞到什么好运气啦？"

史提芬呵呵笑着："没有为什么，就因为我愿意邀请你。"

当徐子涵和他的朋友们坐在德国特别的大轮胎拖拉机上，惬意行驶在莱茵河畔大片的葡萄园里，一边享受着醉人的美景一边品尝着史提芬特别奉献的葡萄酒时，手机响了，是黎阳。

酒店开张的日子已经选好，为感谢朋友关照，在开张前一天，晚晴让新中华美食城摆了流水席，她关照阿杜黎阳他们，只要是朋友都带过来，朋友的朋友也可以来，欢迎品尝美食城的美味。

黎阳邀请徐子涵去参加流水席。

自从徐子涵高中毕业后，黎阳就搬出了那个公寓。不过，分开的室友反而更想着法子要聚会，周末常一起喝喝酒，开心起来还去卡拉OK厅吼几声。

但是那天，徐子涵被雷司令葡萄酒和莱茵河畔的风光迷住了。

"哥们儿，什么事情？我在葡萄园的拖拉机上呢，哇，太爽了，下次我也带你来。我还认识了一位老哥们儿，超智慧的绅士，下次也让你认识一下……"

"喂，你忘了今晚的聚会了吗，我邀请过你的，我老婆的妹妹的新店开张！"

"哇哇，对不起啊，真的忘啦……但是，我也赶不过来了啊！我今天喝了不少酒，要歇不少时间才能开车呢。"徐子涵酒后超速开车被罚上"事故教训班"后，就明显规矩多了。

"看你，又喝酒，开车小心啊……"

"哥，代我向美女问好，下次我专程拜访啊！"

徐子涵自然不知道，若他不错过这次聚会，就能跟晚晴再次相遇。

038

　　新中华美食城正式开张的日子到了。晚晴特意选了一件旗袍，旗袍能让一个女人看起来端庄稳重。晚晴虽然年纪还小，在她这个年龄，很多女生还在扮嫩装可爱，波波头剪刀手地拍少女照片，但晚晴更希望自己是成熟的，因为成熟的餐馆经营者更会赢得顾客信任——食材的新鲜、品质的甄别、口味的适中、烹饪技巧的把关……太多的环节，全都需要一位值得信任的人掌控。而少女，只是适合被家里父亲宠着外面男朋友爱着。

　　因为餐馆五年前的巨大变故上了当地的报纸，很多人都知道。他们唏嘘当年高朋满座的美食城在一夜之间成为废墟，很多曾经是常客的食客们等待着第二代年轻漂亮的老板重新竖起这个招牌，只是，这个等待有点漫长，整整等了五年时间。

　　这五年里，好事的记者对这个一直不能重新开张的餐馆时不时为读者提供着一些信息，什么十大最悲情的餐馆之一、什么最漫长等待的餐馆……记者真的是挺讨人嫌的一种职业，为了所谓信息的传播，会根本不顾及当事人的感情。

　　但是晚晴不在乎，五年时间是有点长，那又怎样？现在，她对着镜子，整装待发，犹如一个将军。这是个战场，她要上马，扬鞭，然后奔驰，根本没有时间去在乎。

　　晚晴即将要上战场了。

　　此时，一辆面包车悄悄驶过，车上下来了八个随身带着乐器的年轻人，他们在饭店门口的空地上，一字排开，动作迅速，形如眼下流行的快闪艺术，各人拿起乐器就立即开始专心演奏。

阿杜赶紧告诉晚晴，说来了一个乐队。

晚晴暗想没有预定乐队啊，急忙去看究竟。定睛一看，乐队之首就是毛栗子，他正冲她微笑招手！

天哪，当年乐队的八才子全部来了！

他们演奏的是苏格兰老牌名曲《友谊地久天长》。因为动人的演绎，短短数分钟，四周围起来一大圈观众。

当最后的音符结束，全场响起了热烈的掌声。那一瞬间，晚晴眼眶里的泪水像珠子一样掉落。

乐队成员手拿乐器迅速地回到面包车上。他们闪人了——他们就是为了给晚晴加油来的。

隔着车窗户，毛栗子做着夸张的手势，示意她要开心。晚晴果真笑了。

有旧友陪她上战场，真好。

餐馆的前世今生故事就是最好的广告。当晚，整个餐馆爆满。

第二天，报纸报道了这个餐馆的重张，并用了个挺娱乐的标题：《五年的等待终于开门，美丽老板是原老板的女儿》。虽然是豆腐干大的一小块内容，但是信息量巨大。

开业之夜，晚晴请朋友录了像，她要把开业实景寄给国内的父母。这是她期待很久的一刻。这一天实现了，原来以为会眼泪长流，却发现自己很平静，除了重见旧友那一刻让她泪流满面之外——可能是餐馆爆满，分分钟要忙着做事，她竟无暇有泪，更无从再去感慨。

后来，晚晴在看录像的时候，看见了托马斯的身影。

039

　　新中华美食城以持续火爆的态势烧起了一股中国美食热潮。

　　因为第一次使用开放式厨房，很多中国点心的制作过程都可以通过宽敞的玻璃窗来观看，这吸引了很多德国人。他们拿着一个盘子呆呆地站在那里，看着拉面师傅把一根面条拉得又细又长，或者观看葱油饼（被称为"中国式披萨"）在大厨的头顶上飞来飞去，还有那"猫耳朵"，厨房女工们搓着细软的面条儿，快速地捏出一个个"耳朵"……看这些手工小吃的制作，实在是种享受。

　　前三个月，美食城的繁忙程度远超过晚晴的估计，临时招人依旧不够，她亲自上阵，旗袍加身，迎接客人，寒暄问候，热情得体。

　　虽说美食城晚上十点钟打烊，但是到点根本停歇不下来，经常灯火通明到十二点。

　　厨房里的大厨和工人们在最忙碌时，人人使用了超大号的帮宝适——有点夸张，但是真的。

　　辛苦的工作带来了丰厚的回报，在美食城工作的跑堂，最多的月收入有八千多欧元，这相当于法兰克福市中心高档办公楼里高级经理的税后收入。

　　慕名而来的客人实在太多，胡主编赶紧帮助写广告：新中华美食城招人，招人，招人！

　　因为点心是新中华美食城的一大特色，晚晴推出了一个很善解人意的招数：凡是五站地铁范围之内，只要点餐超过二十欧元，就免费送餐；若是老人点餐，无最低消费限制，也就是说，两欧元的四个煎包照样送。

为照顾不大会熟练使用电脑的老人，晚晴把老刘师傅提供的点心制作菜单分别用中文和德文，并配上图片，彩色打印出来，凡是有需要的客人，都可以自取这样的点心制作秘笈。

晚晴大量招收大学里的兼职学生用于各环节的服务，以四个小时为最低工作时间，报酬不低于麦当劳，同时还免费吃饭。年轻人自然开心这样的打工。而餐馆里，也因为年轻学生的到来显得更阳光更有活力。

像是一场足足的春雨，浇在久久不被灌溉的焦渴之极的玫瑰上，晚晴沐浴在春风雨露之中，苍白的面颊瞬间焕发了光彩。

远超过想象的客流量给晚晴快速带来了资金。神迹一样的，只用四个月时间，三十五万欧元的投入就全部收回。

赚钱了！而且赚钱的过程是这么快，不过半年时间，一切糟糕的局势都被完全改变！

晚晴有种突然中奖般的幸福感和陶醉感。

晚晴想迫切弥补一些什么。

她有多少年压抑了自己爱美的少女情怀，在那些贫穷落难的日子里，生活落魄和寒碜，她节省着每一个欧元，就是为了度过最艰难的生存期，然后为了一个有尊严的梦想而等待时机。

她想弥补对小福的爱，四岁以前的小福没有条件备受宠爱，玩具店里的小水枪才五欧元，甚至蛋糕店里的蛋糕不过两欧元，明明看到小福那么眼馋，晚晴却只能狠心走过。

还有养父养母，养父本不该被无情地束缚在轮椅上，养母的中风更是因她而起，每当回想起可怕灾难的时刻，她就想着两个字：弥补。

晚晴不知该如何弥补。钱来得太快，每天的流水可以上万，有时数万，她有点束手无策，脑子里乱，没想好怎么花，但又想痛快花钱，于是就抓几大把钱，昂扬奔向歌德街，那条有着几十家国际名牌专卖店的著名街道。平时晚晴很少去那里，因为往来的都是衣着优雅时尚的高贵女子，头颅高昂，腰板笔直，再冷的寒冬也是一件薄薄的修身大衣，淑女们都是不怕寒冷只怕不时尚，让衣着臃肿的晚晴自惭形秽。在她的少女时代，她也是喜欢看最潮的时装。但是五年的人生低谷，把她的欲望打压了，她的爱美的本能，竟然退化，以致对于潮流时尚有点难以判断。在歌德街，晚晴有点像我带过的旅游团里的游客，不知大牌的深浅和调子，却因口袋里的欧元而壮胆，她为每一位她要弥补的亲人都买上几件名牌，并在别人的羡慕眼神中气势磅薄地大笔付钱，然后扬长而去。

我感谢晚晴给我买了Amani西装，Burberry风衣，Bally皮鞋皮包，还有精美的卡地亚袖扣。只是，我并没有一丝物质获得的愉悦感。我告诉晚晴，其实我并不需要名牌。

疯狂买名牌的时间持续了一个月，晚晴自己也安静了下来。她像暴发户一样抽搐般地发泄了一通后，终于正常了。

正常后的晚晴要做的第一件事就是请律师，不惜以各种手段，帮阿杜搞定身份。

就在晚晴处在从贫困大幅度跨向富裕的界点上，托马斯和朱丹作为男女朋友的同居生活也处在了由正常向口舌不断过渡的阶段。

托马斯要弄明白一个问题：当年晚晴究竟留了一个什么口信给他？为什么他会打不通晚晴的手机？为什么朱丹阻止了他去向晚晴告别？

朱丹不予回答，却反问他：这么多年过去，再回忆当初的细节，有意义吗？难道五年的互相关照和温暖，都抵不上短短一段记忆模糊的过往时光吗？

托马斯无语。是的，朱丹爱他，他也爱她，他们的相处很愉快……可是，不知为何，他就是想弄清楚一个真相。

托马斯特意从柏林返回法兰克福，想找晚晴。在美食城门口，他远远地看到过她，她很忙碌兴奋，神态远不同于上次遇到时候的苍白憔悴。他想打招呼，但又不知说些什么，然后见晚晴被人拉走谈什么事情。他想想，等等，又想想，最后还是撤退了。不过知道了中华美食城要重新开业的消息，他真心地为晚晴高兴。

在美食城开业的那天，托马斯忍不住又从柏林开车来到法兰克福。不知为什么，他就是很想再看看晚晴，哪怕路途遥远，哪怕可能又是说不上话，但是那种远远看着的感觉，就是很踏实。

托马斯不想让朱丹伤心，两次出门都是以柏林的朋友聚会为理由。他们是生活在一起好几年的男女朋友，若不出意外，未来几年里谈婚论嫁也是可能的。因此，托马斯小心地维护着心中想见晚晴又要照顾朱丹情绪的平衡。

但这平衡太脆弱了。

有一天，朱丹在托马斯的车上看到一张法兰克福加油站的油费账单，一切都不需要遮掩了。

朱丹愤怒地冲进房间，请托马斯作解释。她想借着这个托马斯明显理亏的理由，要求托马斯忘掉过去，忘掉晚晴，那时她再原谅他，然后两人安安耽耽，心无芥蒂。

但是，托马斯，这个柏林自由大学研读法律的高才生，她的一道生活了近五年的男朋友，表现得并不是如她所希望的那样难堪和有歉意。事情一下子发生递转。

托马斯的话很简单："丹，我很抱歉。我不得不要在你跟晚晴之间进行选择。我想，我还是选择晚晴。"

朱丹顿时僵立在那里，好久之后，她大喊："这不可能！陈晚晴，她结婚，离婚，又结婚，她前夫进了监狱，她现在的丈夫是她的哥哥，她的生活一团糟！"

托马斯愣在那里。

但托马斯的思维就是与众不同，他的语气里显出质疑与不满："丹，你曾经是她的好朋友，最好的朋友，我不知道她的情况一团糟，你知道。可是，你竟然从来没有帮助过她！我为这一点替你感到遗憾。"

朱丹眼看情势急转直下，又急又气，她不平地大声问："我不能理解，你为什么选择陈晚晴，我们在一起快五年了！"

托马斯说："我也想了很久这个问题……我知道你对我的爱，而且现在我还不知道晚晴的想法。但是，既然一个女人，能够在我们这样的境况下，闯进了我的心里，让我无法自拔地想去见她，这让我知道，我们之间，可能需要平静地想一想，分开一段时间……我不能对你不忠诚，想着另外一个人，却对你说着甜蜜的话。对不起，丹。"

朱丹失态地喊叫："你不会有结果的，陈晚晴是个不停利用男人的人，你也只会被她利用……"

托马斯说："若我能帮助她，我为什么不帮助她？"

话已至此，还能怎样？朱丹无言，只能大哭。

040

我知道我是个好人，一个温顺的好人。我知道晚晴也是个好人，强势的好人。

好人与好人在一起，生活并不一定会变得更好，而可能很糟糕。

晚晴的美食城一炮打响以后，生活就再不可能回复到原先的简单和平静。

中德长江华人合作商会的老侨领老朱找上门来。

长江华商会的名头有点大，其实主要就是来自长三角一带的华人组织的民间社团，成员主要是浙江、江苏和上海的华商。这个社团成立比较早了，成员多为第一代华商。

德国是个社团之国，由于结社方便，使得全德国大小社团有五十八万个之多。成立社团不难，文件备好，法院申请，公证完毕，就OK啦，去法院走程序主要是为保证社团领导者的推选公平公正，其他的环节就简单了。成立社团的成本也低，法院对于名称也无特别限定，所以常见有从国外回国的一些人，名片上的头衔吓死人，其实就是一个噱头。

老朱就是朱丹的老爸，我父亲的好友。两人都是当年创建长江华商会的主要力量。第一代华人在海外生存发展，需要抱团。原先父亲的餐馆红火时，他除了参加长江华商会，还是各种协会比如中餐协会的会员。虽然他不当"侨领"，不做领头羊，但各种公益活动都积极捐款，各种项目也是大力赞助。老朱希望晚晴在餐馆复兴后，重新发扬父亲时代的传统。

晚晴与我父亲一样，生性慷慨，加入商会，为商会做事出力，自然没有问题。

接着中餐协会也来电话了。华商会都加入了，中餐协会更得加入，因为这是自己行业的组织，是真正的大家庭。中餐馆在海外并不是一个很稳定的行业，尤其是在一些敏感动荡时间，说严重一点，国与国的关系交往的密切程度不一样，都会影响到当地政府对待中餐馆行业的舆论。至于其他的一些民间事件，诸如"中国人爱吃狗肉"的风波，也会影响中餐馆的正常运营，这时候更需要协会的力量去协调。

晚晴在中餐协会里挂了一个名——挂名自然是要付钱的，同时也要经常开会的。

再后来，又有媒体要采访，有活动要赞助……晚晴更忙了。

我搞不定那些特别的部门，我害怕那些社会交往。我喜欢的日子，就是带着小福，送他去幼儿园，接他回家，路上给他买个蛋糕，买把水枪，他开心地笑，我也开心地笑。

在小福身边，我感觉世界是多么宁静和快活。我想和孩子一起再成长一遍。

"爸爸，我们家里有人怕虫虫吗？"小福用嫩嫩的声音问我。

"虫虫？爸爸不怕，妈妈怕。"

"那我要去告诉妈妈，虫虫不可怕。"

"是吗，小福这么厉害啊？"

"爸爸，你知道虫子是怎么出来的吗？"

"怎么出来的？"我问。

"今天我们幼儿园同学在花园里做了一个东西，老师说叫作'生态圈'，我们把吃剩下的水果皮都堆在一起，老师让我们看接下来的日子里会发生什么。老师说，几天后虫子就会从那些水果皮里面出来。我要等着看虫虫出来，然后告诉妈妈，虫虫一点都不可怕，还很可爱，胖胖的。"

我一愣，我第一次发现孩子会说"虫虫很可爱，胖胖的"。在我的印象里，虫子从来都是让人避之不及的。

不行，我不能同小福拉开距离，我要去书店和图书馆，看各种孩子教育的书。他的那个"生态圈"，我也要在庭院里做一个，陪着小福慢慢观察。

……

除了小福，餐馆也是个适合我的地方，方便我隐藏。这个被晚晴设计和布置得格外温馨整洁的餐馆里，我在角落上找到了一个属于自己的专用位子，安静又被大植物遮掩，适合喝茶，看书。我想，我该把丢了五年的博士学业给捡起来。

徐子涵老妈精力充沛地满法兰克福找别墅，花了近一年时间，梦想中的豪宅终于被她挑中。

她对原先的房产中介不甚满意，一来那个经理太傲气，当初在为儿子找好中学时，问他有没有学区房，那经理竟然说"全德国都没有这样的服务"，嗯，就冲着他这话，就知道他的中介公司没有服务精神。后来那个初通汉语的马来籍业务员虽然热情有加，但汉语底子太差，沟通太累，她不耐烦。

她买洪堡中学附近的公寓就是通过这家中介，当时的想法很简单：经理你不是那么傲吗？好，我让你看看咱的实力，终有一天你要心甘情愿为我们来自中国的客户提供贴心服务！

于是一周之内下单，中介费一分不降。那马来人知道徐子涵老妈是个大客户，赶紧告诉经理，经理让她跟紧。马来人只恨自己汉语太差，就在家苦练，并时不时邀请徐子涵老妈去咖啡馆喝喝咖啡，以增进感情。徐子涵老妈自然明白她的心思，也就乐得在异国他乡有个吃饭喝茶的伙伴。

当马来人得知徐子涵老妈要买别墅时，顿时亢奋不已。但徐子涵老妈又说，她要找个中国人做中介，又让马来人失落不已。

徐子涵老妈是个喜欢被人服务的人，尤其喜欢人家把自己捧得很高，所以当看到马来人先惊喜后又沮丧的表情，她就有种成就感。不过，她说，若中介的老板专门招一个汉语翻译，她可以继续通过他们买别墅，百分之五的中介费，她照样会像上次那样，豪爽不还价。而且，她后面还有个消费能力惊人的太太购房团。言外之意，她需要两名中介来为她服务，而中介机构就算派出两名中介，以她这样高段位的客户给予的回报，也不会亏。

马来人赶紧向经理汇报，经理拿着计算器算了一阵，然后说："去招个中国员工吧。不过，先只给半个工作职位。"

徐子涵老妈开出的别墅条件是：独栋、大草地、视野好、景观美、前房东最好是名人。至于价格，无所谓。

于是，有那么一段时间，徐子涵老妈被两名中介左拥右围，不是去美因河，就是上国王山，在全法兰克福寻找最适合她心意的一栋豪宅。

若不考虑价格，漂亮的房子自然有，且一个豪宅更比一个豪宅有亮点：你依水而居，灯光打造浪漫世界；我矗立山腰，俯身鸟瞰法兰克福天际线；你以歌剧院为邻居，一个独立庭院隐藏在喧闹市中心的一片高大树林之中；我就身处富人区，往来无白丁，邻居不是教授就是律师。怎么样，你想挑那个？

徐子涵老妈的眼睛很毒，总能对这些豪宅挑出毛病，不是结构不满意，就是房龄太老，或者房前草地不够大，或者少个游泳池……

两名中介跟着她几乎要跑断了腿。好在最后修成正果。

最终，她的眼睛落定在了一个富人区里小半山腰的独栋楼房，三米多的层高，别致的大楼梯，华丽的古老吊灯，巨大的花园，精美的阳台……更重要的是，这房子的前主人是位艺术家。这个房子里曾经挂满了名画，中介拿出这房子以前的照片，向徐子涵老妈展示这房子的前任生活的情景，徐子涵老妈就被富丽堂皇的场面打动了。她问："若买下这房子，能否请工人按照原来的设计来作装修？"中介问："那那些画呢？因为灯光都是按照那些画来设计的。"徐子涵老妈说了一句让中介震惊的话：以后找机会去拍卖会拍几张来。

更让中介惊掉下巴的是：她希望把别墅的门墙给换一下，把石头墙砸掉，换个更气派的铁大门。

那古朴漂亮的石头墙，正是这栋别墅不可替换的价值之一。

中介把这个创意疯狂的中国客户的意思告诉经理，经理沉吟半响，说："她若买了房子，她就是推倒了重建，跟我们又有什么关系？我们改变不了其他人的决定，我们只能做好属于自己的事情：卖房子。"

不过，儿子徐子涵，制止了他老妈破旧立新的大胆举动。

"老妈，这门好看啊，我喜欢。以后我要建个什么社团艺术团的话，就把这房子当基地啦，你就别管啦！"

徐子涵老妈买下了这栋别墅，三百五十万欧元，国际汇款，一次性付清。

合同敲定，中介职员们一阵欢呼，因为这一笔单子就有近二十万欧元的中介费，这是团队的荣誉，也是团队的收益。中介经理，那整天一副傲气神情的金发德国男人，虽没表现出什么，但望着合同上的那个中国名字，嘴角的肌肉还是不由自主地牵动了几下。

041

晚晴在用一个小水壶为室内植物浇水，阿杜过去告诉她，有人找。

回头一看，但见托马斯背着一个双肩包站在门口，笑眯眯地看着她。

晚晴一愣。

当年的初恋情人，曾经那么甜蜜亲吻过的男生，如今是高大挺拔的德国小伙子，英俊而迷人，就站在面前。

晚晴呆立了几秒，然后冷静地请托马斯去靠窗的一个安静座位。

托马斯说两天前是她的生日，他记得她的生日。

晚晴安静地说："其实你没有必要再记住我的生日。"

托马斯从双肩包里取出一样东西："我不知道中间发生了什么，当然我也可以查出来是哪个环节出了问题，但是，我想我没有必要去知道真相，因为有时真相很残忍。可是晚晴，我想告诉你的一个事实是：我一直记得你十八岁生日时候对我说过的话，这里就是证据。"

托马斯把一个盒子放在桌子上。

"晚晴，里面是我十八岁时候的日记，还有照片。请你在看完它们后，记得还给我。然后，我希望得到你的一个答复：你十八岁时对我的承诺，现在是否还有效？"

徐子涵老妈请胡主编吃饭。地点在新中华美食城，作为常客的胡主编在这里有固定的餐桌。

徐子涵老妈环顾四周："这个就是新建的美食城？不错嘛。"

"听说你买了个大别墅？"胡主编一见面就拍着徐子涵老妈的肩膀。

徐子涵老妈笑笑："什么事情都瞒不过主编嘛。"

服务员过来，给胡主编上了好茶。

"你都是法兰克福的名女人了，还想瞒什么呀！而且还是一次付款的，太有钱了啊。"

徐子涵老妈："等搬到大别墅去了，原先的公寓都腾出来了，主编你想住你就住去。"

胡主编奇怪："干吗不出租呀？"

徐子涵老妈大大咧咧："出租什么呀，有时候国内朋友出来玩玩，就给朋友们住啦。这样朋友也玩得舒服，我们圈子里的人好多地方都有空房子，美国加拿大都有。"

胡主编正色告诉她："先提醒你个事情，以后你买房，不要再一次性付款了，你迟早会被税务部门盯上，那就够有麻烦了。"

徐子涵老妈："会怎么样？"

胡主编说："中国和德国的国情不一样。在中国，你炫炫富说不定会带来便利，在德国完全就是麻烦。"

徐子涵老妈紧张地看着他。

胡主编："你看，德国的每一笔收入都是通过银行转账的，税务部门都能清楚调出所有资金往来。你为你儿子买了那么大一笔数字的房产，他的钱从哪里来？"

"老爸给的呀，老爸是大公司老总，有钱。"

"好的，那么作为父母赠与的钱，除了四十万欧元免税之外，其余部分在德国都是要上税的，并且这税不低。税务部门还没找上门来，是因为一时还没查到你，万一查到你孩子没有纳税，那你只好去找律师吧。"

"这么严重啊，那胡主编，你有什么办法？"

"要么让你孩子写一张借条，注明借期和利息，这样就保留了一个证据。要不你在这里成立公司，一些资金通过公司走，免得以后个人担上风险。在德国，与税法过不去，弄出偷税漏税的幺蛾子，那会出大麻烦的。不久前有个新闻，一个名模在网上炫了一个富翁送她的名包名车和豪宅，结果税务部门找上了，说没有纳税，不仅补交大笔税款，还判了两年监禁呢。够倒霉吧？"

徐子涵老妈叹口气："我在中国打拼和计算得够累了，就想在国外安心一点享受生活，啥事都不管，结果还是要操心，操心税务局，操心那点钱……我赶紧找个会计师吧，让会计师帮我管理管理……"

胡主编盯着徐子涵老妈手里的一个口袋："里面是什么好酒？"

徐子涵老妈掏出一瓶酒鬼酒。胡主编乐了。

晚晴正从一旁的餐桌走过，一见胡主编以及餐桌上的酒，就贴心地从餐具柜里拿了两个精致的小玻璃杯，过来与胡主编打招呼。

"介绍一下，这位美女是中华美食城的第二代掌门人陈晚晴小姐，年轻貌美，聪明能干。下次你有客人，多带过来，她家大厨能做很好吃的美食，保证你满意。"胡主编赞美起女生来向来不吝言辞，还顺带做个广告。

"就是她啊，把一个餐馆重新建设成这样，还是这么年轻的女孩子，不简单啊。"徐子涵老妈端详着晚晴："姑娘长得真漂亮，多少岁了？"

晚晴笑着说："胡主编为人好，总是帮我作宣传，不小了呢。大姐想喝点什么？我们这里有大厨自己做的水果蜜浆，用新鲜水果做的，很开胃，送你们一碗尝尝。"

一会儿后，晚晴端个盘子，上面是洁白小碗盛放的稠稠的蜜浆。晚晴纤细洁白的手指把小碗端放在两位客人面前，并细心地挪去了飘在餐桌上的一片小小针叶，让两位慢用后，再去招呼其他客人。

徐子涵老妈看着她的背影："可惜是个做餐馆的，不然真是个不错的女孩，可以嫁个好人家。"

胡主编叹口气："当初这个女孩是挺辛苦的，都要念大学了，结果家里出了事情，只好嫁了人……"

"已经嫁人啦？"

"嫁了，孩子都不小了。只可惜第一任男人不好，离了，后来又结婚了。"

徐子涵老妈一脸惊异和惋惜："看上去那么年轻，可经历这么复杂啊。"

胡主编喝着酒："大姐请我喝酒，肯定不是与我谈情说爱来的，怎么啦，宝贝儿子又有什么事情了？"

徐子涵老妈哈哈地笑，然后低头，表情神秘："就是谈情说爱来的——胡主编这里信息众多，什么情况都了解。我想啊，若胡主编碰到有不错的女孩子，帮我留意留意啊。"

胡主编一愣："你这么说，好像我是人贩子一样，手头有一把一把的人。"

徐子涵老妈笑着给胡主编倒酒："还不是为了儿子么？"

胡主编："找对象？男孩子在这里找对象还轮得上我？连你这个亲妈

都轮不上！"

徐子涵老妈一听这话戳到了泪点，当即几乎要血泪哭诉："我家子涵，比较有女人缘，聪明，长得帅，又慷慨大方，身旁总围着一批美女。前几天，一个外国女孩跑到家里，黏黏糊糊的，把我看得呀，周身起鸡皮疙瘩……以前，还有一个未婚先孕的姑娘，才十六岁啊，就大肚子了啊，还尽往我家子涵的身边粘。哎，我都不好说……"

徐子涵老妈表情丰富。

胡主编哈哈地笑："这不是很好吗？男孩子嘛，就得要多玩玩，年轻时不玩，年老了就玩不动了。看看我，就是想玩也玩不了，虽然我也帅，也有女人缘……"

徐子涵老妈摇头："现在我家子涵虽然年纪也轻，可是也经不住被太多女人玩啊……万一，万一，这里这么开放，万一出个什么事……"

胡主编："还万一出事了，要出事还不都是好事？奉子成婚好了咯。"

徐子涵老妈打了他一拳："是健康安全方面的事！"

胡主编总算明白了——徐子涵老妈保守，不喜欢也不放心外国女孩子。

"那你要我做什么事？"

徐子涵老妈神秘兮兮："胡主编，你这里人脉多，多帮我家子涵留意一下，哪家有好姑娘……我们家吧，几辈子都不用发愁，又只有一个独子，他身旁的这个孩子，一定要找好，不然会毁了我家子涵……"

"找儿媳妇？"

"直说吧，我的意思，我家子涵不需要早定下来，但是希望他身旁的女朋友是固定的。这样安全，绯闻也少。有个好的姑娘，能把他的心拴住。"

"找女朋友？"

"对对，就是先找女朋友，不找儿媳妇。"

"哦……那你对女孩子有什么要求？"

徐子涵老妈点着手指："首先不要外国女孩子，肯定要我们中国女生，然后要长得容貌清秀靓丽的，家庭背景要单纯一点的，不需要很有钱，但一定要清白本分，别说男朋友很多的……女孩子的气质很重要，最好是音乐专业的啊文学专业的啊，感觉会比较有灵气……温顺乖巧，待人温和，尊重长辈。不要太特立独行，自我张扬的。总之要受人喜欢，但是又不能太抛头露面……要不，那种能干点的，贤惠点的，也行……可是不管哪种类型，最重要一点，一定要对我家子涵一心一意，对我家一心一意……"

徐子涵老妈扳着手指数条件，结果一双手都不够用。

042

新中华美食城良好的势头让晚晴决定再开一家酒吧。她头脑里有这个新项目计划后就立马着手，选址，与房东谈条件签出租合同，准备装修。装修设计图拿到的时候，与新中华美食城开业，仅仅相隔六个月。她更忙碌了。我帮不了她什么，只有全身心带好小福，算是给她精神支持。

晚晴想让阿杜全权接管酒吧，也就是说，等酒吧建好，阿杜将是经理。这是阿杜从没有过的职业挑战，也是老板对他的最大信任。阿杜一听到晚晴的决定，一时愣在那里。

阿杜怀着知遇之恩，转身默默干活。

我总感觉阿杜太瘦了，不知是消化太好还是吸收不好。其实，阿杜的饭量挺好，那么多吃下去，依旧感觉瘦弱。

我提醒阿杜去检查下身体，阿杜说没问题，他吃得下睡得香，身体状态很好，现在忙着酒吧装修，等酒吧做好、身份搞定后再说检查身体的事。

"河畔酒吧"，如名字所示，晚晴的新酒吧就位于美因河畔。这是一个装修用料高档又很有特色的酒吧，所有玻璃器皿瓷器餐具都是名牌，但价位又不贵，主要是吸引法兰克福的年轻白领们。如果说中餐馆还是沿袭着中国美食的特色，这个酒吧就是开始向本土化进军了。

酒吧开张这天，华商会会长、侨联主席、中餐协会主席，还有其他协会的头儿，全都到场祝贺，胡主编甚至替晚晴请到了德方的贵客——法兰克福市的副市长为酒吧的开张致辞祝贺。

晚晴是一匹腾空而起的黑马。

能开出连锁酒店的大手笔的华人不少，但是他们是什么年龄什么资历啊，可眼下，一个二十三岁的没读过大学的小女生，就要进入这个圈子，是不是势头很猛啊？若她到了他们的年龄，那又会是怎样的事态？

场面很大，我却有些担心。

法兰克福是个群雄逐鹿的地方，虽说各自经营的分类细化，但是毕竟每个地盘都有各自的经营者。联合是必然的，竞争也是难免的。而一旦有竞争，就免不了要伤和气，这世界上，没有一场竞争会是客气谦让的。

儒雅潇洒的法兰克福副市长被应邀致辞，他说他看到了这个酒吧，这是一件美丽的作品，用足了心思。他说女主人本身也是一件美丽的作品，他没见到过这样年轻的女子在异国他乡有着这样的奋斗热情，在一年之内开出两家非常受人欢迎的美食城和酒吧，不仅为人们提供了美食享受，也为当地提供了就业机会。他希望酒吧生意多多，这样就可以为德国政府纳税多多！

副市长的直白致辞引来一阵欢笑。

大家举杯欢庆。

按照事先计划，开张当天所有被邀请的客人都会得到热情的招待，提供免费的啤酒和自助餐，当然被邀请的人只限于朋友。但是，有的朋友又带来了各自的朋友，都被好客的晚晴一道邀请了，反正当天酒吧全开放，自由畅饮。

甚至门口看热闹的人也可以进来喝一杯，吃点东西。

这世界所有国家的年轻人都喜欢热闹，更喜欢免费晚餐，已经在进免费餐的人一看这架势，便短信群发：河畔有家新开酒吧，有免费啤酒和晚餐，速来！

那晚，酒吧门口长龙排队，让往来的行人侧目。

晚晴的点子固然慷慨，但免费喝酒是最容易出事的，尤其里面要是夹杂了几个酒鬼的话，会出很多扫兴的事情。阿杜有经验，立即调了新中华美食城的服务员来应急，并打出牌子："免费喝酒至二十二点"，省得有人不依不饶一个劲要酒喝，同时还请了热心的志愿者帮助维护秩序。这样，纵然排成长队也井然有序。

当晚，关于酒吧开张免费畅饮的帖子出现在好几个年轻人爱看的网站上，也传上了现场照片。夜晚的河畔酒吧坐拥法兰克福美丽的天际线夜景，年轻人的社交网络上的传图自然也少不了酒吧的外景。那一晚，晚晴送光了所有啤酒而无一分钱收入，但是她打出了一个很受年轻人喜欢的广告。

阿杜昏倒，是在酒吧凌晨两点打烊的时候。

巨大的压力，开张的疲惫，前段时间的赶工，以及事无巨细都要认真操作的敬业态度，都让阿杜的身体大大透支。

我们把阿杜紧急送到医院，却发现阿杜身上没有法定医疗保险卡——因为他还是黑身份。那意味着，医院里的所有费用都必须自费。

晚晴说，一切费用她来支付。

验血，检查各种指标。两天后，医生告诉我们一个让人目瞪口呆的消息：阿杜是胃癌晚期，治愈率微乎其微，按照经验，还有三个月的生命，希望患者的亲友多方面考虑。

法兰克福的留德学生会主席竞选在紧张进行中。

以往的学联主席、学生会主席大都被一批三高人士把持着：高学历，动不动就是博士博士后；高资历，动不动就是某专业方面的领袖；高层面，动不动参加国内大会与国内的大领导合影。主席是高大上，说起来有面子，但是学联下面的会员大多是普普通通的留德华人学生啊，主席忙着参与上层活动，那留德华人学生们的生活就不怎么丰富多彩喜大普奔了啊。所以，每一届的竞选中都呼唤要让"中低层百姓"上岗，但最终竞选成功的依旧是三高人士——大家都是投票选举，真正的"中低层"，谁会被认识啊？

但是，徐子涵，这个才在大学里混了一年多的公子哥，连大学里各个部门的职能各个专业的特征都还没真正拎得清的菜鸟级选手，却成了两名重量级人物——一个是大学里的获奖专业户，被德国专业杂志专访过，另一个则是积极的社会活动家，在其组织的一次慈善活动上筹到过上万欧元善款——的竞争对手。

徐子涵的宝器是：他有一群美女啦啦队。

主席竞选完全按照德国法院规定的繁琐程序：

在竞选前两周，学生会网站上开始发布竞选信息，公示竞选者材料，预告竞选演说的时间，启动各种投票方式，并欢迎大家现场投票。

程序启动，但徐子涵从一开始就颠覆了传统。

以往，竞选者的材料上会有一大堆头衔，然后竞选者耐心端坐，等着大家投票——这是高大上的竞选方式，儒雅而体面。因为竞选者已经积累人脉甚多，靠口口相传就有大批粉丝，且按照中国传统，知识分子去追求一个虚名是羞耻的。

徐子涵不是知识分子，徐子涵是中国王子。徐子涵不出面，只是遥控一群年轻貌美的女学生，组织了一个美女走秀团，美女团成员心甘情愿四处为他拉票。

"凭什么鼓动我们投票给徐子涵啊？"

"因为他帅啊。"女生花痴起来真是无底线了。

"我也帅啊！"

"他又帅又有钱！"

这话让很多男生一下子蔫了。

"他又帅又有钱跟学生会主席有什么关系？"

"学生会将会组织很多活动，可以去旅游，可以开展球类比赛，可以看演出，难道你不动心吗？"

都是活生生的诱惑，怎么可能不动心呢？

"你为什么那么死心为徐子涵拉票啊，他承诺了你们什么？"

"他承诺给我们美女团购置服装，定期走秀，提供赞助，男生女生多多相亲，促进互动……"

男生瞪大眼睛：有这样的好事？

"成，有这样的承诺，我双手投票！"

是的，有这样的承诺，那就是百年一遇的最理想的学生会主席啊，怎么能错过呢？

……

唱票在公证人员的注视下结束，徐子涵以遥遥领先的得票，刷新了学生会主席的年龄纪录，在一群美女的欢呼声中，结束了历史上最不严肃的一次学生会主席的选举。

选举结束，徐主席又获得了一个更为有群众基础的称呼：美女团团长。

大家欢呼着要求徐主席请客，徐主席慷慨地一挥手：想去哪里吃宵夜，就去哪里吃。

一群人浩浩荡荡涌向了新中华美食城。

那晚，晚晴不在，我接待了新任学生会主席，接待了紧跟着这位主席后面的一群女生。

那是我第二次见到徐子涵。他长大了，也显得有些成熟，但是也更会玩了。那天，潇洒风流的多金公子身边，紧跟着一个叫安妮的漂亮女生。

043

律师打电话来告诉晚晴：阿杜的长居可以办理，但是要先一次性缴清六十个月的养老保险，阿杜以前挣的都是黑钱，没有缴纳过养老保险，这笔费用要好几万欧元。律师顿了一下问：以阿杜现在的情况，是否还有必要再继续办？

晚晴毫不犹豫：继续，这费用我来缴，越快越好。

阿杜在大学医院里，每天的治疗费用上千欧元。

大学医院的住院部，条件不错，阿杜住一层，面对花园，只要身体条件允许，就可以走到花园里去散步。

阿杜住了两天医院，就拒绝再住了。他也不想再吃医生给的药。

晚晴去医院看他，想鼓励他，说他年轻，治愈的可能性很大。

阿杜说，我只想你陪我花园里散散步。

护士给了阿杜一个轮椅，晚晴推着他走。花园里很安静，空气很好，有三两个病人在散步，气氛非常祥和。

"阿杜，你想想，你前几天身体还那么好，还为酒吧的事情忙到半夜，所以，你是有底子的，你的抵抗力很强，能治好的……"

阿杜好像没有听到晚晴的话，他闭着眼睛，自顾自地想着，然后说："晚晴，我的家乡，叫杜宅庄，那里很美，可是也很穷，穷得我觉得看不到未来……

"我看不到未来，是因为我的妈妈，她在我小时候就跟别人走了，然后，我和我的弟弟，就在那个村子里受欺负……再后来，我的父亲，瘫痪多年的一个男人，无声无息去世了。

"我没能力，在自己家乡看不到未来，所以就跑了出来……在到中华美食城之前，我就跑了很多地方，但那不是生活，那只是活着……

"我也很希望自己是个能干的人，能用自己的本事获得好日子。但是，我做不到，我什么都做不好……"

"阿杜，你别这么说，你做得非常好，你是个让人信任的人，你对朋友那么好，对我那么好，让我心里多么温暖……"晚晴赶紧阻止。

"晚晴，你不要再为我花钱了，真的，每个人都有自己的命运。我是个底层小人物，命运就是让我默默地看这个世界，像一朵野花一样，来了就来过了……我有时候会想，以前我觉得自己在家乡是没有未来的，但是现在，却好想念我的家乡……"

"阿杜，我们去吧，我陪你去。"

阿杜摇摇头，说："我心里想想就够了。"

"阿杜，你可以正大光明回去的。律师已经在办理你的长期居留，你会有证件，不用再害怕什么海关，什么警察，我陪你一道回去，你要坚持住，好吗？"

阿杜眼里一亮，他拉着晚晴的手。

"阿杜，你还有梦呢，你一定要坚持啊。你不能放弃你自己，你会在德国有很好的未来。你也会在家乡找到你的弟弟，你们说不定还会与妈妈团聚呢，在家乡团聚，这是多么幸福的一件事。你的未来很美好啊，阿杜！"

阿杜笑着，喃喃自语："我的梦，我的未来……"

一个多月以后，阿杜已经瘦得不成人形。就相差一个月，那么不知疲倦的一个人，已经被病魔折腾得无法站立。

晚晴坐在他身边。

"晚晴，跟我说说话吧。"阿杜伸出一只手来。

晚晴握住。

"晚晴，你那天真美。"阿杜轻轻地说。

"哪一天？"

"十八岁生日那天……在游轮上，我端着饮料盘，在旁边偷偷看你，你穿着淡青色的裙子，很开心地跳舞……"

晚晴也在追想。那一天，那确实是非常开心的一天。

"我是个跑堂，你当然不会注意到我。但是，我觉得，我那么偷偷看你，就觉得好幸福，像谈恋爱一样……"

晚晴用手轻轻地抚摸着他精瘦的手指。

"我当时就想，我愿意一辈子在中华美食城干活，能在你身边干活……真的很快活。我跟你说过，在美食城以前的日子，那不是生活，就是活着。但是到了中华美食城以后，我就觉得生活特别美好。"

晚晴给他玻璃杯，一只吸管，让他休息一下，喝点水。

"晚晴，我告诉你一个秘密，你不要笑话我……我端着饮料盘子，给大家送饮料，收饮料杯。你给了我一杯没喝完的柠檬水，说不喝了，我端着盘去厨房，然后把你喝过的柠檬水给喝了……你别笑话我啊，我确实，好喜欢你……"阿杜虚弱，说了一长段话后，就喘不过气来。

"阿杜……"晚晴眼里有泪水。她用一只胳膊搂住阿杜的脖子。

"我配不上你，所以我就想默默看着你，在你身边干活，就是我的心愿……那段日子让我觉得，心里真是开心、踏实……只是晚晴，我太没有用，保护不了你，后来看到你那么辛苦，我一点忙都帮不上，真是恨自己无用……"

"阿杜，你是我的好朋友，最好的朋友，你帮了我那么多，那么多……我们还要去你家乡呢，你看看，我给你带来了什么？"

晚晴把一张硬硬的卡片塞在阿杜的手里。卡片上有阿杜的名字、照片，有金光闪闪的防伪标识，还有一个非常醒目的信息——居留期：永久。

阿杜使出力气，握住这张卡片看。

"我们回你家乡，去找弟弟，找妈妈，好吗？告诉他们，你挺好的，正在实现梦想……"

"我的梦想……实现了吗？"

"当然实现了啊。你看，你有朋友，有工作，有绿卡。你还很快会有喜欢你的人。你会买上一个房子，养上一条狗，与你的爱人一起生活，每年都回中国去旅游，看望亲人，生活很幸福，一点都不用怕……"

阿杜微笑地听着。

"我们会经常在一起开心聚会，我们的师傅会想出做出很多好吃的菜，调出很漂亮很美味的酒，我们的餐馆顾客会越来越多，你会很忙很忙，你一定要帮我啊，不许你离开我。没有你，我会怕的，会做不成事情的……"

"好的，晚晴，我会陪你……可是晚晴，我眼睛看不见了……"

"阿杜，阿杜！"晚晴大惊。

"晚晴，越来越冷……我可能要走了……"阿杜声音微弱。

"阿杜，我抱你，我抱着你……"晚晴紧紧搂住阿杜，泪水直流。

阿杜在晚晴的怀里，平静地走了。

晚晴给阿杜整理好衣物，然后在阿杜的脸庞上，留下一个亲吻。

044

晚晴憔悴了许多。

她常坐在庭院里，长时间不说话。

她以前有充分的欲望，重振美食城让父母骄傲；她要为事业努力奋斗，获得尊严和幸福；她不能忍受当一名普通小市民，为一欧元两欧元的停车费或者蛋糕钱而搭上精力费上口舌；她不仅仅要衣食无忧，出入华服，她还要行为获得赞赏，事业得到承认……她对自己的要求高着呢。

但阿杜的去世对她的打击显然很大。我不知道该怎么安慰她。

"哥，我想把父母接过来。"有一天，她突然说。

我当然很高兴，可是父母两人都坐轮椅，需要一个陪护过来，并且要留在这里长期陪护。这陪护人员是谁呢？晓晴在留学念书，晚晴要升餐馆，我开始写论文。好像只有建国了。可是建国在上海也奋斗得好好的，不知愿不愿意过来呢。

"你不要着急，我们慢慢想办法。"

"我心里着急，有害怕……"晚晴靠着我的肩膀说。对亲人的关照和呵护成了她的首要任务，她像是一只过度警觉的小动物，一有风吹草动，就立马警醒，她迫不及待要把父母带回自己身边来照看，唯恐又像阿杜那样，亲欲养而时不待。

但建国从没办过出国的签证，所以过程繁琐，需要等待。

等待让人焦虑，失去朋友让人空虚。这段时间，晚晴像蛇的蜕皮时期，无力又无助。

"哥，我们为什么要跑到外国来？"

"因为想过上梦想中的日子，希望有美好的未来。"

"你说那么多在德国的人，都能过上梦想中的日子吗？"

"所以要努力啊。"

"可是阿杜一直在努力，但是最终也是那样的结局……"

"也许他很满意这样的结局呢，有好朋友能理解他，能陪伴他。这世界上还有更多悲惨的人生命运，孤单、贫困、病魔、被抛弃、被伤害。我们要正视现实。"

"你觉得阿杜是否不应该出来？"

"人选择的路，就像大树上的树丫，选好一个树丫，然后努力生长和发展，很少会说因为一个选择而突然改变了人生。无论选择哪个树丫，依旧要努力发展才能欣欣向荣。他在国内要奋斗，他在国外也要奋斗，都是一样的。我们也是。"

"若我们还是在一年之前，那我们还能说有美好的未来吗？"

"所以要坚持啊。"

"哥，阿杜让我突然不知道生活中要追求什么。以前就想要挣钱，因为挣了钱后就有尊严，现在挣钱了，却发现也就那么一回事。"

"富有总比贫穷要好很多啊。你那么能挣钱，可以给小福一个富裕的童年，不要再害怕贫穷，可以获得很好的教育，这些都是让小福幸福的基础。"

"但我好像有些倦于挣钱了，就像一条皮筋，被绷紧太久了，一下子松弛后，就没弹力了。"

"那是因为你只实现了一个梦，却还没看到另一个梦。阿杜说，他在中华美食城之前都不是生活而只是活着，但是中华美食城给了他快活。其中因为有你，也因为有我们的爸爸，爸爸给了他一个安全稳定的环境，而你能唤醒他对美好的追求。所以，你若挣钱了，你就要像爸爸那样，多给人安全稳定和富足的保障。"

"像爸爸那样？"

"对啊，像爸那样乐观和努力，实现自己的梦想，然后帮别人实现梦想，就会更加快乐幸福了。"

……

我发现，我和晚晴之间，若不是夫妻，就会相处得更好。

这是多么让人纠结的一个发现啊。

托马斯又来了。

看来托马斯真是坠入了爱河，从柏林到法兰克福，单程五个小时的火车，他基本是隔个周末就来。而来到美食城，就是吃个饭，看看晚晴。因为周末是餐馆最忙的时候，晚晴没有时间陪他。

眼下是一个好时机，因为晚晴不想再忙了。晚晴需要有人倾诉，托马斯成了最好的伴。

托马斯定了两张法兰克福大剧院的歌剧票，与晚晴一起听歌剧。

经典歌剧《剧院魅影》的精彩演绎，爱情故事的凄婉美丽，让晚晴如痴如醉。她应该有五年没有被人陪着去感受这样美好的气氛了。

我承认，这是我的错。德国人就是比我会献浪漫。

夜晚，托马斯和晚晴走在美因河畔的林荫道上。或许是歌剧的魅力，让人感觉月光、空气、河面的水波，还有花影树影，都透着爱情的气息。

托马斯拉住了晚晴的手。晚晴心里怦怦直跳，有如回复到初恋。

虽然经历了两段婚姻，虽然有了小福，可是，身为人母的晚晴其实没有谈过恋爱啊！被初恋情人拉着手，走在林荫路上，晚晴什么话都说不出来。

"晚晴，我们从头开始，我们都回到十八岁……"托马斯对她说。

晚晴害怕看我的眼睛。我知道，她有愧意。

"你爱小托吗？"

"不知道。若没有那变故，那肯定会挺爱的，但是现在，就是一种说不出来的感情了……"晚晴和我说着心里话。

我知道，感情是要维护的，像植物一样，同样的花，有的开得很盛，有的就萎缩了。我们之间，在兄妹之爱上，就开得很盛；在夫妻之爱上，就萎缩了。

我不知道小托能否与晚晴盛开出饱满鲜艳的花。但我衷心希望晚晴能有爱情的滋润。

"晚晴，你若想好好享受爱情，我们……就去办理离婚吧。我想看着你快乐。"我对晚晴说。

"哥……"晚晴语气哽咽。

"没事，我们做一辈子的兄妹。"我搂抱她一下。

"下辈子还是兄妹，被你疼……"晚晴哑着嗓子说。

下辈子还是兄妹吗？我好像不愿意。

我高兴，同时也有一些醋意，晚晴与托马斯在一起，真的挺般配，反正，比我般配。

说句实话，托马斯确实是很不错的男生，从哥哥为妹妹挑男朋友的角度看，他高挑、英俊、结实，名校名专业，是个有修养有前途的小伙子。

他喜欢中国人，喜欢中国菜，喜欢中国方式。中华美食城是纯中式，河畔酒吧是纯西式，托马斯总喜欢在美食城里逗留和品味，一呆数小时。在新中华美食城，他会长久好奇地盯着大厨做面条，并且试着在大厨房里也围着一条大围裙去揉搓那一大团柔软的面团，或者看着川菜大厨用大火做出一锅麻辣油汪汪的辣子鸡。在美食城的熏陶下，他学会了熟练地包饺子，他最爱的菜是宫保鸡丁。

而在我看来，托马斯最有魅力的是，他喜欢小福。

我没有运动基因，所以长期被我带着的小福偏于安静文弱。但是在看了托马斯与球场伙伴的一次足球赛后，小福一下子喜欢上了足球。托马斯异常欣喜，立即给六岁的小福买了正式的儿童足球球衣，报名当上了足球儿童俱乐部的成员。

"小福，这是你托马斯叔叔小时候就参加的俱乐部，一直呆了十多年呢，叔叔身体好，足球踢得好，就是因为从小踢，每周都运动。你想踢得像叔叔这样，那以后就要同其他小运动员们一起，每周两次在这里训练，不能偷懒哦。"

小福抱着一个皮球，站在球场上，很是庄重地点点头。

体育热情被点燃的小福，后来真是场场不落地参加足球训练，夏天如此，哪怕小身体小脸蛋晒到漆黑，睡觉时候，整张脸上就是眼皮那里一道是白的；冬天也是这样，哪怕阴冷潮湿的十二月，也能经受住只穿着长袖球衣与队友在户外球场上奔跑。

"小福，在足球比赛时，首先你要做好你自己。若你是守门员，那么你一定要守住那扇门；若你是后卫，那你一定要挡住对方的球；若你是前锋，那么你要勇往直前。但是在做好你自己的时候，你又要做队友的好搭档，你不是一个人踢球，你要和队友一起合作。在足球竞赛里，你的队友就像你的家人，一定要信任他，一定要共同分享好机会。只有最信任的合作，才能踢出最美妙的足球来！"

托马斯穿着与小福一样的球衣，在球场边当着教练。

这事让我非常感谢托马斯，他的运动激情感染了小福，教会了他规则，帮我的儿子打开了热爱体育的窗户，同时又带给了小福积极热情的社会秩序感。这好像又是德国人的优点——我承认，这样的优点，我没有。

就这样，当他每两周来一次法兰克福约会时，陪晚晴散步、与小福踢足球、包饺子、吃宫保鸡丁……都成了他的固定节目。

他给小福和晚晴都带来了快乐。

我很感谢……但是，他毕竟是托马斯——对此，我又纠结。

这么说吧，我更愿接受一个以前一点不认识的男生当晚晴的男朋友，而不愿意曾经是晚晴的初恋、抛开晚晴多年然后又回来的男人。在我和晚晴的记忆中，始终有晚晴婚礼那天他与朱丹在花丛下亲密亲吻的场景。

好吧，若晚晴真的喜欢托马斯，离不开托马斯，那我也接受了吧……

每年夏季，法兰克福都会有个大型时尚舞会。

大型舞会在歌剧院举行，因为会有很多社会名媛和富家子弟参与，所以舞会极尽华丽，音乐、灯光、主持人，都是最高规格，票价自然也不菲，且半年之前就要预定。

不知是托马斯半年前就前瞻性地计划到了这一晚，还是辗转从网上黄牛那里高价买二手票，反正，两周之前，托马斯就隆重邀请晚晴要一起度过这个浪漫之夜。

当晚，身着艳丽晚装的淑女们被燕尾服绅士们挽着手，逐一进入被灯光装饰得如梦境一样的歌剧院。

不同的厅里布置着不同的舞池，有交谊舞，有爵士舞，有迪斯科舞，每个舞池都是现场乐队演奏。

我从没去过那种场所，最多只是在电视里看一下现场直播，觉得那不是我的世界——我从来没有想过，其实，一个男人，是完全可以带着自己的爱人去一趟那样的地方体会的。我的生活，有很多的内容都是缺失。

我一直以为，生活就该是琐碎的，平淡的，是一袭旧旧的长袍，衣着舒适即可。但是，我忘了女人天生喜欢蕾丝花边，生活在琐碎和平淡的同时也可以展示出华美的花边，这道花边将为生活的长袍做出精彩的点缀。

托马斯帮我弥补着这种种恋爱过程里的缺陷。

对比托马斯，我也终于知道我的男人魅力和情调的分值确实不高——也许，我适合生活在古旧的时代，为爱人奉上一个红泥暖炉，然后相守着。但是，现代的生活，需要精彩，需要变换，需要情趣，需要更多的满足。我太老旧了。

既然我给予不了，那我就祝福吧。

当晚，晚晴是红色礼服，小托是黑色西装，两人神采飞扬，青春的气息喷薄，犹如时光重现，返回到十八岁那一年的游轮成人礼上……

第二天，图片报刊登了一张舞会的照片，主角是法兰克福一个名演员前凸后翘的晚装照。但是这名模后面的背景，刚好是小托搂抱着晚晴跳舞的场景，很优美的姿态。虽然只占了照片背景的一小部分，但是仔细一看，就能看出情侣之间的亲密。

我看着那照片，觉得很美，毕竟是大报业集团的专业摄影记者拍的。我特意去电子版新闻上复制下了这张照片，然后裁剪、打印，嵌在一个精致的镜架里。

我像当初拉着晚晴的手、把手交给金哥一样，又把这张漂亮的照片送给托马斯。托马斯惊喜之极。

但有人，却为此嫉妒至失态。

045

深夜，除了指针的声音，一切那么安静。

但是安静的夜里，朱丹无法入眠。她已经失眠好多天了。

爱情的破坏力是那么巨大。她从枕头下拿出手机，细细翻看着她与托马斯之间的短信。

她保存了他们之间的上千条短信。

"你要离开我四周啊，太长了。"

"我也觉得漫长，不过宝贝，我一结束工作就很快回来，一把把你抱在怀里。"

"想念的感觉无从表达。"

"我也是的，丹丹。"

……

"谢谢你给我的生日礼物。我很感动。托马斯，真爱你啊，你肯定花了很多心思。"

"你喜欢，我就开心了，很有成就感，以后的生日都给你过，宝贝。"

……

"宝贝，我想吃你做的水饺了，特别特别想吃。"

"只想水饺啊？"

"也想你，也想吃你，大口吃！"

"记得吃水饺之前的准备工作哦……"

"当然啦，鲜花，烛光，还有浴缸，宝贝……"

……

"出门忘记告诉你了，今天下午会急剧降温，丹，记得带上那件厚风
衣。"

……

"我今天心情不好。"

"那三选一吧：我给你做意粉；我给你按摩；我给你爱爱。你要哪一
样，丹？"

"三样都要，我才会有好心情！"

"好贪心……快回来了，我已经把床单都换洗了，今天我们的卧室好
漂亮。"

"呵呵，怎么心情好像马上变好了呢。"

"馋猫！"

……

曾经那么栩栩如生的问候，现在都变成了静音。听不见了，情人的热
情没有了，他转向了其他的女人。

这些短信，她会一直保留，作为见证：被背叛的见证。

陈晚晴，你要明白，这世上没有无缘无故的恨。

046

　　侨界是个社会。社会总有正能量和负能量相伴生，或者更多是正负交织着。侨界也一样。

　　报道中的侨领总是正能量的，那是因为侨领回国都是坐主席台。而生活中的侨界人士都是普通人，显示的是真实的人性。

　　胡主编是侨界里最性情的一员。"跟你们说个故事——"，当他坐在美食城他的固定位子上，端起一杯五粮液或者茅台，开始展示他的呵呵呵快活笑容并用这句话起头的时候，我们知道，又有哪位侨领的八卦要在华人圈子里广为流传了。

　　胡主编的酒后演绎，是种虚实结合的特别报道，包括政界故事，包括名人花边，包括让人瞠目结舌的人生智慧。

　　胡主编说："越是大侨领，就越有多数量的太太和孩子，我不是大侨领，就因为我的老婆只有一个。"

　　胡主编说："男人爱漂亮女人，人之常情，女人爱能干男人，也是人之常情。所以，这世界的争斗，原因就是两个：漂亮和能干。"

　　胡主编说："对错是一回事，成败是另一回事，先选好自己要操练的靶子是对错靶还是成败靶，再去投掷飞镖，这样才不会搞错目标。"

　　……

　　所以，当主流媒体上看着我们熟悉的老王老周老唐被大领导们接见时，我们更感真实的是他们一丝不苟的发型以及完美衣着后面的喜怒哀乐和运作谋略。

长江华商会每两年要改选一次主席，这次竞争主席的主要人选有两个——老朱和晚晴。

老朱多年活跃在商会里，属于元老，经验丰富，各种人脉关系娴熟，每次国内各省大小领导访问，总能被他安排得妥妥帖帖，让商会在国内领导圈里很有口碑，商会的领导层自然在国内也受到了各种关照。晚晴是匹黑马，被推选的呼声不小，这让晚晴自己也意外。可能就是因为大家看多了"元老派"的人当主席，商会的活动就会与以往差不多，脱不了"接待领导、组织吃饭、拍照合影"这些套路，没有大变化；而晚晴年轻时尚，充满活力，由她来当主席的话，组织活动可能会多出一些新意和花样。

其实，华人竞选一些协会的领导位子，有一个运行多年的规则：谁捐款多谁就当选。这很正常，要想获得荣誉和名声，就需要付出精力和金钱。毕竟这样的民间社团，没有政府拨款，只能用自己打拼出来的财富为自己的社交圈子加分。省里、部里，甚至国家领导人出国访问，都会接见侨领，与侨领们合影，那样的荣誉，是不可能降落在默默无闻的侨民头上的，只有多年经营着各自的阵地，执着地付出时间和持续的赞助，才能获得那样的机会。

按照以往的选举规则，改选委员会都会在一份名单后面写上捐款金额，比如主席捐款两万欧元，副主席捐款一万欧元，委员捐款六千欧元等等。大家心知肚明，想冲着哪个职位就捐多少款项，若出现两人或者多人争一个位子，就投票选举，谁胜出谁当选，公平透明，当选结果当即进行公告。

晚晴年轻好胜，有领导才能，喜欢荣誉，且这次民意基础很好，她自然愿意试一把。两万欧元的捐款支票，她已经填好。商会里年轻一些的会员，是坚决挺她的啦啦队成员。

但是，在投票选举前不到一周，一个措辞尖锐、揭发隐私的匿名帖子突然出现在一个很火的华人网络论坛上……这个匿名帖子引发了法兰克福华人界的一场大地震。

匿名帖子虽然没有指名道姓，只说是主席候选人之一，但一看就知道是冲着晚晴来的。

匿名帖非常了解晚晴的隐私生活，从她的初恋情人，到第一任丈夫，到第二任丈夫，到生活中产生暧昧关系的各种男人——诸如男性跑堂，诸如知名主编，再到当前的德国男友，短短几年时间内，一换再换身旁的男人，无所不用男人资源，过程的细节翔实，文字的肆无忌惮，让人感觉真是有四十年前在国内张贴大字报的节奏啊。

匿名帖出现了一天，就被论坛删除。

但是，网络上流传的东西，一小时就足够。何况一天？

晚晴陷进了巨大的是非之中，她的手机和信箱里是各种邮件以及信息，有的安慰，有的嘲讽，有的辱骂。

我看到晚晴关闭了各种社交工具。

我隐隐知道是谁发的匿名帖子。在舞会的一周后，我接过柏林的一个号码，是晚晴以前的闺蜜朱丹。她说，你知道你的太太和我男朋友在一起吗？

我说我不明白你这话的意思。

她说我读书读糊涂了，然后她在电话里哭，说她很爱她的男朋友，在一起五年了，却在最近被另外一个女人吸引了。

我说，感情不能强求，感情只能吸引。若对方不爱了，那就给对方自由吧。

朱丹说，所有的专家都这么说，但这都是瞎扯！能说得这么大度那是无关痛痒！你若很爱你老婆，你看到报纸照片上你老婆与其他男人搂抱在一起，你难道不嫉妒吗？你若不嫉妒，那是你不爱，你无所谓。告诉你，我是嫉妒到发疯！

　　我说，我不是无所谓，我是希望晚晴开心，她开心了，就好了。世界没那么多恩怨。

　　朱丹说，没见过这样的男人。

　　我说，我就这样的想法，那又有什么办法？我能怎么帮你？

　　朱丹说，你这样的想法，那就不用帮我，我会帮我自己。然后她就挂了。

　　眼下的风波出来，晚晴成了是非之人。我问晚晴，要怎么处理这风波，是否要报案？

　　晚晴不说话。

　　晚晴呆在家里不出去，我向胡主编讨主意。他叹一口气，然后喝一口酒，说人生苦短，别去理睬。

　　我说晚晴很难受，也很愤怒。

　　胡主编说，该干什么就干什么，餐馆继续做，酒继续喝，主席继续竞争，不要管这破事，几天后就会消停。

　　我说，就这么容易么？

　　胡主编说，其实世界上也就是两批人，一批明事理的，知道黑白曲直，另外就是观望看热闹的，希望越有戏越好。发帖者的心机就是要挑起观望者的亢奋，所以让你家晚晴安静，不用愤怒也不用难受，若现在越有动作，那就越会让观望者亢奋。

　　我把胡主编的建议转告晚晴。晚晴也确实那么做了，不过，有一点没听胡主编的——她很快放弃了商会主席的竞选，并把两万欧元的捐款支票开给了拥有近千名学生的华人中文学校。这是法兰克福华人中文学校成立多年来收到的最多的个人捐款。

　　这世界上的是非恩怨，想要多一些，就能多一些，想要少一些，就能少一些。但是，若源头不理顺，恩怨就会一直存在。

047

风波逐渐平静后，建国给我们带来了一个五年来最大的好消息——他将带着父母回到德国。

这喜事很快把不久前的阴影给消除了。晚晴心情超好地做着计划。因为父亲母亲都坐轮椅，所以没法重新再住他们以前的房间，晚晴去附近找了个高档公寓，租了底层，方便父母进出家门；又喜气洋洋去商场买来新家具新寝具，把父母房间布置一新。晚晴还不忘记去车行，把父亲的保时捷保养了一番，铮亮华丽地停在家门口。我说，老爸都截肢了，看到车会不会伤感啊？晚晴说，我们都可以开，让老爸坐副驾驶座好了，照样享受飙车的快感。

可是，当一切布置妥当准备迎接老人时，我们发现了一个最大的难处——我们还未告诉父母，我和晚晴已经解除了夫妻关系。

而对于晚晴来说，更难的是不知该如何向托马斯解释——解释中国人是如何不忍打破父母的期待，她没法告诉父母他是她男朋友。唉，这话，连我自己听听都别扭，更何况一个德国人，托马斯怎么能理解呢？

晚晴比我有耐心。

当托马斯再一次开车八百公里从柏林赶到法兰克福时，晚晴与他一边吃饭，一边慢慢聊天。

"小托，你说你喜欢中国，对吧？"

"是啊。"

"但是中国会有一些习惯，跟德国是不一样的，你知道吧？"

"知道，比如你们家乡，中国春节去亲戚家串门，串一个门就要吃两个甜汤蛋，一天可能要吃一二十个。我已经在开始练习了。"

"你不用练得那么早……哦，先不说这事。你也知道，中国人比较含蓄，比如，夫妻之间说得少做得多。"

"你是说做爱多，说我爱你少？"托马斯不知是真困惑还是假困惑。

"我们中国人若要表达对对方好，主要是多为对方考虑，这你能理解吧？"

"那在德国也是的。"

"在中国，为了对对方好，尤其是为老人考虑，或者为病人考虑，有些事情不会告诉他们，或者缓着时间告诉他们，或者等待一个好的时机告诉他们。"

"我知道，比如他们生癌症了……但是，我不觉得这是一个好主意，每人都有权利知道自己的身体状态。"

"小托，我们先不说癌症的事情……我打个比方，比如一对夫妻离婚了，但是他们可能很久没告诉自己的孩子，而是还生活在一起，共同照顾孩子，一直等到孩子长大了念大学了，他们才会告诉孩子……同样，这样的事情也会发生在对待父母身上。"

"你说的很久是多少天？"

"不是多少天，而是多少年。"

"哦，我的天——我虽然很喜欢中国，也很想了解中国，但是有些了解我只限于了解，我不会那么做。"

"但是你会理解，对吗？"

"不。"托马斯干脆地拒绝。"夫妻离婚，是这对夫妻的事情，与孩子，与父母，没有决定性的影响，告诉孩子或者父母，他们离婚了，这是最正常不过的。不然怎么让他们找朋友找伴侣继续自己的人生？"

晚晴叹口气。

算了吧，还是不试图去说服他了。

当晚，晚晴和我商量，她让小托两周不回来，这两周时间里，尽量找时机告诉两位老人我们离婚的真相。

我们去了机场，接了轮椅上的父母，一番又哭又笑。

人生还有什么比受尽多年分离之苦后一家人团聚更让人觉得幸福的？对我来说，若要有的话，那另外一刻就是从助产士手中抱过晚晴刚刚生出来的儿子，我觉得，那就是我的孩子。这两个时刻，深烙我心，我不会忘却。

晚晴非常高兴，因为父母的状态还不错，尤其是我妈妈，因为在国内长期做着中医调理和按摩，中风的症状好多了，有时都能脱离轮椅慢慢走几步。最主要的是，精神面貌挺好。他们一把抱过了小福，怎么都亲不够。

建国，二十五岁的建国，一米八零的个头，结实魁梧，与我站在一起，完全就把我给比了下去。他是我的弟弟，我的弟弟的势头比我好，我很开心。

晚晴问建国的工作怎么样。

老爸说："建国，他做得可好了，憨人有憨福，当着销售，收入不错，买下的几套期房，都获益不低。"

"我才没什么好呢，就是炒炒房子，结果把钱都投资在那些房子上了。我那两个哥们儿，本来说好一起开餐馆的，他们甩开我开上了，现在呢，比我更好，酒楼天天爆满。"建国对自己的选择好像并不满意。

"咱们不能太贪心，知足常乐。建国这几年，确实是碰上了好时代，怎么选择路，都是阳光坦途……但是，这赚房子的钱，还是不靠谱，我是担心没长路的，做人还是要有进取心，要有一技之长……"父亲说着他的老道理。

法兰克福机场，每天都上演着无数的团聚和分离故事，而今天，机场对于我是如此亲切。父母平安归来，我们三代同堂，我们相聚不分离。

但老人的眼睛好像还在寻找什么。

"就缺了晓晴和黎阳。晓晴在另一个城市，读硕士。黎阳他们公司发展很快，又在新城市创建了新公司，他被派往另一个城市当总经理助理去了，他们都很好。"晚晴贴心地告诉老人。

"你们年轻人，真的是越来越好了啊……比我们那一代，强多了。"老爸很欣慰。

048

史提芬又来到了上海。

五星酒店里，助理告诉他展会上的成果：今年中国葡萄酒代理商向他们订购葡萄酒的数据明显比去年增多，现在的一个问题是，自己酒庄里生产的葡萄酒，已经不够接受后面的预定。也就是说，要继续保证供应中国市场所需的葡萄酒的话，他们必须与德国的其他酒商合作，提高出口量。

史提芬说，让他考虑一下。

助理看了一下行程安排，说接下来的见面，是一位叫徐天昊的老总，是中国一个著名的酒店集团的总裁，想商谈购买酒庄的事情。

助理问史提芬："您真要出售您的酒庄吗？"

史提芬笑着说："我想了解一下他们公司的真正想法。"

在一家豪华的会所里，老板徐天昊与酒商史提芬握手。翻译和助理陪同。

会所的饭桌上，立着两瓶拉菲。

两人坐下后，衣着考究的服务人员给双方人员倒水倒酒。

"史提芬博士，您是葡萄酒专家，您来品鉴一下这两瓶拉菲怎样。"老板谦虚求教。

拉菲是眼下中国会所里最流行的高档葡萄酒。史提芬旋转一下酒杯，抿了一口。

"不错的。"史提芬说。

"这是会所里今天最贵的酒。"老板说话直接，然后又幽默地补充一句："我们都是商人，在商言商，请不要介意我一上酒桌就开始谈钱了啊。"

史提芬笑道："我们就是为谈生意而聚到一起。"然后也趁机问道："可以问一下在中国这酒卖多少钱吗？"

"通过经销商，一般是一万二到一万五千元一瓶吧，但是会所里出售，又会贵一倍。"

史提芬点点头，不露表情。

其实，这款酒在史提芬的酒庄里就有，是从法国一位同行那里收的，收下时是四百欧元一瓶。

开始谈起生意，话题就多了。

徐天昊侃侃而谈："我告诉你啊，中国是上了一条快速车道，二十年前，在中国有个很让年轻人亢奋和有吸引力的词，叫外资企业。为什么？工资高，福利好，还同老外一起工作，觉得好有档次。但是现在，有另外一个词，叫做中资企业，开始越来越多出现在国外，美国、加拿大、德国、法国，当然还有非洲美洲，而且也越来越多地吸引当地人。为什么？同样的工资高，待遇好，可以经常来中国这个繁华世界出差。

"不瞒你说，我现在有两个事情在做：一个是想在欧洲购买酒店，我不想从头开始去建设，我是直接投资，比如买下巴黎或者伦敦、或者阿姆斯特丹、或者法兰克福的一栋标志性建筑，我们上资金，上人力，全部换血，换成中国特色的酒店；第二个打算就是，我想买下一家著名的酒庄。因为我既然要在欧洲买酒店了，那么再买个酒庄，就是顺理成章的事。"

中国老板向德国酒商三言两语述说着其投资计划。

史提芬听着，然后问："您是怎么知道我的？这个问题我一直很好奇，因为我的助理也是很奇怪，因为我们以前并没有见过面，但您方的助理就说有合作的兴趣。"

徐天昊："我喜欢看书，我看到了你写的葡萄酒的书，很喜欢。"

史提芬感兴趣了："是吗，在中国有我的书？"

徐天昊："我是在香港买的。虽然我没读过大学，但是我自己确实很爱读书，我每年花在买书上的钱有几十万，我有自己的阅览室。"

史提芬点着头。

徐天昊："我们没有你们那么多的时间被培养，你们是三代培养一个贵族，我是二十多岁开始从一个小镇出来，白手起家打拼。三十年了，所以必须什么事情都很高速地完成，包括看书。我每天睡觉之前一定看一到两小时的书，一般一本书也就看完了，因为没时间，所以必须快。看完以后放在阅览室里，让员工有空的时候也看。"

史提芬又点点头。

"我喜欢写书的人，喜欢给学生上课的人，因为他们都是知识的传播者。我是没有经历过好的教育，但是，我崇拜好老师。我的孩子，我从小让他受好的教育，可能也是为了弥补我们的空缺吧。对了，他就在德国留学。"

"很多中国的企业家都是这样的。"

"史提芬先生，我是很希望与您合作。您可以先报价，我会充分考虑您的要求，我们的资金完全没有问题。另外，您放心，酒庄的收购，肯定不会像酒店的收购，因为酿酒师、葡萄园、葡萄农，甚至空气、气候与土壤，都是与酒庄连体的，这话是您在书上说的，我肯定全部都会考虑这些附加条件——所以，您尽管报价。"

史提芬感到一股客气但是强大嚣张的气流，从对面传达过来。

我们带着父母，看了新中华美食城，参观了酒吧，老爸频频点头。

这曾经是晚晴梦寐以求的场景，她为此付出了那么多。

老爸在保时捷面前停住。

"晚晴，你们日子最艰苦的时候，为什么不把这车卖掉啊？我不是一直让你把车子低价转让掉么？"

"老爸，你回来还要再坐的嘛，你不能开车了，就让我开车带你，就像你以前开车带我玩一样。"晚晴安静地回答。

老爸摸了一把脸。

晚晴笑着上去一把搂过老爸的肩膀，两人脸贴脸。好温馨的一幕啊。

"晚晴，我真没想到你把新中华美食城弄得这么漂亮。"老爸显然非常开心。

"我要像做品牌一样做我们的餐馆，德国很多品牌都是家族传承的，一代一代流传下去。我也想做成品牌，爸。"

我父亲一愣："你还打算一辈子做餐馆啊？"

"为什么不啊？"

"爸妈当初是为了生存才开餐馆，我们想着，餐馆只是谋生之器，爸妈希望你们有更好的前途。晚晴，你可以重新去读大学，你还年轻，然后找个体面的工作，比如去高级写字楼上班……"

"我就算重新上个大学，也同开餐馆不矛盾啊。我可以学习企业管理，或者餐饮管理，然后回来继续经营我们的中华美食城啊。我喜欢做餐馆，真的！"

爸妈不说话了。他们没想到，对于他们是一份工作的餐馆，他们想通过这份工作改变第二代的命运。但在第二代的心里，却把餐馆当事业了，甚至想为之付出一辈子，不，打造品牌，那是更加久远的事业。

"中华美食城，是一个中国父亲创立的，在他女儿手里发生了一场变故，有过一个痛苦的经历，后来重生了。再后来，中华美食城里还发生了更多故事，爱情故事，奋斗故事，家族第三代成长的故事。爸，你不想看到这样的场景吗？"

晚晴兴致冲冲地描述。

我的父亲母亲，面面相觑。

"爸，妈，你们回来了，也看到了餐馆的经营都很顺利，你们就放心吧。以后你们的生活就是吃吃喝喝玩玩，我带你们泡温泉、旅游、享受美食，好吧？"晚晴一左一右搂着父母的脖子。

父母回过神来，不被晚晴的想象所迷惑，重新回到现实，满怀慈父慈母之心地看着我和晚晴，说："好好好，这样我们也安心了，把日子过好，才是真的好。"

我的母亲，拉过我的手，悄声问："你和晚晴，什么时候生一个你们自己的孩子？"

我看看晚晴，晚晴看看我，没有一人说得出来我们离婚了。

但是，我们的情况，两三天后就被建国发现了。

"喂，你们，不对劲吧？"当他发现晚晴再次与我说晚安道别后，他狐疑地看着我，问。

因为我和小福住大房子的五楼，晚晴在五楼也有自己的房间，但她主要住的是外面另租的房子，一来安静，二来自由，三来避免尴尬。我们给建国安排了一个房间，也是五楼。这样几天下来，建国就清楚知道了我们的真实处境。

我告诉他，我和晚晴半年前就离婚了。

"哇，你们搞什么啊，还瞒得这么紧？我姐她哪里不好了？"建国跳起来。

我很难说得清楚："我们……我们真的更适合当兄妹。"

"这，有这么多讲究吗？中国那么多相亲的，看了两眼约会了两次就变夫妻了，你们相处那么久，怎么反而过不下去了呢？"

"可能婚姻就是这样，认识太久了反而不好，相亲见两次面的，却好。"我累，草草解释。

建国看着我，无语。

"那你们什么时间告诉爸妈？"

"不知道呢，找着时机再说吧。"

"当心妈又哭，她为晚晴哭了都不知多少次了。"

我当然知道。可是，我有什么办法？

049

本想先瞒过一两周。但是，小托把事情搞砸了。

本来说好两周后小托再过来，但是他们在法兰克福附近的一个城市法院有项目，让托马斯过来办理一些事情。托马斯在办完事后兴冲冲跑来中华美食城，想给晚晴一个惊喜。

晚晴不在餐馆，父母和小福在，小福看到托马斯，立即亲密地上前搂抱，要托马斯陪他踢足球。

父母见小福对一客人如此亲热，便也热情问候。

我爸妈认识小托，当年游轮上的一幕，自然也是后来被他们一遍又一遍不停回忆的——眼前这人不就是当初无情抛下晚晴转身去了柏林的男生吗？所以，当我父亲一看到托马斯的脸时，笑容一下子僵冻在那里。

托马斯不明就里，看到晚晴父母，竟然就热情拥抱，边拥抱边说："晚晴怎么不告诉我你们来了，若你们来了，我就和晚晴去接你们啊……"

我的父亲在被动地接受了一个拥抱之后，终于忍不住用直白的语气问："我家晚晴，和你，是什么关系？"

"相爱的人啊，我爱她，她爱我啊……"托马斯坦然大方。

父母面面相觑，然后我父亲问："你知道晚晴是结了婚的人吗？"

托马斯脸上挂着笑："知道啊，但这不影响我们相爱啊。"

我父亲气得脸色发青："托马斯，是托马斯吧？你这名字我没记错吧？当初你甩下我女儿，现在又来缠我女儿，你学好一点，好吗？"

托马斯的笑脸也冻住了，他呆若木鸡，一会儿说："伯父，你心情不好的话，我先出去，我找晚晴去。"

我父亲愤怒："找晚晴干吗，人家有老公的，你还找她干吗？"

托马斯在委屈中捅破了纸："晚晴，她半年前就和建中离婚了啊。"

"啊？"两老人同时震惊了。

看到两老人如此神情，托马斯吓得不轻。

"我……我……我说错什么了吗？你……你们，你们怎么啦？"

我，晚晴，建国和父母，五个人一直坐在餐桌旁，好久没说话。

"你们离婚，确定不是那外国人搞的鬼？"父亲直白地问。

我确定地点头。

"那究竟是什么原因要离婚？"

这是一个痛苦的问题，我自己也无解。我忧虑地看了眼晚晴，晚晴低头垂目。我扫了一眼建国，建国双手一摊，好像他也很想知道。

"我们，就是兄妹，没法当夫妻。"我说。

"这话什么意思？当初也是你们问我们是否可以当夫妻，都当了三四年夫妻了，又说不能当夫妻了，只能当兄妹了，究竟是什么原因？"

晚晴照样低头，没说话。

"妈，爸，我不好，我很没本事。那些年过得很苦，我们被生活打败了……我们在一起，不幸福，所以就分开了。分开后，觉得我们的相处反而更好了。"我解释。

"可是现在生活已经好了啊，你读你的书，晚晴做她的餐馆事业，你们在一起，不是最好的搭配吗？"

"爸，妈，你问晚晴吧。若不是托马斯，晚晴到现在还没有体会过谈恋爱的滋味呢……"

一听这话，我爸一时不说了。

但我母亲不管，她就是哭，边哭边问："你们能复婚吗？建中，你一辈子对晚晴好，成吗？你们在一起，本来是多么好的一件事啊！……"

我叹口气。

事情好不好，不是他人可以说了算的，是要事情本身来说了算的。

徐子涵开车去葡萄园，有段时间没见到他的忘年交史提芬博士了，怪想念的。

在酒庄里，史提芬心情超好，他打开一瓶酒，倒在两个玻璃杯里，两人晃动。

"嗨，年轻人，我和你一样，也有可爱的情人啦！"

徐子涵惊异地看着他。

"老剧场附近，有家很漂亮的百年餐馆，因为经营不善要转让，我想买下来，经营成一个高端的特色餐馆。那样的话，美酒和美食就不分家了。"

"那就是你情人啊？"徐子涵揶揄道。他还以为史提芬真有小女朋友了呢。

"你不知道那个庭院多么可爱，她是有故事的，有文化气息的，有传统的，她是那么可爱……"

"好好好，等你搞定你的甜心，我去拜访。"

两人晃动酒杯，细心品酒。

"我刚从你们中国回来，北京、上海、香港，见了几位企业家，感觉他们脑子很好，精力充沛，非常会变通，几乎完全依靠自己的力量，就创造了大量的财富，让人印象深刻。不像我们这里，我们这里的企业家，都太规矩了。"

"见识到中国的有钱人啦？有没吓着你？"徐子涵笑着问。

"有点。一瓶拉菲，可以卖到正常价格的五倍。"

"五倍算客气的啦，去一些地方买东西，能够按照一折的价格打下来，你信吗？"

"我发现一个现象，中国人，有的喝着两万的酒，其实酒不值这个价格；有人吃着五毛钱的包子，其实包子按照人工的价格，实在应该标价更高一些……所以，我都不知道，在中国是怎么计算成本的？"

"你不要考虑成本，你考虑需求。有人就是喜欢贵。因为贵，对他们意味着身份。"

"是的，中国一些企业家很有钱，他们不仅成箱地买拉菲，炒高了拉

菲的价格，还想买酒庄，又炒高了酒庄的价格。我得逐渐适应他们。"史
提芬苦笑着说。

"这不是很好吗，对你来说。"

"孩子，并不是所有东西都可以用钱买的。但是，你们中国的有钱
人，是在一步一步地诱惑我呀。"

"听说有人想出高价买你的酒庄，你会卖吗？"

"就目前来说，就算有人出天价，我也不会卖。但是未来，我难以保
证。"

"为什么？"

"我想好好经营我的酒庄，就是为了保证从我这里出来的葡萄酒，都
是优秀作品。但是你们中国人太猛了，太有钱了……看上的东西，就用钱
去砸，我怕我愿意被砸中，然后丧失斗志，提前退休。"

"提前退休，然后周游世界，不好吗？要是我，就这样，美酒美食，
温泉跑车，当然还要有个漂亮的女朋友。"

"本来我想工作到七十岁，每年都努力酿制出最好的酒，这是我的快
乐，我的生活一直是这样的。突然有一天，我受不住高价的诱惑，投降
了，然后我就失去了酿酒的快乐了。我把自己的孩子卖掉了，我用卖孩子
的钱去周游世界，在世界每个有葡萄酒的地方，我都会想念起我的曾经的
酒庄，然后我一边喝着葡萄酒一边落泪……你帮我想想看，这两种生活，
哪种更好一些？"

"哎，是难以选择……但是，一定要伤感吗？想开一些，别觉得卖酒
庄就是卖孩子，可以吗？享受周游世界的日子也很好啊。"徐子涵说起话
来就是一公子哥。

"你这孩子不知道，葡萄和酒是我生活的一部分啊。我太太在世的时
候，我们在一起的时间，都没有酒庄与我在一起的时间长呢，若说它不是
我的孩子，那就是我身体的一部分吧。"

"我明白了……但有时候钱真是一样很重要的东西，人类无法与钱作对。"徐子涵坏笑。

"是的，这正是我的担心。我现在不依赖钱多钱少，所以钱不算很重要，但是当我有一天需要它的时候，我就愿意被钱砸中了，因为诱惑太大，薄弱的意志就出卖了我。"

"教授，你想得太深奥了……来，先为你拒掉了那个没文化的有钱人，干杯。"徐子涵举杯与史提芬碰杯。

"干杯——，问题是，那些个有钱人，还真有眼光，渴望知识，又能干，能做事，虽然感觉嚣张高调，但确实有实力。你们中国，真的会越来越厉害。"

自从托马斯引发了一场家庭惊吓后，他有好长时间不敢来美食城。

晚晴让他暂时回避，等以后有机会再设法改善关系。

在咖啡馆里，晚晴与托马斯偷偷相会。

"为什么？晚晴，这本是我们两人之间的事情啊，我们不过是想谈恋爱，我们在一起，不是挺开心的吗？"托马斯不解。

"但是，在中国，这是大家庭的问题，不单是两个人谈恋爱的事情。"

"为什么？"

"因为他们爱我。"

托马斯郁闷："可我也爱你啊。"

"这是两种爱……中国的大家庭，是生活在一个大宅子里的，爱是多角度的，不像你们德国，十八岁就单飞了，爱是单线的。"

"两种爱，我都喜欢啊。你们的爱，虽然像团大毛球，一会儿是你和父母之间，一会儿是你和兄弟之间，一会儿是你和前夫之间……但是，我能理解的。"

"我才不信你能理解……很多中国人自己都不理解，所以中国七姑八婆的电视剧特别多，德国就没有，看来看去只有结婚离婚再结婚再离婚。"

"我问你，你喜欢七姑八婆这么多角度的爱吗？"托马斯托着晚晴的脸，问。

晚晴点头。

"好，只要你喜欢，只要你更愿意中国大宅子的生活，那我也喜欢，也愿意陪你在大宅子里过。"

晚晴摸着他的脸："谢谢你……但是，还是等过些日子吧。"

"你快点找好时机吧，小福还等着我陪他踢球呢。"

晚晴苦笑。

"对啦，小福和我，其实就是大毛球里多角度的爱里面的一对呢，晚晴你怎么就没有信心呢？"托马斯大声喊道。

晚晴陪家人一道吃饭。

建国在法兰克福无所事事，感到无聊："姐，我也想做点事情呢。"

"想做什么事？"

"挣钱的事。我天天在家坐着，既不能当大厨也不能当跑堂，难受。要不，我们一起投资法兰克福的房地产吧。"

"你去考察了什么了？"晚晴笑着问。

"这里房价便宜。"

"不错，不枉是做这一行的，连房价也让你打探到了。这里房价是不贵，但是你要知道，在德国转让房子不像中国那么简单，需要很多的税，若房子增值，又要收取一笔不少的税，好像是百分之三十吧。你自己算算，是不是很不划算了。所以在德国，很少有人专门做炒房的事。你就歇歇吧，或者多陪老妈老爸出去玩玩。"

建国郁闷，他是闲不住的。

晚晴继续在外奔波。

这一天，晚晴回家，告诉大家两个消息：一个是她找到了一个疗养院，在不远的城市威斯巴登，可以很好地治疗中风，她预定了时间，到时陪两老人一起到那里去疗养一个疗程；第二件事，法兰克福老剧院附近那家有百年历史的德国餐馆要转让。

我爸一听，抬起头，问："你想拿下？"

晚晴说："我还没最后想好，但是心里很想。"

建国第一反应是："姐，你要买吗？我支持你！我可以有活干了！"

这座叫做"歌剧院庭院"的德国著名餐馆，有着一百多年的历史。餐馆本身不大，里面能容纳的位子也就一百来个，但非常漂亮，有一个很美丽的庭院，庭院里种着二十来棵株型优美的樱花，一看就知道有很多年头了。到了春天，樱花盛开，真是美艳浪漫。"歌剧院庭院"三易老板，最著名的一任是一个歌唱家，当时这个餐馆成了一个私人会所，或者是演艺圈沙龙。靠近歌剧院，庭院宽敞，又满是樱花，沙龙里文化界名人聚集，那种感觉实在很气派。但在经济危机以及政治危机时期，歌唱家突然去世，后人破产，就低价转让了这个曾经带着梦幻色彩一样的"歌剧院庭院"餐馆。二战时期，和歌剧院一样，餐馆被炸，房体破坏严重，战后又得以重建。现在，"歌剧院庭院"餐馆是私人老板和政府各有股权，因为经营惨淡，老板想把老餐馆转手。

"怎样个转法？"老爸问。

"餐馆易主采用公开竞争的方式，在报名截止之后一道公平竞争。因为是百年老店，市政府要把它作为传统文物保护，要求餐馆新主人不能改变结构，整体风格尽量保持传统，要原滋原味装修餐馆。这也就是说，不能变成韩国料理店、日本寿司房、中国川菜馆什么的，但是可以增加一些各自的特色。另外还有其他一些限制，我需要详细看书面文件。"

"价格呢？"

"老餐馆本身要二百五十万，但是装修起码要一百万……我去看了，那个餐馆经营不下去是有原因的，实在太老旧了，要彻底装修，而且上的菜不好吃，那道法兰克福猪肘子名菜，只是忽悠游客去吃的……我要去做的话，肯定要加上一些中国名菜的元素。"晚晴说。

"老餐馆面积小，投入却那么大，风险很大啊。一般我们开中餐馆，都是租门面，挑有前景有人气的门面，不一定要高价位的地段，这样一年才几万，经营不好就立马撤，换地方，损失也不大。可是这个市中心的老餐馆，一拿下就是永久性地拿下，怕成为手中的烫手山芋啊。"我的母亲担心。

"老餐馆容易被名气所累啊。"父亲也小心地说道。

但是晚晴，我知道晚晴，她心里的想法。

因为这个"歌剧院庭院"餐馆，太像我们中华美食城的经历，曲折坎坷但美丽动人。德国人无论做企业或者做餐馆，都喜欢用心做，集中心思地做，做个几代，这长长的时间里，便留下了很多故事，晚晴也喜欢这种"长长几代"的浪漫。当她一说起"歌剧院庭院"的故事，眼睛里就充满了神往。一个有历史、有爱、有梦幻、有毁灭重创、有一砖一瓦重建、有奋斗、有希望和期待的地方，是多么值得拥有！

晚上，晚晴送父母回家后，再去美食城收工。打烊了，关灯了，夜已迟，晚晴拿了一杯茶，在庭院里散步，如此没有睡意，肯定在想着"歌剧院庭院"的事情。

我很想支持晚晴。但是，我不会挣钱，我没法说出鼓动的话，万一晚晴被我鼓动了，却又无法承受这样的投资，我转身走吗？不走的话我能怎样帮忙？

我的弟弟，建国，叫住晚晴："姐，你想做，我陪你做，我把国内的房子都卖了，再去借钱，我们去拿下那个什么庭院的餐馆吧。"

050

　　出售歌剧院庭院餐馆小组委员会的邮件来了，总共有六个正式的竞争者。接下来，这六个竞争者都要参加一个过程繁琐的资历审查，说直白了，就是确认有没有能力付钱，就像买房之前银行要审核买房者是否够格贷款一样。更重要的一点，就是要认证购买资历，因为这个建筑的存在时间已超出百年，算是"老文物"，德国人对于老文物是特别保护的，不是谁想买就能买，谁想出钱就可以卖给谁。小组委员会需要竞争者提供未来的装修设想和餐馆使用构想，用来考量未来用途是否会对老建筑产生不良影响。

　　总而言之，这样的老房子的购买是很繁琐的，就像一些古堡，若单是出售，可能标价不到一百万，很多人都能买，但买下后会需要很多的修缮，而这些修缮的费用会远远超出购买费用。同时出于文物保护的目的，若没有足够的修缮资金，德国政府不会卖。所以，很多古堡常年处于无法脱手之中。

　　六个竞争者里，两个是外国人，包括晚晴，四个德国人。德国人里面，有一个就是斯提芬·冯·迈耶博士——一个拥有酒庄的葡萄酒商人。

　　晚晴凭直觉，判断她将与这个葡萄酒商人之间有激烈的竞争。

　　第二轮预算下来了，房子的估价提高，装修的估价也提高。这一提，比第一轮估价高出三十万欧元。三个人退出了。

眼下剩下晚晴、葡萄酒商史提芬博士，还有另一个德国人。

徐子涵老妈又组团了。

自从老妈华丽地从上海带了一个太太买房团后，徐子涵的日子没有消停过。

当上海的房价已经攀升到每平米五万人民币且还在继续上涨时，徐子涵老妈带来的太太们一到法兰克福就激动了。

那个曾经一脸傲气的中介公司经理终于看懂了形势，盛情邀请徐子涵老妈以及一队富太太大吃大餐。中介公司出动了三名有中文背景的员工，而太太团方面，徐子涵被老妈强拖硬拽着来作陪。

经理挑选了一家高档牛排馆——确实是家非常专业的牛排馆，外面庭院花园里有许多石头小牛装饰物，餐馆和餐布上有独特的小牛标识，餐馆内部还立了一头别致的卡通牛。卡通牛虽是个立体解剖图，却也搞得很萌很可爱，以此来告诉食客不同的牛肉的部位，不同部位的牛肉的价格悬殊，而正宗的好牛排，其食材只挑选口感最细嫩的那个部位的牛肉。

太太们看着好奇，掏出小相机不停拍照，并叽叽喳喳呼叫不停，新鲜嘛。虽说她们也算见多识广，但也不是所有特色餐馆都见识过，没见过的新鲜事物更要拍照留念，所以一群人乱哄哄地叫喊。一旁穿着白色衣服的侍者，几次做着手势，想引导她们入座，安静点餐，太太们没空搭理他，训练有素的侍者也有点神情尴尬。

徐子涵拜托老妈先把太太们安排在位子上，先点饮料，然后再聊，别一窝蜂挤着站着闹着，餐馆里还有其他安安静静的客人哪。终于搞定位子的安排，坐定。徐子涵舒口气，他此生最怕三件事：开会、看女人流泪、吃饭时旁边坐个傻大姐。而眼下是一排傻大姐。

吃饭自然不仅仅是吃饭，饭桌上还有公关和推销。中介公司的三个金牌推销员嘘寒问暖热情招待的背后，是一个沉甸甸的皮袋子，里面都是资料。在侍者为太太们倒过一次茶后，后面的倒茶服务都被中介人员殷勤包办了。

中介人员问太太们这几天想玩什么地方，公司的车子可以带她们一边参观楼盘一边观光城市。

徐子涵暗想，这卖房的还兼职导游了啊？可徐子涵老妈非常享受这种被奉为VIP的优待感，其他太太也是。

"中国人在国外买房越来越多，我们经理特意让把文本做成中国式样的。本来德国没有几室几厅的说法，都是说几间房，然后一个总价。但现在我们也按照中国的习惯，说几房几厅，并计算出单价面积。本来德国的底层叫零层，或者地面层，现在为了更好让中国客户理解，也都改成了一层……你看，这样是不是更像中国的感觉呀？"

"中国越来越有钱了嘛。"有太太说。

"法兰克福最贵的楼盘多少一平米啊？"有人着急地问。

"临近市中心又紧靠美因河的地段是最受人欢迎的，可以看到美丽的景观，夜景更是漂亮，这种与城市近距离又与美景近距离的资源真的不多，现在的价格是七八千欧元。"

"黄金钻石地段也就是五六万一平米，比起我们上海，不贵啊！"

"是不贵啊，而且德国的房子，都是按照使用面积计算的，不像国内是建筑面积。还有，德国的房子，是永久的，子子孙孙都可以享受……"中介人员立即有人搭上了阔太太的话。

徐子涵恨不得此时有个耳塞，能塞住一堆女人叽叽喳喳的说话声。

"我想了解一下你们的需求，你们买房子是为了什么呀？"

"没有为什么，就是想找个喜欢的地方，能保值，未来能升值最好。"

"哦，那是为了投资。我们也可以为投资客户有专门的服务，比如帮助出租。"中介赶紧介绍业务。

"出租啊，出租的钱也不多，算了吧，空着吧，可以时不时过来度度假的……对了，买房可以办移民吗？"

中介笑着摇头："德国不行。"

"德国就是规矩多，不方便……我是为孩子以后留学买。"

"以房养学可是好眼光呢，孩子多大了？"中介热切地问。

"六岁。"

中介愣在那里。

徐子涵头疼这批中国太太，因为她们还总是喜欢问一些八卦。

子涵老妈请太太们来自家玩，目的自然是炫耀一番她挑选别墅的眼光。

徐子涵想出去打球躲避，却被老妈叫住。

"她们都是老妈在国内的好朋友好姐妹，你陪陪这些阿姨，她们可喜欢你啦……再说，你是老妈的最大骄傲，你一出场，又帅又酷的，她们就只剩下羡慕你老妈的份啦！"老妈软硬兼施，硬是把徐子涵给留住了。

从半底层酒吧，到超大阳台，再到顶层卧室，总共九个房间，四个洗手间，一个酒吧，一个未完工的酒窖，逐一带着太太们参观。

"这是子涵的婚房吗？"

"他喜欢的话，那也可以做婚房。不喜欢，再给他买高级公寓好了。"子涵老妈说话轻松。

太太们叽叽喳喳，赞叹了一番大别墅的气派之后，谈话重点就在徐子涵身上了。

"子涵越来越帅了哈。王姐，你的本事真大，生出这么帅的儿子。"

徐子涵听着，微笑应付。

"帅哥有女朋友吗？"有人问。

"干吗，想定亲啊？帅哥的女朋友不要太多了，你没看他那么有女人缘的。"有人帮他回答。子涵老妈笑得花枝乱颤。

"子涵喜欢中国的女孩子还是外国的女孩子？"打探隐私啊？他听得牙疼，就算自己女朋友确实多交了几个，也没有义务回答吧。

"对啦，你们德国的大学宿舍里，男女朋友是不是可以住在一起的？"真是无聊的提问。

"现在中国也是啊。"好在又有人帮他回答。

"我们子涵哪住大学宿舍？他都住在这别墅里，他有一帮子学艺术学经济的朋友，经常过来陪他。"老妈要显示出儿子的能耐。

徐子涵觉得答应老妈留下陪这群傻大姐实在是个错误。尤其自己老妈，更是最二的大姐。

"子涵现在在学些什么呢？"终于有人问正常一些的问题了。

"什么都学，我们大学的课堂都是开放的，报名后就可以去听，只要有时间，有兴趣，都可以学，包括法语西班牙语什么的。"徐子涵回答。

"你们是不是要经常出国啊？"

"在中学时候我们就有一年的社会实践，很多学生就选择了去国外交流，也或者在社会上打工。大学以后，看自身兴趣了，假期里，项目交流、旅游、同学互访，有很多事情可以做，出国在欧盟境内，就像我们出省一样。"徐子涵耐心解释。

"子涵，你是不是真的有女朋友了？"又绕回八卦问题了。

"阿姨跟你说啊，你若没有，阿姨就帮你介绍一个，是个很漂亮的女孩子，家教又好，家庭背景也是实力雄厚。"

徐子涵低头没搭理，自个儿喝咖啡。

徐子涵老妈代言："我们子涵，最早也得三十岁再结婚吧。我们要的女孩子，一定要家世清白，知书达理，最起码也是个研究生吧，性格更要善良沉稳，至于是不是富贵人家，那倒不一定；太富贵的女孩子，娇气。"

"王姐，那女孩子可就是你的选择啦，人家在国学班，很是淑女的。我想，像类似我们这种家庭的，虽然从经济上已经根本不需要对方什么，养个人家三辈子都养得起。但是，真的贫寒出身的女孩子，性格会不好，因为以前物质贫乏了就会贪恋物质，而且没钱受教育的女孩子，气质上毕竟相差多了。所以最好还是找个同样有留学背景的、专门受过淑女教育的，对吧？同样是研究生水平，那也要看对方是什么专业，难道那些读力学啦兽医学啦矿业学啦植物学啦专业的，会对气质修养有帮助吗？对啦，子涵，你最喜欢哪种类型的女孩，要不你直接说，阿姨帮你介绍……"

徐子涵听得头大。幸好此时，手机响了，是安妮的电话。

徐子涵站起身来："阿姨们，你们多谈谈房子吧，我妈对房子有很多经验了，你们抓紧机会问她吧。我现在要出去找女朋友运动去啦。"

感谢安妮的电话，终于可以让他直接脱身！

晚晴的判断没错，史提芬博士显然是个最难缠的竞争者——他不愿意外国人拿走这个项目，他找了市长，要求举办听证会，要求陈述理由，在竞争者中排挤掉外国人，原因是这个餐馆一直是德国传统的百年餐馆。

因为是特殊的老餐馆，买家必须符合苛刻的条件，尤其需要一份详细的计划书，明确说明买家在买下餐馆后的用途，不然市政府在有选择的情况下，可以拒掉有足够资金、但是未来使用计划不符合条件的买家。史提芬就是充分利用了这一点。

听证会在两周后召开。

其实，听证会也没那么可怕，就是类似国内的调解会一样，来自各行业的一些代表各自倾听双方的意见，然后定夺出一个解决方案。

托马斯的"好时机"来了。因为托马斯熟知法律方面的规则，晚晴委托托马斯发言。

建国、父母、晚晴、我，悉数上阵。

我们一直以为这是一个普通的听证会，谁都没想到，史提芬准备了非常翔实的资料。

"女士们先生们，我想陈述一个担心，就是关于百年餐馆，美丽的歌剧院庭院，万一被外国人买走，那么其风格是否会偏离原来的传统文化。

"歌剧院庭院虽然小，但是精致，有历史，有文化。我对于中国文化绝对没有任何偏见，事实上，我刚刚从中国回来，我与中国有合作。我喜欢中国，喜欢的原因是，那是与我们完全不同的文化，让我感受到了这世界上的文化多样性，让我惊奇，也让我学到很多。

"女士们先生们，文化没有高低贵贱，但是文化有适合还是不适合土壤的一个现实。在中国，若有幸进入到餐馆参观，会看到其厨房的结构和我们的不一样，他们使用煤气和大火，以此来做出他们引以为豪的美食。同时，我也得说一句，关于中国餐馆所使用的食材，也与我们不一样，比如说，动物的肉，有蛇肉、狗肉、猫肉……"

托马斯神色不悦。这史提芬，是明褒实贬啊。

果然，他的杀手锏来了。

在听证会上，史提芬博士展示了很多图片，都是关于中国饮食文化的，有他自己拍的，有网络图片打印出来的。他甚至还有个简短的街头视频采访："你们感觉，若中国人开一家餐馆，他们会怎么样开？"

"很香。"

"大火炒。"

"好吃。"

"吃起来香，但闻起来不好。我有一同事是中国人，天天带中国菜来公司，中午微波炉一热，很多人都被那味道熏着，有味觉污染。"

"很多油。"

"不好说，我喜欢吃。但不喜欢附近有家中餐馆，味道太重。"

"会吃动物。"

……

在一轮看似褒扬其实打压中国美食的材料展示之后，史提芬又拿出了他整理的"歌剧院庭院"的详细资料。

"歌剧院庭院，多么动听迷人的一个名字，这里是德国人喜欢的啤酒花园，是吃法兰克福香肠的最美妙之地。这里保留着很多法兰克福人的记忆，还是我们的歌唱家罗兰先生落户过的地方，我们能让自己的优美传统消失吗？

"一百多年的历史，歌剧院庭院共经历了四位主人。第一位是创业者，他的照片至今还在餐馆里保留着。是他，给这家餐馆取了这么美丽的名字。我们感谢他。但我不知道，若这餐馆易主给了中国人，中国人是否还会保留这张他们看起来又老又丑的男人照片。第二位是瓦格纳先生，他亲手在庭院里栽种了二十多株樱花，让这个餐馆从此有了自己的特色，我们感谢他。第三位是法兰克福的歌唱家罗兰先生，他的故事更加为人所知，我们感谢他当年成立的文化沙龙，为法兰克福带来了更多的文化和自由的清风。第四位是现在餐馆主人的祖父，他从罗兰先生那里买下，虽然战争期间被毁，但他倾尽全家之力，欠了一屁股债，在战后进行了修复……虽然他默默无闻，但是他的奋斗故事我们会永远记得，我们衷心感谢他！

"歌剧院庭院是法兰克福的一朵小花，这朵小花见证了法兰克福人热爱自己家园的故事。我希望这个故事会一直延续。想想看，尤其是春天，这里樱花盛开，游人络绎不绝，老法兰克福人会一边散步一边说，我请你们去歌剧院庭院吃饭喝咖啡，听听那里的主人的故事。但是，这么美丽的地方，若是被中国人买了开餐馆，那又将是一个什么样的局面呢？我们的老法兰克福人会说：走，我请你们去吃宫保鸡丁，那是中国新主人的拿手菜……请问，那时，我们的美丽的百年老餐馆，会是这样的局面吗？

"真那样的话，很多爱好历史、爱好文化的老法兰克福人，包括我，会痛哭的！"

这些丰富的材料和充满感情的陈述果然给了听证会成员们预期的心理感动。看来史提芬是铁了心要踢掉我们，让这个餐馆就在两个德国人之间竞争。

"肥水不流外人田"，德国人也有同样的想法呀，好东西都想自己人留着。

托马斯整了整领带，代表我们上前申述。

"我们非常尊重史提芬先生，他对于文化的热爱让人感动。但是我们也想着重表达一点：自始至终，我们对待歌剧院庭院也是一种非常热爱的态度，而且，我们没有逾越审查小组提出的所有条件。同时我也想表达一点：我所代表的购买者虽然是外国人，但他们应该拥有与德国人一样的权利，这才能凸显出德国民族向来支持公平公正的美好传统。

"我所代表的购买者，他们不会改变餐馆的传统，歌剧院庭院依旧是其名号，他们不会改成韩国烧烤店或者神户寿司屋，也不会改名为第二家中国美食城。在歌剧院庭院里，德国的啤酒，美丽的樱花庭院，法兰克福的香肠和七香绿汁，还有盛装苹果酒的花瓷罐，全都会得到保留。他们只是在这些基础上，再增加一些中国元素的美食菜肴。

"史提芬先生，文化要珍惜和保留，这话没有错，但是珍惜和保留并不是一成不变，若德国文化只能由德国人去传承，这种想法是否有点狭隘？我所代表的购买者，他们二十多年前就离开中国，带着中国的文化来到了我们法兰克福，开出了非常成功的'中华美食城'，让法兰克福民众享受到了更多的美食。同时，他们也开了法兰克福本土气息浓厚的'河畔酒吧'，那里成了法兰克福年轻白领们最喜欢的地方。所以，从餐馆的品味和管理来说，他们富有经验，知道如何达到最佳的效果。这一点，史提芬先生对他们完全是多虑了。"

然后，托马斯从法规方面重申，我们的计划完全符合那些细密苛刻的关于餐馆未来使用的条款。

史提芬打文化牌，托马斯打法律法规牌。一时间听证会的代表们无从评判。

在休息时间里，史提芬走到托马斯身边来，眨着蓝灰色眼睛，认真地说："兄弟，多爱爱自己的家乡，别胳膊肘往外拐嘛。"

听证会上，我们团队里最着急的是建国。他在我的同步翻译中好不容易听完了全部内容。若不是听证会要求秩序良好，他早就要爆了——他哪受得了史提芬那么无视中国的美食，尽在那里嘀咕德国啥都好德国啥都比中国强。

休息时间，我们与托马斯商量，到时候怎么再给史提芬一个提醒。托马斯说，按照他的估计和分析，听证会肯定会公平地给予我们竞争的机会，毕竟史提芬提出的，是个人观点，他爱这个餐馆爱到有占有欲望了，提出的理由真的是鸡蛋里面挑骨头，动机不纯，就是为了不给外国人机会。但是公平公正，本来就是德国法律的庄严基础，听证会的代表不会如他那样走火入魔。

但是此时，情势急转，一切都在我们的计划之外。

听证会没个具体裁决出来，愣头青建国，却在会场上与史提芬突然爆出了一场赌约——

就在我们和托马斯商谈时，谁都没看住建国，这个在史提芬发言时就几次想打断他的话却没有办法发言、心里憋着一肚子火的人，找了个人当翻译，要与史提芬理论。但是，理论没两句，翻译再快速，也赶不上他恼火的表达，他直接就单挑了史提芬：

"我，和你，下赌，你总是叽歪你们德国菜好德国酒好德国什么都好，好吧，我们比一次，美食PK，怎么样？我们输了，这餐馆你爱买就买，我们不同你争。你比输了，你就退出购买餐馆的竞争，怎么样？这个最公平吧？"

史提芬一听完翻译，向来绅士的他不知哪根筋搭上了，竟然立即赞同："赌就赌！"

建国挥手冲全场说："我们说好了，打赌解决，不麻烦你们了！"

我们还在商谈着听证会上繁文缛节的一道道程序，却没想到，两位重要当事人，已经用刀劈石凿的最迅捷办法作了了断。待我们转身，才发现听证会已经啥事也没有了。

回到家，托马斯对建国很恼火。因为本来是很好的局面，听证会给个裁决，公平竞争，然后就啥事也没了，该干啥干啥。可是这个愣头青横插一杠子，突然间提出要搞个德国中国美食PK赛，这不是惹是生非吗？

建国毫不介意地笑笑："耍嘴皮子不是他对手，瞧他长篇大论的。但炒菜是我们的拿手好戏，随便喊两个大厨来，怎么可能打不败他？"

托马斯愤怒地说："谁说耍嘴皮子不是他对手，我就是他的强势对手！你没看他本来就要倒下了吗？你又干吗插进来了？这里是德国，德国都是讲法律法规的！"

建国嘿嘿笑着根本不当回事："咱玩玩他，没事，美食赛，包在我身上！"

托马斯简直要自戳双目："团队是要合作的，合作，懂吗？不是互相拆台，不是自以为是！我们从小就开始训练合作，你怎么就不懂啊？"

建国："你怎么这么不信任我啊？我保证给你赢个奖来！"

托马斯抓狂："是你不信任我！这世上，从来就不用怕狮子般的对手，但是就怕猪一样的队友！"

051

阔太太们的采购团以大丰收告终。

过半的人都定下了公寓新房。还有别墅购买意向的，因为一时半会儿找不到好别墅，就让中介定期发资料。

中国阔太太买新房跟买衣服买包包买项链很像。在歌德街的名牌店里，一群人涌进一家门店，叽叽喳喳一阵评论，涌出。半小时后第二次再涌进，然后每人要了一个包包或者一件首饰，有人还重复挑了一样的两件三件甚至更多，有个太太一口气竟买了五个一样的LV包。

在一处刚刚开始建设的小区里，阔太太们被销售经理陪同看样板楼，然后看房产公司用3D技术做出来的如同现场一般逼真的效果图，介绍新小区的规划。三四天以后，这群阔太太再次来到这个小区，近半的人定了房子——她们从各种渠道听说了这个小区是"高档小区"，法兰克福的白领金领年轻精英们都喜欢住这里。

对于这个有近二十年历史的中介公司来说，这是最短时间内拿到的最多的单子。经理心情大好，只要把这批人带去公证处，作好房产买卖手续授权，签好买卖合同，他这一个月的提成收入就足够公司一年的总开支了。天啊，这些中国人，买房真像买白菜一样！

中介经理让最有经验的几个员工带着买房团的太太们去作公证，以保证一切顺利。

中介经理精明，他不忘记要为自己做个广告，因此出门前就给报社打了电话。记者效率极高，在一群太太们抵达之前，就已在公证处门口等候。

第二天一早，一篇文章出现在头版上：《法兰克福房地产被中国太太们攻陷？》

文章中，有对中介经理的采访，解密中国太太买房特色——

第一，她们只看新房，不要二手房。新，她们只需要新的！再好的二手公寓，对于她们好像就是二婚的女人。

第二，她们买房像买包包，看了一个，觉得好看，再看一个，又觉得好看，判断不下该买哪一个，但当看到有人决定买了，于是也就买了，就像买包包买同一款一样，买房也会窝在一起买同一个楼盘的。所以，一个楼盘里出现三四个中国人的名字，不用惊奇。这是中国特色。

第三，剩下一些犹豫不决的，会在结束旅游之前抓住一个就下单。

第四，她们不需要贷款。付钱爽快。

第五，她们需要好的售后服务，但是并不需要入住。

第六，她们也喜欢底层，但是当得知底层的花园需要自己打理时，基本都放弃了。因为她们不会除草。

第七，对于最昂贵的顶层空中花园，中国太太尤其感兴趣。

第八，她们买房，可能是为了给六岁的女儿未来留学用，也可能是给十来岁的儿子将来结婚用。所有买房的理由听起来犹如天方夜谭，但是又都是合理的。

第九，非常重要也非常与众不同的一点是：中国太太非常需要有服务精神，她们需要中介说好听的话，准时地提供旅游车，像服务员一样围着她们，需要帮她们在人生地不熟的地方解决生活上的一切后顾之忧。

报纸上还配着一张一大群衣着时髦的太太们在公证处一手举文件一手比划"V"字形的照片。

徐子涵看罢报纸，叹口气，然后把报纸扔了。

晚晴在往行李箱里塞着零碎的东西：药物、换洗衣服、洗漱用品、泳衣、随身小包、太阳镜，拖鞋……我爸在旁边问："晚晴，那个美食PK赛就要开始了，威斯巴登的疗养，我们可不可以不去啊？"

"爸，这个疗程里专门预约了一个大学教授，他可以替妈妈好好看看身体，教授的预约很难的，要换时间的话就又要等好久。再说，比赛的准备工作不是都做了吗？李大师傅写好的单子你也看了，你就别操心了。"

晚晴一边打包一边说。

"就是，那专家预约很难的，跟中国一个样。不就是场小小的美食赛吗，我们餐馆还害怕炒几个菜？"建国斗志昂扬。

下一周，中餐与西餐的PK赛将要在史提芬的酒庄里进行。但是，晚晴要陪伴老爸老妈去看病疗养。

"没事的，爸，这里有建国还有三位大厨师傅，托马斯也在旁护驾呢。"晚晴随时提出托马斯。

"就是，去吧去吧，不过是同德国人搞一个美食竞赛。放心，保证妥妥的！咱上下五千年的美食文化，怎么可能比不上德国鬼子呢？"建国挥着手。

"建国，你也别太大意，你要多听听托马斯的安排。这种比赛，可不单单是比味道，还要比文化，你让大厨师傅和托马斯多帮着你。"晚晴一再叮嘱。

威斯巴登，美丽的州府，优雅的温泉城市，迷人的艺术之城。五天的疗养，除了每天上午抽血化验医生检查外，更多的时间就是一个悠闲吃喝休养生息的过程。

疗养院的流程安排吸引了晚晴的注意——这是一个很适合做健康之旅的旅游项目，这种集疗养、体检、温泉、度假和旅游为一体的项目，可以让老人的晚年生活更有品质。晚晴赶紧打探疗养院的医疗设备以及老人在此疗养入住的效果，种种细节她都要作为第一手资料带回去，若能同国内的医院或者其他老人院机构合作，那么对于有需求的老人来说是不是很有吸引力呢？

晚晴走到哪里都能发现商机。

大学教授为老妈作了细致的检查，然后推荐了一种药。那药真是贵啊，八十多欧元一颗，每天服用一颗，首个疗程就要四周。

因为那药不在我妈妈的医疗保险范围内，要自己付费。老妈心疼，晚晴不由分说，就让医生开处方。

"唉，要有个好的晚年，真的要有足够的钱啊。"我的老妈，拍打着自己的腿，无奈地说。

晚晴笑着说："只要有好儿好女，就会有好的晚年。而好儿好女，还不都是你们培养出来的？"

我能想象，我的老爸和老妈，那时是多么的开心幸福。

几天过去，见父母吃厌了疗养院里的营养餐，晚晴带老人去市区的法式餐馆。

在宽敞雅致的法式餐厅内，刚帮助父母把轮椅推进去，晚晴就听到了来自家乡的母语，但可惜，不是优美的问候，而是毒舌刻薄的嘲弄。

"你这智商，可以打四星。"

"那满分是几星？"

"满分是满天星星。"

"你对我怎么这么坏啦？"

"我从来没好过啊，是你自己黏乎上来的。"

晚晴忍不住看了一眼，是一个年轻时尚的男子和一个更年轻时尚的女子。男子显然没太把自己的女伴放在眼里，一脸傲气。

"子涵，你都好久没有约会我了。今天我生日，你答应陪我，就陪我开心一些嘛。"女孩子像乞求一样。

"安妮，你过的是今年第三个生日了，一会儿农历生日，一会儿阳历生日，现在又说身份证生日……我给你买了三个包了，你还要我怎样？"

"比起包包，我更想要你陪我啊，我喜欢你嘛。"

"你每次黏乎上我，不都是要名牌礼物……是的，我是有点喜欢你。可是，你也要知道，我需要空间，需要自由。本来今天我要跟安东他们一起讨论成立协会的事，被你一插足，又泡汤了……"

"是安东插足我们呀……"说着，女孩子要去亲男生的耳朵。

"慢着，我们可还没那么好！"

"子涵，更亲密的事情我们也做过……"也许以为餐馆里其他人听不懂汉语，或者年轻的男生女生本来就开放，话语竟然越来越升级，直接到了限制版。

男生却推开了女孩子："点菜吧。想吃什么？喜欢什么大餐就点什么好了。"

看着男生的轻浮和高傲，晚晴为这样的男生感到羞耻；看着女孩的轻贱和浅薄，便为这女生悲哀。她背朝向那一桌，眼不见为净。

威斯巴登的夜晚很美，晚饭后晚晴陪着父母散步。

威斯巴登的赌场，就在疗养院不远处。从十九世纪开始，欧洲各地的贵族都喜欢聚集在这个优雅的城市，泡温泉与泡赌场是他们的两大重要娱乐，当然还要喝喝酒调调情。这里的赌场有陀思妥耶夫斯基的踪迹，附近的修道院里有贵族们一掷千金购买名贵葡萄酒的故事……威斯巴登就是这么一个充满传说的贵族怡情之地。

路经赌场，晚晴问老爸老妈要不要去小玩一下。老爸年轻时一夜输过二十万马克，所以立誓不再进赌场。其实进不进赌场不是问题所在，而是血液里是否具备赌徒的本性。欧洲的很多赌场很美，且入场人士都必须衣冠楚楚，男士举止绅士，女士衣着淑女，不下注，单是欣赏可人的景致，就很舒服。我爸在那次赌博惨输之后，就自己断了赌博的脉。后来，在确定自己已经没有了赌博的欲望后，老妈倒是经常陪他去玩玩，二十块五十块下注，小赌怡情，就当赌场是个休闲之地。

"你老爸现在进赌场的兴趣不大……若什么时间能带他出去飙一把车，那就更好。"我的老妈很是理解老头。

"以后让托马斯带你飙车去吧。我们进去坐坐，看看美女，喝杯饮料。"晚晴还是要进去。

那就进去吧。赌场里的女顾客确实是仪态万方，有几位还是常客，她们下注的姿势也很优雅。赢了，就安静地收回筹码；输了，就去喝一杯。脸上毫无喜或悲的神情。

晚晴陪老爸进去纯碎是去送钱，投下了五十欧元的小注，很快输了。呵呵笑着，喝饮料去。

"晚晴，我们回去吧，早点休息，明天我们再去其他地方玩玩。"老妈说。

晚晴点点头。她付了钱，又加了不菲的小费，准备离开。

这时，有人过来。

是徐子涵，他也在赌场。他被女友黏乎着，来赌场小玩两把。与女友说好五百欧元是底线，玩完了就完了。不过，今天运气不错，手中的筹码越来越多。女友越玩越带劲，他却突然烦躁，总觉得有什么事儿。女友说你去酒吧喝一杯吧，待会儿再来，我给你留一半筹码。

于是他也前往酒吧。

没走几步，一抬头，看到了一张侧面的脸。然后，他的目光就在晚晴身上傻傻地定住了。

衣着光鲜的年轻人半失态地冲过来，对着晚晴，结结巴巴地问："你，你是晚晴姐姐？"

晚晴一脸茫然。

徐子涵一摸胸前，今天没戴那条银饰挂坠，那挂坠里有晚晴的照片。因为到赌场必须着西装打领带，挂坠与西装不配，所以就把银挂坠给留在酒店了。

"几年前，那时我还是个十五岁的男生，中学生，在赫勒霍夫那个小镇遇到你，你骑着马，很……很有风度，然后我们认识了，你陪我一起聊天……你还记得吗？"徐子涵赶紧表白，话说得语无伦次。

晚晴回忆起来了。是的，很多年前，她是遇到过一个不快乐的少年，他刚从中国过来，没有朋友，既孤单又无助，他们一起散步、聊天……那是十八岁成年礼之前的事了。只是，家里出事以后，对于自己十八岁以前的快乐岁月，晚晴很少去回忆，当年那个不快乐的少年也很快就在记忆中变淡了。

现在，这男生已经变得帅气、高大、阳光、衣着时尚，但是举止……好像有点花花公子的味道。

晚晴对他微微笑道："我记得你。你好吗？"

若不是眼前有轮椅上的老人，徐子涵真想紧紧搂抱住晚晴。

时光流逝，我怎么可能好？你一消失就是那么多年，我怎么能好？

不不，现在不是关心我好不好，而是，晚晴姐姐，你好吗？

你好吗？他曾经多么想念着有这样一声问候。而那笑脸，曾经是他的少年时代最美好的印记……

徐子涵细细打量着晚晴：成熟，依旧是一贯的成熟，眼睛也依旧明亮，但有点憔悴，眼角后面稍微有那么一点鱼尾纹，并不影响美貌。事实上，这种有点淡淡伤感的岁月细纹，比起爱用剪刀手扮嫩拍照的光鲜小女生，更有一种迷人的味道。因为你很可能被前者拒绝，而后者，总是黏乎你。

"我，我挺好，在大学里呢，学经济金融。你呢？你好吗？"

"我都挺好的。"

"你，你住哪里？"徐子涵赶紧问。

"疗养院，我陪父母过来疗养。"晚晴礼貌地微笑。

"好好……不是，我是问你家住哪里？"

"法兰克福。一直在法兰克福啊。"晚晴回答。

"可我这么多年来，一直找你，却一直没找到……"徐子涵想起自己的少年时代，曾经那么恓惶地寻找晚晴姐姐，很想说说当时的心情，可是眼下的自己，已经是这样的成年人了，又有旁人，自然就不好意思再提当年的无助和深埋在心里的爱慕。

晚晴看了一眼坐在附近的那个女生，正是刚才法式餐厅里那不停讨好又总被徐子涵嘲弄的年轻女子。

徐子涵赶紧说："那是我一位朋友，我待会儿让她先回去，我送你们去酒店吧。"

"别别别！"晚晴赶紧阻止。她刚才已经看见了男生对待女生的不耐烦，此时若再这样抛下女孩，那真是让女生伤心和没面子了。这男生，真是不懂事。

"不，我想和你聊聊天，我想知道你这些年怎么样。我一直在找你。"徐子涵坚决地说。

"这样吧，我给你疗养院的地址。明天，我请你吃个早餐，我们一起聊聊，好吗？"晚晴礼貌地提出更好的建议。

这也是个好办法。徐子涵眼巴巴地看着晚晴，希望她留下名片。

晚晴从口袋里找出一张疗养院的名片，给他。

"地址在上面，我们明天餐厅见，一起吃早餐聊天。"

"好的！好的！"徐子涵开心接过。

当第二天，徐子涵穿着漂亮的衣服，带了一束鲜花赶到疗养院的时候，却发现晚晴和她父母已经人去楼空。

倒不是晚晴故意躲避着徐子涵，既然答应了一起吃早饭，就没有必要故意躲闪。但是，昨天晚上托马斯的一个电话，让晚晴无心再呆，决定提早两天回家。

托马斯说："美食赛给搞砸了。"

晚晴给徐子涵留了一张纸条，表达歉意，然后说后会有期。

徐子涵呆立在那里，身子像掉入冰水里一样。清早买鲜花的亢奋，与眼下的冷心，真是一天堂一地狱。为了今天早上的见面，徐子涵兴奋得一夜没睡啊。

后会有期，那好歹留个电邮信箱或者手机号码吧，什么联系方式都没有，怎么个后会有期啊？

徐子涵狠狠一跺脚——就是那嗲嗲的安妮，坏了他最重要的一件事！

052

托马斯一肚子的气，若不是晚晴，他也不想请了三天的假为那个美食赛吆喝。

这个建国，真是不知哪根筋搭错了。托马斯早就告诉过他，选择场地非常重要，最起码要有一个尽量公平的场所，不能有主场客场的区别。但是建国很潇洒地说："咱中国人大度，而且尊老爱幼，就让那老头挑比赛地点吧。"

史提芬当然就挑选了他自己的酒庄。

托马斯气急，建国那货还说："我就是让着他也能轻松赢了他！"

"你做梦吧！你会被人一比十踢下场的，会输得很难看。你知道史提芬是什么人？他家是世世代代做酒庄的，与他家合作的餐馆里，不缺米其林三星大厨！你与他PK美食，你是自找麻烦！"

"米其林大厨算什么，咱有上下五千年文化，一罐陈醋就有几百年历史……"

"几百年历史有啥用？德国修道院被修士苦心研究的醋啦蘸汁啦，都快上千年历史啦，翻些老祖宗的老账有什么用？重要的是眼下自己有什么东西，你有吗？你才在德国做了几年美食啊？"

……

建国终于也爆发了，吼："你为什么老是长他人志气灭自己威风？这些天来你一个劲儿在那里瞎鼓噪，嘀嘀咕咕的，什么我们就是打不赢史提芬。来，要不信，我们先来拉一架，看看谁输谁赢？"

两个大男人拉开了架势。

两人都没练过拳击或者其他打架招式，但两人都有不错的体质，建国的个头也不输于托马斯。一个持续了五分钟的身体搏斗，像两头牛犊子在顶牛，最终是各有收获也各有创伤：建国的胳膊被扭青紫了，托马斯的唇角被打破了。

之后，托马斯在嘴角边贴了两张创可贴去酒庄找史提芬，要求改变美食PK赛的场地。

"咦，你怎么啦？"史提芬望着托马斯的伤，奇怪地问。

托马斯不好意思说是与人打架，就说被家里的猫咪抓了。

"与人打架了吧？"史提芬眼神特亮。

"你那么绅士的，会跟谁打架呀？"他又问。

托马斯不说话。

"我猜是那个队友吧……不过，他能算你队友吗？"史提芬揶揄。

托马斯请史提芬站在公平公正的角度，也要换一下一周后的美食赛场所。

史提芬没好气："不是我提的，是你那骄傲的战友主动说要在我的酒庄里比赛。他说，就算在我家门口比赛，我也没机会。他这么大度，我总不能回绝他的好意吧？"

托马斯无语。

"咦，你们不是战友吗？怎么啦，战友之间也有矛盾？"

托马斯苦笑。

"没事的啦，就像你那位战友说的，美食大国赢赢我们很容易，所以我还得抓紧时间好好准备。"史提芬冷嘲热讽道。

托马斯再次提出要求在一个公平的餐馆里举行比赛，比如那个歌剧院庭院餐馆里。

"本来，我们应该是战友的。兄弟，你怎么这么搞不清楚团队关系啊？"史提芬拍着他的肩膀。

托马斯两头受气，真是欲哭无泪。

不过，史提芬最终还是同意了，美食赛在歌剧院庭院餐馆进行，到时邀请五个美食记者作评委，二十个观众当嘉宾，美食记者评分占百分之五十，嘉宾的投票占百分之五十。也就是说，这二十五人的投票决定两个买家中谁能最后购买这个百年老店。当然，作为一个既有新闻性、又有文化冲突感的民间活动，美食记者在公正角度上，可以对其间的美食发表自由评论，嘉宾也可以在社交媒体上发表感受，结果当场公布，愿赌服输。

美食大赛按照标准流程，双方各派两名大厨，在四十分钟时间内，提供包括前餐、主食、饭后甜点在内的五道餐。也就是说，双方厨师要向评委逐一端上五道菜肴。每一道菜要从以下几方面打分：视觉感受、味觉品评、文化体会、创意享受。按照德国的打分制，一分是最高分，五分最低分，算出总成绩。

这五道菜的用料不得超过五十欧元，不然松露鱼翅等昂贵的美味食材一上来，双方就变成拼食材了，哪里还看得出大厨的技艺来？所以，五道菜的成本价格必须被限定。

中西美食各有特色。为了不让美食的特色海阔天空至没有品评参照，也为了双方的竞争公平，除了前餐和甜点可以自由发挥之外，主餐的食材都被限定——在托马斯的极力争取下，双方这两道热菜的食材是：牛肉和豆腐。

一般情况下，美食都要配美酒。但是在美酒的提供上，史提芬肯定占优势——这个经验丰富的葡萄酒商太知道一支搭配美妙的好酒可以为美食加上多少分了。这种优势绝对不能让史提芬白白获得。所以，托马斯态度坚决地拒绝了在美食现场提供葡萄酒，哪怕史提芬提出他愿意为我们美食城无偿提供他家的酒。

还有什么疏漏？托马斯绞尽脑汁，用他这个律师看多了各种协议条款的精明眼睛，再次挑剔地扫描了一番全部规则，应该没有漏洞了。

史提芬看了一眼托马斯，揶揄道："兄弟，我知道你的胳膊往外拐，不过这里真没有官司，只有美食。"

托马斯瞪了他一眼，没接话。

……

以上的详细规则，是托马斯与史提芬两人商量了整整一下午，既按照很多国家的大赛标准，又从我们这中西不同餐馆的特殊情况出发而订出的一份独一无二的美食比赛标准。不然，哪家西餐馆会愿意拿豆腐做食材？这就是律师托马斯的功劳！

比赛开始。

史提芬家端出的第一道菜是开胃小点：在切成两厘米厚的六枚青瓜胎

上面铺一卷切成薄片的火腿。青瓜已经用刨皮器按照一定的间隔剥了皮，白色与青色相间，很是清雅，而薄薄的火腿被卷成玫瑰花状，嫩红色的火腿有一种娇嫩的感觉。在火腿玫瑰上面除了放一小颗核桃仁外，还浇了一层蘸汁。确实，色彩层次很美，让人很有胃口。

史提芬解释："我知道大家都品尝过西班牙的一道名菜，哈密瓜配西班牙熏火腿。我们大厨设计的这道菜，大家可能觉得是借鉴了西班牙的那道国菜，其实这是我们大厨的七岁小女儿的创意。两年前他们在花园里野餐，青瓜与火腿是篮筐里的最普通食材，但他家小女儿把青瓜与火腿用女孩子的心思美美地设计了一下，于是就在盘子上出现了春天花园的气息。小女孩安娜说，那是她送给爸爸的春天礼物。这位大厨爸爸听了很感动，当即给这道小菜命名，为'安娜的春天花园'，并进行了专业的改良，调上了他家的秘制蘸汁。现在，请大家享受这一道带着家庭温暖以及春天风光的小菜。"

听着故事，享受着开胃小食，评委们频频点头。

我们的大厨提供的是桂花蜜汁莲藕。

在一个椭圆形的盘子上卧着一段填塞了糯米饭的莲藕，黏稠蜜汁包裹的莲藕被切成薄片，上面撒着一层金黄色的桂花。

托马斯请评判者们用小叉子叉起一片品尝——这开胃小菜的心思就在于：看着是莲藕，吃着是糯米。对于美食家评判家来说，这应该是很有异国情调的一个菜。

果然，其中一位记者在品尝了糯米莲藕后，很感兴趣地问："我能否请教一下大厨，这道菜的故事是怎样的？"他边说边掏出了录音笔，若没有意外，他将把这道有趣的东方菜在报纸上进行宣传。

托马斯请出大厨，希望大厨师傅讲点传说故事，中国几千年美食文化，故事海了去了，能趁着这个机会为美食再加点分，不是再理想不过吗？

可惜的是，大厨张师傅能烧一手好菜，却没法为好菜进行宣传，他在众人面前紧张地挠着脑袋说，他只会做，他做了二十多年这道菜，做得闭着眼睛都能做了。但是，他真不知道这道菜的来历。

手拿录音笔的记者挺失望。

托马斯也很失望，不仅失望，还有沮丧——原本是加分题，现在成了减分。

托马斯求救地望着我，我也轻轻摇头。

我站在一旁，心中满是尴尬——是的，这道菜，我吃了二十年，但我自己也不知道它的来历。是啊，能流传的好东西肯定是有来历的。可是，我们怎么都不知道呢？

作为主持人的托马斯赶紧说，我们接下来期待下面的美食：主食。

这次，第一份以牛肉为主要食材的主食先由我们端盘展示。

大厨张师傅按照他多年的餐馆经验，特意做了一个"一牛三吃"：牛汤、酱香牛肉、青椒炒嫩牛肉。牛汤和酱香牛肉里的调味是有祖传秘笈的，他极为自信，青椒炒嫩牛肉这道菜在餐馆里的被点率最高，且从来都是一端上就被德国食客们一抢而空。这次一牛三吃的牛肉食材是精挑细选的，尤其用来做清炒嫩牛肉的食材，可谓牛身上最昂贵的那一部分。除了牛汤盛在一个精致的小碗里，其余都装在一个大的白色瓷盘里。作为雕花高手，老张还用胡萝卜雕出了一个栩栩如生的卧牛，连牛角都被精雕细琢了。

美食记者们频频点头。

史提芬的大厨端出的是传统"歌德套餐"改良版。作为法兰克福之子的大文豪歌德，他最喜欢的一道菜就是小土豆配七香绿汁，主食是牛肉。这是一道全德国都知道的名菜，但名菜并不一定一成不变，也可以有所突破。对这道菜，大厨在食材预算上可谓花了血本，不多的那点食材就花了可用预算的绝大部分：他选的是大名鼎鼎的Wogyu-Kobe-Beef，来源于一种自然放养的小黑牛，只用玉米、青草和大麦做饲料，据说每天还要给小黑牛放音乐做按摩。厨师用这食材做了一道精美的牛排。

若说对方的第一道菜是家常、快乐、大自然主题，那么这次对方厨师走的是"高大上"路线：用大名气招牌，取最华丽食材，做最耀眼的美食。果然，一听史提芬介绍了这道菜，所有评判者都伸长脖子，热烈期待。

可是对方大厨没玩够，当史提芬请大厨来给大家简单介绍这道菜的故事时，这个善于说笑逗萌的中年帅哥竟然讲起了家族美食家的历史。他从九十多岁的奶奶厨房里的烤土豆一直说到他老爸发明的土豆的九种制作法，逗得大家哈哈大笑。十分钟，他讲了整整十分钟的土豆课！这老兄，单单是个土豆的故事啊，若再给他点时间，他一定要讲到普鲁士王国那位引进土豆的腓特烈大帝了……可是，十分钟不算多，大厨的好技术再加好口才，就是征服了评委，五位美食记者面前的那盘小黑牛排配小土豆，被品味一空。

看到这样的场景，托马斯表情复杂。我知道他在祈祷"美食文化课"快快结束。

中国的豆腐终于出场了。

对豆腐这道菜，我们有过很多的设计，因为关于豆腐的菜品太多了，我们喜欢的并不一定是德国评委们喜欢的——最终，我们挑选了一道在德国人看来是最难以超越的技术菜：家常豆腐。因为在德国人看来，那么完整的一汪水嫩豆腐竟然可以用煎炸的方式呈现，外面是硬的，里面是软的；外面是黄的，里面是白的；外面是用刀切开的，里面需要用勺子舀的……这样的技术功夫，他们总觉得是奇迹。

我们也好奇，德国人会怎么使用这道极少上他们餐桌的中国食材。水嫩豆腐对于很多德国厨师来说是极难下手的，一碰就碎，也许他们会做成汤羹，那会相对掩盖他们对于这个食材的掌控不足。

德国厨师做的水嫩豆腐端上来了。我定睛一看，几乎晕倒。

没有思维定势的创造者可能会是最成功的艺术家。德国大厨不会做豆腐这道菜，他索性就根本不做，直接把一小盘水嫩豆腐当画的底板，在洁白细腻的豆腐上面用不同的蘸汁、橄榄油、调料画了一幅栩栩如生的水果图！

请品尝吧，把豆腐像新鲜水果一样品尝吧。

我一下子明白了我们与对方大厨的区别——我们努力在拼技术，他们玩的却是艺术。

……

美食赛拉上了帷幕。

让我来对这场PK赛作个客观的评价吧：我们服输。

尽管我们的分数仅仅是略低于对方，但我觉得，差距是明显存在的。

在美食记者们用尽量满足双方情感的言语作着评价的时候，我也有我自己的品评词。

中国菜：视觉与味觉都不错，但是，缺少相应的关怀，有时候过多的菜肴是种浪费，不值得提倡。菜肴后面的文化故事显得比较平淡，没有什么记得住的典故或者让人难忘的诗文或者其他与文化共生的东西，感觉就是吃菜而已，没有吃文化的历史感、回味感、交融感。最后的大厨致辞，中方大大失分，德方的大厨简直就是钢琴家！是的，人家确实是从小学钢琴，所以气质优雅，被请出来向大家致辞时，风度翩翩，说：美食与音乐是相通的，我们做菜时有种节奏，这种节奏让我感觉我的烹饪是艺术、是愉悦、是享受、是最美的生活。但是，中方的大厨，腼腆害羞，没有经历过这样的场面，搓着双手，脸颊通红，无从表达，就说，我的菜，烧得不好，请大家指教。是的，中国大厨很朴实，但是缺乏必要的风度，缺少一些人文素养。

一心维护着晚晴情感以及心愿的托马斯，面对这样的结果，显然有些失望。他总觉得，中国菜最好吃——那是因为他心爱的晚晴是中国人。

所以，美食总是与情感息息相关的。

其实，功利一点说，应该有方法让我们的厨师精心制作出来的美食有更多的色彩：比如事先教会他们讲述一道菜的故事——这是我奶奶教我的，在我们的家乡都是这样。用这样的方法，才烧出了亲情的味道……

这是一种功利和实用的"人文关怀"，很容易打动人心。我那时不知道，数年以后，就在中国的大地上，火了一部叫做《舌尖上的中国》的人文美食片子，用的就是类似的概念。但是，以往是难民出身的中国大厨，不像德国厨师，他没有闲情去让自己变得多才多艺，他只有技术。而这技术，最初是为了生存，所以用这样的技术做出来的菜肴，很难有小资们所期望的文化味来作为生活中的艺术享受。

我们的失分，失在至少一代以上的优越生活和教育背景的欠缺上，也失在欠缺那种生活情调和情感的赋予上。

优雅的品质，是要从小培养的。

才艺和美的教育，是要花钱投资的。

托马斯把整个过程录了像。

晚晴冷静地看完了全过程。

输得无话可说，说过的话就要践行。人家确实做得更到位，也确实投入了更大的热情，制造了更多的美感，一切细节都那么到位。人家的情感表达，是建立在基于以往的富裕生活和优质的教育之上。

晚晴去花店，订了一大束昂贵精致的鲜花，又亲笔在一张卡片上写上祝贺词，让人送给史提芬博士。

053

一夜之间，徐子涵老妈成名人了！

上次，她带了太太团来买房，效果奇佳，还上了报纸。于是，国内的太太们，一个传两个，熟人拉熟人，很快就成了风尚，又要委托她在德国买房——这次买房更绝，太太们索性连人都不来了，就请徐子涵老妈在那个高档小区里找最贵的楼盘下单子。

这事情徐子涵老妈爱做——她喜欢那种VIP客户被殷勤接待的尊贵感觉。就是嘛，她是带着大笔的资金来投入的，她这样的人，不是恩主，那是什么呀？

可是这次，她前往小区最昂贵的那个楼盘找到销售经理，心高气傲地坐在沙发上，然后伸出两个巴掌，意思是她要预定下10套公寓。她被拒绝了。

"尊敬的女士，很抱歉我不能卖给您这么多房子。"

"为什么？你们卖房还限购？都是限量版的？"徐子涵老妈奇怪。

"您刚才说，您是帮朋友买房，而朋友都在中国？"四十来岁、金发西装的德国销售经理反问她。

"是啊。"

"也就是说，这十人都是中国人？"

"对啊。"

"那么，根据公司的最新规定，我确实不能卖给您。"

"这是为什么？歧视外国人啊？"徐子涵老妈火了。

"是这样，这位女士，请听我解释——因为我们的这个楼盘是非常出色的，品牌优质，口碑很好，我们要为客人承诺我们最好的服务。其中的一条服务是，我们这个楼盘会考虑邻里之间的融合度，这个数据是德国的专家学者通过非常多的研究和实践得出的。若整个楼盘里来自某个国家或者地区的人过于集中，就会影响社区里的融合度，我们原本计划营造的那种环境就会被打破。所以，我们在销售的时候，会充分考虑到这个社区的融合度，对于客人来自哪个国家的比例都有限定。所以，很抱歉，我无法给您预售房子，这数字超出了我们公司规定的比例。"

"说到底，还是不卖房给外国人？"徐子涵老妈第一次碰到这样的事情。

"不是不卖给外国人，而是我们对于客户的选择是有比例的，我们的楼盘已经有一些中国客户了，若我们不加以限制，中国客户很可能会超过德国客户，那么这样的社区文化氛围就完全不是我们所希望的了……"

这让徐子涵老妈很没面子，别说享受尊贵客人的待遇，竟然还成了被拒绝的客户！这怎么能让她容忍得下？

"我觉得实在不能理解，你们卖房，你们的广告到处都是，报纸、电视、杂志上都有，我也打了电话了，你们的接待说还有空房子，可是我远道跑来，你们却说不卖了，这不是欺负我们中国人吗？"

"这位女士，我们绝没有您所说的欺负外国人的意愿，我们确实非常看重我们的作品的优秀品质，为了不降低我们的品质，我只能拒绝您！"

"我要找律师，告你们歧视外国人！"

"这位女士，我非常难过您会有这样的想法，这确实不是我们的本意，可若您真的有这方面的不满，那我很抱歉！"

销售经理说着，起身送客。

徐子涵老妈气急败坏。

这是什么意思？不行，她不能这样被拒绝！她找出上次图片报记者留给她的一张名片，打电话给对方，把她的一肚子愤怒全部投诉给图片报。

"记者先生，你说说看，都是花钱买房，凭什么我不能享受同等待遇？这算不算歧视？"徐子涵老妈语气铿锵。

记者拿着个录音机，耐心地听着这位中国富太的长篇抱怨。

就在徐子涵老妈诉说买房不公待遇的时候，徐子涵在学校里也被他的一群同学围着。

原因是当天的法兰克福日报报了一个新闻：警察在一个中国人的家里发现了两千罐婴儿奶粉。

没错，是两千罐！据那个华人交代，这些奶粉都是他在超市里买的，要寄到中国去。因为奶粉是去超市买的，除了买空了附近各大超市的货，他也没做出格之事，警方也拿不出合适的方案来制止。

"嘿，徐子涵，看看，我说为什么牛奶老涨价，原来你们都买走了哈！"徐子涵的同学挥着报纸，向他调侃。

徐子涵扫了一眼报纸，淡淡地说："这是好事啊，说明德国的奶粉质量好，中国人抢着买。"

"你们中国难道没有奶粉吗？"

"有啊，不过人家就是多买了奶粉，又不是偷的。这说明德国奶粉有竞争力啊，你作为德国人不是应该高兴吗？"

"可是对我们消费者没好处啊。"

"你们德国的生产厂家可是高兴死了，说到底还不是德国人在挣中国人的钱？他挣钱了，又纳税了，你们德国政府不就有钱了？政府有钱了，养老金就有了，小孩钱也有了，失业金也能发了。看看，你们明明挣钱，还埋怨我们花钱，你啥意思啊？"徐子涵没好气。

徐子涵的同学挠挠头，没话说。

而在两天后，图片报头版，出现了个巨大的标题：《中国有钱人来了，我们德国人该怎么办？》。

整整一版，都在探讨这个问题：

德国超市货架上的奶粉被中国人买空了；

好房子被中国人定走了；

中国游客的人均消费金额已经成为国际游客里的最大；

机场的名酒被中国人刷卡刷光了；

现在，中国人又盯着德国的酒庄、工厂、酒店，虎视眈眈。

面对中国人日益旺盛的购买力，德国人该怎么应付？

文章配着徐子涵老妈的大版照片。徐子涵老妈身穿香奈儿，手指上和颈脖上是卡地亚钻饰，手拎LV限量版包包。

晚晴觉得竞争购买餐馆是没戏了。虽说这打赌没有法律凭据，但是契约就是契约，承诺就是承诺，那就祝贺自己的对手吧。那个博士酒商，肯定会是精心经营"歌剧院庭院"的人。冲着这一点，她应该高兴。

就在晚晴心里有些失落之时，她惊讶地发现，托马斯与自己老爸搭上了线。

最初觉得情况有所不同的是——老爸学了一句口头禅："我除了少条腿，其他与你们没啥不一样！"

晚晴和我总觉得这话在哪里听说过，最后想起来，是托马斯陪小福踢球时对小福说的——"你除了年龄小点，其他与我没啥不一样！"

有一次，老爸带着托马斯去美食城吃饭，我们有点惊奇——这是托马斯第一次被邀请一道吃饭。看着我们的表情，老爸淡淡地说："路上偶遇，就招呼着一道吃饭。没啥，就是吃个便饭。"

后来，老爸和托马斯的"偶遇"越来越多。

再后来，老爸似乎不经意地说，他现在身体越来越好，手部力量也很不错，完全可以代替腿做一些事情了。

最初听老爸这么说没当回事，就当是励志话。但是有一天，老爸的保时捷不见了，我们打电话问建国是不是又陪老爸兜风去了，建国惊讶地说他在城里闲逛呢。我们给老爸打电话，老爸支支吾吾地说托马斯在陪他兜风。可是老爸在电话里的声音很可疑，根本不是在高速路上的感觉！

后来想起我们曾给车子加过一个定位装置，赶紧通过定位搜索车子的位置。这一搜，发现车子竟然在一个特殊的汽车修理厂里。电话打过去一问，对方说正应车主的要求在改装特殊装置。这时我们猛然发现这事大了。

原来，托马斯见老头子虽挂个拐杖或坐个轮椅，却总喜欢绕着保时捷左看右看，就去找保险公司与康复机构详细打听，如何可以让肢体残缺者在特殊装备以及特别训练之后，继续能够享受开车的乐趣。果真有个康复工作室在看完老爸的病例后，表示可以提供服务。他们可以训练残肢者进行有效的肢体锻炼，让身体与特殊加载器械良好配合。这个过程比较艰苦，因为老爸丧失了右腿，刹车和油门的控制只能用右手，而老爸的右手也因为车祸留下轻微的后遗症，掌控一些器械不是那么灵活。这些不足，都必须要通过大量的训练来克服。德国人在技术上很人性化，但在规则遵守上又非常死板，老爸若达不到残疾人驾校的要求，他们不会发驾驶证。

我要写论文，晚晴要专心做餐馆，建国不懂德语，老妈不能开车，托马斯那段时间就成了老爸的司机兼康复老师。他一有空就去陪老爸作各种训练，尤其是训练右手的掌控力和灵活度。

这事，老爸瞒着大家——他知道我们会以安全为理由，千方百计阻止他去申请残疾人驾照。但是，开车是他的最大爱好啊。而托马斯，可能是德国人热爱运动和乐意使然，让身体去挑战自身极限，总在旁煽风点火不断鼓动，把我老爸弄得斗志昂扬激情满怀。

其实，老爸的秘密，我们早就应该知道了。

有一天，老爸做康复运动做得有点过了，他的手腕酸痛红肿，一端饭碗就龇牙咧嘴。再三盘问之下，我们才知道，只要托马斯在，他们就一道作康复训练，托马斯不在，他就一个人练。这次就是一个人练，没掌握好平衡，从器械上摔了下来。

当时我们还当是一般的锻炼，没往开车训练上去想。

现在回想起来，原来真是好大一个"圈"啊！甚至到了最后一刻，我们还被老爸瞒着。

窗户纸被捅破的这一时刻，我们面面相觑。

建国很生气托马斯越俎代庖，说这事哪能让他来劝说老爸，鼓动一个肢残者开车甚至飙车多么危险啊！老爸要飙车，他带着去就是了。但老爸立马打压了建国，并坚定地说托马斯在这事上是唯一理解他的人。

啊！我们都成了老爸的对立面啦？只有托马斯与老爸是同一战线？

老爸像个倔强的孩子一样，一点不听我们的规劝，甚至痛斥我们是在"剥夺他的最后爱好"。

在美食城的餐桌上，我们为老爸要改装车子自己重新学习开车的事情吵个不休，托马斯照例欢天喜地地看拉面师傅拉面，像个大孩子一样，然后他给大家逐一端来了拉面。他喜欢这种中国式的服务，小菜酱碟什么的，总是自告奋勇去取。他每端一次，我们在餐桌上的表情就变化一次，一会儿恼火，一会儿熄火。当端到最后一碗时，他问："现在，我是你们大家庭中的一员了吗？"

餐桌上，各人表情不一，情形有点怪异。

最终，老爸和托马斯赢了。

第二天，老爸的保时捷装上了刹车油门的延伸加载装置。我们眼看着老爸在我们的眼皮底下完成了一个壮举。

当最后一次康复课程结束、老爸终于可以得到残疾人驾驶本时，托马斯在柏林无法赶回，我们全家陪着老爸去见证那个感人的时刻。

康复工作室里所有的人都在为老爸的成功而鼓掌。为老爸指导训练的康复师说，老爸是他见过的最勤奋、最乐观的肢残者。第一次训练，因为害怕训练师说他不行，他硬是撑着，右手把那张皮革的座椅撑出了一个深深的坑。还有，他也是最被家人理解和鼓励的残障者。"除了少条腿，其他没什么不一样！"这句话，几乎像口头禅一样，不是从他就是从一位家人陪伴者的嘴里迸出来，默契之极。

我们无言地彼此相视，老爸和托马斯竟然早就成了同一战壕里的队友。

老爸手握车本，热泪盈眶，像孩子一样欢呼。我们真的没有想到，老爸重新获得车本的那种快乐，真是无法用语言形容。

小福也跟在爷爷后面欢呼。我问小福："看爷爷快乐的样子，像什么呀？"

小福立即回答："就像一场很难很难的足球赛获得了胜利后捧起了奖杯一样！"

孩子的语言最实在。我的老爸，重获一个车本，真的就像人生再次夺冠一般！

整整一个星期，一个有钱的中国女人搅动了整个德国的神经。德国发行量最大的图片报制造了一个大话题——一个关于中国的大话题——引发了一场大辩论，报社为此也赚足了人气。

图片报派出记者团，四处在街头采访："中国人来了，德国人怎么办？"

"好事情啊，牛奶工厂要增加生产线了，多了就业机会了。"

"提价吧。"

"限购呗。"

"这个应该不影响德国的根本大计吧，我们德国人需要担心吗？"

"我们不欢迎有钱的外国人，但我们欢迎有素质有学问的外国人。"

"我们不封锁，相反，我们要开放。"

"很简单，更多地生产，然后卖出去。"

……

那一周，关于中国以及中国人的探讨达到了高潮。除了中国人让人目瞪口呆的购物需求外，其他诸如中国人的行为方式、生活细节、民族性格等等，都成为热烈探讨的话题，并被社会学专家细细解读。中国人，成了扫荡德国全民的一个热词。

徐子涵老妈上了报纸，成为中国有钱人的代表，她觉得是为中国争了脸，很是自豪——很快有其他房地产商找到她，希望她带更多的中国有钱人来买房。东方不亮西方亮，法兰克福不只有一家地产商，其他的房产公司多的是。

再接着，嗅觉敏锐的德国杂志也刊出了专题：我是中国土豪。

杂志解释道：TuHao，中国专用词，意思是非常非常有钱的人，类似"新贵"，他们不眨眼地买豪宅、买名牌、买游艇等奢侈品，他们热衷外界的包装，对于豪华以及昂贵的东西非常感兴趣，对于自身修养的提高以及美学的培养却似乎兴趣不大。

但是，那又怎样，人家土豪能买下常人不敢问价的好东西，这就让人刮目相看了。

一时间，"中国土豪"成了风靡德国的娱乐词。自己成不了TuHao，但是看看TuHao的生活方式也是蛮有娱乐感的。

徐子涵看到自家老妈的大幅照片成了TuHao的代名词，暗自叫苦。他明白，那是被娱乐的一个词。

没办法，自家老妈，她的事儿就是这样一出比一出出彩，日子过得绝对精彩，而且精彩得让自己也跟着沾光——因为老妈的高调上镜而被四处人肉。

他在大学里本来就火，"中国王子"，"花花公子"，"美女团团长"，这下知名度更高了。在原来的金光闪闪的名号之外，徐子涵又有了

新名字：TuHao Xu

晚晴从一个财务朋友那里得知：史提芬的贷款有麻烦，好像他的酒庄处在一个什么项目的抵押当中，如不提供更有效果的担保证明，银行一时半会儿将无法提供贷款。史提芬已经在向餐馆拍卖小组提出申请，延长其筹集资金的时间。

机会来了！

若赶在史提芬申请到贷款之前，晚晴先筹集好二百六十万欧元的购买款，然后找到那位因经营惨淡而急用现金的老板，那么，事情是不是就搞定了？

第一，此事做得有点不够光明正大。但是建国理直气壮：我们是正常竞争，他不过是舆论上占据优势，他拿不出钱来又有啥办法？！做生意不是谈友谊，金钱为王，实力才是硬道理！

第二，晚晴自己是否有实力呢？新中华美食城固然顾客盈门，河畔酒吧的生意不错，但若一下子能拿出那么多钱的话，税务部门怕要盯上晚晴了。晚晴让财务作个估算，餐馆在最快的时间内能拿出多少可用资金。计算结果，两个酒店最多可从账面上支走一百万。

二百六十万减去一百万，晚晴还有一百六十万的缺口。

卖上海的房子，来不及，因为都是期房，银行一进一出地折腾，没有三五个月别想转出钱来。

唯一的办法，就是在德国借现金。

晚晴向老爸说出了自己的打算。老爸沉默了好一会，然后说让他想一想。

三天后，老爸对晚晴说，以他的名义，向中餐行业老同行以及其他朋友们借款，看能借到多少来决定最后的动作。所谓做事在人，但是成事在天。

但晚晴说，成事不在天，是在每一个环节，要科学设计每一个环节。向亲友借钱，那是A计划，她不能一棵树上吊死，还要再制定一个B计划。

老爸摸摸晚晴的头，不说了。

大量现金借贷——跟托马斯说起这个计划，托马斯直摇头，他觉得这是天方夜谭。按照德国人的估计，这事根本没戏。德国人只会向银行借贷，连亲人之间都很少借钱，何况是这么巨大的一笔数字？

让托马斯震惊不已的，这样一件从来没有发生过的事情，却真实发生了，发生在法兰克福，发生在中国人之间。这样的方式，也许只有中国人会用。

老爸向中餐行业的同行以及朋友们写了一封信，详细介绍了女儿晚晴想购买德国百年老店的计划，并告诉了自己的困难。信不长，甚至没有担保以及担保人的承诺——美食城和酒吧要给银行作担保用于后期装修贷款，所以不靠谱的承诺就免了。但告诉了朋友们一点：自己和女儿一辈子的信条是先做人后做事。

两天后，先是长江连锁的老叶来了，带了一个环保口袋，里面是报纸包着的十万欧元。老叶是老爸二十年的好友，前面十多年也是坎坷重重，但现在他在德国有五家"长江"字号的大型餐馆。老叶拍着老爸的肩膀说："好项目总是被你看上，你的眼光那么超前，这样做不好的，大家要羡慕嫉妒恨啊！"

然后，一加一连锁超市的老余，也说来法兰克福找老爸喝酒，喝完酒留下了一个大信封，厚厚一叠都是五百欧元的紫色大钞。

福建商会的黄总，在要回国去法兰克福机场之前，来个电话给老爸说见个面，争分夺秒赶在上飞机之前把一个包给了老爸。黄总说："这段时间忙，等百年老店新开张，大家一醉方休。"

比我只大两岁的青会会长老郑，同样是七零后但餐馆已经开了三家的董帅哥，他俩自称"晚辈"而来看望我父亲，喝了茶后留下两个时髦的名牌皮袋，里面的东西不言而喻。

再后来，支票、转账账号、现金……两周之内，老爸用他的人脉以及以往做人的用心，凑足了前期的费用。所谓借钱，这就是借钱。所谓中国方式，这就是中国方式。

托马斯目瞪口呆，不可思议。这是他经历过的最与众不同的借钱案例。

我和晚晴还有建国，则是百感交集。

我们不知道，当年老爸的餐馆在顺利发展的时候，也以同样的方式抱团温暖了同行们。这是父辈们的传统。

老爸对晚晴说："世界上的很多事情，都不是设计的，是用心做出来的。我们不像德国人，有每周末去教堂拜上帝的习惯，但是我们心中也有上帝，那是做人的仁义。"

百年餐馆的转让急转直下。就在史提芬还在苦苦等待银行方面的消息时，占有百分之五十一股份的老板已经同意与晚晴签订转让合同。

为收购百年老店作了那么多铺垫的史提芬没有机会了。生意场就是这样。

054

"砰！"一个花炮在"歌剧院庭院"面前炸开，烟火四射，几个路人惊慌避开。而建国，却带着几个伙伴哈哈大笑。

为了庆贺晚晴成功拿下百年老餐馆，老爸宴请了朋友，在新中华美食城里开了五桌。晚晴身着漂亮的旗袍，和建国一起，陪着轮椅上的父亲，向每一桌帮助过自己的前辈殷勤敬酒。

收购百年老店，影响重大，除了朋友同仁，连使馆也派出了领事到现场祝贺。

嘉宾们自然少不了恭喜与祝贺。老叶说晚晴是中国餐饮界收购德国百年老店的第一人，是中餐界的骄傲。现在的中国第二代后来居上，战线已不单单是中餐馆，而且要突破防守，攻占人家的心脏地盘。

老黄说，收购老店是第一步，但从这一步上看到了前景和趋势，看现在中国能干企业家以及年轻人们的雄心，下面还会有工厂或者公司收购、酒店大楼收购、葡萄酒庄园收购、大型商场收购……全世界已经挡不住中国人变得越来越有钱。

领事说话含蓄："以往，在德国的宴会上，若有领导出席，德方领导通常只是向全场共同敬酒，而没有走到每一桌宾客旁分别敬酒的习惯。但是这是中国的传统，中国的领导或者主人或者长辈，在宴请之时必定会每一桌一一敬酒，表达感谢的诚意。现在，德国人也开始学习这个礼节，他们觉得这是一个很好的礼仪。事实上，这样的礼节，就是从中餐馆开始传播，现在已经传到了德国的各种高级宴会上。所以，文化是互相传播的，同时是在生活中每个细节里体现出来的。现在在德国百年老店里出现中国丽人，这不仅是中餐界的巨大突破，更是中西文化的融合。这是共赢，不是攻占，这是传承文化，不单是纯粹挣钱。"

大家一阵鼓掌，又是一轮举杯祝贺。

建国在餐桌上与不同的朋友们干杯，喜气洋洋，志得意满。

在亲友桌上，晚晴向托马斯敬酒，两人会心一笑。托马斯对晚晴说："这个百年老店确实是个文化珍宝，据说史提芬在得知收购失败后，在市长那里哭了。晚晴，祝贺你得到这个珍宝，但是也要请好好保护这个珍宝。"

晚晴点头，与托马斯碰杯说："谢谢你，托马斯！"

我也和晚晴碰杯。事业让晚晴越来越年轻和美丽，我知道她会越来越绽放，属于她的黄金时期已经到来，我希望我的妹妹晚晴除了心想事成外，还能够获得幸福。晚晴搂过我的肩膀："谢谢你，哥！"

建国一高兴，酒有点喝多了，与每一桌都敬了酒后，在一批年轻朋友鼓动下，带上新年时没放完的几个花炮，前往歌剧院庭院。开心所致，他们在餐馆前的空地上燃放花炮，以示庆贺。

一名老者正默默地坐在歌剧院庭院一旁的酒吧里喝酒，神情寥落。他就是史提芬。

史提芬外套口袋里的手机在响。本来不想接，但是铃声固执地响。

史提芬看了看号码，是徐子涵。

"史提芬，你好吗？"

"还行。"

"你在哪里呢？"

"我一人在喝喝酒。"

"要不要我陪你？"

"不用了，谢谢你的好意。"

"我今天给酒庄打电话，助理说你心情不好，项目没拿下。你想喝酒，我可以陪你喝。"

"今天真不用了，这儿也不是喝酒的好地方，过几天你来酒庄，陪我喝两杯吧。"

"好好好。随叫随到。"

徐子涵放下电话，想了想，他还是走向他的保时捷，发动。

保时捷很快开到了歌剧院。

此时，建国正手拎啤酒，边喝酒边燃放花炮。可能是花炮声惊扰了来往的游客，有人上前劝诫，说燃放花炮扰民。但建国趁着醉意，不在意地哈哈笑着："你管得着吗？这是我家的餐馆，我在自家的地盘上放花炮呢。"

路人摇头。

徐子涵缓慢地开着车，眼睛四处张望。

一个花炮窜出歌剧院庭院的露天啤酒咖啡区，钻到大街上，就在徐子涵的保时捷轮胎旁边炸了。

"喂，兄弟，平常时间是不燃放花炮的，你不懂德国的规则吗？"徐子涵冲那人喊。

"就剩下两盒炮了，我们放完就走。"有人说，态度还算温和。

"干吗？这是我家刚买的餐馆，我在自家餐馆前放花炮，你也要管吗？"另一人却态度蛮横。

"你说什么呢？不仅扰民还这么没素质，炫什么炫，有啥了不起啊？信不信我报警？"徐子涵强压怒气。

"报啊报啊，开个保时捷，就了不起吗？我家又不是没有保时捷！有本事你下来，我们拉一架！"建国喝了酒，已有醉意，其实没恶意，只是见有人扫兴，就嘴巴上要抢回来一些。

"怕你不是我的对手吧。"徐子涵掏出手机，要报警。

徐子涵的言语和报警惹恼了建国，在酒精壮胆下，他上前一把抢夺了徐子涵的手机。这下，徐子涵彻底被激怒，他下了车，八年的跆拳道训练终于找到了实战机会。建国虽然强壮，却是个江湖上的小混混，只有蛮力，毫无招式，更无训练，还喝了酒，脑子糊涂，两个回合，就被徐子涵击中了腰部，样子狼狈。

警车闪着蓝灯开近。原来建国在燃放花炮时就已经有人报了警。

徐子涵德语流畅，几句话就告诉了警察前因后果。警察点头，问目击者，目击者都证实了徐子涵的描述。

此刻的建国，因为酒精的作用上来，根本说不了话，就算他想说，德语也不好，说了更丢人。警察见他满嘴酒气，还想动手动脚，就轻轻抓住他的两只手臂往后一押，动作干净，他立马就动弹不得。他想大声喊叫，却已被警察按进了警车。

这一幕，都被在一旁酒吧里寥落孤单喝酒的史提芬看到了，他神情暗淡地摇摇头。

"我的歌剧院庭院，我的可怜的歌剧院庭院，落到这样的人手里，你该怎么办啊？"他手端一杯白酒自言自语，一饮而尽……

建国被警察带走，吓坏了同去的伙伴，赶紧给晚晴和我爸打电话。

晚晴紧张，先还以为建国被人欺负了，想赶去警察局保人。我爸冷静，知道原委后，竟说："让那小子去吃点苦也好。蹲个二十四小时吧，别去理他，看他以后还得瑟不。"

我这老爸，有时也够狠的。

老爸继续与宾客谈笑风生，美食城里，一片祥和。

而此时，在灯火通明的美食城外，出现了一个似曾相识的身影。他几次张望，却不进入。

这人衣着有点邋遢，夹克衫明显是劣质货，牛仔裤好久没洗，皮鞋上也满是尘埃。他的神情一点不自然，像是在偷窥，相比于大街上其他气定神闲的散步者，真有点獐头鼠目的样。

他就是金哥。

055

徐子涵陪着史提芬喝酒解愁。

史提芬已经有点喝多了。

"你知道我最伤心的时候吗？"

"餐馆没竞争成功的那一天？"

"一个粗鲁的男人，中国男人，他打比赛，美食PK赛，比不过我，但是他有钱，抢走了我的小甜心。"他说。

"唉，别伤心啊，博士，我们往前看，以后还有机会的。"徐子涵安慰他。

"我真没想到，你们中国人这么有钱，而且不地道，不按规矩出牌……"

"嗯，我应该提醒你一下，中国人很喜欢一次性付钱的。"

"但那是二百六十万欧元啊，他们真的就是一次转账。"

"你若需要，我可以借你五百万欧元。"徐子涵不介意地说。

史提芬看着他，说："我肯定喝醉了，耳朵也有问题。"

"好吧好吧，不是我有钱，是我爹有钱。他是中国的一个有钱人而已。"徐子涵低调解释。

史提芬摇头："我以为自己是贵族，原来我身边就是一位中国王子啊。"

"你说来说去，究竟对手是谁啊？"

"是一家叫做中华美食城的餐馆老板……我担心，那可爱迷人的歌剧院庭院会被那粗鲁不堪的年轻人糟蹋了。"

徐子涵闭眼回想，那个美食城的名字，好像听黎阳说起过。

徐子涵说："我们什么时候去见识一下那个美食城？"

史提芬摇头。

"看你，都没面对对手的勇气。"

"若是那个年轻漂亮的女人，我也认了，我在做完美食PK赛后还收到她送来的祝贺鲜花。她很漂亮，很有修养，让人尊重……"

"看来，史提芬博士也喜欢美女。"

"但是，另外一个老板，实在不敢恭维，粗鲁、放肆、自负，毫无礼貌，我实在没法想象，歌剧院庭院到了他手里，会变成什么样子。"

史提芬真的伤心，徐子涵搂着他，像搂着老爸一样，

"你别想了嘛。"

"难受……那么可爱的一家餐馆，那么有文化品味，可是，他们懂吗？他们明明不懂，为什么要来抢呢？"

"喂，博士，这可不是抢，是竞争。你们当年才是抢！"徐子涵不服气了。

"我们当年……对对，是抢了，向你说声抱歉，可是我们好歹都保留了，那么多，在博物馆里……"

"不提历史旧账啦，提了你们也不会还给我们……不怕，博士，你真喜欢，大不了再加一倍钱，我去把那餐馆买下来，等你七十岁生日，送给你！"

史提芬再次惊倒："我知道你是开玩笑，但是你们中国人的思维，真让我无法理解……"

"不是开玩笑，你是我的好朋友，若做件事能让你开心，我也会开心啦……"

但是，喝醉了的史提芬，已经趴下脑袋，在呼呼睡觉了。

徐子涵帮他用纸巾擦去眼角的泪水。

老人史提芬丢了他的小甜心，哭了；自己也丢过一个小甜心，当年也曾这么伤心地哭过。所以，徐子涵很理解。

老爸拿到肢残人特别车本后，托马斯便时不时陪他飙车。老爸主驾，托马斯坐副驾位上。我母亲有些担心，但见老爸一身皮装，保时捷代替轮椅，日子好像回到了原先神采飞扬的时候，自然也不好再说什么。老爸还说等练好以后要继续带老妈去莱茵河畔兜风。我想着一幅场景：一辆保时捷停下，然后从左车门右车门各下来一个腿脚不方便的残疾人，两人嘻哈笑着拍照散步，那是多么快活的场景啊！

建国上次被警察署扣留了二十四小时，之后他的行为终于消停一些了。他说以后再不犯这样的错，但是我这混混小弟，谁知道呢？再犯错，就再教育再修理呗。

我继续写论文。我做事慢，写论文更慢。不过，只要事情在进展中，就行。

歌剧院庭院的贷款在顺利进行中。晚晴找了设计师，准备作一次彻底的翻修，装修后就可以重新开张。她经手做事，我们都放心。

在这段貌似平静的时间里，突然出了一件事：小福不见了。

小福刚刚过完七周岁的生日。他的生日那天，我和晚晴邀请了他班里的很多小朋友一起去动物园参加了他的生日聚会。我们背了两大袋玩具和零食，在园子里的露天木头桌子上铺开。孩子们看了动物后，就围着桌子，又吃又喝很开心。但我总隐隐感觉，远处有双眼睛在张望。

两天后，小福就在从学校回来的路上，在建国的眼皮底下，消失了。

"建国，你给我说清楚，究竟怎么回事？人怎么会无缘无故没的？"我双目圆睁，冲弟弟咆哮。

建国本来就愧疚，见我发狂，更是吓得不轻。他结巴着努力把话说明白——

这事太诡异了。在从学校回家的路上，有个沙池小游乐场，对面是咖啡店糕饼坊，小福在沙池里玩了玩，然后要了两欧元自己去糕饼店买小蛋糕吃，小福进去就再没有出来。

几分钟后，建国冲进糕饼店找小福，服务人员说，有个自称孩子爸爸的男人，带着小男孩去庭院里玩了一会儿，他们就没再注意。庭院里有个小门通向居民区的另外一条小街，这条小街只有经常来这里喝咖啡的常客才知道。但是，那个自称小福爸爸的男人，以前并不常出现在这里。

建国对着我们，语无伦次说着这一切。

小福就是这样走失的。

我听得全身出冷汗，因为无力，手中的笔记本电脑都滑掉在地上，人几乎昏过去。我那混蛋小弟，平时显得那么有能耐有出息，可是连个小孩都带不好……建国自己也是一脸懊悔，不停责怪自己没有跟着小福进糕饼店。

全家人当即都惊慌失措赶去糕饼店。

糕饼店里唯一的目击者，一个经验明显欠缺的姑娘，看着这架势也慌了。还是老爸冷静，请她平静，然后尽量详细地叙述那几分钟的事情。

姑娘说，那人自称是孩子爸爸，那孩子爸爸手里有个玩具。

我说："我才是孩子爸爸！"

晚晴示意我安静。那姑娘努力回忆，说那男人手里有张照片，给孩子看了照片后，孩子就很听话，很安静，对那男人也很信任。然后，接下来，她就没再注意，他们何时离开、怎么离开，她都没有看到。几分钟后，一个神情焦灼的年轻男人进来嚷嚷，问一个小孩子在哪里。

我们百思不得其解那个自称孩子父亲的男人是谁。建国建议立即报警，全城寻找小福。

这时，晚晴突然小声说："是不是金哥？"

金哥，七年前入狱，因为制假售假同时伪造账目偷税漏税，被监禁五年。

金哥是小福的父亲，金哥手中有他和晚晴的照片。

一阵寒意漫过我的全身：他要干什么？

晚晴说："我们去餐馆等他吧，他肯定会来找我的。"

晚晴猜测得没错，确实是金哥。

金哥在被判正式入监后，晚晴在我的陪伴下去探过监，但是他不想见，甚至退掉了晚晴带给他的生活用品。几次被拒后，眼见晚晴肚子越来越大，我们就再没有去离法兰克福三个小时的监狱看他。

后来，晚晴和我的日子过得并不顺，对于前夫金哥的记忆在压力越来越大的生活中也变得淡漠下来。

但就算是最贫穷的日子里，晚晴也从来没想过要变卖金哥送给她的钻石戒指。一来那是订婚戒指，婚若不再，戒指自然要还人；二来，晚晴也有隐隐的担心，万一金哥出狱以后日子不顺，这戒指变卖掉的话还能抵挡一阵子。晚晴太知道支出总是大于收入的那种困境生活的痛苦。

最近一次晚晴提到金哥，就是在小福七岁生日的时候，那天她喃喃地说了一句："不知金哥现在在哪呢？"

我们耐心等待着。晚晴找出了当年的戒指，装在盒子里，基本是新的一样。硕大的戒面闪着亮光。

在小福不见的当天晚上，金哥果然出现在了餐馆里。

我们见面很平静。

我只问了一句："小福都好的吧？在哪里？"

金哥说："都好的，有人看着，都妥的。"

我放心了。其他的对我都不重要。

我们找了个安静的房间，晚晴泡了一壶好茶，我们坐了下来。

晚晴先把小盒子还给金哥："本来离婚时就该给你的，但你没见我，我就一直替你保留着。"

金哥打开一看，神情有点惊异："你没卖掉它？"

"要卖也是你卖。它是你的。"

金哥没说话。他接过了盒子。

"出来后，你一直没来找我。"晚晴说。

"那时是没脸见你。因为看你也不好。"金哥说话很诚实，"我想先自己做，等着东山再起，再来找你。但是这两年多，我混得很不好。倒是看着你，越来越有起色。"

晚晴看着他，问："现在我能帮你一些什么吗？"

金哥摇头，然后突然一下子跪倒在我们面前："请把小福给我吧，我什么都没有了，我想带着小福回中国去……"

这话大大出于我的意料，我下意识立马大喊："这不可能！小福是我的孩子……"

金哥立即对我说："我才是小福的亲生父亲，你算什么？"

我大喊："你别做梦，你带不走孩子，不然我报警，你知道后果……"

金哥冷冷回答："你是威胁我吗？我还真从来不怕威胁，大不了我抱着他一起跳美因河！"

我一拍桌子站起来："你敢？"

金哥也露出无赖的样子："我的命贱，小福的命可不贱，我就是要带走小福！我快五十了，啥都没有，就这儿子。我的老爸一直想看孙子，他快要死了。若他看不到孙子，你说，我还能怎么办？"

……

平静的情绪突然之间变得暴戾。这场景，大大出乎晚晴的意料。好像是设计过的一样，原本明明可以往心平气和的方向走，却硬是走了一条电光石火的路。

　　获得经济信息硕士学位的朱丹，作为高级白领在法兰克福的一家著名金融机构工作已经有一段时间了。

　　这是法兰克福市中心最高的建筑之一，华丽，高耸入云，刚进入大厅，便会让人产生高端职场的感觉，让在此工作的人优越感明显挂于脸上。

　　工作在这种职场环境里的朱丹，每天都穿着考究合身的制服裙装，出入高档酒店和餐厅，带着迷人又职业的微笑，与客户谈合作，或者化着精致的妆容，身着优雅的礼服，出席各种宴会场。

　　当年的朱丹和托马斯，一个学经济一个是法律高材生，搭配可谓珠联璧合，曾经让很多华人父母羡慕，有女儿能如此优秀并且找到这样的夫婿，也算是爱情事业双丰收，第一代移民做不到的，第二代轻松完成了，从此跨入德国真正的中产阶层。

　　但朱丹是带着情伤从柏林返回的法兰克福，托马斯的离弃让她痛苦并心生恨意。生活还要继续，伤心之中的她竟然发现工作与事业是远比男人更靠谱的伙伴。

　　这份经常出入高档工作场所的职业深让她的父母满意。因为和我父亲一样，朱丹的父亲、我父亲的老朋友老朱，比任何人都强烈地想让孩子脱离中餐业。厨房、跑堂、油烟、小费……餐饮业充满着市民味，而高级白领，意味着另一个层次，另一种境界。甚至，高级白领的朋友圈，也与做餐饮的朋友圈完全不一样，这就是阶层。以后的夫婿，可能是同事上司或者高管，也将高大白净有修养，高端有钱上档次。

　　这一段时间里，老朱到哪里吃饭，口口声声都是我家朱丹要参加市政府什么活动，我家朱丹身旁的同事朋友怎么能干都有多少财富，我家朱丹在出国开会期间又见识了什么金融界名人……

为儿女自豪的心，每位家长都有。我这个读了多年的博士依旧没读出来，让我的父亲在一群儿女各自风光的家长中都没法接话。

这天，朱丹刚到办公室，Burberry的风衣还没来得及脱去，咖啡也没来得及冲，顶头上司米勒先生就让她去办公室商谈公事。朱丹赶紧对着小镜子梳理一下在路上被风吹乱的头发，脱去外套，就着超显身材的西装和短裙，去上司的办公室。

这是一个让朱丹惊喜交集的工作商谈：来自中国上海的天昊集团，要在法兰克福并购一幢十八层的星级酒店。这酒店曾是法兰克福的标志性建筑，属于德国一个家族企业，但是家族后继无人，所以要全股份出售。天昊看中这个酒店所在的地理位置，势在必得，并要改建装修成一家有中国特色的五星宾馆。天昊集团有意把并购的事务都交给公司，所以接下来的半年，朱丹要盯紧这个业务。因为对方是来自中国的大客户，上司希望朱丹作为中国移民的第二代，能与天昊集团的代表有良好的工作沟通。

"这段时间要辛苦你了，可能在近期会经常去中国出差。若此项目顺利完成，我可以很高兴地告诉你，你为公司作出了巨大贡献，你将在公司里有着大好的前途。"上司米勒先生，眨着灰蓝眼睛，对朱丹说。

朱丹心里欣喜异常——这是事业上的大好机会。但是她还是掩着怦怦跳动的心，极力保持面色平静地退出上司的办公室。

回到小办公间，她冲了一杯咖啡，慢慢喝，让熟悉的咖啡香味平复一下心情。

中国人并购德国大酒店，属于自己的职业美好时代，到来了。

但是，再欣喜，她也没有忘记一件事情。她走到洗手间，逐一检查洗手间单间里有没有同事，然后掏出手机，拨打一个号码。

"老金，你昨天晚上与他们谈得怎么样？他们提出让你开价了吗？"

"被感动了一下？感动什么呀，老金，你不要乱了情绪。"

朱丹边听手机边皱眉头："老金，你不该那么早就放那么狠的话……后面，你就悠着点，最上策，不是拿钱，是拿餐馆的股份，至少一半股份。"

朱丹点着头说："好的，先这样吧，下次我再打电话给你。你不用给我打电话。"

有人进洗手间了。朱丹平静地把手机关掉，放到口袋里，然后在水龙头前，放水洗手。

她也知道，她的心里住着一个"魔"，这个"魔"让她在深深的黑夜里哭泣。这"魔"给她带来恨意与嫉妒，也给她带来复仇的快感。而她，总平复不了，也驾驭不了，她只能按照魔的旨意，继续往前走。

056

因为金哥曾是自己的丈夫，因为金哥对餐馆有恩，而且现在金哥要这个孩子，要得几乎是血泪俱下，所以晚晴不赞同我们报案的建议。

我说："可以不报案，但要想我放弃小福的抚养和监护，没门。他要硬来，我可以奉陪。"

是的，小福是我生命中最重要的部分，我不会放弃。

托马斯坚决要求报案，因为这已经是挑战法律了。他认为，金哥提出的想法可笑之极。尽管他是亲生父亲，但是对于七岁的孩子来说，他是一个以前从未见过面的男人，把孩子的抚养权交给一个从没见过面从没生活在一起的人，这是不可思议的，这与恩情不恩情毫无关系。

"而且，你不觉得金哥的做法很可疑吗？他的几个时机点都抓得很准，好像作足了准备和跟踪。这样的人，背后估计有阴暗的动机，太可怕了。晚晴，我可以陪你去报案，我会帮你平安地带回小福。"

托马斯说金哥有阴暗动机，我觉得有点天方夜谭。金哥无非是一无所有，所以要抓住小福这棵救命稻草，去安慰一下远在国内的老父亲，说他还有血脉，让老人放心，中国人都是这样。只是，他用小孩子当救命草，实在太过分了。

晚晴心烦意乱："我不信他会伤害小福……我也愤怒他这样的做法，可是，他刚从监狱出来不久，我总不能亲手把他再次送进监狱吧……他对我，真的有恩……"

恩怨，爱恨，情仇，纠结在一起。

人生充满波折苦痛。意外灾难再次来袭。

在小福被金哥"温情绑架"而我们又束手无策的两天后，我们家又出事了——黎阳，晚晴的姐夫，一个前途大好的中资大企业的中层干部，对生活充满热情的年轻技术才子，在与晓晴一道前往瑞士度假滑雪时，不小心发生意外，在雪道上与一块岩石相撞，头部受到撞击。空中援助的直升飞机迅速把黎阳送往医院抢救，可惜他还是没有逃离死神的拥抱。

晓晴一听到这个消息，当即在医院里晕死过去。家里再次乱成一团。

晚晴经历过了多次人生风浪，尚能够冷静面对。晚晴很理解晓晴的悲伤，因为同样的经历她在十年前就深深体会过。那时无人帮她，只能自己挺过，现在她内心强大，让晓晴啥事都不要操心，她来代替姐姐事无巨细地安排后事。

晓晴虚弱到不能支撑，她虽是姐姐，却远比晚晴柔弱。当年晚晴的遭遇就让她几乎缓不过神来，觉得人生变幻无常，这次更为悲伤和无可预料的灾难发生在她身上，打击自然更为残酷。晓晴几乎到了崩溃的边缘。

这世上，有两种葬礼最无法让亲人接受：一是小孩子的夭折；二是年轻人突然的意外去世。因为他们的生命还是花蕾花苞，还没来得及绽放，而若绽放，那将是非常艳丽的人生，却如风中蜡烛一般熄灭，无人再能看到。也因为他们的亲人朋友没有心理准备，他们这样突然走向天堂之门——连个告别也没有，朋友的依恋、亲人的牵挂就像突然中止的音乐，说永别就永别，所有的人当然都不知所措。

三天之后的葬礼，是一个非常悲伤的场景。晓晴虽然作好了心理准备，可一看到黎阳的骨灰盒，立马泣不成声。晚晴仿佛也回到了多年前那个让自己几乎崩溃的时间。

"晓晴，一切都会好起来的。"晚晴安慰姐姐。

晓晴摇头："好不起来了，再也好不起来了，我多后悔，我竟然连个孩子也没给他留下，人生的最大遗憾……我好不起来了，再也没有快乐的理由了……"

晚晴劝慰："姐，你千万不要这样想。人生总有遗憾，黎阳也更愿意看到你快乐健康啊。你要好好的，黎阳才走得放心。"

泪水流干，晓晴无力地瘫伏在晚晴的肩膀上，再次晕倒。我和建国赶紧上前搀扶，与晚晴一道急送医院。

亲友、同事、邻居、伙伴，那天送别的人特别多。每人的嘴里都能说出好几个关于黎阳的故事——他是一个那么积极奋进，开朗阳光的小伙子。

徐子涵身着黑色西服，也沉默地出现在葬礼上。

"黎阳来自浙江的一个小城市，那里出博士，出人才。再往前，那里出状元，出学问人。那里有道名菜叫'博士菜'，就是最简单的梅干菜，十来岁的中学生若考上县城中学，在开学之初就会把一大玻璃罐梅干菜带到学校作为常年的辅菜。这道名菜如今已经带上了传奇的色彩，黎阳的中学时代，就是这样过来的。"黎阳的朋友说。

"黎阳曾经想在德国读博士，但是事业的发展让他停不下来。优秀的人才，无论读书还是工作，哪里都会发光。若作科研，他会成果累累。若当管理者，他会是勤奋并善解人意的总经理。"黎阳的室友说。

"黎阳是个幽默的男人，走到哪里都能给人欢乐，他是最有机的，是精神环境里郁郁葱葱的绿色大植物。他在，好心情就在，好阳光就在。"黎阳的邻居说。

"黎阳那么热爱他的工作，每次递出名片的时候，他总是以他的职业——高级工程师——为骄傲，他真心热爱他所在的公司，因公司的快速发展而自豪。每次看到公司的名字出现在德国大城市的广告牌上，他就会拍照发给朋友们，说：'怎么样，咱公司的名字，传遍欧洲大地啦！'我们真的为他的职业精神而深深感动，也很惭愧我们没有他做得那么热情，那么执着。"黎阳的同事说。

"黎阳是我的好哥们儿，他怎么能那么励志，好像总没有被困难所打倒过……其实，他的家境不好，他工作辛苦，也常有压力，可他总是那么正能量，那么快乐。我觉得他的人生非常出彩，他做到了极致，我为这位哥们骄傲……"黎阳的哥们儿说。

……

听着每个人的致词，徐子涵低头回忆着往昔。

此刻，好像回到了第一次见面，徐子涵才十五岁，用冷冷的眼神扫射着跟在自己母亲身后的"陪读老师"。

好像是第一次对话，徐子涵傲慢地对他说："你辅导不了我，你刚来德国，你自己也很快会觉得压力巨大。"

好像是俩人终于解除了敌对关系，开始开怀大笑。

好像是黎阳因为徐子涵偷偷喝酒，还企图死不承认，甚至自暴自弃的时候，他对着徐子涵生气地教训。

好像是在徐子涵的十八岁生日，黎阳祝贺，说从今开始，再也不用管教他了，十八岁，他自由了，可以抽烟，可以进酒吧，可以单独开车，可以签字，可以自由作自己的决定……当然，他也要为自己的决定负责任，再也没有监护人因为他的酒驾超速而陪他去上"交通事故教训班"，也没有人会为他轻率犯下的错误而格外照顾……

"哥们儿，我还是会怀念有个迂腐室友的这三年时光。"当时，徐子涵与黎阳碰杯。

在葬礼上，徐子涵抹去眼角的泪水，轻轻地说："好哥们儿，我会永远怀念你！"

忧伤的气息拂过，近百人集中在宁静的法兰克福墓场，追念着逝者。

晚晴穿着黑色西装，一人回到葬礼上。她要代替晓晴，看着装着骨灰的小盒子缓缓放入墓穴，然后帮助姐姐，把一束鲜艳的玫瑰放在墓碑前。

人群里，一个穿着黑色西装的年轻人，突然不合时宜地睁大眼睛，眼里放着光芒，嘴巴几乎是惊喜地张大着："晚晴！……"

对于徐子涵，再没有比这个发现更让他又懊恼又幸福的了。

少年时代开始的梦中情人一直在自己身旁——原来晚晴就是黎阳太太的妹妹，原来晚晴就是史提芬的竞争对手，原来晚晴就是那家经常被团友们电话叫餐的、有着好吃点心的美食城老板！

苦苦追寻，却是就在身旁。生活的戏剧性，莫过于此吧。

当葬礼结束，徐子涵走到晚晴的面前，伸出手："晚晴，我们又见面了，但这次，我不会再让你跑掉了！"

晚晴既不解又生气地看了徐子涵一眼，那眼神分明说："没看到这是什么场合？怎么肆无忌惮地说话？"

057

晚晴从葬礼回来，金哥已在餐馆里等她。连衣服都没来得及换，晚晴神情憔悴地与金哥谈判。

但谈判并不顺利。

晚晴要求金哥把小福送回来，而金哥就颠来倒去只是说：我什么都没有了，只有小福，我不能再放走小福。然后，他还逼着晚晴要小福的护照，说要带小福回中国给爷爷看看。

我终于忍无可忍，问金哥："你开个价吧！你要多少？是不是五十万？"

金哥的眼里闪过一道光，但很快用另外的神情替代了：建中，你这样说话，也太不尊重人了吧，我看重钱吗？我当初也是在这个餐馆里投了五十万欧元的，那时我可是一句话都没有！你现在就与我用钱来说话吗？我就是要小福！小福能用钱换吗？好，若要换，那就算是五倍十倍的五十万，小福也不止这个数，对吧？

金哥简直要把人给逼疯了。

托马斯从外面回来，抓过晚晴的一个胳膊："晚晴，你了解金哥的家庭吗？"

晚晴愣愣地看着他。

"你结婚时，见过他的父亲吗？见过他父亲的照片吗？"

晚晴摇摇头。

"我得到的信息是，金哥在移民局的档案里根本就没有父亲！他自己填写的信息，他父亲早在他十来岁的时候就去世了，这些信息在移民局的资料库里都能查到。你受骗了！他根本不是想要孩子……"

"那他是要什么？"

"他是要钱！他是想利用小福向你勒索！只是，他说不出口，他若那么直白地利用自己的儿子向前妻要钱，他就不是人了，所以他在想着办法让你们主动给他！"

"但是，建中今天让他开个价，他没开。"

托马斯冷笑："他没开，那是他想要拿到比五十万更多的钱，比如说，美食城的股份。"

我再不聪明，也一下子恍然明白。托马斯不愧是学法律的，他总是怀疑，怀疑起他人的阴暗动机来让人几乎要崩溃，觉得这世间没好人了，但是他又能通过取证证实他的怀疑，让人不得不信服。

经托马斯一点拨，脉络顿时清晰。

"我还怀疑，金哥不是一个人在操作，他后面可能有人。"

托马斯再次说出一句让我们不寒而栗的话来。

朱丹去了上海。

到浦东机场后，她直接就入住了上海的天昊五星酒店。这自然是天昊集团为她安排的。

按照工作安排，她明天就会见到天昊的老总，然后与公司的负责人会谈。所以，她今天必须休息好，明天好有个神采奕奕的形象。她一定要把公司的这单业务用最佳成绩完成，就像大学里的考试，只要她努力，她肯定是考得最好的那一个。

她换上洁白的睡袍，手捧一个精致铮亮的玻璃水杯，依靠在二十多层的阳台上，远望着大上海的天际线。

她喜欢高楼，喜欢在高楼的阳台上俯视，那种宽阔、辽远的景象，会让人感受之前的一路攀登都是那么值得。当然，她更喜欢的，是那种身处高端的优越感，这才是生活。若像楼底的那些保安，整天为别人开门关门，那根本就只是生存而已。他们永远接触不到高处，看不到整个天空。

在法兰克福，她最喜欢去的最高眺望点是市中心皇帝教堂的教堂顶，三百多级石头台阶，必须一步一步从极其狭窄的通道攀登而上。在她心情不好的时候，她就攀爬这些台阶，为的就是在忍受十多分钟的艰辛之后能享受三百六十度鸟瞰法兰克福的风光。

傍晚的大上海，晚霞像油画一样。虽说法兰克福顶着个"国际金融之城"的名号，但上海远比法兰克福更现代。法兰克福那十来栋号称摩天大楼的银行，换到上海，啥都不是。可是在上海人眼里，法兰克福才是那么高端大气上档次，也许就是因为那个名号吧。

上海，一座多么有生机和机会的大都市啊。要在这个大都市里成为一名最优秀的人，是多么地不容易。这里有超出三千万的人口，机会多，但竞争也大。庆幸的是，自己来自那个有"国际金融之城"名号的地方，所以更能够把握机会——她要的这个机会，还要是终身有效。

风光一时容易，但长久占据高端鸟瞰众生很难。它需要底子，那是以大笔的教育投资为前提；需要意志，那是一种像狼一样的性格；需要时机，那是稍纵即逝的机会；需要情商，那是一种天性再加后天的打磨。

她见到过太多昙花一现的人，也曾风光无限，但经不起时光考验，很快就打回原形。她不要那样，事实上，曾站在高处看过人间无数的人再次被打倒在地，那种情形是最为不堪的。

她又想起上飞机前，她与金哥在咖啡馆里的见面。

这实在是一个少年没家庭温暖、青年到处打拼混到了不少财富、中年栽了跟斗一蹶不振郁郁不得志的失败男人。他啥都不懂，连原始股的概念也没闹明白。可是，这样的人，也曾经在法兰克福花天酒地，为晚晴包了一整个最高档的别墅酒店做婚礼现场，那可能是他一生里最风光的一天吧。

但是，没有根底的人，怎么能拼到最后呢？如今的他，困顿寒酸，无钱无节操，让人厌恶。

想到此，朱丹有点可怜晚晴——她的第一个丈夫，曾经与她同眠的人，竟然是这样低分的人。

朱丹依着栏杆，放眼眺望大上海的天际线。享受吧，趁着青春貌美头脑清醒之时！

058

照片显示，在法兰克福机场咖啡馆的一个小角落里，一男一女在窃窃私语。

从着装上看，这是很不搭调的两个人。女的年轻明艳，名包和外套都很精致，坐在那里，俨然是都市能干丽人；而那男的，明显是困顿、自卑，还有说不出来的苦楚。

男的是金哥，而女的——竟然是朱丹！

"你至少可以向她要求百分之六十的股份！因为你投入了五十万，她陈晚晴难道敢不承认吗？"

"那是……我心甘情愿投的，而且说好了，她当我老婆，我就投钱建餐馆，我只要她当我老婆，没有要餐馆的股份……"

"但你现在可以要，这是你的合理的权益。"

"我说不出口。晚晴……她也挺辛苦，她不久前，还去参加姐夫的葬礼，我看她，又累又憔悴……"

"每个人都活得很辛苦！你忘了前面两年你怎么过来的？你都快要露宿街头了！你没钱，谁都看不上你，你若不通过这个机会拿到钱，你就永远是个失败者！而且，她早就不是你老婆了，你心疼有什么用？她有其他人心疼着！"

见金哥神情落寞，朱丹又说："老金啊，这个时代已经不是二十年前，做做进口出口再搞点伪劣假货就能挣大钱。我知道你还想东山再起，但现在的时代，发财需要科技，需要知识，而这些，你都没有。你再不抓住机会，就永远没机会了！你若能拿到餐馆股份，我就马上帮你找到买家，高价买下你的股份。"

金哥不说话。

朱丹看看腕上的手表，站起身，说："我得进关了，你好好想想吧。陈晚晴那里，你可以放出狠一点的话。祝你成功。"

金哥想去握朱丹的手，但朱丹只是一手抓住外套，一手拎了随身行李，转身离去。

这是长焦相机拍摄下来的过程。

对于托马斯建议我多留意金哥的行踪，甚至要我不排除跟踪的方式，我原本还觉得不那么磊落。但是，小福不回来，我便不惜什么法子都用上。

跟踪打探人家的私密，确实不磊落，但若那个私密是个让人恶心的阴谋，那么再不磊落的方式，都无足轻重了。

我拍了照片，回头给晚晴和托马斯。

"我可以给金哥钱，他付出过五十万那就还他五十万，大不了我用一辈子的收入还他。但是小福，他一根毛发的主意都别想。"我生性软弱，但在小福的问题上，我拼死力争。

托马斯看到那照片，半天无语——朱丹是他的前女友。

"告他吗？"晚晴喃喃自语。

"你若告他，他当然要再次入狱。而且，告了他，她也进去了。"托马斯的声音里很无奈。

"我再和金哥谈谈吧。"晚晴说。

我拦住晚晴，对她说了这辈子最严厉的话："若你因为金哥曾经的恩情而让步，或者因为餐馆的股份谈不拢，导致小福受到哪怕一点点伤害，我就不再是你的哥哥！"

"中国第一个并购德国公司的案例是在二〇〇二年，尽管那个在德国引起轰动的并购后来显示并不成功，但由此开始了一波一波的中国企业并购德国同行甚至非同行企业的潮流。

"按照我们的统计，中国企业对德国企业的并购有两个不同阶段。第一阶段相比来说处于试探阶段，交易金额不大，被并购的企业也大多财务状况不佳，处于破产边缘。第二阶段则明显成熟，因为经济的恢复带动并购市场，且通过前面一轮的试探，中国企业越来越精明，甚至变得挑剔。他们宁愿花多倍的价格，选择的并购对象都是非破产企业，运营稳定，财务情况优良。并且对于管理层也没有什么变动，大多是独立经营。

"为什么是现在，为什么是另一波热潮，这都是有经济规律可循的。一方面是中国有巨大市场，另一方面是德国的很多家族企业后继无人，这是非常现实的一个困境。所以一旦在中德之间互相选择好'婆婆'和'媳妇'，就容易形成'双赢'局面。

"如今的一个并购趋势是：德国企业不再限于传统的重工领域，还有汽车配件、电子、高科技以及像天昊集团感兴趣的地产以及酒店服务类。我们非常荣幸，为在中国房地产业内鼎鼎有名的天昊集团作德国酒店并购的代理，请相信我们在并购代理方面有着非常丰富的经验，并且会在合作中努力争取合作伙伴的利益。"

……

朱丹凸凹有致，风度翩然，在一会议室里衣着精致西服的领导人面前，神态自若地介绍着中德各种并购案例的PPT。

与此同时，晚晴也把金哥和朱丹在一起聊天私语的照片放在了金哥面前。

"说吧，你的要求，看看我能不能满足你。若可以，我们就到此为止。不然，你会越走越远。"

看到照片，金哥的神情大变，脸色由苍白变红，再由红变青，然后就暴跳如雷，那是伪装被撕破后的狼狈：

"陈晚晴，你以为我很卑鄙是不是？你耻笑我不承诺守信是不是？你认定我是拿我自己的亲生儿子向以前的老婆敲诈勒索是不是？"

晚晴安静地看着他，由他喊叫。

"我知道，你曾经把我当靠山，而我也很愿意坚守我的承诺。但是，我后来失败了，我就成不了你的靠山，我的一切诺言也成了泡影……但这是我自己想要的吗？若可以，我怎么会愿意这样？

"我知道这世界上有些东西很美好，比如帮助别人，承诺守信，说到做到……但这些都是有钱人的专利，他们拥有的财富太多了，所以分出去一些，不仅不会损伤自己，反而会带来更大的人生满足。可是，当一个人落魄的时候，他是没有权利再去谈诺言的，他做不到，他整个人是空的——知道吗，不是他不想实践承诺，他是没有资本去做。人穷了，一无所有了，就什么都没有了，连尊严都会没有，就只有生存的动机了！"

晚晴听着金哥的申辩，沉默许久，说："我只是不能理解，你为什么不可以正常地努力奋斗？"

金哥说："晚晴，我想问问，你若不遇到我，不结婚，当时的情况，你能撑多久？"

当时，房子被烧毁，父母在国内的医院，晚晴没有工作，我也没有，愿意接手美食城的人出价极低……若不是金哥出现，我和晚晴都想象不出来，后面该怎么撑过去。

虽说金哥留下了个烂摊子，但金哥之前投入了五十万欧元，若没有金哥填这个坑，五年之后的晚晴不可能顺利地逆袭命运。

若当时没有金哥，也许，我和晚晴都要苦苦打工。依着晚晴的性格，她不会永远安于打工，但她也不可能现在就有这样的事业。

金哥继续说："这两年，我去意大利打拼过，那里有我的朋友，我帮他们开货车。意大利的普拉托，你知道的，治安最乱，进货的大货车根本不敢在那里过夜。越乱的地方越有钱挣，挣的是人命钱……我以为我不怕死就能挣到钱，可有时候命运并不是能抵抗的，比我更要钱的人抢了我的货车……本来，我的奋斗目标是回到原来的生活，是重新实践我的诺言，是还可以再一次娶你，是重新过上幸福生活。但是后来，我的愿望一步步变低，是变得能买个房子讨个老婆就成，再后来，当我再也借不到钱，在街头徘徊的时候，我只想有口热饭，有张舒服的床……晚晴，不是我没有理想，不是我不想过正常奋斗的日子，只是我的好日子过完了，好运气被耗尽了，怎么拼，都拼不过霉运，我就只能走这样的下三滥的路子了……晚晴，你走的路也多，脑子也好，不是我嘲弄你，但是你告诉我，当年你若不是遇到我，你还能想出什么路子？我是实在想不出路子了，我是所有路子都想尽了……"

金哥边说边捂住脸，粗糙的手掌后面是一张想奋斗却无路可走的悲哀的脸。

往事历历在目。

我和晚晴也过过艰难日子，无需矫情。艰难的日子究竟有多大的伤害力？在我还能觉得日子可以过下去时，我的尊严让我没有接受金哥随意递到我手中的欧米茄手表，但当我觉得我们的日子撑不下去时，我不是也曾后悔当时没有要那一块就在自己面前的、可以换上万欧元用于度日的手表吗？眼下的晚晴可以随时去歌德街购买她想要的上千欧元的包包，但就在没多少日子以前，因为贫穷和焦虑，她不也在大街上不顾体面大声阻止我要给小福买一个不到五欧元的小玩具？……

我抬头看一眼对面的晚晴，她的眼神忧伤而柔软。

我们都没有作声。

许久，晚晴对坐在对面、用手掩住面部表情的金哥说："你在餐馆工作吧，我开你最高的工资。"

小福终于回到了我的身边！

分别五天，小福哭着扑进我的怀里，我们像经历了一场生离死别。

059

晚晴又收到了一大束鲜花。又是徐子涵送的。

她没时间去理会徐子涵，这个在她印象里其实分并不高的男生，花花公子吧，送花的招数，估计天天在不同地方重复，撒网一样。花是很漂亮名贵，精心挑选过的，上次送的大束鲜花后来被跑堂分拆，每个餐桌上一枝，倒也实用。

她让人把花插在大花瓶里，放在洗手间外的走廊装饰桌上，让每个进出洗手间的顾客都能享受到名贵鲜花的迎接和问候，在细节上提高餐馆的档次，也不错，物尽其用。

在朱丹离开上海之前，天昊集团刚好举办一个活动，活动后是一场丰盛晚宴，这几天一直与朱丹工作相处着的天昊财务部杨总监就邀请她参加。

朱丹精心打扮后，光彩亮丽出场。

杨总把朱丹介绍给在活动中出现的、她还没来得及认识的其他高管。朱丹社交能力出众，模样俊俏，名牌大学的出身以及法兰克福知名公司的加分，让人对她刮目相看。

在晚宴上，一位被人称为"徐太太"的女人，手举一杯红酒，与朱丹碰杯，然后貌似不经意地询问。

"朱小姐今年多大？"

"二十六岁。"

"家在法兰克福？"

"是的。"

"你什么时候去德国的？"

"我是移民二代，出生在法兰克福。"

"父母是做什么的？"

"父亲自己拥有一家公司，他也是商会会长。母亲是全职太太，专门照顾家人。"

"家里还有其他人吗？"

"没有了。"

"朱小姐有男朋友吗？"

朱丹一愣。这好像有点超出寒暄问候的范围了，自己也太被关注了吧？不过，这个活动中，保不定与你说话的是哪一号大人物，还是保持耐心吧。自己精心打扮，不就是希望能被人多多关注吗？

于是她甜甜一笑："还没呢，徐太太珠圆玉润，看起来就是很有福气的，要不您当下红娘，帮我牵一条线？"

徐太太拉起她的手看，朱丹的手细腻洁白。徐太太笑了笑，看起来很满意："不错不错，女大三，抱金砖。"

徐太太走了，走前笑眯眯地说："下次我到法兰克福，就来找你玩哦。"

杨总走到她身边："你知道这位夫人是谁吗？"

"谁？"

"她就是总裁夫人，我们总裁有个儿子，今年二十三岁。"

女大三，抱金砖——朱丹一下子明白了。

一阵狂喜涌过心头。

中国上海，真是处处都是机会啊！

自从黎阳去世，晓晴的心情一直不好。为了给她一些事情做做，分散她的胡思乱想，晚晴让姐姐去河畔酒吧，空时跟着调酒师学习调调鸡尾酒什么的。

在河畔酒吧。晓晴招待了一位郁郁寡欢的老顾客。他通常只是点一支啤酒，就坐在那里看着窗外的美因河，沉默无语。

老人虽有些年龄了，但风度翩翩，气质优雅，让人好感，只是如此孤单寂寥，又让人怜惜。

晓晴见老人寂寥，而自己也是心情寥落，有时就会送上一小杯葡萄酒或者自己调的鸡尾酒，与之交谈几句，好像是惺惺相惜吧。

有一次，老人连续一周没来，晓晴不知为何很牵挂，担心他生病。等老人再来时，晓晴心里踏实了，她关切地问他是否生病。老人说他去一个朋友的酒庄散心去了。见有素昧平生的人如此牵挂，老人很是感动。

从此，两人就谈话多了，一谈还发现很是投缘。老人知道晓晴刚刚失去丈夫，一把抱住她，拍着她的肩膀，像对待女儿一样安慰她。

老人告诉晓晴他叫史提芬，是葡萄酒商。他每次来都教晓晴一些德国的习俗，还带一些书，让晓晴在短期之内猛补了许多关于德国的知识。

金哥在美食城餐馆当跑堂。

餐馆里没有人喜欢他，但他是晚晴的前夫，留下他又是晚晴的意思，大家能怎样？冷淡对待，提防几分，大家都是这样的态度，所以金哥在餐馆当跑堂也不大有乐趣。

但是小福不防金哥。

德国的小学都是上半天课，下午的很多时间，孩子们都是报名参加各种活动班，小福就有跆拳道班和游泳班。每个活动班每周一次，再加上每周两次去少儿足球俱乐部，也就是说，从周一到周四，小福都需要有人接送。而且，因为小孩活动班的时间都不长，最多一小时，长不长短不短的，让陪的人无聊又不能回家，这意味着接送一次活动班基本要花小半天时间。

这活儿平时不是建国的就是我的。

在金哥刚当跑堂的时候，我死活不让他接送小福，但随着小福和金哥相处增多，感情加深，小福越来越喜欢与金哥玩。一次，金哥见我忙着写东西，而小福去游泳课的时间快到了，就走到我身边，讨好地问："能不能，让我送小福啊？"

我还没来得及回答，小福就欢天喜地地叫："好啊好啊，我喜欢大叔叔送。"

我看看小福，又看看金哥紧张期待的神情，便说："你送吧，给小福带上水和零食，游泳会很耗体力的。"

我看到当时金哥眼睛里发光一样。

那天小福回家，还没进门，就对着我大喊大叫："爸爸爸爸，大叔叔鼓励我拿到了小海马啦！我是我们班里第二个拿到小海马的呢！"

德国孩子学习游泳学到一定程度后，通过游泳考试可以分别拿到不同的标识，以显示孩子的游泳水平，好让游泳馆的管理人员了解孩子的游泳能力。最初级的标识就是小海马！小海马缝在孩子的泳裤上，救生员看到后基本可以放心让他们在浅水区里游泳。高一点的等级是个铜牌，有铜牌的孩子，没有大人陪伴也能被允许单独入水游泳。再高的就是银牌，最高的是金牌。拿到金牌的，那已经是相当专业的水准了。

小福以前对于游泳还是心慌的，现在怎么连小海马都让他拿到了。我问小福，小福说："大叔叔答应我只要考出小海马，我就能看他变魔术。这样我游泳时就一点不怕了。"

变魔术是金哥的拿手好戏，只是他平时很少表演。

金哥再次凑近我，带着讨好的神情："我游泳挺好的，周末可以带小福去游泳池游，我保证，他会学得很快。"

我能说什么呢？

在孩子的世界里，一切都很美好，他喊我"爸爸"，喊晚晴"妈妈"，喊小托叫"托马斯"，喊金哥叫"大叔叔"，喊建国叫"小叔叔"。

有一天，金哥父爱迸发，想听小福喊"爸爸"，但小福摇头说："爸爸只有一个，他叫陈建中。"金哥听得很失落，而我听得真想落泪，这孩子心眼真是实……

中餐馆是一个容易产生八卦的地方，我和金哥在众人的眼里是属于比较"敏感"和有"话题"的人：一个是前前夫，一个是前夫，一女二男，一主二仆，且同在一个屋檐下，每天几乎有三分之一时间在一起。在外人的谈资里，觉得这是很有趣的话题——若有时候托马斯再来，那更是一台好戏：又加上了一位现任男朋友！

一次，新中华美食城接待一批国内的领导和记者，法兰克福的不少侨领作陪。那天大家都很开心，喝得有点多，场面很嗨，大家还对唱起了民歌。当轮到胡主编唱的时候，胡主编说他民歌不会，但可以来个革命歌曲，于是跑着调子唱了《战友》，众人笑得东倒西歪。正在这时，金哥端着一大盘水果进去，胡主编见了金哥，口无遮拦："说起战友，我们法兰克福有一对真正的好战友。这是前战友，我们老板娘的前前夫。楼上还有一位后战友，是老板娘的前夫，他们齐心协力，心无芥蒂，共同抚养儿子，是法兰克福的传奇……"

一听这话，国内的记者们立马八卦。金哥心下恼怒，但胡主编是他的好友，他也不好说什么。但自尊被当众打击，他黑着脸走了出去。

胡主编猛然醒悟玩笑开大了，顿时也觉得不好意思。可是开出去的玩笑如同泼出去的水，"战友"的称号已然传出去了。

也许，在人们的眼里，这是一个很下饭的谈资。他们只是看到了我们颇有话题感的现状，却从未去探究以前我们所艰难走过的路，吃过的苦，打过的一场场战役，背着人流过的泪。所以，人生的各种滋味，从来只需自己去品尝。

金哥在没人的时候告诉我，他想换地方，呆在晚晴的餐馆里，总会有意无意被人说笑。我安慰他，没那么离谱吧。金哥说：我得为晚晴考虑。她还要嫁人呢。

我沉默了。

是的，我也得加快写博士论文的速度。

当我试图着减少与晚晴、金哥在一起露面的机会，避免再让人说起"战友"或者"传奇"的八卦时，托马斯可一点没有"敏感人"的感觉。事实上，每次有小福的活动，他总喜欢把我叫上。因为他知道，小福最喜欢我。

　　托马斯，显然比我坦荡多了。

　　周末，小福照例要去足球俱乐部比赛，托马斯照例是他的场外候补教练。为了满足小福比赛后和爸爸叔叔一起吃麦当劳的愿望，托马斯把我叫上："我们一起给小福加油，小福就能踢进球啦。"托马斯身穿球衣，阳光明媚。

　　但那天，小福踢进了球，自己也进了医院。

　　可能是太想在爸爸和叔叔面前表现自己，小福攻球很猛。球已经快到禁区了，只要跟上再补一脚就成，可是这时对方守门员、一个高大壮实的德国男孩飞奔出来阻挡，两人不仅撞个满怀，守门员的拳头还狠狠地打在小福的眼脸上。小福娇嫩的皮肤立马破了一个口子，鲜血直流，他用手一抹，血把满脸都糊开了。这情景把两队的孩子们给吓坏了，我也愣在那里。托马斯立即起身，飞奔进足球场，一把抱起因为惊恐和疼痛而哇哇大哭的小福，大喊："赶紧打急救电话！"

　　急救车五分钟内就赶到。简单的止血包扎之后，医生说要送到医院去缝两三针。

　　我和托马斯等在手术室外面。

　　明知这样的小手术无什么风险，但因为有麻醉，我还是很紧张。我在走廊里走来走去。托马斯拿出一根烟，问我要不要。我摇摇头。

　　我突然说："这情景，让我想起小福刚出生那天我送晚晴来医院，那时晚晴还没进分娩室，我陪着她在走廊上到处走，她已经肚子很痛了，助产士还是让她不停地走。那天，就像今天这样……"

　　我对托马斯说起小福出生那天的情景。

　　"好感人。女人生孩子很伟大。"托马斯说。

　　"是的。"

　　我突然也想抽烟，伸手向托马斯要了一支。托马斯给我打火。

两个男人抽着烟，平静了些。

"你对小福，就像亲生父亲一样，你也很伟大。"托马斯看着我说。

"因为……我爱晚晴吧，所以她的孩子就是我的孩子。再说，我是看着小福出生的，也是接过护士的剪刀剪断脐带的那个人，那个在我面前降生的天使自然就是我的孩子了。"我说。

托马斯点头。

"你也伟大，你对小福，也像父亲一样，给了他很多父爱。"我看着托马斯，衷心称赞他。

"我也跟你一样，爱晚晴，所以也爱她的孩子。"托马斯抽着烟，看着窗外。

"很多德国人，都会对别人的孩子视若亲生，有的孩子哪怕是已经十多岁、出生和童年都与自己没关系，就是因为娶了孩子的妈妈，很感人。我觉得，这样的境界，我就不一定做得到，我是从小福一出生就带着他的，感觉真是他的父亲一样。"

"对孩子好，是我们德国男人的传统。"托马斯对我诡谲地笑。

"为什么呢？"我倒是不明白了。

"以前的古老欧洲人，包括日耳曼人，生存方式没你们古老中国文明。为了保证有足够的后代，我们的祖先采取群居的方式，就是说男男女女一起住。这样就有个问题，但同时也有好处：女人生下来的孩子，没人知道父亲是谁，也许是甲，也许是乙丙丁，所有人都有可能。也就是说，在当时还没有亲子鉴定的情况下，任何一个孩子都可能是任何一个成年男子的亲生孩子。在这种情况下，所有的男人都对族群里的所有孩子很好，因为任何一个孩子都可能是他的亲生孩子，他若不善待其中一个，就可能是在不善待自己的孩子……这样的风俗流传时间长了，就成了传统。要知道，传统的力量是很大的，也是很持久的。所以，只要是老婆或者女友的孩子，那就是自己的孩子！"

听着托马斯的解释，我愣在那里。

这是什么传统啊？表面那么不纯洁，但芯子里，真好比白莲花那样美！

小福的麻醉已消除，护士让我们进去看望。

小福一睁开眼，看到了我和托马斯，他笑着，向我们摇手。尽管眼睑下面贴着止血胶布，笑意还是很美好。

"爸爸，托马斯，你们看到我把球踢进去了吧？我厉害吧！"

这孩子……我和托马斯相视而笑。

是的，只要小福身上得到的父爱更多，又何必介意外人的言语呢？

徐子涵又来了，带了一大束花。这次，他穿了一件与晚晴同颜色的衣服，见到撞衫，他颇为惊喜。

"嘿，我可以约你吃饭吗？"

"不约而同呢。"晚晴想了想，轻笑一声，说。

徐子涵闪亮了眼睛："你是说我们不约而同穿了情侣衣服吗？"

"不，我是说，我不约儿童。"

徐子涵石化在那里。向来他是毒舌的，但是，他毒不过她。

"子涵，我比你大，你该把时间花在你值得花的人身上。"晚晴好心劝慰徐子涵。

徐子涵气恼地转身就走，走前对晚晴说："我会证明给你看，我不是儿、童！"

060

歌剧院庭院开张了。但是，百年老店的经营难度远超出预期，根本不能用中餐馆的模式来运行。

晚晴站在庭院的樱花树下环顾四周。这里有被园艺工人修剪得很漂亮的庭院，有特意挑选的露天桌椅，有精美的厚厚的菜单，菜单里面很多是大厨们特意为这个歌剧院庭院精心设计的菜品。但是，这里就是人气不旺。

不难理解，百年老店原先的定位是德国传统菜，一批老顾客老粉丝撑着这个老店。现在改变了，原先的老粉丝就散了，新顾客又没有培养起来，正是两不搭的境地。

富有经验的父亲老早提醒晚晴：越是百年老店，越有风险。因为老店根植于传统文化，而超越传统是很难的。

成功的中餐馆四到六个月就能收回投资，开始盈利，能干的晚晴就是这样保持纪录。但是现在，哪怕她和建国非常努力，餐馆前期还是一直亏损，每天的顾客寥寥无几。

她用了很多的招数促销：赠送红酒、抽奖、发回头客打折卡……可顾客数目依旧不见增长。

晚晴第一次遇到了经营不善的压力。她现在都是用美食城的进账来填补歌剧院庭院的窟窿，这种拆东墙补西墙的方式是不能持久的。而且，因为美食城生意良好，其他的中餐馆也羡慕并借鉴其运营模式，在两条街外的不远处也开了类似的中餐馆。晚晴虽不怕竞争，但这无疑还是要分流一些客人。

晚晴很是苦恼。她坐在庭院里，暗数着今天的顾客数，里面餐馆再加庭院，一整天，总共不超过五十个顾客——而中华美食城的客流量，在母亲节那天接近三千人，而平时也都有上千人。

这可怎么办呢？

建国安慰她说，万一资金紧张，他就卖掉上海的房子。

可这都不是根本转变的办法。

晚晴心事重重地返回美食城。美食城里还是熙熙攘攘，好像她没怎么上心，这个老餐馆就有着超强的人气。他们像老朋友一样，视美食城餐馆为自家客厅，开心地挑选、快活地进餐……但歌剧院庭院，怎么就是做不到这样接地气呢？

跑堂小倩给晚晴端来她最爱的雪菜肉丝面，她也吃不下。

晚晴环顾四周，没见到金哥。

"金哥呢？"她问。

"出去接电话了吧。刚才还在。"

金哥避开众人，是因为要接朱丹的电话。

"你怎么改变想法了？"朱丹问。

"这是我的事。"

"你不是很想挣钱吗？想挣钱的话就不能想太多，我已经帮了你很多忙，你现在却说这是你的事了，什么意思啊？"朱丹恼怒。

"你是在帮我的忙吗？你是在完成你自己的计划吧？你嫉妒晚晴，所以总想使些坏点子来绊她……"金哥嘲讽并揭底。

朱丹轻笑一声："我看上你老婆的餐馆吗？我需要去动脑子做那样的计划吗？我嫉妒你老婆？我名校毕业，身边追求者无数且都是高大英俊多金的帅哥，我去嫉妒一个开餐馆的、没受过教育的、离婚结婚又离婚的女人？你脑子多想想吧……当初是看你可怜，而且你又还有东山再起的决心，所以才要帮你。现在看来，你已经有更好的出路了，行吧，你就做一辈子跑堂吧！就这么看着你以前的老婆在你面前跟其他人调情吧！

金哥气得一下子挂断电话。

这女人……这世上的女人，是不是常有两张面孔？一张是那么温柔美好，另一张却是狰狞嫉恨？

而朱丹，在被金哥粗鲁地挂断电话后，正想发怒骂人，却又兀自笑了。

就是，自己的职场前景明朗，又很可能有个大好姻缘等待着——人家是谁呀，是大富豪的独生子！干吗纠结于托马斯和晚晴，他不就是个普通的德国男人吗？他爱谁就爱谁吧。看看笑到最后的，究竟会是谁！

眼看歌剧院庭院始终没有起色，焦虑也没用，晚晴就索性给自己放放假，去蔡尔大街购物。

她给小福买了衣服，给我买了鞋子，又给晓晴和老人买了礼物，然后拎着一大堆购物袋，到My Zeil购物大楼的顶层边吃冰激凌边休息。

法兰克福的蔡尔大街向来熙熙攘攘，但是My Zeil购物大楼里不同的品牌店还是有不同的生意景象，有的拥挤，有的冷清。

晚晴发现自己这段时间着了魔，眼睛总是往人多的地方看，看了又在想为什么人家的人气会那么足。她已经像个市场分析师一样——都是让歌剧院庭院那新餐馆给折腾的。

My Zeil的设计很别致，从外面看是一个玻璃大洞，晚晴坐在最高层，可以鸟瞰这座多层的购物大楼的多家门店。她发现拥挤的门店并不见得是大牌，那些高端大牌的连锁门店反而冷清居多——但这不是可借鉴的现象，因为很多大牌可以很容易在网络上搜索到信息或者订购。

晚晴叹口气，觉得找不到突破口。

她的眼睛往窗外看，蔡尔大街的橱窗旁有工人正在换新的大幅广告，广告上有汉字，再定睛一看，是黎阳生前公司的广告——若黎阳还在，此时肯定又会热情澎湃地到处告诉："怎么样，俺公司，厉害吧！"

唉，故人已去，在的人，还得继续奋斗。

就是不知晓晴现在怎样了？于是，晚晴拎着大包的衣物礼品去河畔酒吧看望晓晴。

是酒吧最清闲的时间，晚晴进门，看到晓晴正与史提芬坐在一块儿聊得尽兴。晚晴有点意外，她拿出礼物给晓晴。晚晴发现，这些天晓晴心情愉快，脸色也都不错。晚晴特别叮嘱晓晴晚上回家一道吃饭，大厨说今天有新鲜龙虾。

史提芬很有礼貌地问候晚晴。原来与他竞争歌剧院庭院的女老板还拥有这么个相当本土化的河畔酒吧，他说真是佩服晚晴。

晚晴微笑着离开酒吧。

回家一道吃饭时，晚晴问起史提芬，晓晴说那是她认识一段时间的朋友。晚晴点头说，他就是曾经竞争歌剧院庭院的葡萄酒商，还是客座教授呢，挺有文化味道的一位男士。

晓晴说，是的，今天他还跟我说了一句话：园艺是艺术，葡萄酒是艺术，餐馆也是艺术。他说的这话我一直在琢磨呢。

晚晴也琢磨着这句话。她在想这话怎么与歌剧院庭院有种很对胃口的感觉？唉，人和物都是有气场的，气场对，就很快融合，气场不对，就要磨合。说句实在话，当初史提芬要是拿下了歌剧院庭院，也许他还真的会经营得更好一些呢。而自己，可能还有不少弯路要走。

晚晴突然冒出一个主意：与史提芬，为什么一定要竞争，而不是合作呢？半年前曾经搞过美食PK赛，那么现在，是否可以让德国美酒与中国美食一起合作？

为这个突如其来的想法，她开心地大叫一声，然后赶紧把想法告诉老爸。

老爸一听，也极为赞同。他甚至说，若能中西合作，他将亲自操办出一桌最有文化味道的中国大餐。

"满汉全席！"我们都大喊。

061

晚晴和建国去酒庄拜访史提芬博士商谈合作，一开始却不顺利。

史提芬干净利落地拒绝了合作的提议。

其实，晚晴作了很多准备，就像当初史提芬把歌剧院庭院的前世今生都查阅了个遍一样，晚晴也从网络上搜出了关于史提芬博士以及他家的酒庄的各种故事：

他家酒庄的酒获得过澳大利亚堪培拉国际大赛的金奖，获得过德国DLG-Prämierte大赛的金奖。这两个奖项属于葡萄酒王国里的最高等级和最好口碑。

他有过一次婚姻，太太去世后没有再结婚，他把他最得意的一款酒以太太的名字命名。

他在大学里兼有课程，带葡萄酒专业的硕士生。

他的酒庄，曾经被中国的买家提出高价收购，但是他谢绝了，因为他说这酒庄里有很多家族历史，还有关于葡萄和葡萄酒的故事，他不会因为"高价"而出售。

……

晚晴想，多了解一些酒庄，就能与史提芬多一些交谈。而在更多地了解史提芬后，她越来越崇拜和喜欢这个老头。

但是，令人失落的是，史提芬见到晚晴还客气，一见到建国就立即冷淡。

场面很冷，当晚晴试图说起合作时，史提芬以没有精力，时间有限为由，一口谢绝。

晚晴神情讪讪的。这是她很少遇见的情况，德国的绅士一般都不会把好恶显示在脸上，史提芬绝对是位绅士，但是眼下，他就是冷着一张脸。

这个史提芬，让人百思不得其解。

在晚晴与建国无奈地准备告辞之际，门口响起一阵马达轰鸣声，然后刹车、熄火，有人进来响起欢快的声音："史提芬，我今天要带你去一个好地方，我租了一天的直升机……"

来人是徐子涵。

建国一眼就认出来，这人就是当天与他打架让他进了警察署的人。

而徐子涵见到晚晴，有一秒钟的发愣，然后就是惊喜地大叫："原来有个贵客啊！"

见到史提芬不解的眼神，徐子涵用手比画了一个心，往胸口一放，又指指自己，意思说晚晴就是自己心仪的初恋情人。

史提芬更糊涂了。

徐子涵拦着晚晴："正好嘛，我今天租了个直升机，可以在空中鸟瞰莱茵河和这里的大片葡萄园，这经历可美啦！"

晚晴还没说什么。建国就在心里骂娘：租个直升机有啥了不起？

"走，晚晴，我们走！"建国刚才被史提芬冷眼相待，现在又来个曾经与自己打过一架、让自己在大庭广众中被警车带走的小子，他一分钟都不愿意呆。

晚晴只得向史提芬告别，说哪怕这次不行，以后还是期待有机会合作。

晚晴走后，徐子涵好奇地问史提芬："你们谈什么合作呢？"

当天晚上，晚晴接到电话，徐子涵打来的，他得意地问晚晴，若他促成歌剧院庭院与史提芬酒庄之间美食美酒的合作，晚晴是否愿意与他约会？

晚晴哭笑不得。

建国撇撇嘴，说那人是混混儿，花花公子，叫晚晴离他远点。

金哥决定回国。

这个决定出乎所有人的意料。在晚晴的关照下，金哥的日子已经安定，若要自谋前途，法兰克福是他最适合的地方，毕竟他在这里已经生活了多年。真若回国，他拿什么去打拼？

金哥苦笑着对晚晴说："朱丹说过我，在法兰克福我什么都不是，以前能混发财，只是因为运气好，任何时间被罚一笔，我都会破产……我以前还不服气，总想东山再起，现在我确实明白了自己的能耐有限。"

晚晴说："你可以一直在这里工作，发不了财，但稳定啊。"

金哥："我也曾经这么想过，尤其能经常看到小福，这是对我最大的诱惑……但是，我还是想回国，可能回国是我最后的机会了。"

晚晴："你回国做什么呢？"

金哥："我在这里呆了这么多年，福也享过苦也受过，最大的收获是讨了个老婆，虽说那有点像做生意，但是我这辈子做的最划算的一笔生意。我在德国也见过一些小世面，尤其在吃喝上面，我想回国还是做些外贸吧，就是换个来回，我不倒腾伪劣产品到德国了，而是把德国的香肠啤酒倒腾到中国去。德国这边已经同一家工厂谈好了，我的一个哥们儿在国内帮着我做……我在德国呆了二十年，什么香肠没吃过，什么好东西鉴别不出来啊，国内就需要我这样的吃货去鉴别真正的好东西。我想，这也可能是我回国创业的最好资本了吧。"

晚晴听着，不说话。

金哥说："我很幸运，我的儿子，亲儿子，能被你和建中教育着……我其实多么羡慕你们，有知识，聪明能干，讲道理，看着就觉得舒服，跟你们在一起都觉得好沾光……我真的很高兴，以后我的儿子，也会是这样又帅又聪明又能干的……"

说到小福，金哥的眼角都湿了。儿子，都是当爹的心中宝。

晚晴握住了金哥的手。

"晚晴，我离开前必须告诉你，我有一件事很对不起你。一年多前，我很落魄，朱丹见到我，就邀请我吃饭，然后她说，她有好办法让我发财，但是需要我配合她……所以后来，就做出了那些事情……晚晴，我早就很想说，但是实在醒醒，我自己也说不出口。我就要走了，我就想提醒你一下，你当年的好友朱丹，她嫉妒你，她说你抢走了她的男朋友，所以可能会伤害你。唉，我不聪明，但是也看多了一些事情，伤人最深的，常常是所谓的好朋友，因为她知道你很多。晚晴，你就多提防着她，她也是个漂亮能干有知识的人，但知识有时会被用来算计人，你别再被她伤着了……"

晚晴微微一笑，她知道。包括再早一些的匿名信，她都知道。有时不是不想反击，只是还要做的正事太多，花时间精力去反击一些无聊的把戏，不划算。

在一个微雨纷飞的清晨，金哥告别了小福，告别了晚晴，走了。

临走，晚晴送给他一个小礼物袋，里面是小福的胎毛笔，和一张金额五百万人民币的支票，用以帮助金哥在中国创业。

五百万人民币！一半是晚晴向建国借的，建国为此卖掉了上海的一套房子；另一半是晚晴在新餐馆不景气、手头资金紧张的情况下能凑出来的所有的钱。我知道，这笔钱在此时被支付出去，那意味着，若新餐馆依旧没有起色的话，晚晴的餐饮事业就会有困难。

062

　　中国美食德国美酒无距离交融的一场盛宴，在法兰克福乃至德国的社交网络上受到了前所未有的追捧。

　　这是毛栗子的一个创意。

　　"为什么不现场直播啊？"那天，毛栗子来美食城吃饭，当晚晴告诉他，两周后将有一个盛宴，她父亲将做出一百零八道中国菜，每道菜都会配上一瓶最适合的德国葡萄酒，这个中国美食配对德国美酒的活动，邀请多位朋友、民间美食家和美食记者参加。毛栗子立马就建议，一定要把整个视频传上网络。

　　毛栗子说，这个视频将不仅包括最终完成的一百零八幅作品，更要有前期准备，有食材的挑选，有刀工的精细，有配料的讲究，有火候的精确，有掌勺的自信……因为毛栗子多次在美食城吃饭，已经很熟悉中国厨房里种种耍杂技般的表演。对于这些大厨高手的惊艳绝技，他足足看了一年多，才终于平静。毛栗子说，这个大厨房，才是中国美食最出彩的地方，一定要现场直播呀。

　　这绝对是个好主意哦！晚晴几乎要拍案叫绝。

　　两人埋头，又仔仔细细把活动细节理顺一遍。只是视频直播显然还不够，必须要有一位对美食文化非常了解且德语和汉语都很漂亮的人来担任主持人。谁呢？

我的父亲在身后说：胡主编！

胡主编是他引以为豪的老朋友，爱美酒，爱美食，有超级口才，能引经据典，知识渊博，滔滔不绝，当美食主持人绝对是不二人选。

OK！又搞定一个重要环节。

晚晴、毛栗子，还有托马斯，一起细细策划这个活动：一百零八道中国名菜，一百零八瓶德国美酒、摄影机、笔记本电脑、快速网络、朋友嘉宾、民间美食家……

万事俱备，只欠东风。

一百零八道名菜实在不是盖的，早在三天前就得把一些食材准备好，所以整个大厨房成了一个战场。预热彩排一下，只见几位大厨头脑清晰，手脚麻利，动作像最优秀的士兵熟识自己手里的枪一样，人家闭着眼睛能把枪支在半分钟内装整完毕，我们的大厨也可以啪啪啪在最短时间内把所有食材切片切丝切丁扔进炒锅。而那把大菜刀，两米之外甩在厚厚的案板上，稳稳地立住，让人看得心惊胆战。而刚转过眼睛看大火上的锅子时，大厨几个招数，让人眼花缭乱，噼里啪啦没等回过神来已经开始装盘了。

毛栗子大喝一声："精彩啊，只等晚上大戏揭幕！"

这果然是一场大戏。

虽然是一个民间制作的视频，无特效，无煽情，无背景音乐，但是每人都在里面表现了最擅长的自己，于是视频一下子成了草根们的心头爱。

我的父亲，他虽然身在轮椅上，但是大厨的专业水准一点不打折扣。他那由托马斯陪着练出来的、连开车都是用手臂手指掌控的精准臂力和精巧手指，在切丝时，敏捷如姑娘的绣花手，在炒菜时，一口大锅随着手腕的力量随意被他舞动……像杂技，像舞蹈，像太极，像武术。

胡主编与史提芬联袂出演美食家和文学家。胡主编真能侃啊，一道笋干炒肉，他能从杭州的竹子说起，说到雨后春笋，说到虚心谦逊的品质，说到中国古代的书简，说到"留取丹心照汗青"……若不是下一道菜赶着上来，胡主编可以讲出无数个中国故事，这些故事让在一旁听课的民间美食家听得啧啧称赞不停点头；而随着美食餐盘源源不断从厨房里输送出来，史提芬的品尝任务就越来越艰巨，他要根据胡主编的美食介绍以及自己的口味鉴定，为这道菜挑选出最正确最适合的一款酒。

两位文化高人，一边品味，一边调侃，一个煽风，一个点火，那情景，真是叫High啊。

我协助毛栗子作现场拍摄，并上传视频。

当餐桌上铺陈了三十多道菜的时候，视频的点击量达到了二十万；当上到五十多道菜的时候，点击量超过了八十万；当上到八十多道菜的时候，点击量超出三百多万且在迅速增加，再然后……再然后，出"事"了——更多的记者来了，警察也上门了。

警察上门，是因为当晚看着视频闻香赶来的食客太多了，他们的车子堵塞了街道。他们不惜要花高价进入，就是因为现场视频里两位品味师太能吊胃口了——胡主编为了给歌剧院庭院做广告，不惜在视频里吆喝："想品尝一百零八道中国不同风味的美食吗，那就快快来吧！"结果这一吆喝，就引来了无数伸长了脖颈的吃货。

法兰克福的吃货们如此垂涎，记者们也克制不住。

盛宴，绝对是盛宴！

电视台记者看到长长大餐桌上铺满了活色生香的、视觉效果相当震撼的菜肴时，他们有那么一时间被石化了。而当得知这是一个关于中西美食美酒文化交融的体验时，他们也为这样的体验着迷了——平生第一次见识到这样的中西美食盛宴。

第二天，电视和报纸都报道了这场劲爆到把街道都堵塞了的美食活动。报纸头版是我的父亲因为缺了一条腿而挂着拐杖、但是依旧灵巧地单手掌勺的大厨照，这个照片后来成了那家报纸的年度最佳新闻照。史提芬则手举酒杯，说了一段很感人的话，这话被记者原文引用："我很愿意在这样的节日这样的盛宴上致辞，我曾经是个很骄傲的葡萄酒商，但是现在，我看到很多，学到很多。这样吧，若有一天，我老了，死了，我很希望自己墓碑上的座右铭是：一个把德国美酒和中国美食作出了完美结合的馋嘴的美食家！"

记者也拍了晚晴和托马斯的一张合影放在报纸上，因为那晚，晚晴和托马斯看起来确实是一对璧人，一个温文尔雅，一个神采飞扬。总之，光彩照人，非常上镜。

晚晴在法兰克福的餐饮界更出名了。

一夜之间，"歌剧院庭院"这个可爱名字，与法兰克福的肯尼迪别墅餐厅、花园餐厅、皇宫餐厅等数家大牌餐馆并列。

但历史好像重演一般，报纸上的那一张照片，又让一个人很是吃醋，他就是徐子涵。

第二天，晚晴又得到了一束鲜花，鲜花里有一张留言卡片，徐子涵用水笔重重写着："我会证明给你看，我不是'儿童'！"

063

建国被托马斯的一个神秘电话叫出去。

这两个人，开始是对冤家，吵架也吵过，打架也打过。建国骂托马斯是德国死脑子鬼子，托马斯骂建国是猪一样的队友。不过现在，他们俩人倒是好哥们儿了。

回来的时候，建国悄悄问我，知道托马斯叫他去干什么吗？

"干吗？"我问。我的博士论文已经完成，现在正为答辩作准备。

"去买戒指啦！"建国表情夸张。

我抬头看他。

"买的是一颗蓝宝石戒指，可漂亮啦，据说是要求婚！"我相信，托马斯肯定叮嘱过建国保密。但是，建国这种猪一样的队友，嘴巴是没法保密的。

"他说，今年的圣诞，他要向晚晴求婚！"

今年的圣诞……

我恭喜晚晴。圣诞对于她并不是很好的记忆。有一年的圣诞，金哥，她的第一任丈夫被拘押了；有一年的圣诞，我，她的第二任丈夫，失业了。后来的圣诞，又总少不了争吵与泪水。

托马斯挑选圣诞节向晚晴求婚，也许是想从此改变晚晴在圣诞的霉运吧。

我满心欢喜地在心里期待着圣诞的到来。

德国法律界在非洲有个相当著名的国际援助项目，托马斯的博导是其中的创建人之一。这个项目的主席是轮值的，在几位创建者之间轮流担任。这是一份公益事业，对于身处精英阶层的教授们来说，这是人生的荣誉和价值所在。

教授需要征集一个年轻人的团队，其中有几个要常驻非洲，为期三年。按照计划，在四月份开始的新学期里，新团队就要启程，与前面的团队交接。

托马斯很想申请一个常驻非洲担任国际法律援助人士的名额，但是……书桌上很醒目的地方，是他为订婚而买好的蓝宝石戒指。

托马斯度过了非常纠结的一周。之后，他的团队成员兼室友，简单地为他作了一个决定——室友的体质不适合前往非洲，因为室友的特殊血型若被当地一种蚊虫叮咬的话，会有严重的反应，甚至会有生命危险。

为了遵从团队的安排，托马斯需要前往非洲——不仅仅是荣誉，是前途，更是责任了。

而且，计划不如变化快。就在托马斯预定圣诞之夜的米其林晚餐之时，教授的电话告诉团队成员，前往非洲的时间要提前，托马斯必须要在最快的时间决定下来，赶在圣诞之前抵达非洲。托马斯左想右想，还是决定先报名参加教授的团队。

法兰克福的十二月，城市被圣诞霓虹灯以及圣诞老人的气息拥抱，每条街道上都是圣诞音乐，街头的行人们带着节日的从容微笑。

托马斯的大衣口袋里，是教授打印出来的一份团队名单以及团队机票，出发时间在两天之后。

"晚晴，我想请你陪我走走好吗？"托马斯来到餐馆，找到晚晴。

我和建国都在场。

建国冲我扮个鬼脸。

虽然餐馆里很忙，晚晴还是在稍加打扮之后同托马斯一道外出约会。

我感觉有点奇怪，今天离圣诞节还有足足一周时间呢。

"肯定是托马斯要提前给晚晴戴戒指啦！"建国说。

晚晴陪托马斯走在街上。

"我想请你陪我买件礼物，你来挑，好吗？"

"什么样的礼物？"

"实用点的，穿在身上，最好每天都能用上的。"托马斯说。

晚晴噗嗤一笑："袜子？内裤？还是围巾？"

托马斯说："围巾吧，我要两条，你一条我一条。"

商场里，晚晴耐心地挑选了两条一模一样的棉质围巾。因为托马斯要"每天都用上"，太厚的围巾在天气热的时候就用不上了。

托马斯把一条围巾温柔地围在晚晴的脖子上，另一条围在自己脖子上，两人手牵手，去河边。

"晚晴，我有件事情要告诉你。"

"嗯，你说吧。我感觉得出你今天要告诉我什么的。"

"晚晴，我要出个远门。"

"哦……去哪里？"

"非洲，肯尼亚。"

"好远啊。什么时候出发呢？"

"还有四十八小时。"

晚晴一愣。

"要去多长时间呢？"

"三年。"

晚晴又一愣。

她明白了，托马斯是与她告别来了。

对于情侣来说，三年的分别，不是爱的考验，而是一种选择——选择更适合自己的那个方向。没人会傻到拿离别去作爱情的鉴定和评判，三年离别意味着有更重要的事情要去做。

三年，可长了，长到足以再产生一场爱情。甚至那场爱情更让人幸福快乐。

或者，三年后，托马斯会觉得非洲更适合他。

或者，三年里，晚晴也遇到了爱她的人。

当然，也或者，两人又回到起点，回到法兰克福，回到此刻。

……

三年有很多的变数，不确定性，正因为目前互相爱，所以更要让对方有自由选择。

"晚晴，我很高兴与你度过那么快乐的日子……心里真的很爱你。"

"我也是。"

"请原谅和理解我的选择，抱歉我选择了离开。"托马斯说。

"托马斯，请不要这样说，选择离开，只是因为你有目标和使命。我为你骄傲，而不会为自己悲伤。我很开心，也很期待，你能带着梦想离开，然后带着收获回来。托马斯，你真的很棒！"

"晚晴，你怎么能是这样好的一个女孩子？"托马斯眼睛里有泪水。

"因为我也有过梦想，所以知道要去努力实现。梦想，是多么值得你去奋斗呀！"晚晴擦去他的眼泪。

"晚晴，你都让我开始有点后悔，我的选择是否正确了。"

"托马斯，爱情的回报不是在于缔结婚姻，而是享受了甜蜜的满足和陶醉。你已经给了我很多甜蜜回忆，我心里很感谢你。而爱，若能让对方有更好的追求与梦想，那更是爱的至高境界。所以，托马斯，带上我的祝福，去完成你的理想吧。"

托马斯紧紧拥抱着晚晴。

"虽然要离别，记得我爱你。"托马斯在晚晴耳旁喃喃地低语。

法兰克福的圣诞市场，弥散着节日的味道：滚烫的葡萄酒、巧克力糖果、圣诞饼干、笑容可掬的圣诞老人、快乐的行人。

旋转木马放着欢快的音乐。但此时，越是快乐的音乐，越显出了离别的忧伤——本来可以一起享受多么美好的相聚时光。

晚晴拥抱着托马斯。泪光在她眼里闪动，滑落在围巾上。

"你是多么好，我却是多么难过……"托马斯捧着晚晴的脸，为她擦去眼泪。

"只要为了奋斗，一切都是值得的，不要为我难过，而是为你自己骄傲……亲爱的，不是我有多么好，只是因为我经历过，所以知道青春的奋斗是多么可贵。"

"三年后等我回来时，不管你还爱不爱我，请记得给我拥抱，像今天这样。"

"我一定会给你最热烈的拥抱，我的托马斯。那时我们会是多么喜悦！"

……

那天晚上，晚晴很晚回来，建国和我一直等着，甚至老爸和老妈也在等着，我们都期待着晚晴的幸福面孔出现在我们面前。

可是老爸老妈还是有不同意见。老妈对老爸说："哎，我还是喜欢建中……若晚晴重新选择建中，不是更好吗？"

我摇头苦笑。老妈真是固执，我都不这么想了，她还要我再牵晚晴的手。兄妹只能是兄妹，但若能有来生，我一定努力争取机会。

老爸还比较开通："托马斯不是挺好吗？"

"老头，你的胳膊往哪里拐啊？"

老爸无语。我听着他们的嘀咕，哭笑不得。

晚晴回来了。

建国喜笑颜开："姐，快点，快把手伸出来……"说着建国去抓晚晴的手。

右手手指空空的。

再看左手，左手也空空的。

建国一愣。

晚晴看着建国，神情怪异。

"他，他，托马斯，不是……不是……买了戒指？"建国不解。

"戒指？什么戒指？"晚晴一脸茫然。

"托马斯，今天他找你究竟为了什么事情？" 建国惊异。

"他与我告别，他两天后就要去非洲。"

"非洲？"建国怪叫一声，恨不得立马跑到托马斯那儿问个究竟。

圣诞气氛同法兰克福一样浓郁的，是中国上海。

礼花不停地在空中绽放，引得孩子们欢呼尖叫。四川路上熙熙攘攘，而高档餐厅里，是巨大又精致的圣诞树，情侣们衣着讲究，品味着美食。

在一家私人会所里，朱丹与上司米勒先生应总裁徐天昊和太太的邀请，四人举杯庆祝，相谈甚欢。

并购的进展很顺利，而且正如徐老板所希望的，一切都在低调安静中进行。

米勒先生盛赞中国的快速发展。他说未来的日子里肯定会有越来越多的中资企业进入德国，而天昊，毫无疑问占了先机。

徐总笑着说："是的，我们的企业也不会只在德国拓展，我们还将去更多的国家，比如荷兰、西班牙，进一步开拓市场。"

朱丹刚翻译完毕，米勒先生立即接上话："我们的公司在整个欧洲市场都有很好的口碑，我们很愿意再次为徐先生提供优质服务。"

朱丹也殷切笑着，端起酒杯："前面一段时间的合作实在让我觉得难忘，真的从没经历过这么愉快的合作，为徐先生以及天昊这样的企业服务，真是我的荣幸。若有机会，真想再有一次这样美妙的体会。徐总，您知道吗？这已经不是工作，而是享受！"

徐总笑着，欣然接受了年轻美貌又能干的姑娘的敬酒。

朱丹喝完红酒，又立即向徐太敬酒："徐太太，真的很佩服您的能干，又从心底羡慕您有这样幸福的一个家。这是所有女人梦寐以求的，您真是世界上最幸福的女人了！来，我祝您永远快乐，家庭美满，越来越年轻！"

听着朱丹的祝酒词，子涵老妈喜不自禁。她喝着红酒，笑着对朱丹说："朱小姐才真正是集智慧、美貌与青春为一体呢，我若能有你这样的儿媳妇，就真的好开心了！"

朱丹一听，立即含羞微笑："徐太太，我不敢高攀，但还是想请您多多指导我呀！您人生经验丰富，这些都是宝贵财富。作为女性，事业再成功，但是，家才是真正第一位的。"

徐子涵老妈点头微笑。

徐天昊转头对着米勒先生："我家犬子，他在法兰克福读大学，学的是经济信息，但是好像对于设计之类的也很感兴趣，即将毕业。本来我只想让他在公司里随便找个位子锻炼一下，但是他前几天打电话给我，说希望能承担更大的责任。我看他在大学里的几个项目都做得不错，人也有奋斗的动力，自己还建立了一个协会，有一群志同道合的伙伴，所以就想，若他真的很希望的话，我可以让他担任总经理职位。但还是希望有更多的前辈能多多帮助他。"

米勒立即欠身说："那当然没有问题，到时只要有财务方面的咨询，我们都会第一时间给予非常细致的答复。我们的朱丹小姐，精通中文和德文，她也可以作为财务顾问，给予贵公司最密切的合作。"

朱丹一听，面带迷人的微笑："早就听说贵公子是位很优秀的人才，他是学校里拿学分最快、学东西最轻松的，是我们中国留学生的骄傲。若说要帮助他，我真不敢说是否可以，因为这对于我是一个很大的考验。不过我非常荣幸，也非常愿意，用我自己的工作经验，来做我力所能及的工作。"

徐子涵老妈笑盈盈地说："朱丹，别谦虚了，我看好你的，你就多帮着点我们子涵。"

064

进入新年。法兰克福华人圈子里发生了一件大事。

一家德国本土的星级酒店被总部位于上海的中国公司天昊集团并购。此消息很是让人吃惊。在此之前，没有人知道，也没有人相信有中国人会花近一亿欧元买下法兰克福市中心的一个地标性的大建筑，并且要改建成一个中国风格的五星酒店。

并购过程悄然无声，此前并无消息透露。直到酒店产权转让的公证程序全部结束，才突然宣布——这个新闻让很多德国媒体都蒙了，他们到处找这个以前没听说过的中国公司的背景。

好像这就是天昊集团的策略：低调沉潜，然后集总爆发。

盛大的记者招待会和庆贺仪式定在法兰克福著名的霍夫酒店。前者是在二楼会议大厅，后者在一楼豪华大厅。

豪华大厅全被包下，一百多号中外嘉宾以及各社团的侨领均被邀请。

晚晴以长江华商会新任主席的名义出席。半年前，商会主席两年一次的改选中，晚晴以绝对优势当选为新主席。

史提芬作为酒庄主人、建国和我作为歌剧院庭院餐馆老板也被邀请。

众侨领赶到花园酒店时，迎宾工作正非常周到地进行，但是主人没露面——在记者招待会上，记者提问远超出了预定时间。一个极其抢眼的新闻是：上亿投资的项目的总经理，是一个刚刚大学毕业的年轻人。

记者招待会总算结束了，众记者长枪短炮包围着法兰克福市长和酒店的新主人，从二楼走下一楼大厅。

随着人群涌动，大厅大门洞开，一大群人蜂拥而入。主持人用激动的声音宣布："有请我们今天光芒耀眼的年轻人徐子涵先生！"

"哇塞，就是这货啊……"建国一声低喊。

史提芬先生赫然发现，自己的小忘年交，确实是个"中国王子"。

晚晴此时也明白了，那个被传说的"天昊集团"独子徐子涵，那个对她倾心但一直不受欢迎的富二代男生，就是今天的传奇主角。

在市长以及集团总裁徐天昊的陪同下，年轻当家徐子涵身着精致西装，精神又不乏冷静地走向第一排贵宾座位。镁光灯四起。

等待良久终于见到了主角，人群一阵惊叹，也伴随着或多或少的好奇：

这么年轻啊？

富二代吧？

挺帅的啊！

高富帅呀，能搞定吗？

太年轻了吧？老总不好当的。

他行吗？

不行也肯定行，旁边有大将辅助的。

现在的世界，真的是年轻人的世界啦。

……

市长的致辞自然是热情洋溢，因为这将带来直接的效应："随着大量资金注入这个曾经是地标建筑的酒店，法兰克福又将多了不少工作机会，劳工局的失业数据将明显发生变化。这是他最乐意看到的。另外，法兰克福是个开放融合的城市，在这里首次出现了中国五星酒店，带动其他国家或者中国其他富豪的投资，也是水到渠成的。法兰克福，因为有了这样的榜样，将会成为中国年轻人——尤其是有钱有梦想的中国年轻人——在海外奋斗的选择。"

确实，市长为这样的前景而心情大好。致辞完毕，他热烈地向大家推出今天的主角——

"所以，我非常高兴地向大家介绍一位年轻的、充满活力的、聪明好学的年轻人，他今年刚刚以优秀的成绩，用最短的学时数，在法兰克福大学获得了两个硕士学位。他是中国新一代年轻人的代表。他从十五岁起留学法兰克福，是国际化的中国新一代。这里的一切对于他都不陌生，甚至可以说是第二个故乡。我很高兴，有这么优秀的年轻人为法兰克福的经济发展带来新鲜血液。下面，有请徐子涵先生！"

市长走到前排，握着徐子涵的手，亲自把徐子涵带到致辞台前。由于他对徐子涵已作了隆重介绍，以至于主持人都插不上嘴，准备好的一堆溢美之词没用上。

镁光灯再次四起。在众多媒体面前，徐子涵彬彬有礼，风度翩翩。此时的他，不再是晚晴印象中的那个花花公子。他用中德双语简单介绍了天昊集团，诚恳表达希望与法兰克福各界建立愉快合作，最后不忘谦逊地表达自己要向老一代侨领学习。

徐子涵的首次亮相，给人们的印象分很高。

在庆贺的盛宴中，徐子涵带着一群助理，逐一向每一桌宾客敬酒致谢。来到晚晴这一桌时，他同晚晴碰杯，眨着眼睛说，以后要与长江华商会紧密合作，到时就会多多请教晚晴，请不吝赐教。说罢，他扬起手中的红酒杯，一饮而尽。

见主人如此恳切，晚晴也只得说着"互相请教，多多支持"，然后喝完杯中红酒。

在徐子涵前往另一桌敬酒之前，他趁着经过晚晴身边的机会，凑近在她耳边悄悄说了一句："我跟你说过，我不是'儿童'！"

065

花了整整十年，我终于熬出了一个博士学位。

但是，文科博士，戏剧理论方向，毕业即意味着失业。

我捧着被年龄比我小得多的师弟们给我做好的、有着各种装饰的博士帽，自己心里百感交集。我很想悄悄度过这个被德国人看作"人生中重要程度仅次于婚礼"的博士毕业仪式，晚晴却欢天喜地的，一定要举办一个大型庆贺活动。

更让我哭笑不得的，是小福的欢叫和祝贺："爸爸，我的爸爸是博士啦！"

我眼看四周，确定无人，悄声告诉小福："小福，别喊那么响，爸爸要难为情的。"

"干吗要难为情啊？博士是让人骄傲的。爸爸，我为你骄傲！"

晚晴和小福一起，很仔细地把家门口的邮箱地址标识"Chen Jianzhong"改成"Dr. Chen Jianzhong"。我的父亲，还一定要像模像样地站在邮箱旁边拍一张照片，说这是改换头衔的第一天，一定要留影纪念。

一群亲友涌过来，都说要与我合影，说我是家族里出的第一个德国博士。我第一次成了被人争相合影的大熊猫，神情尴尬。我的老爸，却快乐得满脸带笑。

唉，我的老爸，这是我改换头衔的第一天，也是重新开始找工作的第一天啊。

老爸可不管："做学问的男人就不要操心钱啦！"

可是，钱，怎么能不操心啊？十年读博士够让我难为情了，当博士了还要啃老更加没面子。

"儿子，你耐得住寂寞，做学问的人都耐得住寂寞。这世界上有很多科学家和科研者，并不是所有科学家和科研者都会成功的，但他们都是人类的骄傲。你就让我为你骄傲，你值得的！"

我几乎凝噎，我的父亲，怎么能这样拔高他的儿子啊？

此时，后花园里开始了大规模的烧烤。晚晴在用美味的烤肉和烤肠诱惑吃货们。亲友们合影完毕，便另外找到了焦点，聚集到一起，吃喝玩乐。

只有小福还在耐心玩弄和琢磨着"Dr. Chen Jianzhong"上的那个博士头衔。

"爸爸，博士有什么用呢？"他好奇地问。

"博士代表的是一种研究，是对社会或者大自然的研究，或者是对人的健康的研究，对美好的一切的研究。你看，爸爸研究戏剧，托马斯研究法律。这种研究同挣钱没有太大的关系。博士可能会很有钱，也可能会没有钱。但是，这个世界要变得更好，就需要博士去研究。小福，你想当博士吗？"

"我想踢球。"

"为什么？"

"踢球好的话可以成为明星，像卡恩，像小猪，像拜仁慕尼黑的很多球员。而且，他们还能挣很多钱。"

我笑了："小福，你知道吗，在每一位踢好球的明星背后，都会有一个博士的团队围绕着他，作出很多科学的研究和分析数据。这些博士，没有球员挣得多，也没有球员有名气，但是他们乐意做球员后面的无名的研究者。以后爸爸干的活，就是类似这样的无名研究者。"

"哦，博士原来不挣钱。"

"小福，挣钱有很多方法，就看你是不是愿意。比如你到了球队，某一次比赛之前，有人找到你，说愿意给你三百万欧元，要你踢假球，故意输掉。你愿意吗？"

"那我不愿意。"

"为什么？"

"虽然我喜欢挣钱，但我更爱我的球队。"

我听了，一把楼过他："宝贝，你这么说，让爸爸为你感到很骄傲。"

"是托马斯告诉我的，他说团队就像是自己的家人，要珍惜。"

我点头。

小福突然说："爸爸，我想托马斯了。"

我也想念托马斯。

托马斯会陪小福踢足球，会带他去博物馆，会教他通过做家务挣钱，会鼓励他像爱家人一样爱自己的团队，托马斯还会坏笑着说："爱每一个孩子是我们男人的传统，因为以前的男人不知道谁是自己的孩子，只有把所有孩子当自己的孩子爱，男人才是好父亲……"

我若有所思。

"爸爸，托马斯是不是不回来了？他是不是与妈妈分开了？"小福担心地问。

"小福，他们不是分开，是托马斯有更重要的事情要做。"

"去做什么更重要的事情？"

"像爸爸一样，是去研究，研究出成果了，那就是博士了。"

"哦，爸爸，那托马斯也会是博士吗？"

"是的，他是未来的博士，他只要再过三年就能成为优秀的法律博士。"

"那等他三年后回来，我们去庆贺他当博士好吗？"

"好的，宝贝，我们肯定会的。"

小福满意地笑了。他跑着去了庭院。

我不明白，托马斯为何去了那么遥远的地方？若是我，一定相守着晚晴，相陪着小福。可能因为我心无大志，可能因为他们才是我心中最重要的，可能这就是我和托马斯的最大不一样。

但是，我也明白，若我不能给女人带来安全感和幸福感，即使整天黏糊着她，又能有什么意义呢？

我走向后花园的大草地，去融入人群的快乐。

一群孩子在大草地上踢球。小福把托马斯的一幅照片插在守门员旁边的草地上，那意味着，他与托马斯一起在踢球。

我在感动中有点小小的嫉妒。我想，晚晴也肯定看到了这一幕。

徐子涵的手机提示收到一封电子邮件，是晚晴的！他立即点击，阅读。

但他又失望了。

徐子涵已经三次约请晚晴周末吃饭被拒，且对方都有非常正当的拒绝理由，不是说自家哥哥刚完成博士答辩，全家要举办一个获得博士学位的庆贺仪式，就是说商会有活动，实在无法赴约，再就是好几周之前就答应了另外朋友的聚会邀请，总之，每次都是合情合理。徐子涵没看完邮件，就把手机一扔，顿时感觉一天的工作都索然无味。

这时手机电话响起，来电的是财务特别顾问朱丹。

这个朱丹，自己老妈一再向他说是个多么不错的姑娘，但是徐子涵真没多留意，他知道自己与老妈的品味太不一样。而这姑娘，好像也是有老妈的鼓励，不厌其烦一次次给他打电话，不是说什么艺术演出，就说侨界啥活动，大献殷勤，就像他对待晚晴一样。

哎，若朱丹是晚晴那多好。可惜不是。

"你好，我是徐子涵。"徐子涵有气无力。

"子涵，今晚有个两广同乡会活动，很多侨界的朋友都会去，领事也会去。你想去认识一些人吗？"

"广东广西？好像同我没有啥关系。"

"认识以后就有关系了嘛，以后可以互相之间多些关照。"朱丹耐心劝他。

"侨界的人太复杂，又多是老人，说不到一块。"尽管当了总经理，徐子涵照例话不饶人。

朱丹笑了："子涵，你妈妈交代过，让我多照顾你，多关心你……我现在不是财务咨询师的身份，而只是你的朋友。这些侨界的人，若谈得来，以后就是好友，若谈不来，那也是同城而居的熟人。天昊的朋友越多，酒店的知名度也越大，很多侨界的人都会在不同的国家有很多合作伙伴，天昊以后可能也会扩展到其他国家的呢。"

徐子涵并没被这种人脉关系说动，他家最不缺的就是关系。只是，今天被晚晴拒绝了，估计也做不出什么事情，那么去参加一下饭局，消遣一下也好。

"都有什么人？"

"同乡会的几个创始人和骨干，官方也有代表，还有，餐馆的一些老板……"

"歌剧院庭院的老板去吗？"

"应该去吧。"

徐子涵顿时来劲了。其实，要约会晚晴，完全不一定正面出击，这样一起出席活动，不也就是约会吗？

"好的，那我去！"徐子涵爽快答应。

"好啊，那我帮你报个名，你还要带什么人吗？"

"我想带位助理。"徐子涵像示威一样，他可不是没有女伴的人，他的女伴一个赛一个年轻貌美。

"好的，我替你报名。"朱丹的语气有惊喜——竟然请动了天昊的公子。

尽管徐子涵带着已经当上了空姐的安妮，尽管身材玲珑的安妮打扮得光鲜亮丽，尽管徐子涵暗下了要尽量少搭理晚晴的决心，但是，他还是很失落——代表歌剧院庭院出席活动的不是晚晴，而是建国。

建国见到徐子涵被一女生挽着手臂进来，立即冷嘲热讽："今天开舞会吗？走红毯吗？"

安妮一愣，不知如何回答——事前可是徐子涵要她打扮惊艳赛女神的。

朱丹见状，立即把徐子涵引到主桌座，说："今天有开舞会的热烈人气，有走红毯的时尚气氛，因为今天参加活动的都是法兰克福的帅哥靓妹，精英佳人！"

建国没话可说。

没见到晚晴，徐子涵顿时觉得晚上的活动失去了意义。在一大桌侨界人士关于各种投资项目以及宏伟计划的包围中，大家不是谈商务就是攀关系，一个中心就是功成名就，两个基本点就是事业和情场，说直白点就是发财与女人。徐子涵听得昏昏欲睡。

有人过来与安妮碰杯，与她说笑："你们天昊集团是不是就产高端产品呀？帅哥总经理，天仙女助理，真是养眼啊！你们可要多多出来，这是法兰克福的靓丽风景线。"

安妮搞不清楚对方的来头，也不知该如何搭话，于是就像花瓶一样，点头、微笑、喝酒。

朱丹上前答话："高端产品你以为就是帅吗？高端是靠品质打磨的，

别只看着外表，多看看实质，芯子好才是真正高端，别明明看到了人家的高端却在赞美外表俊，究竟该称赞你有眼光还是惊讶你没眼光啊！"

来人嘿嘿笑着无趣地走开。朱丹介绍，侨界活动中常有一些蹭饭的熟客，做公益时永远在后面，有饭局时总是在前面。

徐子涵很是后悔来了这样一个饭局，这儿实在和他的气场不符。这是一片带着中国特色气息的战场，有明显的尊卑和等级，话题无聊，笑容不真实，格局被敏感的人际关系左右，这里没有他在大学里所感受的活力创新和自由想法。

徐子涵打了个哈欠，起身，想撤退。

这时，朱丹领着一人笑意盈盈地介绍给徐子涵："向你介绍一下，这是我的老爸，他原先是长江华商会的会长，现在已卸任。他可以说是最熟悉法兰克福的老华人了，若你想了解法兰克福华人的发展状态，或者需要找市政府外国事务部的相关人员，尽管找他，他可熟悉了。"

"朱先生幸会。"因为朱丹两次替他解围，徐子涵只得故作热情地打招呼。可是，身体的诚实掩盖不了情绪的伪装，哈欠的半个尾声尽被人发现。

老朱同徐子涵握了握手，善解人意地说："其实对于年轻人来说，这样的场面可能不是很习惯，这也确实是我们老年人的社交圈，你们年轻人喜欢更快捷高效的社交方式，对吧？徐先生若不喜欢，我掩护你出去。"

徐子涵笑着说："不好意思，朱先生，刚才我是想一逃了之，不过想想，我现在不是在大学时代了，处于什么职位上就要承担相应的责任，不能再随着自己的爱好和性情。看起来朱先生很了解我们年青一代的想法和生活方式啊！"

老朱说："我的女儿，与你也算同龄人嘛，她也不喜欢这样的场合，常说与一批老人在一起没话可谈，她在家就是玩电脑和手机，要不就是和朋友在一起。但是，她说有人委托她事情，所以就要好好做。我想，你在这样的老人圈子里，肯定也和我女儿一样，挺受罪的。"

徐子涵看了朱丹一眼："真的谢谢您的女儿。"

朱丹端过来两杯啤酒，递给两人："为无聊聚会上的两代人互相开心认识，一起干杯吧。"

徐子涵与老朱碰杯。

徐子涵看着朱丹的父亲："对了，朱先生，刚才说您原先是长江华商会的会长，认识和了解德国的很多华人，我们公司正在寻找一个有广泛人脉、在侨界有影响力的人当顾问，不知朱先生是否愿意加入我们？"

朱丹眼露惊喜之情。

老朱倒是沉稳："顾问不敢当，但是徐总只要有什么想了解的，或者有什么要办的事情，只需说一声，我肯定尽力。"

066

"爸，你觉得徐子涵这男生可以吗？"

朱丹开车，带着喝了不少酒的父亲回家。

"可以啊。"

"爸……你觉得他会喜欢我吗？"

"喜欢就算了，在他这里做做项目挣挣钱就够了。"

"爸，你这是什么意思？他妈妈是很喜欢我的。"

"丹丹，这世界上最不想让一个女孩子受伤的，就是女孩子的老爸了……徐子涵是个好福气的公子，你没看他身旁有个美貌的女孩了吗？你不觉得他会经常性地换女伴吗？你若看到这一些花枝招展的女孩子不时贴在他身旁，你难道会开心吗？"

"但是，爸，我喜欢他。"

"那是因为人家是富二代，是花花公子，他的帅和体面都是钱堆出来的，这些东西怎么就让你迷了道了呢？"

"才不呢，爸，其实他很有修养，也很幽默，而且聪明，他是我见到过的最优秀的富二代了。"

"女儿，凡是搞不定的男人，都离他们远点，你不是没人喜欢，也不是没人捧你。别自找苦吃！"

"爸，谁说我搞不定？"朱丹嗔怒。

"好好好，你能搞定，我家漂亮闺女会搞不定男人？只是，你要付出多高的成本你知道吗？你要像蜜蜂蝴蝶一样紧盯着他，又要给他自由；要像蝉一样潜沉多年，还要像鲜花一样只奉献最美的一面；你要时时保持美的姿态和身材，还要热情开朗温柔体贴……若是普通家的男孩，你想想，需要你这样时时保持最佳状态吗？你一回家，人家就给你脱鞋按摩嘘寒问暖呢，就像我对待你妈那样……"

朱丹不说话。

"但我还是喜欢他……"

"为什么喜欢？"

"这样能证明，我的眼光不低，没有托马斯，还有徐子涵。"

老朱叹口气："我的傻闺女，你这是何苦啊？"

天昊酒店无论是装修改建还是经营模式上，都会在原先十八层法兰克福本土酒店的基础上增加很多中国元素。而且，延续天昊集团在国内的餐饮强势，新的天昊酒店也将大量引进中国本土厨师，打造最正宗的东方美食天堂。

天昊推出第一轮广告：一年装修期要把原先的十八层高楼扩建为二十层，最高的两层将聘用最有创意理念的设计师，进行豪华设计装修，将开设最正宗的中式早餐和特色餐，让顾客能鸟瞰全城，拥有奢侈视觉享受的同时，还能享受巨大的环形自助台不少于二百道的中国美食。这完全是国内高大上的正规军档次啊！

热爱美食的人听了这消息是欢呼雀跃，而周边的一些中小中餐馆，则是忧心忡忡。

很简单，小餐馆是最禁不起冲击的，每次一家大餐馆开张，都会对周边餐馆产生影响，轻者分流客人，重者关门倒闭。德国开餐馆的华人老板有个传统，在新店开张之前几个月，都会在华文报纸上做预告，注明在哪个城市何区域何时喜庆开张，目的就是要避免不必要的竞争和资源浪费。

以天昊酒店这么大的规模，辐射面自然更大，这让不少小餐馆尤其是夫妻店忧心忡忡。来自余杭的老余夫妻开杭州面馆，主打片儿川、笋干老鸭面等，客流量说多不多说少不少，夫妻开店再请一名帮工，日子过得也可以。天昊的高层特大餐厅肯定不会缺杭帮菜和杭州小吃，这样一来，类似老余家的小餐馆就面临倒闭的压力。在长江华商会的例行会议上，平时不太来开会的会员都来了，大家希望晚晴以商会的名义去和天昊集团进行商谈。

老余说，他们平时也不麻烦商会什么事情，而商会的一些公益活动也是能参加就参加，需要免费提供快餐啦饺子啦面条啦都没迟疑过，现在他们面临这么大的压力了，希望商会能帮衬一下。

还有老杨，他家开的是扬州小菜馆。

说句实话，受冲击更大的是晚晴的美食城，因为这真是个相似度很高的概念，都是在一家大饭店里收罗了全中国最齐全的菜式和小吃，无非美食城与天昊有个地理位置上的距离，两者相隔半个城市。但是这种大饭店的顾客，很多都是驱车赶过去，开车十五分钟与开车三十分钟没太大区别，天昊的巨无霸肯定更容易给食客带来诱惑。

不过，晚晴早就有要创新餐馆风格的想法，她向来是个改革家，天昊的出现只是促使她的改革提前而已，所以晚晴也没担心。

由于老于老杨他们催得紧，晚晴只得向徐子涵预约见面时间。

晚晴心知肚明，天昊这么大的集团公司肯定有自己的战略方向，商谈不可能会有扭转乾坤的作用，只是若能让天昊酒店在其他方面或者业务上提供一些机会，那也不至于把一家家小餐馆搞得压力太大。

徐子涵收到邮件，当即回复：非常欢迎！

067

晚晴的公关却没有起到什么作用。

事实上，那次的面谈，还有点尴尬。

晚晴向徐子涵的预约很明确是个工作预约，而刚好那一天，中餐协会的会长老陈来找晚晴，说的也是天昊集团的事情。原来老杨老余他们也向中餐协会有所抱怨，于是老陈说，那正好，既然你与天昊的少东家约了时间，我们就一道去吧。

晚晴说，行，我再给徐子涵写个邮件，多一个人。

但徐子涵那天没收到邮件，他去买鲜花去了。

等晚晴和老陈到了预定的咖啡馆，两分钟后，徐子涵抱着一大束鲜花出现——

他老早就期待着这次见面，甚至连穿什么衣服说什么话都作了一番准备，前一晚因为兴奋竟然凌晨两点都没睡着。这哪是工作会谈，这分明是少年钟情！下午三点咖啡时间与晚晴见面，他在外面吃了个工作餐后就直奔鲜花店，带了早订好的鲜花，开开心心推门要见晚晴。在他的设想中，应该还有个拥抱。

现在，却突然多出了一个男人！

老陈看得目瞪口呆，不知天昊的少东家是何用意。

晚晴是心知肚明，也只能暗暗叫苦。

徐子涵见凭空多了一个人，自然也尴尬。不过聪明的人化解尴尬的能力总是很强：他当着两人的面把鲜花送给了咖啡馆，说他经常在这里接待客户，在这里喝咖啡休息，得到了很好的服务，这鲜花就是代表天昊送给咖啡馆的礼物。

然后三人一起谈事情。

晚晴说了天昊开张后将对周边小餐馆的影响，以及作为商会主席和中餐协会主席，他们也为小餐馆的利益以及前途担心，希望能争取什么更积极的办法。

但徐子涵公事公办，他说在最高两层营建美食村的项目是集团在收购大楼时就定下来的，有弘扬东方美食文化的意义。作为这个酒店的总经理，他不能改变集团的决策，也无意改变这个定位。

工作会谈在短暂的见面后就结束了。

老陈与晚晴无功而返。

在美食城里，晚晴沉默不语，但老陈善谈，一杯啤酒再加一碟猪耳朵，就滔滔不绝与建国他们说起见面经过。建国得知晚晴与老陈在徐子涵那里受到冷遇，对徐子涵的傲慢大为不满。

徐子涵请朱丹的爸爸朱家豪吃饭。老朱自然开心答应。

徐子涵问老朱，法兰克福哪家中餐馆做得最成功，他们就去哪里吃饭。

老朱推荐了几家，但是都没有美食城的名字。

徐子涵说，你定个餐馆吧，记得要个包厢，我们好谈点事。

临时订餐且还有足够多包厢的，只有美食城了。

于是，徐子涵与老朱前来新中华美食城吃饭。我因为还没找到工作，在餐馆帮忙，见老熟人来，就让跑堂送上热毛巾和开胃小菜。

徐子涵四处张望，我知道他的眼睛在搜索谁。

"晚晴今天不在这儿，她去另一家餐馆了。"我说。

徐子涵看到我身着白色工作服，脸上露出惊异神色，说："我认识你，我们见过好几次面了。"

"他是老陈家的大公子，还是文学博士呢。"老朱向徐子涵介绍。

"我一直记得你。我与你的第一次见面是在法庭上，我是跟着黎阳见世面去的，你做翻译，那天的情形很火爆，像打仗一样，但你的翻译又冷静又到位，我到现在都觉得，好像再没有其他人的翻译能比得上你。"

我笑笑，感谢他的赞美。请他们入包厢。

"文学博士在餐馆里工作……难怪美食城生意这么好，有文化底子了呀！看来以后我们的天昊酒店，也要聘请几位博士……"

我听得哭笑不得。

徐子涵要一瓶餐馆里上好的葡萄酒。我带着莱茵高地区约翰山酒庄的一瓶雷司令贵腐酒进去。

我帮他们开瓶、醒酒。

徐子涵邀请我也陪他们喝一杯。老朱在那里使眼色，但徐子涵毫不介意："我们有缘呢！"

这位公子，性情人啊。

我自然也很乐意亲自为他们服务。

徐子涵对老朱说："天昊酒店有个战略规划，在彻底装修之后，酒店要把最上面的两层做成景观餐厅，汇集各种中餐美食。"

老朱点头，连称这是好主意。

徐子涵说："但是不是有一些小型餐馆会不满意？因为这样会影响了他们的生意。"

老朱说："做生意不能考虑那么多。生意场就是适者生存。虽说强者可以多做一些公益来为弱者服务，但在职场上，每人都要承担起自己的责任。"

徐子涵若有所思，然后他请教老朱，问他对于德国的中餐馆的想法。

法兰克福的中餐业有着强烈的时代感，这点我可能是最有亲身体会了。

二三十年之前，做中餐的主要是香港人、广东人，做的中餐更多是迎合外国人口味，餐馆却狭小老土，挂着红灯笼，房子却是繁琐的木窗。也都是夫妻店，自己家人为跑堂居多，自助餐的品种不多。因为当时中国客人少，主要客人是德国人，所以口味是外国版的中餐。

十多年前，浙江和福建的餐饮商人开始占领香港人的市场。他们的思路开阔，餐馆大气、宽敞、自助餐非常豪放，聘请的员工也有了德国本地人或者东欧人。随着中国经济越来越快发展，展会和参加旅游的中国人越来越多。在本地居住的第一代移民也已安定生活，不再是当年每个马克都要省的留学生，他们每周都会以吃一两次中餐作为调剂，菜肴的味道越来越正宗。

现在，特色餐饮越来越多，山西面食、新疆美食、四川麻辣烫、湖南香辣菜、浙江杭帮菜或者温州菜，应有尽有，店虽不大，但极有特色。而且，越是分类细致，反而越有客人。很简单，一来法兰克福是展会城市，越来越多的中国人涌进来，到了异乡却能吃到特色美食，不是很有诱惑么？另外，法兰克福是个开放的都市，法兰克福人的心态也非常乐意接受不一样的风味。随着去中国旅游的人越来越多，老外眼中的中国也不再只是上海北京广州和青岛，他们知道了四川，知道了福建，知道了浙江，甚至更小的地方。

因为在德国呆了二十年，我能亲身了解这些变化。作为商会的老侨领，老朱自然更加熟悉这些变化以及未来的发展，他滔滔不绝地说话，顺便把自己的光辉历史也捎带进去。

我端了四次菜进去，都是好口才的老朱在讲述行业奋斗史。能感觉到徐子涵听得很有兴趣，对老朱也越发刮目相看。

老朱与徐子涵相谈甚欢，看来这是一个很成功的饭局。

当我按照客人的要求带着第三瓶葡萄酒进去时，老朱和徐子涵已转了话题，他们相约下一次见面去哪里打高尔夫球。

老妈自从去疗养院作了几次疗养后，身体恢复越来越好，这让晚晴作老年绿色养生健康之旅的愿望越来越强烈。她把项目方案通过朋友给了国内的几家养老机构。

上海一家颇有口碑的养老机构很感兴趣，他们很想带着国内老人前往德国，进行一趟集体检、疗养和旅行为一体的休闲游，为期两个月。

晚晴帮对方作好了具体的行程安排，也联系了医院和疗养院。现在最大的问题就是签证所需的邀请函。

晚晴想通过商会给国内的老年疗养团发邀请函。

晚晴想到通过商会发函，是基于两点考虑。一是因为这是个创收项目。以往老朱做会长的时候，只有支出少有创收，商会的活动大多是接待，或者以商会的名义接收一些项目，利益自然是接项目者自己拿走，所以商会的账目上都是只出不进。现在通过给老人疗养团发邀请，可以名正言顺收取费用，一个团五十人，每人二百欧元的邀请费，一次就可以进账一万欧元。若每年有几次这样的老年团，单单发邀请函就可以开源不少。

二是商会的资质不错。这个有十多年历史的、法院注册过的民间社团，曾参与过多次公益活动，对于国内的机构来说，是个值得合作的平台。

在与商会财务商谈之后，商会主要成员也觉得这个发邀请函获得创收的方式是两全其美，双方共赢。

确实，对于国内的养老机构来说，一个长久的合作平台很重要。从晚晴提供的策划方案以及他们作的市场调查看，中国存在巨大需求：有钱的老人越来越多，且对于健康的要求也越来越高，每年花个十几万人民币去欧洲游玩疗养两三个月，何乐不为？既作了一次全面的体检，又半旅游半疗养地慢生活了一把。以前看电视上那些七老八十的外国老人，依旧登山游泳慢跑还和老伴全世界旅行，觉得人家活得奢侈，现在国内生活好了，我们的老人也照样可以啊。这是很好的生活品质，是对自己的健康最大的负责任。

想得开的老人不少，孩子孝顺且支持的家庭更多，中国显然是个生机勃勃的大市场。

最后，晚晴与国内养老机构一起合作的绿色养生项目通过华商会的平台促成了。

068

已被天昊集团高价聘为公关顾问的老朱给徐子涵的第一个建议，是收购一些特色餐馆，集中到十九、二十层的观光餐厅去。

显然，天昊要做航母的目的越来越明显。

老杨与老余他们聚集在商会的活动室里，愁眉不展。

天昊已经通过老朱放出口风，想买下法兰克福比较有口碑的一些特色餐馆。买下后，整个餐馆就移到观光餐厅里，与其他餐馆一起进行整体包装。

对于小店来说，被收购不是一件坏事，尤其是当这样一艘航母无论如何都要破冰而出乘风破浪时，周围的小浪花小礁石都根本阻止不了它。问题是：价格。

若天昊还有公道心，给出的价格不错，被收购其实是件理想的事情；但是若天昊乘机压价，这些餐馆就要处于一个很纠结的状况：不想被卖，不卖又竞争不过，迟早面临倒闭的境地。

晚晴前一次的公关无果给大家带来了更为悲观的情绪。老余说："我们是开小餐馆的，不像大公司员工，平时里还有个工会在后面顶着，我们只能把商会当工会……我们平时是比较少参加例会和活动，因为人小力微，觉得很多活动，你们大老板发个言，我们执行就是。另外商会的公益活动，需要我们出快餐出炒面炒饭，我们从来没有落后过啊！看着眼下我们这样心急如焚，你们商会好歹也得想点法子帮帮我们啊！"

晚晴只能尽量安慰："我努力想办法……"

老杨说："主要是你自己这里与天昊隔了大半个城市，没有影响到你，所以你也不着急吧？"

建国一听，火就大："你这话什么意思？我这里怎么可能影响不大？我姐都想着要另起炉灶了。若不是那一家子什么大酒店影响巨大，她还用折腾去开辟另外的市场吗？弄得不好是我们美食城最早被那个大鲨鱼吃掉呢。人家来者不善，谁看不出来啊？我姐能看不出来？她是不像你们，一有事就嚷嚷！"

一看建国火了，其余人就不说话了，只抽烟，把个活动室抽得天昏地暗。

徐子涵在他的超大卧室里，安静地看着一张发黄的旧照片。那是一个少年与一个少女在灿烂地微笑。徐子涵自己也没有想到，十五岁时候邂逅的那姑娘，怎么能在心里铭刻下这么深刻的记忆。是因为少年的初恋？还是姑娘的美好？

这是一段充满离奇和戏剧性的故事。他以为他已经与她天涯相隔，其实他们是相隔那么近，中间就是隔着黎阳哥——多年前他就是黎阳的室友兼小伙伴，无话不谈，而她是黎阳的女友的亲妹妹，时不时相聚见面。若黎阳哥当初知道他苦苦恋爱的女神就是他嘴里那努力奋斗不服输的亲戚，那何至于让他如此浪费时光？他一定会在十五六岁的时候就不顾一切要跑去找晚晴姐姐，他一定会与这位姑娘一起快乐消磨青春的最灿烂季节，他一定会谈一次最最靠谱的恋爱！而不是像眼前被很多人称为"最勤快换女友的中国王子"——不是，不是他想换女友，是没有一个女孩子在他心里扎下根，只有她，一个名叫晚晴的女生！他的心，只认这个名字，认不了其他！

只是眼下，他束手无策，不知该如何才能开始。好友黎阳的离去给他留下了一个世纪难题。他想了很多办法约会，可是约会少有成功。更大的问题是，就算晚晴赴约，但爱情没留在她心中，约会又有什么意义？

徐子涵阵阵地感到孤单。他重重地躺倒在床上。

手机的彩铃响了。从音乐中，他知道是朱丹打来电话。

"子涵，今天周末，你在干吗呢？有没有空？"

"有什么事情？"

"没事啊，我们去酒吧喝喝酒，开心一下。"朱丹已经不止一次约他去酒吧了。

"去酒吧？"徐子涵犹豫。

他想去，因为想买醉。他不想去，因为陪喝酒的人不是晚晴。

不过事情是矛盾的，若陪他的人是晚晴，那估计就不用买酒喝醉了。

电话里一听徐子涵并没坚定拒绝的意思，朱丹立即加一把火：

"今天酒吧里有特别活动，可以玩得很high，陪你去吧？"

徐子涵有点动心。

但就在此时，手机提醒又有一个电话进来，看显示，是晚晴的！

徐子涵眼睛一亮，他立马回绝朱丹：

"谢谢，不过我不想喝酒。"

"你怎么啦？好像不开心？"

"没什么，就是想一人静一静。"

"这样，没什么不开心的吧？"

"没有。"

"若不开心，记得找我玩呢，你妈妈交代过我，要我好好照顾你……"

"谢谢你。我要挂电话了，再见。"

徐子涵挂掉电话。

朱丹看着发出忙音的手机，很是失望。

徐子涵赶紧接进晚晴的号码。

"请问是徐总吗？"

"是的，若你愿意的话，你可以叫我徐子涵。我们十年前就认识了。"

"好的，徐子涵，你好！"

"若你叫我子涵的话，我觉得更加亲切。徐子涵，连名带姓，好像骂人一样。"

那边有些笑声："那我还是叫你徐总吧。"

徐子涵没办法。

"徐总，我很抱歉我周末打搅你。不过，确实有个问题，我一直想请教徐总。"

"你说吧。当然最好你会因为周末打搅我而有些愧意，然后请我吃宵夜。"

"我当然会请你吃宵夜……"

"什么时候？"

徐子涵不缺少死乞百赖泡女友的功夫。

"等你回答完我请教的问题，好吧？"

"你说吧，什么事情？"

晚晴字斟句酌地说："徐总，我非常尊重也很认同你们公司的战略策划和客户定位。但是，不知道你是否觉得，你们公司对一些小餐馆的利益损失应该进行弥补？这不仅会体现你们大公司的人文关怀，而且也是一种共赢……"

"晚晴女士，是不是我们之间，永远只能谈一些公事？我提醒一下：现在是周末时间。"

徐子涵其实是想开个玩笑，他希望用撒娇的方式得到晚晴主动邀约的一次宵夜聚会。

但可能电话里的声音显得过于严肃，而晚晴无从看到徐子涵一脸坏笑的表情，她只能硬着头皮继续："我是很抱歉，我也很想不在周末时间打搅你，只是……

"只是什么？"徐子涵还在期待。

"只是，我是商会会长，对于商会里一些成员的要求，或者说一些该尽的责任，就总想多尽一些……"

徐子涵心里有无尽的失望，说："我会考虑的，我也会向集团反映的。还有事情吗？"

晚晴一听，开心道："真的吗？那太感谢了！今天真的打搅你了，不好意思啊，你早点休息，晚安！我下周再给你电话！"

"喂，宵夜呢？喂……"

可是，晚晴在手机那头已经挂掉了。

并没有宵夜约会，晚晴不接受这种调情。这也意味着，晚晴心里真的没有他。徐子涵很不是滋味。

而晚晴，在开心挂掉电话的一瞬间，突然想起刚才还答应了这位少爷一个宵夜。可是，电话已经挂了，她犹豫地看了一眼手机，没有再回拨电话。算了吧，下次等事成后一定好好请请这位公子。

徐子涵望着电话好一会，电话始终没有再响起。他在心里说：

"在我面前，你若是晚晴，你的任何愿望我都满足你；但若你是会长，那么，你就用你自己的方式去争取吧！"

也许是国内合作伙伴的宣传运作到位，绿色养生健康之旅项目的受欢迎程度远超出晚晴的预期，第一期老人团刚办好各种赴德的手续，第二期又开始报名了。

晚晴把绿色养生项目的具体工作交代给我和建国。这其实是一种休闲疗养型的养生旅游，以某个有良好设施的疗养院为基地，然后在周边扩展适合老人清心清肺的路线，一切都以老人的健康与疗养为核心，既有益身心，又能旅游大好风光。

我做过三年导游的经验终于派上了用场。

我知道养生旅游不同于一般旅游，每天的旅游活动量很低，往往就是在一个小镇里一呆一两天或两三天，然后再换去另外的小镇。这样，老人才不会因每天赶路而疲劳，也不会在重复的地方呆着而烦闷。

建国很积极，在我的几次陪伴下，专门跑了几趟不同的疗养胜地路线。

德国很多小镇有温泉矿泉或者盐水泉，这些小镇尤其适合老人养生，无论是饮水或者泡澡，多种矿物质的泉水都能给身体带来最自然不过的滋养和治疗。尤其在一些小镇里保留着具有德国特色的"盐吧墙"（Saline），这是一种由黑刺李层层叠起来的高达近十米的植物墙，可以长达十多米，地下泉水从高处喷洒下来，经黑刺李层层过滤风干，变成浓度细密的盐水水雾，非常清肺，每次老人前来，都会美美地享受半天，回头就说嗓子和呼吸道无与伦比地舒适。

除了温泉矿泉之路，莱茵高地葡萄酒之路也能给老人带来一个个高潮，因为散步在漫山遍野的葡萄林中，眺望不远处的莱茵河，再在身体适宜的情况下爬爬台阶一天参观一个古堡，享受来自葡萄庄园里的真正雷司令，那是一个怎样愉悦的健身之旅啊，静动相宜，心胸宽广，老人之乐，乐在自然山水里。

另外还有离法兰克福不远的充满人文故事的青山之路、黑森林温泉之路、咕咕钟之路……我发现，我这个一直找不到正式工作的文科博士、曾经厌倦做导游的不合格领队，在这样的老人养生旅游项目中，竟然如鱼得水。

我絮絮叨叨地把一路的人文故事告诉建国，好让他下次带领老人前往时能复述这些故事。建国傻傻问我："哥，你一路的故事讲得太多了，都快一百个了吧，我记不住了，要穿帮了，怎么办？"

我瞪着他："回家给我看书去，不读书不看电视，当文盲啊？"

建国一点不气恼，馋着脸："哥，还是你来当导游吧，我给你做后勤，或者给你搞公关！"

"都是老人，又不购物也不处理人际关系，搞什么公关？"我嘀咕。

但是，建国说完没多久，需要他搞公关的机会真的很快来到了。

正当我们开了车子，兴致勃勃地从海德堡返回法兰克福的美食城，准备向晚晴汇报建国作为实习导游的成果时，在门外，就看到了老朱的宝马座驾。

老朱来干什么？建国嘟囔道。

"我们商会只是发考察邀请函，所有费用都是国内机构自理，商会无需补贴，而且，国内机构还要给商会一些费用，对于商会来说也是创收。这是双赢，何乐不为呢？"晚晴的声音从庭院的花丛里传出来。

"陈会长，这不是双赢，这恐怕是你打着商会的名义为自己赢取利益吧？"

"朱会长，您怎么能这样说话？"

"我为什么不能这样说？我不过是说出了实情，商会里很多人都看出来了，无非是他们碍于面子不说而已。"

"朱会长，您做商会期间，没有开源，也没节流，就是接待和拍照。最起码，我利用商会的邀请函，可以源源不断创收，这是开源啊。"

"我是没有开源，但是我没有绑架商会让商会为自己做事，怎么样？"

"朱会长，这怎么能说是绑架商会？我姐在这个职位上，就是要做出一些事情。这些事情没有给商会带来损害，而且有不少创收，这何至于让您如此不服气呢？估计您是羡慕嫉妒恨吧？"建国上前，语言冲突顿时升级。

老朱瞪着建国，看着这个突然从身后冒出来的人，一时竟然接不上话。

"您刚才说很多人看出来了，陈会长利用商会谋私利。我倒是想说，会里很多人看出来了，陈晚晴会长利用商会，创造了财富，这创收已经作了计划，在年底举办一个很气派的年会，争取买下一百台iPad作为抽奖礼品。所以，他们开心，他们很愿意支持陈会长利用商会为会员谋福利。不信，那就让陈会长终止这个项目，也终止年底的盛大年会计划，看看商会里的人是什么样的反应，好不？"

老朱一听，愣在那里。

老朱任上的每次活动，也就是一台iPad当作最大奖品。因为经费有限，大家参与活动的积极性不高。但是若拿一百台iPad当年会礼物，这样的大手笔，大家怎么可能不积极参与？若真是传出去是老朱阻止了这样一次超级豪华年会，那老朱估计要成为协会里最不受欢迎的人物了。

老朱哼了一声，找了个理由告辞。老朱与晚晴的正面冲突暂时终止。

"晚晴，你真有要买一百台iPad作为年会礼物的计划啊？"我担心地问。我知道晚晴能挣钱，能挣钱自然花钱也有底气，但如此像洒水车一样花钱，我也有点打鼓。

建国笑笑："我随口说说的，这老朱，自己不干活，人家干活有人气还挣钱，名利双收之时他又不服气，我就这样压压他。"

但是晚晴却在一旁慢悠悠地说："一百台iPad当抽奖礼品，说不定是可以做到的哦，我们努力一把吧！"

建国瞪着眼睛："那我们的商会，可真要被其他协会羡慕嫉妒恨啦，搞不好都要跳会到我们这里啦……"

069

初夏的莱茵河，处处透着浪漫的生机。两岸的游客，熙熙攘攘。

古堡、葡萄园、蓝天、美酒……浪漫莱茵真的是德国的巨大财富和瑰宝啊，每次都能带给游人喜悦和幸福。

"法兰克福是德国所有城市里海外游客最为首选的过夜城市，而现在的海外游客里，中国游客的数量在以惊人的比例数字逐年上涨，我们在法兰克福收购的天昊五星酒店，真的是赶上了天时地利人和。只要酒店的品牌打出来，入住率根本不是问题，以后只需不断推广这样的模式就行了。"老朱手端一杯雷司令，站在游轮的甲板上，与徐子涵边碰杯边商谈工作，神情愉快。

徐子涵微微点头。

"对了，几天前，你们商会的美女会长给我打过电话了。"徐子涵看到两岸的风光宜人，用手机拍着照片。

"她找你什么事情？"老朱赶紧问。

"你怎么看你们的会长？你觉得她是什么性格？"徐子涵不着急回答，反而慢悠悠询问。

老朱一边喝酒，一边看着莱茵河两岸："十年前，我参加了她父亲邀请的她的十八岁成人礼。就是在这里，在一条游船上，当时很多亲友参加，场面很大，很气派。那时她还是个青涩的女孩子，不过能力也不错，还有个很不错的男朋友，本来应该挺般配的。"

"十年前的成年礼？"徐子涵若有所思。

老朱点头。

"是什么时间呢？夏季？"徐子涵问。

老朱点头回忆："差不多是夏季，对，即将夏季。因为很快，他家就出事了，所以很多人都说，老陈家的女儿成年礼好像不是很吉祥。"

"究竟出了什么事情？"徐子涵着急问道。

老朱好奇地看着徐子涵。

"我就是好奇。"徐子涵掩饰道。

老朱说："在她十八岁成年礼之后，她家就着了一场大火，之后老陈出了车祸，总之是出了一连串的事情。她本来要上大学的，但没有去上，直接找了个商人嫁掉了。"

"嫁人了？"徐子涵惊呼："你不是说她有个男朋友的吗？"

　　老朱点头："突发事情总是会改变命运的……她没上大学就嫁人了，而且很快就怀孕了。但是这女孩子好像运气也不好，那男人不久之后就进了监狱，她又嫁给了她哥哥。"

　　"嫁给了哥哥？"徐子涵震惊。

　　"不是亲哥哥，老陈家的这个姑娘是领养来的……对了，她的第二任丈夫就是那位博士，你在美食城见过他的，我们还与他一起喝过酒。"

　　"他……那位才子，是她的第二任丈夫啊？"

　　"什么才子？也就是个博士，读了那么多年才读出来的博士。"老朱对徐子涵的评价不以为然。

　　"有的人看起来平凡，但是其实有才……你不是说她本来有个男朋友的吗？"

　　"不知所踪。所以人生如梦。"

　　"是中国人吗？"

　　"不是，是个德国人。"

　　"哦……那她现在呢？"

　　"现在又离婚了，不过那第二任老公对她孩子不错，像亲儿子一样。"

　　"第二任老公，为什么离婚呢？"

　　"谁知道原因呢？好像不是很满她的意吧，所以离婚了。"

　　"这样啊……"

　　"徐总好像对这个姑娘的故事很感兴趣啊。"老朱逗徐子涵。

　　徐子涵一笑："我也爱听曲折离奇的人生励志故事……再说，她是我的同行，多了解一些，没有坏处。"

　　老朱接着说："你刚才不是问我对这个女生的看法吗？感觉差不多就是三个字：敢折腾。还有，以前的运气不怎么好，她是我看着长大的，性格是有点男性的，以后你别太被她绊住了。"

"为什么？"

"怎么说呢，这种社会经验丰富的女人，能经历事，也能折腾事，现在又开始做国内的项目，真是精力充沛……但是，我想吧，好的女孩子，还是读读大学，在公司里稳定地上上班比较好，单纯一些、雅致一些比较好……"

"什么叫好的女孩子，你觉得她不好吗？"

"不是不好，就是，感觉太复杂了，太厉害了，让男人敬而远之。所以嫁人会比较难。"

"这说明她独特嘛。"

"也太独特了……对了，徐总喜欢什么类型的女生，说不定我可以介绍呢。"老朱呵呵笑着。

徐子涵眉毛一挑："回到正题吧，你们会长给我电话，希望天昊集团多多考虑其他餐馆的利益，希望我们集团能有一个更人性化的办法，这样我们天昊的人气会更旺。意思就是，我们大公司要发挥大公司的正能量，给人做榜样。"

"什么叫更人性化的办法？"

"不要去收购那些餐馆吧？"

"收购餐馆本身就是最人性化的办法。这些小餐馆，平时也没什么能力，风险很大，一有什么事情发生，就坐以待毙。不久之前，一个很有些名气的运动员说了什么中国人爱吃狗肉，很残忍，结果很多德国人就抵制中餐馆，直接让一些小餐馆倒闭了……　我们收购后，若再有这类事情发生，我们完全有能力组织舆论力量，形成对话模式，成为文化对话和交流的一部分，反而能让坏事变好事，是吧？"

"是的，我也告诉过她，收购对于餐馆业主们来说，应该是求之不得的事情。"

"她那么反对，是有她自己的打算吧？"

"你觉得会影响她的利益？"徐子涵问老朱。

"利益倒不会影响，我们天昊的位置在城东，他们美食城在城西，顾客源本来就不一样。主要是，她想通过这事树立商会会长的威信，她还是很有些野心的。"

"有野心倒也不是坏事，说明这人生机勃勃……不过，依你看，收购特色酒店还继续吗？"徐子涵询问。

"继续！"

"好的，我支持你。这也是我们集团在准备阶段的一个重点战略方向。这个方向不能变。"

"谢谢徐总的支持！但是，我需要得到集团公司的一个承诺。"

"什么承诺？"

"陈会长的思路也有一些值得我们注意的地方。我们是大公司，大公司讲究形象，尤其我们天昊集团在法兰克福是第一次亮相，以后可能还会在巴黎、伦敦、阿姆斯特丹等国际大都市推进市场，更要有充沛、慷慨和正能量的一面，所以在收购特色酒店方面，能尽量满足小餐馆的要求就满足。"

"这我知道。这次收购，不仅要收购特色餐馆，更要收购人心，收购好口碑。所以需要你做公关总监呀。"

"这么说，集团会有足够的预算用于收购？"老朱很兴奋。

"钱你不用操心，我要的就是树立集团的品牌，你全力做好这个就行。"徐子涵继续用手机拍着两岸的风光。

在美食城的包厢里，一些小餐馆的老板围坐在一桌丰盛的餐桌旁，是晚晴邀请这些商会成员来吃饭，因为晚晴要了解他们的最具体想法，她好整理成一个书面材料给天昊集团。

小餐饮店老板们最大的愿望是保持现状，但天昊这么大一家酒店凭空而起，他们想保持现状是不可能的。小老板们提出的另一个意愿是：给天昊供货。

这类似于一个个地分包。天昊打出的广告不是说每天至少提供二百种以上的美食吗？其实很多美食，尤其是小吃类，都可以专业流水线操作，比如山东饺子、北方大馅包子、西安凉皮、南方云吞烧麦黄金糕等等，提供这些食品对于长江华商会的餐馆老板来说很轻松。若每家小餐馆都固定给天昊供货，既可以保证食品新鲜，天昊也不需要聘用太多的厨师（德国固定员工的代价是很高的，因为要为雇员支付各种保险），而且小餐馆在多挣钱的同时也保留了自己的顾客源，毕竟，大酒店的顾客群与小餐馆的顾客群不一样，天昊再航母，也依旧会有食客更喜欢去小餐馆简单省时地吃碗面啥的。综合几方面考虑，此方案明显利大于弊。

晚晴听着餐饮小老板们叽叽喳喳的讨论，一边点头一边记录。

"陈会长，来，我敬你一杯，若这样的方案能被天昊采用，那你真是帮了我们大忙！我们不是不讲理的人，人家花了上亿的投资，肯定也是要做好他们的市场，我们都理解。但是，我们就是希望，他们大公司在做大手笔事业的时候，能多想想我们小人物的辛苦。我们每家小店也都是白手起家的，在座的每位都是把自己的小店当家，早起晚归，很有感情的。你若能帮我们把这份辛苦和感情转达给他们，那就是帮了我们很多！"做西北面食的老何端一杯酒，走到晚晴面前，敬她。

老杨老余等其他人也纷纷给晚晴敬酒。

晚晴忙不迭地说："各位前辈，我一定努力争取。天昊是航母，我们是小舟，航母有航母的市场，小舟有小舟的顾客，各自存在其实都是有益于对方的。我其他不敢承诺，但是只要能向天昊争取的，我一定努力。各位前辈放心吧！"

"陈会长真好，年轻有为，聪明能干，我们跟着你，真的很放心。"老余恭维道。

"你们都是我的长辈，请千万不要这样说，都还没办成事情，我只能说我会百分之两百地尽力去做这事。"

"来来，我们一起敬陈会长……其实是借花献佛啦，今晚这么丰盛，吃的喝的都是陈会长的呢！"

……

老杨刚回到家，手机铃响。

"老杨，我是老朱，我就在你家附近，你开门，同你商谈一件事。"

老杨家的院子本来就狭小，前段时间院子灯泡坏了一直没修，老朱的宝马在狭窄的院子里几番进出，终于停好了。

"我家条件不好，院子也小得很。让你受累了。"老杨说。

"你条件不好，不过电灯坏了总该及时修理吧。"老朱不客气地说。

"是的是的，明天就买灯泡换去。喝点什么？"

"我这么晚了还过来，也不是为了喝什么的，就是想与你谈谈，我现在是天昊的公关总监，主要工作就是协助和协调天昊与周边一些餐馆的收购事宜。这样，老杨，你直接告诉我，若要出手你家的扬州餐馆，你期望最低是多少？"

"我这餐馆虽说不大，但是经营时间挺长，客户很稳定，一共有七十多个位子，而且三年前刚刚装修过……"

老朱不耐烦地打断他："你就报个价格，愿意把这个牌子多少万欧元卖掉。若卖掉，你可以去天昊工作，作为固定员工，有工作合同，有稳定的社保，而且工资不低。"

"我……我得估算一下这个餐馆的价值啊……"

老朱有点不屑："老杨，这个餐馆你是租的，你与房东提前三个月结束掉出租关系就行了，人家天昊根本不想要一桌一椅，要的是你这个人还有你家扬州餐馆的招牌，你就报个价格。若可以，我就去同天昊说。若不想卖，估计他们新店开张，也会整出个扬州菜来，那时你就叫苦了。"

"这样啊……"

"所以，我这段时间一直与天昊少东家徐公子在博弈啊，你们也不知道我都在为你们忙这忙那的，现在天昊集团总算有大致意向出来了，我就赶紧来告诉你们。说句良心话，被大公司收购不是件坏事。不然，后面还不知道是什么结果呢。"

"老朱，那你的意思，我就直接把我们愿意出手的底价报给你？要不要告诉陈会长呢？"

"是的呀，当然是报给我呀，我是天昊指派的协调者，是通过我这里向天昊要钱的，与陈会长没有关系啊。她是去找过徐总，又是电话又是登门拜访的，可是人家根本没理会她呀，你们找她有什么用呢？"

"好的好的，我知道了……那，我们最迟什么时间报给你？"

"今天吧。今晚你就给我发个短信，我整理出来，这两天就统一把愿意被收购的餐馆名单报上去。"

"这么着急啊……我都不知道怎么报。你也知道，我们都是小餐馆，心里当然是想多一万就是一万。"

"你就这么想：天昊也有评估师的，若你报上的超出他们的估价，那就很可能不收购了，那你就有苦头吃了。你看，你的扬州餐馆的牌子，又没有注册过名号，你可以开，人家其他扬州人或者江苏人，甚至是个上海人，也可以整出个扬州餐馆的牌子来的啊，那时你就被动了。所以，你还是按照市场的价格，正常来吧，不要为了图个多一万而因小失大了。"

"哦……"

"还有，老杨，我也悄悄与你说几句啊。我这里吧，也与天昊集团有些密切关系，我也设法去打探一下他们的最精确的估价。我自己更会在估价会议上多多正面评价，当然这是我们两人的合作了。我们私下作个协议好了，若我帮你拿到超出你底价的好价格，那么超出部分，你我五五分成，如何？"

"这样啊……"

"你自己想清楚,这是机会,尤其我们是有交情的。若是一般的小餐馆,我根本不去冒这个风险,我毕竟是人家天昊聘用的公关总监,按理要全心意地为自己的雇主服务,不过谁让我们以前都是好邻居好朋友呢……通过我这里的这条线,多卖出个三万五万是很有可能的,对吧? 不然,你自己爱咋样就咋样吧。"

"对对对,好好,就按照你说的办吧。"老杨赶紧握住老朱的手。

"那成,我给你留个私下协议,这是份表格,你把底价报上,然后在这里签个字……底价一定不要超出市场估价,不然人家理都不理你! "

"好的好的,我知道我知道。"

"在收购成功之前,此事你不要同任何人说起,知道吗? "

"好的好的。"老杨忙不迭地点头。

老朱从老杨家出来。

院子里没有灯,他又花了一番力气,才把宝马车小心地驶出。从后视镜上看,老杨正使劲冲他挥手。

"这细节决定成败,老杨事业做不大真是有道理的,连个院子也不打理,灯坏了就一直坏了,这样哪会有合作伙伴的……"老朱一边开车一边嘀咕。

徐子涵被桃色事件包围了。

在大学时代,徐子涵喜欢音乐学院里一个拉小提琴的女孩子詹妮。詹妮是移民二代,娇小俏丽。徐子涵风流多金有魅力,换女友很是勤快,而且有时候,其身边的女友是处于模糊边界上,好了淡了又好了,有种一拖儿的新式谈恋爱概念。反正,年轻人呗,精力好,男的女的都是容易互相吸引的。

詹妮曾当过徐子涵一个学期的固定女友,然后因为两地求学,就淡了，成为"边界男女朋友"。不久前，詹妮随交响乐团来法兰克福歌剧院参加大型交响乐音乐会，徐子涵送了大束的鲜花。詹妮以为徐子涵旧情复燃，就特意邀请徐子涵在歌剧院的鲜花阳台餐厅吃饭。

鲜花阳台餐厅是要提前预定座位的，待到詹妮预定到席位的那一天，刚好是徐子涵现在的"边界女友"安妮返回法兰克福的日子。安妮是知名航空公司空姐，飞上海法兰克福线，每次执行完飞法兰克福的任务，她都要给徐子涵打个电话，一起吃饭——因为徐子涵常会让她带一些国内的书过来。徐子涵像他父亲，爱看书。

徐子涵好久没见到詹妮了，现在詹妮成了交响乐团的成员，越来越高雅迷人。与美好姑娘一起进餐，哪个男生会愿意推脱呢？

徐子涵欣然赴约——完全忘了要与他的另一个"边界女友"安妮聚会。

安妮给徐子涵打电话，徐子涵手机静音，没接听。

安妮有徐子涵住处的钥匙，她把书带去别墅，再打电话，依旧没接听。别墅客厅里放着徐子涵的iPad，安妮心里一动，用他的iPad搜索一下定位，就知道他的iPhone手机在哪里了，说不定她还能给他一个惊喜呢。

于是，安妮带着一包书，去iPad上定位好的地方。

安妮毫无悬念地找到了歌剧院。法兰克福夏季的夜很迟，在亮丽斑斓的晚霞中，安妮看到徐子涵正与一个长发的东方姑娘相拥在一张大海报前，徐子涵用手指点着海报，然后两人拥抱。在模糊的轮廓中，她看到那女子亲吻了徐子涵。然后徐子涵拿出手机打电话，好像是叫出租车。两分钟后，出租车来到歌剧院广场边，两人再次相拥，依依告别，看起来情意绵绵。

安妮醋意顿起。她跑到徐子涵刚刚指点过的海报前，看清是一张音乐会海报。在交响乐队里，唯一的一张亚裔姑娘脸庞，清秀俊俏，长发飘逸，就是刚才那个拥抱徐子涵的姑娘。

安妮本事挺大，也不知她从什么途径找到了交响乐团经理人的电话，然后找到了詹妮，约詹妮在歌剧院旁的咖啡馆喝咖啡。

这次喝咖啡没喝出好结果来。安妮本想只是作作警告，让詹妮知道她才是徐子涵的正牌女友。不过学艺术的人都清高，何况是从小生活在德国的移民二代詹妮，更是不屑安妮这样的中国式警告，她浅浅地喝着咖啡，倒是警告安妮不要没事找她。

一个詹妮，一个安妮，两人都是花容月貌、争强好胜之人，风采绝对有一拼，谁都连语言上的下风也不能容忍。这样没喝完一杯咖啡，就出现了战争的迹象。相比起来，从小娇生惯养的安妮涵养差些，在被詹妮冷嘲热讽之后，失控就把小半杯咖啡泼在了詹妮身上。詹妮是搞艺术的，从来都是接受鲜花和掌声的，何曾受过这样的侮辱，于是立即拿起电话报警。

安妮见状不妙，赶紧拿起包包就撤。歌剧院广场旁边有出租车停着，连订出租车的电话都不用打，她直接上了车子，让司机赶快走人。

不过，安妮在狼狈逃走之时，忘记了带走放在桌子上的iPhone手机。詹妮毫不客气收了手机。安妮没有设置开机密码，詹妮一开机就找到了安妮的资料，包括里面安妮与徐子涵的通讯短信。

詹妮非常冷静。她是在德国接受教育的，做错事是要付出代价的，这是德国孩子从小在幼儿园里就学到的规则。那么，安妮，你就等着付出代价吧。

出警证明、泼洒咖啡的目击者证明以及一份显得比较八卦的肉麻亲密的短信记录——从时间上看，明显迟于詹妮与徐子涵之间的朋友关系，这就意味着，安妮插足了詹妮与徐子涵的关系……足够了。还有一个比较敏感的细节：詹妮是德国国籍。这意味着这份递给国内著名航空公司的告状信涉及外事。

一周之后，安妮所在的航空公司给安妮下了一纸文件：停飞三个月、写检查、等复飞通知。

　　安妮崩溃了，这一周时间里实在太衰了，不仅目击了男友徐子涵的劈腿，又被男友的新女友冷嘲热讽甚至报警，还被证实自己才是"插足者"，又被自己的领导严厉警告，得一纸处分不说，能否保住航空公司空姐的位子都不知道。虽说她在德国留学五年，可当时出国是因为高考没考好，就出来做个"游学"，读了两年语言，进了大学，仗着年轻可爱，活泼漂亮，受人欢迎，也修了一些学分。她喜欢徐子涵，因为她爱玩，徐子涵也爱玩，所以经常跟在徐子涵屁股后面。但是她也觉得抓不住这个花花公子，因为这个男孩子除了爱玩其实也爱学习，与她并不是真正一路的"青春享乐派"。

　　安妮在大学期间以吃喝玩乐然后与徐子涵谈恋爱为主，并没有拿到学位，语言倒是学得不错。趁着国内这家著名航空公司招空姐，因为有语言优势被录用，而且一上岗就飞空姐最喜欢的欧洲航线。

　　安妮蛮喜欢这份工作，遇见的帅哥多，富人也多，吃喝玩乐的级别又换了一档。与徐子涵的恋爱若没有结果，就在飞行中遇到的帅哥里找个男朋友也是不错的选择——二十三岁的女孩子，也开始为自己的人生大事考虑了。但是，工作没满一年，就出了这样的事情，也许今后的命运之路就不好走了。

　　安妮哭哭啼啼跑去徐子涵的办公室。徐子涵正在开会，秘书不让她进办公室，要求在等待室里等待见面。越等越着急，安妮的小性子上来，就直接给徐子涵拨电话。

　　徐子涵一直关机，没有接听，安妮就一直重复拨打。待徐子涵开完会，刚打开手机，就接到了安妮的电话，然后耳边是近乎发狂的声音："徐子涵，你为什么这样对待我？"

　　安妮的声音尖利，在安静的、开会人员都还没走散的会议室里，几乎人人都听到了，众人错愕。

　　"你干吗啦，真是莫名其妙！"徐子涵赶紧避开众人。

"我必须要见你！"

"你若情绪不好的话，我建议你安静一下，等到你心情平复的时候再电话我。我现在也很忙。可以吗？"徐子涵挂了电话。

徐子涵确实觉得莫名其妙，他没有得罪安妮，也没有做什么事情，不知为何平时听话黏糊人的安妮变得如此歇斯底里。女人啊，变化起来真是可怕。

徐子涵的电话彻底让安妮歇斯底里了，她泪流满面，不顾秘书的阻止，冲出等待室，直奔会议室，见到了徐子涵，就挡住他的去路，手指着徐子涵的脸："你说，你为什么这样对待我？"

"我怎么对待你了？"徐子涵不喜欢女人变得疯狂。他皱眉，想躲开。

安妮一把抓住徐子涵的衣服："我被停飞了，你就一点不管不顾吗？"

"你停飞？你为什么停飞？"徐子涵实在搞不懂安妮在说什么。

安妮情绪崩溃，嘴里说不出有条理的话来，只一个劲要徐子涵给她一个交代。不然，她天天来折腾。

"董安妮，你就不怕我报警吗？！"徐子涵很烦，周围已经围住了大批窃窃私语的员工，让他尴尬至极。

"我不怕了，我第一次被报警是很害怕。但若我什么都没有了，我怕啥？"安妮看到徐子涵一点没有以前的怜香惜玉，顿时变得无所畏惧，破罐破摔，不管不顾。

"保安，保安，赶快处理问题呀！"徐子涵厉声呼唤保安。

两名穿制服的保安终于回过神来，冲上前，抓住安妮的胳膊，要把她拽离徐子涵。

看来彻底恩断情绝了……安妮眼神绝望，在被两个大力男人拽离曾经的男友后，安妮从包里摸出一个手机，冲徐子涵的头部狠狠砸去。

徐子涵被安妮甩过来的手机击中，脸颊立即青了一块。

070

两天了，当晚晴着急寻找老杨的时候，很奇怪，老杨的电话总是打不通。

两天前，老杨老何老余他们都是急吼吼地寻找晚晴，但是，这两天，没人打晚晴的电话。甚至，当晚晴打电话过去时，他们不是支支吾吾说在高速公路上开车没法接电话，就是索性关机。

因为一周前就已经跟徐子涵预约了工作会面，所以晚晴带着上周大家一起讨论后汇集好的一些方案去天昊公司找徐子涵。

晚晴让我陪她一道去。

那一天，一进办公大楼，就感觉天昊的气氛不是很好，总觉得员工眼神有点怪。

晚晴告诉接待秘书说我们与徐总有个预约。秘书打了一个内部电话，告知徐子涵有访客。但是，漂亮的秘书小姐很快用抱歉的口气说："徐总问您，预约能否改时间。"

晚晴一愣："徐总是在办公室吗？"

"是的，他是在，但是他在处理手头的事情。"

晚晴有点不满："我们老早就预约了这个时间，若改时间再来，那我也要看我其他时间的工作计划。要不，我们就在接待室里等他一下？"

秘书小姐又连线徐子涵，然后对我们说："总经理向你说声抱歉，请你们去接待室等一下，他很快出来。"

办公室里，徐子涵状态好像不是很好，额角上的创可贴非常显眼，创可贴之外还有一角淤青，看起来是刚受到创伤不久。

"徐总，你怎么……"我多嘴地问了一句。晚晴马上揪我的衣角。我赶紧停住询问。

徐子涵简单解释了一下："没事，就是磕到墙上了。"

晚晴的眼光忽视徐子涵额头上的伤，直视他的眼睛：

"徐总，上次我们电话联系过，关于几家餐馆业主的一些建议和想法，我都整理成文字了，请您过目。我也很希望，日后能否请天昊在做一些决策的时候，多多考虑这些建议？若能尽可能地维护这些小餐馆的利益，那么天昊集团的好口碑将会在法兰克福华人圈子里有很好的传播……"

徐子涵接过那份用塑料封皮套着的几页A4纸，说："老杨老何老余他们，不是都同意接受收购了吗？"

我一愣，晚晴也显然没有料到这样的结果。"接受收购……这是什么时候的事情？"晚晴失声问道。

看着晚晴的表情，徐子涵说："两天前，老杨老何老余他们，都已经签字同意让天昊收购他们，现在我们的财务部门正在估价，若价格出来双方同意，那么收购就顺利结束。陈会长这份辛苦整理出来的建议，恐怕也用不上了。"

071

晚晴一直蒙在鼓里，究竟是什么原因让老余老何他们突然改变了计划，并且还瞒着她的。

直到有一天，晚晴在城市轻轨上遇到老何，逮着他问起。

老何支支吾吾："是这样，老朱报出了挺好的价格……我们觉得也很适合，就索性把明年的房租给取消掉，反正房子都是租的，少一些操心。我们可以去天昊应聘大厨，也可以找其他活儿干……"

晚晴赶紧问老余老杨，他们的答复也是差不多：代表天昊的老朱给他们开出的价格不错，还答应他们可以去天昊当大厨，拿工资，省心省力。

老朱在家里计算着他的回扣，不出意外，他这次可以有至少十五万欧元的收益。

朱丹回家，见到老爸一副喜气洋洋的样子，问天上掉馅饼砸着老爸了，不然怎么这么开心。

老朱乐呵呵地说："丹，你不是一直想换个车子吗，老爸赞助你五万欧元，你自己去挑个喜欢的车子。"

朱丹瞪着她老爸："又发财了？"

"发财了。"

"发了什么财？"

老朱笑而不答。

朱丹见桌子上的A4纸上有不同餐馆的名字，便问："老爸又干什么中介了？"

"是的，当中介，帮一些餐馆小老板介绍到天昊去，这里的餐馆老板都已经半本土化了，用起来省事，省得天昊去国内聘用大厨，又有个磨合过程。"

"这对你有好处吗？"

老朱再次笑而不答。

"老爸，你说嘛，我也好学学。"

"那当然有好处呀，这些大厨都是我推荐进去的，自然会比较感谢我，我在天昊内部的位子也会比较牢固嘛。"

朱丹一撇嘴："老爸你真是太老了，这样的大企业，用的都是集团化现代化管理，你还当是二十年三十年前在法兰克福开餐馆，都是小作坊小家族管理啊？你做好你自己的公关总监就是了，别的事情别去扯，不然你自己的这个位子都悬！"

朱丹噼里啪啦，反而把老爸说了一通。

"你这孩子，当高级白领没多长时间，就开始来给老爸上大课了……"

"爸，我知道你的人生经验比我多，人际关系比我广，这点我要向你求教。不过你自己也要多学习，现在不是你们的时代了，你啊看看，你们商会开个会，还是所有人聚集在一起。而我们开会，都是电话和视频开会，效率多高！爸，天昊的现代化管理，你还没进去，还不知道里面的程序，你就少掺和，别用你的人际学去替代人家的现代管理学，不然吃亏的是你自己！"

"去去，女孩子，多多关注你自己的终身大事……有空上网找找自己喜欢的车子，就当是老爸给你的生日礼物！"

当月的商会例会上，大家都在讨论着本月度最大的事件——被天昊收购的十来个餐馆，通过前会长老朱在天昊担任公关总监的关系，其上报的收购价格都已超出他们的预期，这让签约同意收购的老板们很是兴奋，而没有签约的，则少不了有些懊恼。

"都是朱会长帮我们搞定的，还是朱会长有能耐哦。"在例会之前的喝茶时间里，有人毫不顾忌地恭维老朱。

"我在想，若老朱还能帮忙的话，我们也很愿意被收购啊……"

"不知道能否让朱会长去说说，若天昊的清洗被单之类的一些服务能外包的话，可否让我们承包一些啊……"

"就是，天昊这样的大企业，需要的用工肯定不会少，与其给德国人，为什么我们华人不先自己争取一下呢？肥水不流外人田嘛，而且我们也都是有国籍或者绿卡的，在用工上的待遇与德国人一样的。"

一群人叽叽喳喳。

待到我、晚晴还有建国来到活动室时，一群人的热烈讨论都还没有平息。

我想，晚晴不是没有听到这样谈论，只是，她不想反应出来而已。

老朱的威信大增，而晚晴在商会里的主席位子自然很不好坐。

"姐，我知道为什么老朱那么热心了，你看——"建国从外面赶回家，从口袋里掏出一张纸，是份协议复印件。

"这是什么意思？"晚晴看着协议，问。

"老朱把天昊当取款机了啊，十万的市场价他可以卖出十五万，这个公关的本事大啊。"

我也在琢磨那份协议。

"人家天昊是想树品牌，所以愿意砸钱；老朱有能力把价格抬高，那是他的本事，得个佣金也是理所当然……只要我们的会员得利，人家得名，那就是双赢……我们也不用太操心了，做好自己的事情就行。"

建国着急："姐，你也不想想你自己，现在老朱这样夹击你，让你在商会里简直没有立足之地嘛，天昊又开始面对你宣战，明显是要吞并美食城呀……你怎么还能这样冷静啊？"

"我不是在转方向了吗。我们有酒吧，还有歌剧院庭院，另外你和你哥哥现在操作的绿色养老项目，也正越做越大啊，一切都很好啊。"

"好什么呀？我说的是美食城，美食城总不能这样被夹死吧！"

"这有什么，美食城做了这么多年，也确实该改改思路了，你没看到如今的食客数量，已经远没有当年火爆了？人啊，就是喜欢新鲜的。只是，我现在还没有想出好的办法来。你们也想想，怎么利用现在的资源作些适当的改善。"

……

建国见晚晴如此淡定，也就没话可说。只是，他心里对徐子涵更加没有好感。

"那货，被人耍了还帮人数票子，找了个老朱，明明是吃里扒外的，他却当个宝，什么公关总监，什么左膀右臂，这是什么眼光？就那么个花花公子的货，还吹嘘什么考试最高分，什么最短时间读出两个硕士，都是眼高手低的人，一点真本事也没有，还处处沾惹桃色新闻，搞得他自己都破相了！"

晚晴抬头，"你又从哪里得来的八卦？"

建国一撇嘴："什么八卦，是真事！整个法兰克福华人圈都传遍了，他在办公室里被两个争风吃醋的女人打了，可狼狈啦！你说，这样的花花公子，就安耽点在家花花老爹老妈的钱好了，炫炫富、泡泡妞、赌赌钱、抽抽大麻，出来做什么总经理？做么又做不好，还要滥杀无辜，把我们当靶子，我是怎么看他都不顺眼！"

晚晴不满建国："你怎么这么说话？建国，你再对别人有意见，也不能人身攻击啊，人家有人家的生活方式。你若再这样口无遮拦，我要告诉老爸，让他家法伺候你！"

建国吐吐舌头，不说话了。

我知道，晚晴看起来风平浪静，但是她的内心一点都不平静。她睡不着觉，夜深了，还一圈圈地在庭院里绕着散步。

072

晚晴在手机上给徐子涵写邮件，写写，想想，停停，但是没写完，就又删除了。

我很想去劝慰一下晚晴。其实，按我对男人的理解，晚晴若能请徐子涵吃个饭，与他好好聊聊，依照徐子涵对于晚晴的感情，他怎么都会体谅晚晴的难处。

不过，晚晴最终还是沉默对待。

徐子涵在歌剧院庭院设宴招待几位朋友，有华人名律师，有中资企业老总，有德国企业家，他指明要最高档的接待待遇。我特意让服务生把包厢装饰一新，布置了鲜花和烛台，并换上了与烛台相配的台布。

徐子涵来后，他双眼含着期待，环顾左右，特意问起晚晴，可惜晚晴当天在美食城里。一丝失望滑过他的双眼。

我都有点不忍心看他的眼神。

我太认识这种神情了，当年的自己，也是多年被这样的神情困扰。

为情所困的少年，一年一年，都会像长韭菜一样，剪了又长，走了又来。

为了弥补，我特意赠送了一瓶上好的葡萄酒，并心虚地说这是晚晴特意交代的。

徐子涵看了我一眼，问我："应该是你送的吧？但不管怎样，谢谢你了，我到时多开三百欧元的餐费。"

哎，人啊，不要太聪明嘛。

在我给一桌子贵宾送甜点的时候，徐子涵正与航空公司的老总碰杯，然后听他说，安妮已经认识到了她做的错事，都是因为太年轻，小性子控制不住，以后不会再那样了。徐子涵请航空公司老总多给年轻人一个机会，若能复飞，就让安妮复飞吧。

航空公司的老总笑着说："既然徐总都这样说了，那就给小姑娘一个机会吧。"

然后他又开玩笑："我们的子涵少爷这样怜香惜玉，真是个好男人哦！"

徐子涵苦笑。

073

法兰克福市政府在肯尼迪别墅酒店举办一年一度中德友好关系招待会，法兰克福的很多侨领侨胞又见面了。

市长发言，总领事发言，经济部长发言，外事部门负责人发言，中资企业代表发言，侨领代表发言……待大大小小的人物发言完毕，丰盛的自助餐才算开始，真正的聚会内容也正式开始。

肯尼迪别墅酒店是晚晴第一次婚礼的举办地，我在这里拉着晚晴的手亲自把她交给金哥。如今十多年过去，物是人非。肯尼迪别墅酒店每年会迎来很多高端聚会，烛光和鲜花是这里的常景，人却时时不一样。

我看一眼晚晴，她神情安闲，正与一批女友们点着蜡烛，在灯光优雅的漂亮庭院里用手机拍照臭美。

我转身发现，徐子涵站在一侧，手端酒杯，目不转睛地盯着晚晴。

真正的侨领侨胞聚会其实非常不高大上，一旦高端VIP们离开，侨领们的话题总是离不开美女、豪宅和美酒——这才是真正接地气的话题。刚才的西装笔挺和端庄神情，只是用来给记者拍照用的。

建国端了一杯酒去与徐子涵碰杯。

徐子涵不知其意，很绅士地回敬建国。

建国呵呵笑着说："来，祝我们的徐公子荣升法兰克福第一人气男！"

然后他手一挥："大家都来敬一下嘛，多好的事情啊！"

建国的朋友多，听他吆喝，还真的有好几位围上来。

"安妮、詹妮、梅兰妮，你们每人想好一个名字，就敬我们的徐公子一杯……"趁着有些酒意，建国开始恶作剧。旁边的人都笑了。在场的一些德国人开始侧目，好奇地看着这几个中国人。

徐子涵顿时难堪之极。

晚晴一听到喧闹声，赶紧过来，轻声但严厉地阻止建国的无礼。

晚晴端着红酒杯向徐子涵道歉，说她的弟弟建国有点喝多了，请他别介意。

徐子涵看着晚晴，有种欲哭无泪的感觉——他并不想当花花公子，但是眼下全法兰克福华人都把他当玩世不恭用情不专的花花公子，连晚晴也是。

他端起服务生送过来的一杯红酒，一饮而尽。

在晚晴愕然的眼神中,他再次拿了一杯红酒,想狂灌自己。失态又怎么样,他这些天已经失态够了,不怕再失一次。

有人阻止住了他。是朱丹。

"子涵,这样喝酒不好,我给你要杯茶吧。"

朱丹搀扶着徐子涵去庭院里坐下。

"我没醉啊。"

"我知道你没醉,不过跟那批人在一起,他们迟早会灌醉你。你还是离他们远点。"

徐子涵不说话。那批人确实对他没有善意。

朱丹看着他喝完一盅茶,体贴地说:"要不我们走吧,反正很多贵宾也已经离开了,你上我的车,我带你去兜兜风。"

徐子涵对朱丹的热情终于有了回应:"好的,听你的,去兜风。"

在朱丹的Mini Cooper上,朱丹为他调整座位。

"想去哪里?"

"随意。"

"那我们上国王山走走?山上远眺,风光很美,而且也好解解酒。"

"本想不醉不归,但是你让我醒酒,那看来只好清醒了。"

朱丹一笑:"我们要的醉,不是身体的醉,而是要心情的醉。"

"我都想醉。醉了没烦恼。"

"那哪天我陪你醉。"朱丹说。

徐子涵不说话。他希望这话是晚晴说。但是晚晴从没有钟意过他。

见两人有点冷场,朱丹赶紧说:"我们找张好听的碟片听听吧。"

朱丹俯身去副驾驶座位前的车斗里找碟片。因为靠得近,徐子涵能闻到朱丹身上的气息。他又想起了晚晴,若此时车上坐的是晚晴,他一定要在这样夜深人静情景优美的地方紧紧搂着她。

晚晴结过婚,晚晴离过婚,晚晴有个孩子,晚晴没读过大学,晚晴经历丰富，晚晴不是个"温柔雅致"的淑女……这一切，对于他，都无所谓，在他心里，晚晴就是那个十八岁的时候骑着马、气宇轩昂、青春靓丽，而且对他关切温和的小姐姐。这一幕已经刻在他的心里，再也抹不掉了。

伴随着音乐，车子蜿蜒上山。

"我不开心的时候，就经常开车出去兜风。"

"一个人？"

"是啊，当然只能一个人呀，谁陪我呢？"

"去哪里兜风呢？有好地方就推荐给我吧。"

"不是山就是水，有时国王山上，有时是美茵河边，还有一个地方，莱茵河与美因河的交汇处，坐在堤岸上，看着大江西流，感觉也很好。不过，子涵你那么优秀，众星捧月，要什么得什么，估计也很少会有心情不好的时候吧。"

徐子涵淡淡来一句："我以为自己有时够毒舌了，其实你比我更毒。"

朱丹笑着："我相信你自然也有心情不好的时候，但是你可以比常人更快更好地平复，毕竟，拿句世俗的话说，当很多人还需要为生活而苦苦奋斗的时候，你却是为如何更快乐生活而想尽办法。很多人是为生活责任而活，你却是为自身满足感而活。这两者是有质的区别的。"

徐子涵一笑。

追求一个心仪女孩而不得，这种挫折感和孤寂感，无论是王子，还是贫儿，都是一样的，没有质的区别。但是徐子涵没再说话。

"你怎么啦，还在想着刚才的事情？"见徐子涵不说话，朱丹关切地问。

"没有。"

"别在意啦。"

"没在意……建中、晚晴、建国，这些关系，你都很熟吗？"

"建国是晚晴的非亲生弟弟，是建中的亲弟弟，他有点浑，素质不高，你别理会他。建中是晚晴的第二任丈夫，建中与建国性格很不一样，建中比较有涵养，不会像他弟弟那么胡来，而且好像读出了博士，很冷门的一个博士，现在都找不到工作。当然，建中与晚晴的性格也很不一样。还有，晚晴的第一任丈夫和第二任丈夫也是有巨大反差的……呵呵，陈晚晴家的关系，有点复杂，对吧？"

"你和晚晴关系很好？"徐子涵早就了解陈晚晴家的关系图，他现在只挑着对他有用的、关于晚晴的细节询问。

朱丹稍微停顿，然后说："是曾经很好，但是，她抢走了我的男朋友。"

徐子涵迅速看了朱丹一眼："还有这样的事情？"

"算了，不说了，都是少女时期的事情，像一场梦。年轻时总该有一些荒唐的青春故事留下来，不然就不是青春了。"

"你这么说，怎么好像绕到我这里啦？"

朱丹呵呵地笑。

"那你觉得晚晴是什么性格？"

"她能利用男人，利用到极致。"朱丹淡淡地说。

"怎么个利用？"

"在她生活中每次出现男人的时候，总是改变她命运的时候。"

"对于男性来说，其实是乐于看到自己具备能改变一个女人命运的能量的。"

朱丹被噎住。好在Mini Cooper已经登上了山顶。车下面，是一片璀璨的法兰克福城市夜景图。

"多美的风光啊，多么惬意的时光啊。"朱丹拉了手刹，从车内看车外的风景，感慨。

"看来你喜欢享受登高望远的意境。"

"是啊，登高，可以上升；远眺，可以穷尽风光。我确实喜欢。"

"看得出来。"徐子涵不咸不淡地接话。

"对了，刚才你说，男人乐意看到自己具备改变女人命运的能耐，那子涵，看来你也乐意的。"朱丹装作玩笑道，下了车。

"能被人用，说明自己有资源，只可惜自己没有被人看上。"徐子涵也出了车子，呼吸着山顶上的新鲜空气。

朱丹听了，笑道："子涵你也会被女人拒绝吗？"

徐子涵："为什么不？我又不是王子。何况，连查尔斯王子也被女人拒绝过呢。被人拒绝，我也很无奈的。"

朱丹："那她一定会后悔错过了你。"

徐子涵摇头："是我自己不好，总是走不进她的心。"

朱丹："我真的很好奇，会是什么女人拒绝你？"

徐子涵苦笑，不说话。

"好舒服，谢谢你！我们要在山顶上走一圈吗？"徐子涵顶着山上的风问。

"可以啊，我陪你走，就是有点冷。"朱丹穿的是短裙，在山顶上被风一吹，很有种楚楚动人的感觉。

徐子涵看看左右，把身上的西装脱下来，披在朱丹身上。

徐子涵的手接触到了朱丹的手。朱丹转过身，一下子紧紧抱住徐子涵。

徐子涵愣在那里。

"子涵，你的身边需要一个懂事的女人来帮助你，她可以理解你，也可以包容你。这样，你就会变得更快乐……子涵，我真的很喜欢你！"

"我……"徐子涵想挣脱。

"子涵，我看到你不开心，我也很难受。你什么都有，但就是没有快乐，对不？"

这话击中了徐子涵。

"子涵，我喜欢你，我会关心你，保护你，陪伴你，让你快乐……我们，为什么不试一下……"

朱丹的手臂缠着徐子涵的脖子。徐子涵在一片女性的温柔乡里，迎接了半醒半醉中的亲吻。

我去学校接小福。

从家里到学校，走路十分钟——这是德国建立小学的一个原则：孩子就近上学，且学校就在每个孩子的步行能力范围之内。因为有这样的原则，德国的小学都不大，但数量多，密密麻麻地散落在不同的社区里，让孩子就算没有大人陪伴也可以放心回家。

去接送小福的这么一段路，是我最快乐的时光，我珍惜与他在一起。

小福会在路上絮絮叨叨说一些学校的事情，比如四年级的马努又怎么保护他了——在很多德国小学里都有结对子的传统，就是高年级的学生选定一年级的新生，一对一结成"保护与被保护的伙伴"，身为"保护神"的学长要关心小学弟，除了要告知小学弟在学校里的各项规矩外，还要保护小学弟不被大孩子欺负。小福特别喜欢马努，也特别崇拜马努，说等他四年级的时候，也要像马努一样，找一个一年级的学弟去保护。

"为什么你喜欢保护别人啊？"我问。

"因为马努说，是男人就应该保护别人的。"

阳光明媚，拉着小福的手，我听着满心欢喜。孩子的世界，没有大人的纠结与心计。

"爸爸，马努说他考得游泳的银牌了。"

"是吗？什么时候？"

"今天，他一拿到银牌的证书就告诉我了。"小福一脸骄傲，因为马努愿意把好消息第一时间告诉他。

看来，小福当"小马仔"当得很幸福。

"爸爸，我也想考铜牌证书了，我游泳已经很厉害了。"小福说。

德国孩子的游泳证有四个等级：小海马、铜牌、银牌、金牌。小海马是鼓励孩子的积极性，是游泳能力的起点，得到小海马意味着可以单独游泳。从铜牌开始，就要考评孩子的速度、体能、平衡度等等，一般来说，还在小学里就得到银牌是个很值得骄傲的荣誉，若拿到金牌的话，那就达到专业的标准了。

"真的？"我惊喜。

"当然真的，因为马努好几次陪我游泳。他看过我游泳，说我考铜牌证书没有问题，现在他都拿到银牌了，那我就要拿铜牌。等我到了四年级，也要考出银牌，然后让我保护的一年级孩子去考铜牌。"

嗯，这真是不错的"一帮一"啊。

"爸爸，星期六你能陪我去考铜牌吗？"小福抬头问我。

"当然可以啊。"

"妈妈也会去吗？"小福满眼期待地看我。

"我同妈妈去说。"

"那，我们，我们三人，到时一起在游泳池里游泳玩水好不好？"

谁会拒绝一个孩子这样小小的要求呢？

天昊财务部门在核算之后，没有通过老朱报上去的收购价格。

按照老朱的建议价格收购的话，在天昊酒店空中美食餐厅项目上的预算将大大超支，财务部门毫不留情，三下五除二大幅缩减了这笔预算。

老朱收到财务部门发出的邮件，脸色很难看。他给徐子涵的总经理办公室直接打电话，但是占线，老朱没有预约就冲进徐子涵的办公室。

徐子涵正与银行的老总电话谈事，见老朱神情不对，让他去会议室等等。

　　待银行老总与徐子涵的电话结束，老朱回到总经理办公室，把那份邮件打印件放在徐子涵面前。

　　"我没法接受财务的这份报告。当初，是你告诉我，天昊要树立好形象好口碑，要争取那些早就在法兰克福扎根的中餐馆的支持。我好不容易把他们都争取过来了，你这里又说，预算超支，那我怎么向他们交代？他们中很多是小业主，实力不雄厚，为了节省不必要的租金支出，有的甚至按照租房合同，已经向房东提前三个月申请退租。若天昊不能执行购买，我怎么向他们交代？"

　　徐子涵安静地看着老朱，等他把带着情绪的话语都一一爆出后，才慢慢地说：

　　"老朱，我接受你的建议，因为我尊重你是非常熟悉华人餐饮圈子的老前辈。我的财务不接受你的报价，是因为人家专业评估师会计算出最合理的市场收购价格。这两者并不矛盾。天昊是现代化管理，各部门各司其职，财务的预算是报国内集团总部的，我就算是法兰克福天昊的总经理，但是我也有权限，无从改变财务的预算报告，对不？"

　　"徐总，你说的有道理，但是，请你理解，我所作的努力，全是因为你当初作下的承诺，说天昊会在提升软实力上作出让步，正是这样的承诺让我有信心一家家地去谈好，这花了我很多的精力……你也知道，当初不少中餐业主是对天昊抱着戒心的。化防备为合作，换戒心为诚心，这不是能用预算的这个价格来衡量的……"老朱挥舞着手中的纸说。

　　徐子涵一句话终止了老朱的争执："老朱，你自己看看，你觉得你作出的那个估价靠谱吗？"

074

见老朱一脸不开心地回家，正在试穿刚买回来的名牌礼服的朱丹关切地问老爸怎么啦。

老朱生着闷气，说："女孩子不用管大人的事。"

朱丹娇媚地一笑："老爸，你从小就教我，要从前辈那里多学习，现在我要向你学习经验，你又甩开我……先不管你，老爸，你看这套衣服好看吗？我们公司要举办一个舞会，我可要穿得漂漂亮亮的！"

老朱抬头看了一眼女儿，朱丹正花枝招展地望着老爸微笑。

"好看好看，我老朱的女儿穿什么都好看！"老朱认真打量。

朱丹笑着在镜子前打了两个转，终于换下礼服，穿着普通家居服装，坐在老朱面前，给老爸泡了杯茶，说："好啦，老爸，美女的晚装照也看了，茶也给您泡了，您老人家说说，在外面受了什么委屈，您的女儿给您说道说道。若有必要的话，女儿还可以给您出出头去！"

老朱看着如花似玉的女儿，叹口气说："本来想给你买个好车当生日礼物的，可眼下看来也泡汤了，这天昊，同其他公司一个样，说的话都不值得信任……而且眼下，是你老爸被动了呀，我都不知该怎么跟那些餐馆老板说了……"

朱丹一听，就知道了老爸的失意神情肯定是与上次他所说的"佣金"有关。

朱丹了解，老爸在多年的积累财富过程中，少不了的一个方法是拿佣金，对此她很不以为然。

　　佣金固然是一个正常的收益。但是，获取佣金的途径不一样，若可能，最好选个技术含量高一点的；获取佣金的方式也不一样，若能够，那也最好挑个光明正大的。

　　房产中介靠的是一线信息，服务中介做的是牵线搭桥，文化中介凭的是项目对接，在与自己公司合作的客户里，也少不了实力雄厚的中介公司——因为，世界就是个需要合作的世界。这样的中介，存在是种正分值。

　　但是，在法兰克福高档写字楼做着高级白领的老朱的女儿朱丹，显然已经对自己老爸多年来操作捻熟的低端"中介"路数深为鄙视——自己老爸多是利用信息的不透明来挣钱。

　　"老爸，你是不是一边拿着天昊的工资一边又想着办法收取佣金？"女儿问话锋利。

　　老朱不说话。

　　"老爸，你说我们家差这笔钱吗？以前你说要培养我，各种钱都要挣。可是现在我已经在写字楼里上班，做着让你骄傲的工作，而我们家，经过你和妈妈多年打拼，也早已经是小康殷实之家……爸，有了财富，我们现在要做更加高端上档次的事情，让人家觉得我们是凭能力吃饭，不是靠什么低端方式挣钱的……"

　　"你怎么这么说你爸？"老朱在女儿面前感觉面子挂不住。

　　"爸，你做这样的事让我难受——你还同人家私下签那样的佣金合同，那合同若被天昊拿到，你多么没面子啊！连我都没面子！我会在徐子涵面前找个地洞钻！"朱丹突然想起了一件事，与老爸争吵的声音顿时高了八度。

　　"我怎么啦？你这么看不惯你老爸？我就是签了佣金合同了，不签合同，我怎么收钱？这一直是你老爸的工作方式……可是，眼下十多万欧元的佣金就没了，还被那徐家少爷明里暗里戳了几句……"老朱还想在女儿面前作些辩解。

"爸，你是真傻还是假傻？"朱丹一听，又急又怒："我们家差那笔十来万欧元的钱吗？"

"女儿，你再挣高薪，一年能挣十来万欧元吗？我替你多挣些嫁妆，有错吗？你出嫁时我帮你把好车好房都买好，也算是父母的心意。可你仗着你在写字楼里上班见着了一些世面，就这样来跟你爸说话……"

"爸，实话跟你说，我现在是徐子涵的女朋友！我要在他面前抬得起头！我只有抬得起头，才能接下来用智慧与美貌征服他，光明正大嫁入他家！"朱丹狠狠打断老爸的话。

老朱顿时愣在那里。

徐子涵的低落期远没有结束。

那天老朱从他办公室里拂袖出门，他自然明白老朱有情绪。但他没想到老朱会如此明目张胆地对他发脾气。

一股火冒起，徐子涵把手中的万宝龙签字笔狠狠掷向门框，笔很重，墙壁都被砸出一块疤，然后笔弹回来，蹦老远。那时若弹回的笔砸到人的话，估计够受一壶的。

毕业半年，工作半年，心力交瘁。徐子涵终于发现，总经理不那么好当，总经理并不都是穿着时髦的西装被记者拍照然后上杂志封面，也不是在高级餐馆里端着酒杯喝酒然后手一挥说待会一道去赌场怡情一把，更不是就为了在自己喜欢的女人面前扮一下酷然后那女人就充满崇拜地奔向自己……根本不是，总经理实在是个苦差事！

回想起自己潇洒的大学时代，无牵无挂，马仔一堆，走到哪儿，总是高朋满座。他多金，他是慈善王，哪里需要他，他就出现在哪里，晚会赞助、协会活动赞助、各种名目的捐款，他都积极签名奉上欧元，也不需要回报，最多就是晚会上致个词颁个奖，所以人气甚高。他潇洒，爱运动，好身材，能言会道，说是少女杀手一点不为过。若女生们与他一道吃饭，那些妞们在吃饭期间基本都会掏出手机与他合影拍个照，把他捧得像个明星。他聪明，过目不忘，思维灵活，大学里的课程和论文对于很多学生都已经非常紧张，他照样轻轻松松拿学分，还忘不了与同学们做做项目，参加各种社区活动甚至还成立协会当协会主席……唉，现在回想起以前的日子，只能说，校园可能是最后的天堂了。

自己究竟为什么会沦落到了这一步——说起来可笑，就是因为有一个人说他不成熟，他不服气，想成熟一把，于是向老爹郑重请命要求当个总经理。

只想着当个总经理会比较风光，可哪想到总经理这个位子，面临的事情太多，竞争也多，看笑话的人更多。徐子涵不笨，从他第一次闪耀亮相法兰克福商界的那一刻起，就发现了人心之复杂，世态之炎凉。而这些，他在大学里都没有受到训练。

尽管父亲给他配备了大将，尽管父亲一再告诉他，总经理要做的事情就是关注环节，让公司所有部门的运行保持正常，其余不用他多操心，什么部门的人会做什么具体的事。这些管理金句看起来轻松，可是父亲未曾手把手教过他，若有人总是敌意于他怎么办？像那个陈建国、鲁莽、爱嘲讽、见一次恶心一次，可是他能拉他打一架吗？还有那老朱，明明受聘天昊公司当公关总监，天昊给了他充分的自由和信任，可是他值得信任吗？

原来工作可以是这样不顺心……

但作为总经理的徐子涵的麻烦，还不止于这些。

周一的时候，劳工部门带着执法人员来作事故调查，后面还跟着记者。徐子涵还不知发生了什么事，见到执法人员，一脸懵懂。

原来，负责装修建设的施工部从国内招聘了海外输出的技术劳工——因为天昊酒店将按照中国风格重新装修，而在一些东方风格的细节上，德国的师傅无法体会，所以工程部除了大部分是德国员工外，还有八名中国员工。

在德国，建筑工人周末是不上班的，周日更加要陪伴家人，要上教堂。而身处异国他乡的中国员工，没有家人可陪伴，周么，德国所有商场都打烊，憋在宿舍里多不舒服，所以他们宁愿加班。加班能打发无聊的时间，还能多挣钱呢。

问题是，在周末，尤其在周日，德国是不允许动用大噪音的电器的，若弄出噪音，邻居就会毫不客气报警。之前几个中国员工偷偷使用电动工具，已被邻居们报了三次警。

工程部原本通知中国员工，周末加班，只能做些不需要大噪音工具的小活儿。若再不遵守，取消加班制度。

后来的事故说明，这实在是很愚蠢的一个内部规定。可工程部为什么一直暗中鼓励中国员工加班呢？很简单，工期紧张，国内总部在催促按期出活，因为要赶在新年之前酒店隆重开业。

于是，周末的加班成了一支原始的装修队的中国式加班，在没有工具的帮助下，一些移动大理石台板之类的活儿，都要用肩膀、用手臂、用腰、用胯来解决。在这样的情况下，一个员工被一块巨大的大理石板给砸了下半身，紧急送往医院抢救，但是依旧没有救回他的一条大腿以及对于男人来说最重要的"鸟巢"。

这是一桩严重的建筑事故。尽管伤的是中国员工，但公司需要承担的责任得根据德国法律来执行。而且无论是原因、还是事故过程，天昊公司没有一项处在有利地位。

更难堪的是，因为男人的"鸟巢"在事故中受损，这样的结果引来记者的极大注意力，一连几天，法兰克福的媒体都在持续关注这起事件。当然，媒体越关注，天昊集团名誉受损的影响也越大。

面对已经上了报纸的负面事件，老朱的公关能力有限，根本扭转不了局面。

最终，还是胡主编帮忙。胡主编深谙媒体的操作规则，知道该怎样尽可能降低关注度。他陪着徐子涵去看望受伤员工，徐子涵代表公司承诺将负责到底：除了一次性支付五十万欧元的补偿，还将终身负责假肢的更换。另外，在胡主编的周旋下，徐子涵安排了一个记者见面会，诚恳地为公司违反社会秩序的事情作了反省和道歉。

持续两个星期的新闻事件折腾得徐子涵疲惫不堪，镜头里他焦虑的神情与削瘦的脸庞，竟多少也弥补和平衡了一些不利影响。风波总算平息下来。

<h1 style="text-align:center">075</h1>

周六一早，朱丹就打电话给徐子涵，邀请他一道去温泉馆里游泳。

"游泳可以放松啊，而且又有温泉的调剂，对身体很好啊，子涵，我们一道去吧。你前段时间那么忙，人都变瘦了，正好可以轻松一下。"朱丹在电话里的声音热情而甜蜜。

但徐子涵就是无法被调动起来。

游泳是徐子涵持续多年的爱好，在他的学生时代就拿到了金牌证书，后来还参加过俱乐部的集训，在州里的游泳比赛中拿过名次。

学生时代，徐子涵喜欢游泳，因为除了可以展示他的健将身姿，还可以趁机大胆欣赏年轻女孩的泳装身材，打打招呼，调调情，耍耍酷，互相比赛互动，甚至还能在泳池边的饮料吧里相约喝上一杯。但是，他发现，等他大学毕业了，工作了，游泳的时间不知为何越来越少，游泳的目的，好像也不再是为了展示魅力吸引异性，而是变成了释放压力。

这是什么生活啊？真是见鬼了！

这总经理的工作，是不是很没劲啊？半年前他鬼迷心窍竟然主动向自己老爸要了个大包袱给背上。

是不是还是像以往那样，当当花花公子、吃喝玩乐、泡泡妞、玩玩几个兴趣爱好，那样才更显得生活丰富多彩啊……

这个周末，从一早醒来，徐子涵就心情寥落，非常纠结。没有工作的兴趣，没有生活的热情，更没有找女朋友玩的快乐——要游泳，他也更愿意一人去，少一些耳根旁的所谓安慰。

因为心情不好，徐子涵独自带着游泳装备去法兰克福最大的泳池释压去，那里有室内和户外的超大泳池，有沙滩排球，有巨大草坪，有玩水设施，还有啤酒——游泳游累了，就在草地上喝杯啤酒，然后睡一觉。没办法，激情不起来，周末的生活只能潦倒到这样的孤寡老人的水平了。

徐子涵在游泳池里见到了身着比基尼泳装的晚晴。有那么一瞬间，徐子涵几乎有种心脏要停止跳动的感觉。

为什么总是这样？为什么总是逃不脱她的掌控？是被蛊惑，还是上辈子欠她的债？

他悄悄游近她。

晚晴身着一套很娇艳的水果比基尼，鲜红的水果小图案裹着她的身体，让徐子涵远远看着，觉得这个女生是那么可爱，也是那么性感。他见过穿晚装和穿工作制服的晚晴，但从来没见过衣着如此少的梦中情人，这是第一次。他看到了她的身体那么性感健康，肤色那么光滑细腻，细密的水珠挂在她的头发上，楚楚动人。

徐子涵一下子不再觉得今天是那么无趣苍白，不，今天很有趣，自己心情很有七彩斑斓的感觉，今天可以抛掉一切烦恼，只有好心情……晚晴又一头扎进水中游起了自由泳。徐子涵悄悄在后面跟着——暂时不想自己被她发现，他就想这样，两人在同一个池子里呆着。天啊，俩人在一个水池子里的感觉，真好。

幸福的感觉没持续多久，晚晴很快出了池子。她从旁边的躺椅上取了一条大毛巾，包围了自己的身体，悠闲走向室外的大草地。

徐子涵一时不知道是不是该跟着她。他近十年的泡妞武功好像此时尽废，转了两个圈，竟不知该怎么出去找她搭讪。

徐子涵决定买两杯鸡尾饮料，就说刚才见着了她，请她喝一杯，这样就可以有正式搭话的由头了。不然，打个你好我好的招呼后，就又该挥手告别继续游泳了。

徐子涵搭了一条大毛巾，手端两杯色彩鲜艳的鸡尾饮料，从泳池大厅走向大草坪，两只眼睛仔细搜索着他的目标，看到了，看到身着芒果西瓜等水果的比基尼的晚晴了！虽然是个背影，但是毫无疑问是她，他急切走近，酝酿话语，发挥感情。然而，几乎就在此时，从另一个方向，跑来一个七八岁的孩子，孩子身后，是同样端着两杯鸡尾饮料的陈建中，他正满脸欢笑地走向晚晴。

他们是曾经的一家三口，他们在游泳池外的大草地上嬉闹。

什么是周末的快乐？这就是。

什么是生活的乐趣？这就是。

什么是家庭的幸福？这就是。

他有吗？他没有。

076

对外的一波刚平，对内的一波又起。

知道儿子在法兰克福的工作受挫，为了协助儿子在法兰克福的项目有更好进展，徐子涵的老爸在国内通过关系组了一个由五家媒体组成的考察团，让他们前往法兰克福考察和旅游，所有费用都由天昊集团承担。考察结束后，考察团将在一些媒体上刊发关于天昊法兰克福五星酒店的稿子，以提高天昊集团在海外开展的项目的知名度。

为了让考察团发回的稿子有更好的说服力，徐子涵老爸特意邀请的是几家官方媒体的中层以上领导，说是考察，暗地里少不了请客吃饭，分发礼物。待预订好头等机票，把五人团送上飞机，徐子涵老爸就千叮嘱万叮嘱徐子涵，这五人VIP团到法兰克福后一定要好生招待。媒体是什么，无冕之王，媒体上捧一捧，那就是最好的广告了。

但是，少爷徐子涵对于媒体一点没有兴趣，他不想理老爸的茬。

"爸，我已经够忙了，你还给我添乱，叫一群老爷子来让我侍候，我哪有空！"

"你这是什么话？国内都是这样做的，你就按照我的计划，只会事半功倍。"

"爸，我们是在国外开展市场，用的是西方的推广理念，你这种老土的方式，没啥意义了，而且你看看你请的人，个个都是半老头，老古董，各种新媒体都不会用，更不懂先进的传播推广方式。什么事半功倍，就怕是花钱办坏事！"

"你这小兔崽子，怎么回事？叫你做你就做，接待好这批客人，这是目前集团给你的最重大任务，你执行就是了！"

徐天昊是什么人？他作下的决定能轻易被否决？

与儿子在电话里争吵了几句后，就一锤定音。

"好的好的啦，我给他们定最好的酒店，吃最贵的西餐，让他们感受这里的文化，再给他们每人送个名牌礼物，这样你总满意了吧？！"

徐子涵没有办法。这创意不是他的，但是执行却必须是他。这是中国国情。

事实证明，从第一天开始，徐子涵就没能与这批"老古董"处好关系。

VIP媒体团团长是一位刚退下来的日报社的李社长，已经几次来过欧洲，不过以往来都是官方行为，以考察为名的旅行，都不算深入，跟随旅游团或者商务团七天五国游那种类型，所以对于德国的行情，嘴上说很了解，其实又不真正了解。但是呢，因为是社长，又是团长，派头所在，就肯定要显示些权威感和优越感，看到什么都要来个开篇提示，再来个总结发言，而且中间少不了立意宏伟高屋建瓴的各种评论。

在把一车子VIP从法兰克福机场接到入住的五星酒店的路上，社长的"社评"就随即开始。车子开过市区，社长看到大街上有流浪者带着条狗狗闲坐，面前不是顶帽子就是个铁碗在乞讨，身旁还有一两个啤酒瓶。这样的街头流浪者，有的单人，有的成群。

"看看看看呢，有钱的资本主义社会，也不管流浪者，现在是夏季还好，冬天的话怎么办，冻死街头？德国的政府就不管管吗？"

团长一发话，其他人就感慨："这个贫富不均的问题是全世界的问题，并不只是中国的问题。"

"所以说嘛，我们国内的年轻人，不能只看着国外灯红酒绿生活享受的一面，觉得一切都是外国好，什么环境好、福利好，也要多看看人家百姓也有不幸福的时候，要带着狗狗沿街乞讨……总之，幸福生活还是要自己去奋斗争取的。"

徐子涵笑着说道："其实他们只是喜欢这种生活方式，他们有保险，有救济，他们就喜欢自由而已，他们觉得夏天带着条狗狗四处流浪内心里很幸福。"

被徐子涵当众驳回，社长脸上有点挂不住。

"流浪生活还会幸福吗？真是瞎扯了。"

"最起码，他们有选择——只要不想流浪了，他们就能拥有安定的生活，因为他们有社会保险啊。但是，他们更愿意过流浪的生活，就说明流浪在他们心里更快乐些。"

"这是什么理论？有好日子不过，偏要去流浪？"

"这就说明这里的价值观是多元的，所以德国出哲学家……真的，这些流浪者，其中还有高学历的人，可有思想了，但他们就是觉得每天流浪喝酒的日子最舒服。"

"不可思议！你们信吗？"

团里其他人叽叽喳喳：

"可能的吧，徐总在德国时间长了，比我们更了解德国。"

"幸福的感受，每个人是很不一样的。"

一个流浪者，给一车人带来了话题。话题没探讨完，车子驶进了酒店停车场，讨论只好结束。这次团长没能像以往那样，作总结性发言和评价。

"拍张照片，回去在报纸上探讨一下……"下车前有人说。

"这种破话题，有啥好探讨的。"团长没好气。

情绪不佳，媒体VIP团的团长就这样跟徐子涵拧上了。

人的情绪就是这样，一处拧上就处处拧上。

晚上去法兰克福一个著名会所吃接风餐。

这是一家昂贵的会所，但是在这里的第一顿晚餐，又让VIP团与徐子涵之间产生了不那么融洽的情绪。

晚餐是西餐，总共要上五道菜。

可是才上两道菜，团长就提意见了，说这餐馆不好。

VIP团团长最大的不满意是：没人服务，等每一道菜都太漫长了，显得对他们不够尊重。

徐子涵解释："在欧洲，越是高级的餐馆，等待的时间可能会很长，因为所有的食材都是新鲜的，所有的制作都是当场完成的，对于客人的尊重就体现在一切都是'为你定做'的理念上。"

团长不满地问："那你说，这顿饭我们要吃多长时间？"

徐子涵淡淡地说："可能要超过三小时，四小时也是有可能的。所以这期间多多喝酒，这里的酒也很名贵。"

团长长叹一声："你们看看，我们在这里吃饭，吃的还是个昂贵的饭，但是侍候我们的服务生，我观察了一下，只有半个，因为唯一的那个侍者还要去服务另外一桌。这要是在我们老家，包厢里怎么可能没有三四个服务员在一旁服务着？别说我要说什么了，就一个眼神，他们就知道该上菜了，该点烟了，该倒酒了，该给热毛巾了，那才是舒服……可是这里，唉唉，我只能说，国情不同，民情也不同，真是不习惯啊……"

徐子涵微微皱一下眉头说："那也可以去吃团餐，五分钟之内给大家上好十道菜。"

见团长与徐家少东家之间不那么和谐，大家赶紧打圆场。

其实，大家都知道，这不和谐的原因，是一开始徐子涵无意中破坏了团长的权威感。团长不舒服，所以有情绪，而徐家少东家更是个傲慢子弟，不愿意去修复，反而要找些话题去挑战。对立情绪就越来越严重。

　　一个四小时的晚餐，若是情投意合言语融洽，那哪是个事啊？几瓶酒一开，话题自然来，开怀助兴，其乐融融。团长也是见过世面的人，见的人多，不至于无话可谈，但是眼下，话不投机半句多，几个人喝着闷酒，看着手表等着下一盘菜，累啊！

　　接下来与这位公子还有一周多时间的相处，依旧这样胶着的话，真不知该怎么处下去。

　　晚上，徐子涵把一团的VIP送回酒店。正待离去，另外一个媒体团成员悄悄拉了拉他的衣角，说等一会儿再走。

　　坐在大厅一角的沙发上，那人用一种尴尬的神情与徐子涵商谈：

　　"这样啊，你父亲徐总呢，在国内也是把我们接待得很好的，并且说，在法兰克福只会比国内更好。我们呢，也知道你们的一番心意，又是定高档西餐又是什么的，不过我想，你们最好也能体谅一下老同志的中国胃。以往我们被邀请去其他国家考察，主办方都会先送一个红包，因为毕竟在国外，一些补充或者饮食都需要额外购买，这也是非常体贴的一种方式。我这么想，要不明天开始，我们就自己去觅食了，这样我们也能挑着自己喜欢的饭菜，你这边也少了陪伴的压力，好吗？

　　"至于补贴吧，有么最好，没有也没关系。我们也都带着一些现金出来的，尽管你父亲一再说过，到了法兰克福不需要我们付一分钱……毕竟嘛，你父亲也是我们的朋友。我们回国后，对天昊也还是有宣传任务的，对不对啊……"

　　徐子涵明白了，这不是明摆着要红包吗？

　　徐子涵在德国呆惯了，他的脑子里已经没有红包的概念，不过眼下，他立即给财务主管打了一个电话，叫他明天一早取出一万欧元的现金，每人分发二千欧元。

　　这世界上，能用钱解决事情，那是最好的。

然后一声"再见"，徐子涵步子潇洒地离开了。

少爷我不伺候了！什么老爸的交代，什么安排公关处预定最好的酒店和餐馆，什么要自己每天与VIP团见面，都滚一边去吧，他们爱怎么玩就怎么玩去吧。咱也根本不稀罕你的什么宣传报道！

一群VIP媒体人成了法兰克福的自由行成员，他们拿张地图四处溜达，步行街、歌德故居、皇帝教堂、罗马人广场，游人该去游玩的景点基本被他们一网打尽。就是肚子饿，不知该去哪里吃饭。觅食确实是个难题，西餐吃不惯，中餐没人指点。不过，在漫无目的的溜达中，他们在路边看到有个中文招牌"扬州饭店"——心里一乐，找到中餐馆了！

很小的店面，但是玩太累了，而中国胃只认中国菜，所以在中餐小馆里一盘扬州蛋炒饭再加几个炒菜就把这群VIP们弄得心满意足了。

李社长们酒足饭饱，在厅里剔牙休息，扬州餐馆的杨老板见几位来自中国的游客气度不凡，就上前寒暄。一报上名号，原来这几位是来自中国的媒体人。

不是高峰吃饭时间，扬州餐馆里生意清淡，杨老板就让跑堂端出几杯家酿米酒请大家，他也陪着。在万里之外能喝到中国米酒，这种感觉可远胜于前一天喝上百欧元一瓶的葡萄酒了。大家一下子兴奋起来，一时抽烟的抽烟，喝酒的喝酒，跷起腿来与杨老板舒舒服服侃大山。

媒体人们把杨老板当作海外华人的标本，杨老板也好聊天，有人这样陪他，于是话头一发而不可收。他从刚开始到德国落脚说起，一直说到现在的小餐馆苦苦经营，事无巨细，说得是有苦有泪有乐有笑，简直就是一部海外华人小老板的生活纪录。

"你们看啊，我这个餐馆的房租是三千五百欧元，再加上暖气啦卫生啦什么的，每月要支出四千五百欧元，我请了两个跑堂，我老婆自己也是跑堂，工资是每人一千八百欧元。两个大厨，每人是四千欧元。我这个小餐馆，每月的支出就要二万欧元。若在平时，我也不担心，毕竟这个餐馆，说句不谦虚的话，还有我们的大厨炒的几个小菜不错，很有些知名度，客流稳定，每月收个几万欧元的流水不难，刨除成本，还能挣个万把欧元，很稳定的……"

"老哥，你日子不错啊，喝喝酒，炒炒菜，每月挣个万把欧元，比我们舒服多啦！"媒体人们听得津津有味，这可是最草根质感的生活。

杨老板苦笑一声："我本来也觉得小日子不错，可是，明年开始，我们这附近就会有个天昊大酒店开业。那老板可狠了，他要把很多的小餐馆都合并进去，打造他们的一个美食村啥的，这样我们这些小餐馆就惨了呀。他那里一开业，一半的客流就会被吸引过去……他们本来也想购买过我们的饭店招牌，但嫌我们开的价格太高，硬是要压价，这样我就很被动了，无论卖还是不卖，日子都不好过啊……"

"你说的天昊大酒店，就是中国企业家刚买下的那家十八层的酒店？"

"是啊是啊，你们连这个也知道？"

"老哥，我们做媒体的，怎么可能会不知道？"李社长笑着说。

老杨摇头说："这酒店，不厚道，他这一出一出的，就是大鱼吃小鱼呀，对我们这些原本就经营得很辛苦的小餐馆，真是很大的打击。他们有钱，他们要做事业，他们要出名，他们要国际化市场，这些我们都理解，可是他们怎么就不能多体谅一下我们的处境？我们也是从苦苦打拼苦苦奋斗开始的呀，而且我们付出的辛劳血汗，一点不低于他们……唉，现在我都不知道该怎么办了……"

一桌子媒体团的人这时都不知说什么了。

077

在李社长给国内徐大老板打完电话——说天昊法兰克福项目并没有想象中的那么好，他们回去很难为天昊作正面宣传——之后，徐大老板立马打电话给徐小老板，问他究竟怎么得罪了这个媒体团。

在办公室里，一个国际连线打了两个多小时，老徐老总把自己的创业史像讲大课一样给小徐老总讲了一遍，然后又痛心疾首小徐老总对媒体团傲慢，又训斥小徐老总在前面半年里作为总经理的种种不靠谱。总之，这个儿子，不会人情世故，不懂谦逊讨巧，不懂中国国情，成事不足败事有余，辜负了老爸的一番苦心。

教诲加训斥，这两个多小时的电话，是徐子涵事业生涯里的第一个被评分——他以往一分二分的好成绩时代结束了，这次显然是个五分的差评。

徐子涵恼怒地甩了电话：在老爸面前他不能太嚣张，但是他可以把火发给自己。

他跑去健身房击沙袋，三拳骂一句：

"谁叫你把这批老头子叫过来的？我又没让你这样做！"

"世界上最难沟通的就是自视啥都懂的老人，其实就是一堆草包！"

"你花钱，我花力气，结果还是不讨好，老爸你何苦！以后我是不会再讨媒体的好，他们算什么？"

"我做我自己的企业，我不信我会做不好！那群老头，你们就等着吧！等我做好了，你们想采访我我都不愿意！媒体算个屁，你们媒体也会破产！"

……

把所有的怒火发泄到皮沙袋后，徐子涵筋疲力尽，心情也好了很多，就是手掌已经红肿得不成样子。

就在徐子涵拿着沙袋发泄之际，晚晴去老杨那里取份资料，与第三次在那里吃扬州炒饭的媒体团不期而遇。老杨向客人们介绍晚晴："这是我们的海外华人侨领，而且是拥有三家高级饭店的年轻女老板。"

晚晴热情，见有国内的媒体朋友，就盛情邀请他们去美食城吃饭。

李社长一行正为这几天的中国胃而发愁——扬州炒饭已经连吃三餐，再吃下去估计肚皮也要抗议，但是在法兰克福还要呆一周时间，该去哪里打牙祭他们一点数都没有，要知道他们这样身份的人物，在国内哪一天不是很好地被接待？更为纠结的是，一连两天，少东家徐子涵都没联系他们，一副随他们折腾的样子。李社长是一团之长，团长没有与东家搞好关系，这也让他为不受天昊的少东家待见而郁闷。他是谁？他是社长！社长，平时一整社的员工都要对他毕恭毕敬的！现在呢，李社长有苦难言，夜不能寐，半夜醒来时真恨不得买张机票立马回国算了。

现在眼见有美女盛情邀请，态度热切，言语热情，顿时让李社长心头一暖，感觉自己这个团长的地位都变高了，心情自然一下子变得格外熨帖。

刚吃了炒饭的媒体团一行人被招待先去河畔酒吧感受法兰克福的白领夜生活，又乘坐美因河上的夜游船，再去美食城吃了一个正宗地道的火锅当宵夜，当身在舒适的中国餐馆吃着很对中国胃的菜，又举着一升装的巨大酒杯喝着德国啤酒时，李社长感觉到这次考察旅游的Happy时光才终于来了。

"李社长，离法兰克福一小时的路程，有条浪漫莱茵的路线，那里有成片的葡萄园，生产全世界都有好口碑的雷司令，我们可以安排一个时间去酒庄，一边乘坐特殊的拖拉机，一边欣赏美丽风光，还能在拖拉机上品酒呢。"

爱喝酒的李社长一听，两眼放光。

拜访了一次晚晴的美食城后，李社长重新觉得这次前往法兰克福的考察旅游实在是不虚此行，因为晚晴给他们安排了非常丰富的节目：让我做导游，陪他们去周边富有文化气息的路线旅游；每天旅游回来，晚晴又安排他们去不同的餐馆享受美食，且每次吃饭都有不同的朋友陪同，可以让他们更多了解海外华人的生活；晚餐之后又去感受法兰克福的夜生活，夜逛蔡尔街，酒吧看球赛，哪里热闹去哪里，怎么开心怎么来……一时间，一团人都感觉这样的日子，才是真正"宽深广""高大上"的游客日子啊。

"哎，陈会长啊，若早两天遇到你的话多好呀，我们也不会在那小少爷那里受气呀。你不知道，那位少爷，真的是太脱离中国国情了啊……看看，你也是这边长大的，可是与你相处，我们就觉得非常愉快啊……"当媒体团一行又在美食城里吃着杭帮菜时，李社长举着酒杯，半开玩笑半认真地说。

晚晴赶紧打圆场："李社长，徐总其实是很好的人，就是在德国呆惯了，所以可能会让国内的朋友觉得性格不是那么合得来，但他确实很关心你们。他这两天一直打电话问我呢，吩咐我要把你们招待好。"

"是他让你接待我们的？"李社长一愣。

我也一愣，这明明是晚晴她自己揽过来的呀。

晚晴笑着说："是的呀，我和子涵是朋友，也有生意上的合作。既然合作了就不分你我，我比较了解他，所以他的短板，我就会帮他补上，我的短板，他也会帮我补上，这样就能事半功倍。李社长请你一定转告国内的徐总，子涵真的做得很不错的，慢慢地你也会发现这一点。"

"这小子有你这样的合作伙伴，还真是他的福气呢！"李社长说。

"既然是合作，那就是互相支持的，李社长你这里有什么需要，我和子涵都会帮你们办到。你们是媒体团，肯定想多方了解一些情况。若想要对一些海外华人的生活深入采访，我们也会帮你们介绍一些家庭。你们想体验一些奋斗故事，我们会安排去一些企业或者餐馆。法兰克福有很多华人，每个华人都有一段自己生动的奋斗经历，不管是成功或者不那么成功，不管是很有钱或者不那么有钱，大家都是在很努力地生活着，都挺有故事的。"

"太好了太好了，我们正是需要一些体验，你能给我们这样的采访机会，那正是我们最需要的，毕竟以前多次到海外，都是蜻蜓点水，现在才是真正深入了啊！"李社长高兴地说。

078

当媒体团一行乐滋滋地进入状态之时，有人着急了。

徐子涵虽然一直没有同媒体团联系，但是也一直关注着他们的行踪。毕竟这是他老爸重金邀请过来的团，人身安全要保障，到时候还要完好无损地把他们送回国内，这责任重大啊。

不过这个团，好像放飞了的鸽子一样，在法兰克福无影无踪了。

徐子涵着急死了，又不敢打电话告诉国内老头子，心中暗暗叫苦，只是一遍遍发誓以后再也不跟不着调的媒体人来往了。

还是老朱的信息灵通，他很快知道了晚晴在接待这个媒体团，立即告知了徐子涵。

"这华商会的会长真的是把手伸得太长了吧，明明是我们天昊邀请的团，怎么到了法兰克福以后就被她抢了去，难道她想要得到免费宣传的好处？这样做的话，也太没有职业道德了吧？"

徐子涵听了，没有说话。有了这个团的消息就好。到时候送走他们，万事大吉。

"她就是这样，逮着机会就抢，明摆着是拆我们天昊的台……"老朱嘀咕。

知道了媒体团的下落，固然让徐子涵少了担心，但这几天他的情绪一直低落。

一种说不清道不明的失落感弥散在他身边。

多年的爱意，多年的美好想象，多年的眷念，到头来也许一切都是虚幻的。

她不过就是一个女人，就是一个结婚了离婚了又结婚了又离婚的女人，她无非是在自己无助的青春时期突然闯入的一个人，所以驻扎在心中多年。

其实，她又是谁呢？

若她不是晚晴，那么必定会有另一个人，叫作小青或者叫作小雨或者叫作小婉或者叫其他，也会在那么个时间进入心中，然后像河蚌里的沙子，慢慢磨，磨成圆圆的珠子，不再让自己的心里疼。

疼了多年，也在心里装了多年，是不是该吐出来了？

徐子涵心里失落得厉害。这曾是他最挚爱的珍宝啊，真的是该到了放弃的时候？那他一半的身子真的变空了呀。

徐子涵想喝酒，想狠狠地喝一回酒。

他又突然想起了十五岁那年，他也很想喝酒，到处买酒，但是没人卖给他。

时间过去了十多年，当时的情景历历在目，只是，他想改变的，一切都没改变，一切都停留在十多年前，多么失败的人生啊。

喝酒，喝酒，找谁陪他喝酒呢？朱丹？

当晚，徐子涵第一次主动约了朱丹。

在酒吧一条街，音乐和酒展示着法兰克福的夜生活，身材火辣的卖酒女郎在一定的时段，会像蛇精一样，扭着富有弹性的腰肢，伴随着爆棚的音乐，在顾客群中穿梭往来，调情互动。

徐子涵一杯杯地喝着酒，一次一次地与跳舞女郎眉目传情。

好不容易等到跳舞女郎去了酒吧的另一个角落招惹男人，朱丹按下了徐子涵再一次举起的酒杯。

"子涵，你喝得太多了，我们回去吧。"

徐子涵端着啤酒杯，似笑非笑看着朱丹："我知道你喜欢我……我也知道我妈喜欢你……你想嫁入我家这个大豪门吗？"

朱丹一愣。

表白来得那么快？

"子涵，我希望自己会是一个好妻子，也努力会当一名好太太……"朱丹展示着温柔的微笑。

"这样吧，你也看到了，这就是我的生活……你能忍受我的生活是这样的？"徐子涵眯着眼睛看她。

"子涵，结婚后，我会好好照顾你的……"朱丹手搂住徐子涵。

"我需要的不是照顾，我需要的是自由！"

"我会给你自由。子涵，我爱你！"

"爱，呵呵，你爱我什么呢？我都不爱，我谁都不爱，谁爱谁吃亏……"

……

正当徐子涵与朱丹在音乐声爆棚的酒吧里胡言乱语着他们未来不靠谱的关系时，晚晴正一遍遍地打着徐子涵的手机。

手机一直不接。

晚晴给徐子涵打电话，是要告诉他，再过两天，媒体团就要回国了，她希望能同天昊一起，给他们搞个饯行。

但是十来遍地拨电话，徐子涵都没接。

晚晴无奈地放弃电话。

酒吧人影狂乱，徐子涵借着酒，嘲弄似的看着朱丹，肆意地问："美女，我问你，为嫁给我，你什么都能做，是吧？"

"我愿意为你做任何事！"

"当活寡妇也愿意？"

朱丹一听，面色难堪。

079

晚晴让建国带一份邀请函去给徐子涵。

"建国，我好几次打徐子涵电话都不接，我给他写邮件他也不回，那你去一趟天昊公司吧，把这个邀请函交给他，是华商会和天昊一起给媒体团送行，时间是明天晚上，地点是歌剧院庭院，我已经让经理预定了包厢，你无论如何要把邀请函当面交给徐子涵。"

建国一脸不乐意："姐，你是否在多此一举？你看看这个媒体团又不关你的事，你又是招待吃喝又是陪他们旅游，一周时间都花了不止一万欧元了，人家也不见得领你的好。"

"我有数，我不需要人家领我的好，我是做我自己的事。"

这时有人进来："陈会长，一箱拉菲已经送过来了，每瓶六百欧元。这是他们的账单。"

晚晴点着头说："就放这里吧，到时我让人包装一下。我会让财务马上给打款。"

建国看得目瞪口呆："姐，你白白招待还要给人家送礼？每人一瓶六百欧元的拉菲？"

晚晴不理他，自顾自把一份精致的邀请函封好，交给建国："你亲自去一趟，当面交给徐总，周末在歌剧院庭院，我们双方一起宴请媒体团，这样媒体团会感觉比较受到礼遇。"

建国神情抗拒。

晚晴说："建国，我们华人在海外，是处处需要手拉手合作的，而不是眼瞪眼竞争的。大家团结一心，才能在德国的社会中得到更多的尊重。不然，中国人再有钱，也依旧得不到尊重啊。"

建国撇嘴："我也知道这个道理，但是就是看不来那个公子……"

"也许你觉得有的人与你性格不合，或者你认为不是那么可爱，但是那又怎么样，我们只需要找到对方可爱的那一面。你看徐子涵，他虽然是个富二代，有时候也会有点傲慢，但是他很有爱心，非常慷慨，聪明绅士，而且性格从不掩饰，坦诚率性，表里如一，这些都是很好的优点啊，我真的觉得他很可爱啊……建国，合作会给我们带来最大的好处。我们海外华人不要再为一点小利益或者小情绪而搞得一地鸡毛，那才是最不值得的。"

建国继续磨蹭："你就是会说大道理，我只管与我自己喜欢的人结交朋友，不喜欢的人，懒得理……"

晚晴一跺脚："你究竟去不去？你不去我自己去！"

建国终于软下来："好好好，我去我去我去……"

然而，第二天晚上宴请的时间即将到了，徐子涵却没有出现。打他手机，照例没接。

这活人就像蒸发了一般。

晚晴着急地问建国，邀请函是否送到了？

建国诅咒发誓："姐啊，我确实送到了那货的手中了！昨天我还是双手把邀请函递出去的！"

"他怎么说的？"

"他一句话也没说。"

"他什么表情？"

"他一点表情都没有。"

晚晴看着手表，晚宴时间很快就到，媒体团即将到达，晚晴都同他们说了，今晚是天昊集团的正式宴请。可是，天昊方面一个人也没来！

"快快快，你找建中来，你让人把包装拆开，让建中代替徐子涵在拉菲的酒标上签个天昊的名字，建中的字很漂亮，看不出破绽的。"

"然后呢？"建国傻傻地问。

"还什么然后，就说徐子涵被临时叫去法国签个购买酒庄的意向合同去了，就说刚刚走，这是他留下给媒体团的礼物。"

"姐，你太慷慨了，本来还能让徐子涵知道你的好意和心思，现在真的是做好事做得一点不留名了！"建国大叫。

"建国，快点啦，媒体团的人要来啦！"晚晴挥着手说。

就在晚晴着急修补着因为徐子涵没有出现而产生的纰漏，就像救火队员一样不停完成大大小小的善后工作时，徐子涵在威斯巴登的赌场里，半小时内就输掉了三万欧元。

朱丹陪着他。

"子涵，我们先不玩了，好吗？"

望着徐子涵不停地在赌桌上放筹码又不停地被荷官划走筹码，朱丹也担心了。这样的状态已经不是小赌怡情，这完全是在放纵自己。

徐子涵看了一眼衣着性感的朱丹，说："那你帮我开个房间吧。"

朱丹眼神似笑非笑："开个最高级的双人间啦？"

徐子涵说："记得再向酒店要两瓶好年份的红酒，我们一起喝。"

朱丹："喜欢什么年份的？"

徐子涵："二〇〇一年的。"

080

歌剧院庭院的包厢里，一桌人气氛融洽，觥筹交错。

虽然在此之前，媒体团对于天昊集团没有人过来有所疑问，晚晴落落大方地解释，徐子涵带着助理都去了法国波尔多，他们要签一个购买酒庄的意向书。

"刚好是今天吗？"李社长心有不甘。

"是明天的活动，很正式，法兰克福开车过去要八个小时呢，所以得提前一天去……你看，今天徐总在出发前，还特意带来了一箱拉菲，他还逐一在酒标上面签了天昊公司的名字以及他自己的名字，希望能理解他们的临时出行。"说着，晚晴把刚刚准备好的礼品在餐桌上郑重其事作了解释。

我的妹妹晚晴，真是公关高手，根本没有的事能被她说得滴水不漏，我看着她认真的表情，几乎要笑出声。

李社长一听，脸上乐呵呵的："那真是太感谢徐总了，这位徐家少爷，也蛮有意思的。其实，我挺想与他喝一杯，聊聊天。他啊，是很典型的在海外长大的一代人，有时感觉真让人生气，可是又还是蛮真诚的。对，就是直爽，心里不藏事，你们说对不？到时候我们给他作个采访……"

"那太好了，徐总还说，等五星酒店开业了，还要请你们再次重游法兰克福。那时就不是在我们这歌剧院庭院聚会了，怎么也要在酒店顶层的花园餐厅里，一边鸟瞰法兰克福的美景，一边享受朋友的欢聚快乐了，徐总一定要我把这话转达到。李社长，明年，就等着你们再次来哦！"

"那当然啦，我们与徐天昊老总就是朋友，现在与你也是朋友了，法兰克福有你们这样的华人精英，那是我们中国人的骄傲！"

……

一桌子人频频举杯，频频杯底见光。我和建国相视而笑。

开心就好。晚晴是公关高手，我和建国是左右陪护，却不敢多喝，因为晚晴在桌子底下不停用脚踢我们，提醒我们自己少喝多劝别人喝，免得我们兄弟俩一不小心胡言乱语，谎言不经意中被揭穿。人生，真是充满各种乐趣。

与此同时，在威斯巴登高档酒店的豪华套房里，徐子涵已经处于酒醉状态。

"子涵，你是否愿意告诉我，你为什么这么不快乐？"

朱丹穿着睡衣，搂着徐子涵问。

徐子涵用水晶酒杯倒着红酒，还要与朱丹干杯："喝酒，醉了就什么不开心都没了。"

"子涵，我是你的朋友，也是你的姐姐，你告诉我，也许我能帮你分担。喝酒伤身体，不要喝了好吗？"

"姐姐，我的姐姐……我的姐姐只有一个，她走了。"

"她是谁呢？"朱丹问。

"不要问她是谁，她已经走了，不存在了，把我的初恋也带走了。"

"子涵，来，让姐姐抱抱你。"

"姐姐……我心里痛……"徐子涵像孩子一样扑倒在朱丹怀里。

"子涵！"朱丹抚摸着他的脑袋。

"姐姐，你不要走，我等了你十多年了……"徐子涵在朱丹怀里呢喃。

朱丹明白，自己成了徐子涵心中某人的替身。

"姐姐，你还记得吗，那是二〇〇一年，所以我今天就是要喝那一年的红酒，多好的年份啊……"

原来是这样。

"姐姐，你还记得后来我们突然在这里相遇的情景吗？那时我真的以为自己的眼睛在同我开玩笑……但是，后来你又离开了，我着急死了……"徐子涵自言自语。

"子涵，来，告诉姐姐，她是谁呢？"

"姐姐，你为什么总是让我伤心？我从来没在女孩子那里失恋过，但是，唯独你，让我好几次失恋……姐姐，失恋是很难受很痛苦的，你知道吗？"徐子涵手指心口，有泪水滑过脸颊。

朱丹要去抚摸徐子涵脸上的泪珠。

"姐姐，不要离开我。"

"好的，我不离开你。"

"你骗我，你又骗我了，因为你已经离开我了，你对我一点感情都没有，说走就走，让我就是抓不住你的手……"

"子涵，姐姐在你身边，姐姐的手握着你的手……"

"骗我的……你已经走了，我知道你已经走了。"

朱丹叹口气。这个男孩子，他心心念念的姐姐究竟是谁？

当清晨的第一缕阳光照进酒店的白色娟纱时，徐子涵睁开了眼睛，他看到了自己半裸着身体睡在大床上，而一旁，是身着半透明睡衣的朱丹。

他吓了一跳，昨晚发生了什么？

081

早上吃饭时，我父亲肚子疼的毛病又犯了。

"爸，叫你少吃点辣，你还是吃，看看你，把胃给吃坏了吧……我给医生预约个时间，去作个检查吧。"晚晴放下碗筷，去给我老爸泡上一壶茶，说。

我去找热水袋，想让老爸焐一焐。

我爸用手一挥："我没事的。每年都作常规检查呢。"

德国的医生做预约都要等候，等个一周是常事。晚晴打好电话，把定好的预约时间写在日历上："爸，你离上次检查已经一年了，这次我陪你和妈妈，再好好查一下。"

我妈说："晚晴，检查前你先让你老爹戒了辣的吧，他现在简直是一勺一勺地直接吃辣酱，看看都吓人。"

晚晴听了，边撤掉桌上的麻辣小菜边教育老爸："爸，听见没，以后早餐我们还是尽量多喝牛奶多吃新鲜面包，少吃腌制类的小菜了——不是少吃，是断供了哈。"

老爸无奈地说："人老了嘛，这胃越来越怀旧了。"

晚晴想到一事，从包里翻出一本旅游公司的旅游产品介绍册子："对啦，老妈，你有空和老爸研究一下，这里全是邮轮旅游，你们俩老人挑一条路线，到时我给你们报名。"

我的老妈看着晚晴，满脸期待："我们一道去吗？你、建中、建国一道去？"

晚晴一笑："妈，要去那也就让建中建国陪你们去吧，我这里有这么多事情，怎么走得开呀？"

我的老妈嘀咕："你怎么就不让建国那小子多干些活呢？他整天游荡，你又整天忙碌。昨天你回家都十二点了。"

晚晴笑着说："妈，你真偏心眼，建国明明和我一起，怎么就说他是游荡我是忙碌呢？"

"昨晚与记者们的聚会活动都好吗？看你忙了一天。"老爸关心地问。

"很好啦，大家都很开心，他们都是很能干的记者，说这次来法兰克福非常值得，经历了很多，采访了很多，体验了很多，也收获了很多……"

"他们当然收获多啦，有人不乐意接待他们，我姐就欢天喜地地代人家接待！我姐天生就是会做公益！"建国穿着睡衣，从后面插过来一句。

朱丹在五星宾馆的豪华洗手间里化妆。

她换了一件艳丽的修身裙子，化了淡妆，靓丽迷人。在她走出洗手间的时候，看到徐子涵正对着大镜子整理衬衣，于是就去搂住他的腰。

徐子涵轻轻推开。

"子涵，你真不知道，你昨晚多么有激情……"朱丹倚着墙，歪着头，半调情半撒娇地看着徐子涵。

"那又怎样，你不是说过，不风流，枉少年。"徐子涵淡淡地说。

"是的啊，但是子涵再风流，不过心里还是最喜欢姐姐。"

徐子涵看了她一眼："我还说了什么？"

"没有什么，就是内心最深情的秘密，告诉给了我，我很感动你这么信任我。"朱丹笑意盈盈。

徐子涵叹口气。过了一会，他突然问道："朱丹，你真的想嫁入豪门？"

朱丹眼睛一亮："就像凯特随时准备嫁给王子一样，我也随时作好了嫁豪门的准备——嫁豪门是需要女孩子具备很高条件的，但我想，我是最适合嫁豪门的。"

徐子涵嘴角微微一掀："具备什么条件？"

朱丹冷静地说："懂事，贤惠，有修养，有学问，美丽大方，被老人喜欢，当然还要多多开枝散叶。我想我有潜力，一定会成为豪门里的好媳妇。"

徐子涵冷冷地问："我再问你，就算当活寡妇也准备好了吗？"

朱丹笑吟吟："我不会让自己当活寡妇，我会让你迷上我。"

徐子涵看着她，叹口气："我就是一个花花公子，我也只能是个花花公子……"

徐子涵打算向董事会提出辞职。

因为他厌倦了，也没动力了。当初向老爸奋力争取要当天昊法兰克福项目的总经理，就是为了向心中的恋人努力证明自己。但是眼下，心中的恋人，他没有能力留住她，证明自己也就没有了意义。

法兰克福确实是个让人难忘的地方，他在这里度过了叛逆的青春，偷偷地喝过酒，好奇地抽过烟，飙车被罚过单子，暗恋超过十年；青春里有那么多的人陪着他，安东、校长、妮娜、胡主编、黎阳……一切历历在目。

这样一个地方，让人爱，也留下了他的伤情。

伤情是多么痛苦，就像一条小舟，他本很想停靠，但是找不到系舟的堤岸，他只能继续远行。

徐子涵在辞呈上签上了自己的名字。他愿意认输。

少年轻狂，当初向父亲请缨上阵时曾豪情万丈，可眼下他多了无奈——努力奋斗是应该的，随缘认命也是正常的。

感谢自己的父亲，当初给了他一个机会去试探江湖。他让自己的父亲失望了，这江湖的水，还真不是自己能试的。

办公桌上的电话响了。是国内老爸打过来的。

估计老爸要指责他把媒体团的事情搞砸了。自从这个团返回中国后，他就知道老爸肯定会对他不满意，为此还溜出去混了几天，就是为了不想接他电话。现在，老板的电话追踪过来，就向老爸作个深切道歉吧——反正辞呈已经写好了。到时也深切感谢一下老爹的栽培，从今以后，他就只想当个远离商业战场的花花公子，当个老妈嘴里小兔崽子的心肝儿子，却再也不想当什么总要被人指责、总会让人不满意的商界能人。

但是，不可思议的是——老爸在电话里一个劲称赞他做事到位，成熟老练，不枉老爸的期待。

"儿子，你老爸真的很高兴，这高兴绝不低于老爸上市公司的股票涨涨涨，或者接下一个大项目——儿子，你知道吗，老爸高兴，是因为你懂事成熟，你不再像以往那样按照你自己的小性子生活，你懂得了合作，你知道了别人的价值。老爸做企业，看人无数，以往老爸最担心的就是你目中无人，猖狂高傲，但是现在，你真的学会很多了，这是做人的财富，也是做事业的财富。所以老爸开心，老爸这是这一年最开心的一天！"

徐子涵看看话筒，感觉老爸是不是打错了电话。

"老爸，你确定……是在与你儿子打电话？"

"子涵，你做得很好，你已经开始懂得了，不是老爸要你去讨好什么人，更重要的是，要学会与不同的人合作。这一点，李社长说得很清楚，他说虽然后面没有再见到你的面，但是你所安排的一切，都让他们感到非常舒适。也许你本身不是个高情商的人，但是你会判断，你会挑选最适合的执行者。你选择的执行者，那个叫做晚晴的小姐，就用她高超的公关能力，赢得了媒体团所有人一致的喜欢和佩服，让他们的收获远超过预期。所以他说，天昊法兰克福的项目，绝对有花头，因为最高将领是位有眼光的年轻人，他的合作者都是最有才能的人……"

徐子涵有点恍惚。

"子涵，下次我来法兰克福，你一定要介绍晚晴小姐给我认识，这么能干的女生，又诚恳热情，还那么善解人意，难怪可以开出一片事业……子涵，我本来以为她是你的下属，可李社长说是合作者，她一人就拥有三家酒店。子涵，这样的合作者，你一定要好好珍惜，你要向她多多学习，做事业，一定要放下性子，互相成全，这样才能格局越来越大，知道吗……"

徐子涵彻底蒙了。

"我让秘书把媒体团发出的这几期报道都给你发过来，你可以看看。这是你做得最好的一次公关……不不，不是公关，是合作，非常完美的一次合作……儿子，你给我继续好好干！你肯定会超过你老爹的！"

082

"闺女啊，你这是何苦来着。"老朱点完了六七份西班牙Tapas小碟后，担忧地看着女儿。

这是她们父女俩经常来吃饭的西班牙小餐馆。这个小餐馆能见证父女俩一直以来的感情：朱丹被老师奖励了，朱丹与同学闹矛盾了，朱丹与老爹吵架又和好了，朱丹有心事要跟老爸说了……这次又是。

"我不管！"朱丹执拗。

"丹啊，我们不是不缺钱，先不说你自己，法兰克福的高级白领，不，何止白领，现在都已经是金领了，完全是经济独立的女性。还有你老爹，车子房子都给你安排好了，你完全可以找个很疼爱你的男人，把你捧在手心里。可你一定要去招惹那个花花公子，为什么呀？"

"我喜欢他。"

"你喜欢他，不就是因为他是个富二代，是个豪门子弟吗？若他没有那个光环，你还会喜欢吗？"

"是的，我喜欢他，首先因为他是富二代，是豪门。但是我也喜欢他是徐子涵，那个傲傲的坏坏的子涵。这两者缺一不可。"

"但人家没见得喜欢你啊。他连那样的话都说得出来，可见心里真的没有你……闺女，找个这样的浪子，你会吃苦头的！"老朱苦口婆心。

"我这样优秀，会让他喜欢上我的……我连他那么苛刻的老妈都征服了，难道我还没法让他喜欢我？我只不过需要一些时间。"朱丹信心满满。

"丹，你若能听老爸一句，你还是听听老爸的吧。女人的幸福，不是在于面子，你嫁给他，成了豪门媳妇，听起来很光鲜，但是你图个啥？要享受生活，你现在的收入就能享受了；要享受风光，可人家不拿你当回事啊。你甚至可能连男人的爱抚都享受不到。你想他抱抱你，给你按摩按摩，他可能整天在外鬼混，那时你会很伤心的。"

"老爸，你怎么还是没搞懂，这是一场战争，目的是为了夺取婚姻的制高点。我先与他结婚，然后再慢慢培养感情。老爸，他是老总，要出席各种高档场合，身边必然需要一个太太为他撑着，那时他不需要我也会变得依靠我，因为我可以帮他很多！我是个不可复制的资源，有能力有智慧，我不是花瓶，我能让他真心觉得离不开我。老爸，你辛苦奋斗一辈子，总说奋斗的目的是为了出人头地，在人海之中让别人一眼看到你，这是一种人生满足感，成就感，是价值所在……老爸，我看着你以前为了华商会做了很多事情，你说你图啥？还不就是为了满足你可以与各种领导站在同一场合里握手言欢、拍照合影的那种成就感吗？那我也要一样啊，我也需要这个成就感和满足感的！"

"丹，我真的……我真的不知道，以前的教育是不是害了你……男人奋斗，建功立业，那是天经地义。但是你是女人，女人就是要安安静静站在男人后面，享受好自己的幸福生活就行了……"

"爸，我就是要安安静静站在一个富豪的身后，享受自己的幸福生活啊。"

老朱摇头："富豪的身边，你以为那么容易就可以安安静静地站啊？"

朱丹倔强地笑了："不试试看那怎么知道？"

老朱苦不堪言："丹，宝贝，那真的不是你的路，你老爸的人生经验比你多……"

朱丹一句话打断："老爸，你的人生经验都已经落后了。"

徐子涵活过来了。

刚才还自认自己是一叶飘荡的小舟，无处停靠，现在一下子发现自己原来是一对白天鹅中的一只呢！

晚晴姐姐，原来一直在背后支持着自己啊——那么，她也一直在关注着自己，对不？那么，她并不是不在意自己，是不？那么，她对自己是……有感觉的，对不对？

好像被兴奋药物注射，徐子涵恹恹的心一下子迎风舒展，他甚至兴奋到有点混乱，不知接下来该做什么。等一下，理理头绪……对，不管怎样，盛情邀请，争取见面，赔礼道歉，表达感谢。再然后，再然后就是愉快合作吧……

但是，电话打给晚晴的手机，联系不上；打给美食城，却被告知，晚晴陪她父亲看医生去了。

那就再等等吧，十多年都等下来了，还担心多等两天吗？

083

人世间的命运，是种无从捕捉的东西。

我们生活在这世界上，是件很幸运的事情；我们能与自己的父母兄弟在一起，是从那么小的概率中得来的幸福；我们能相爱，那更是多么多么值得珍惜……

徐子涵终于与晚晴坐在一起"约会"了——尽管是个工作约会，但是又怎样，只要能和晚晴在一起，就让他心情超好。

是徐子涵精心挑选的市中心的高档餐馆，一家有着百年历史的餐馆，墙壁上是古朴雅致的壁画，餐桌和烛台虽然透着岁月的老旧痕印，但是良好的保养，让食客看到的更多是文化流传。

晚晴欣赏着餐馆里的种种细节，不忘记她的歌剧院庭院："哎，这个摆设很好看，我回去让设计师也琢磨一下，可以让我们的歌剧院庭院也越来越雅致……"

徐子涵请晚晴暂时把目光移到他的脸上，希望她能专注看他几分钟。

徐子涵先感谢晚晴替他搞定了那个VIP团。

晚晴笑着说："其实那批媒体记者很有才的，他们心眼也不错，很容易理解他人……"

徐子涵说："那是因为你心眼好。"

晚晴说："他们真不是故意找茬，就是一种中国式的'人情份儿'，有点难以表达，反正既纠缠人又温暖人，他们后来一直感谢你。"

徐子涵："损我呢……晚晴，我还要感谢你，看到报道里的小餐馆老板的故事，我也很感动。我怎么一点不知道他们的各种艰苦故事？"

晚晴："你含着金汤匙出生，你也从来不去那些小餐馆，没有感受到他们把小餐馆当作家来看待的爱意，你收购他们，会让他们感觉失去了家的依靠和牵挂。"

徐子涵："我知道了，以后我的工作中，都会考虑进去的。确实，我们大酒店要做到最好，可以有很多方式，这几天我也正想着要把中国的变脸啊京剧啊，这些民族艺术带到这里来，让德国人更多了解中国文化，而不是去收购什么小餐馆，搞得人家不安，我真的很抱歉。"

晚晴笑了："真的，还有变脸和京剧啊？那真是个好创意哦！"

徐子涵得意。

晚晴："以后有空也多去小餐馆里坐坐哦，吃吃饭，聊聊天，挺温暖的，是种平凡的草根生活。不像你的生活，都是很高端的，不接地气。"

徐子涵不服气："我才不是你想的不接地气呢……不过，只要你让我去，我就去……"才说了一半，徐子涵又变成了撒娇的弟弟。

晚晴笑了："我没有那样的权力。你是总经理。"

徐子涵："你是我叫了十多年的晚晴姐姐……"

晚晴笑着低头。

徐子涵看着她，大胆拉过了晚晴的手。

晚晴刚想拒绝，但有一点小小的迟疑，这迟疑很快被徐子涵捕捉到。

徐子涵紧紧握住，一点舍不得放下。好像一放下晚晴又会消失一般。

晚晴就索性让他紧握着。

徐子涵觉得这日子是如此甜蜜。若可以，他真想一直这样握着……

朱丹就是在这时走进了餐馆——这家餐馆是他们公司接待客户的首选，一周后他们将与一家客户一起庆贺一个刚圆满完成的项目，到时会有三十多个同事一起欢聚，朱丹先来看一下场地，还要同餐馆经理交代如何设计场地。

朱丹一眼看到了徐子涵，正想开心地招呼，却看到了徐子涵正深情脉脉地紧握着另一女生的手——那情敌，是她怎么也想不到的闺蜜陈晚晴。

陈晚晴，你是天生要来与我作对的吗？

一股醋意和怒火直冲朱丹的脑门，她感觉自己的双手都在颤抖，若没有理智克制的话，她真想立马冲到陈晚晴面前，手指她的脸，愤怒指责："你抢走托马斯不够，还要再来抢徐子涵吗？"

或者，充满嘲讽地走到她身边，对她说："晚晴，你也喜欢子涵吗？但是子涵妈妈是不会喜欢一个结婚离婚又结婚又离婚的太过于成熟的女人的，你知道这条路多艰难吗？"

也或者，撕心裂肺地质问徐子涵："子涵，你知道她是谁吗？她利用男人，从十八岁开始，一直利用得得心应手，经验丰富，金哥、阿杜、托马斯、陈建中，太多的名字了……但我，我是真心喜欢你，你看不出来吗？"

不行，要克制，要克制……

尽管双腿发颤，怒火中烧，朱丹还是制止住了自己，她倚着墙壁，让自己深深呼吸。她似乎看到了，就在不久之前，两个不谙世事的女孩子，因为制止不住醋意，在公众场所大失面子，互相攻讦，结果呢？当时自己还嘲笑那个吵闹到办公室去的小女生根本不配当徐子涵的女朋友，那么眼下，已经足够成熟的自己，有着硕士学位和丰富公关经验、为人处世得心应手的自己，就应该在此时，最关键处作出最正确的反应。

朱丹让自己恢复平静。她掏出小镜子，快速扑点粉，又做出个微笑的神情，一切都好，迈出脚步。对，脚步很轻松。嗯，最好更加轻快一些，好的，就这样，很好……

朱丹灿烂地微笑着，走向徐子涵，一手围拥着他的脖子："子涵，怎么这么巧见到你……哦，晚晴啊，你也在啊？"

徐子涵愣在那里。晚晴赶紧收回被徐子涵握住的手。

朱丹继续甜蜜微笑："子涵，我来这餐厅办点事情，我们公司下周末要在这里搞聚会，我要交代他们怎么布置……"

徐子涵淡淡地说："那你忙你的工作吧，我们不打搅你。"

"对了，子涵，我今天有个好消息要告诉你呢，本来想今晚我们一道吃饭时再说的，但是现在一见到你，就忍不住要说——我今早用测孕棒，发现我早孕了！"

徐子涵顿时呆住。

朱丹继续加码："我当时还以为是测孕棒不对，又特意去了妇科医生那里，他给我检查了，真的，我真的怀孕了！子涵，你说这是不是很美妙的一件事？"

晚晴看着朱丹，又看着徐子涵。

然后她说："这么幸福的事，你们坐下聊吧，我有事先走了。"

晚晴站起身，离开。

徐子涵愣了愣，随即抛下朱丹，去追晚晴。

"晚晴，晚晴！"他大声喊叫。

晚晴步子加快。

这时晚晴包里的手机骤响，晚晴原本不想接电话，只想埋头走路，但是手机的响声像催命一样，一直不停，她只得腾出一只手去取手机。

是建国打来的。

"晚晴，你立即回家。"建国的声音从没有过的严肃。

"怎么啦？"晚晴心慌意乱。

"一封信，医生的检查报告出来了，医生要与老爸谈一谈……医生先告诉了我们，说爸是胃癌晚期，最多还有三个月的生命，让我们有思想准备。"

"什么？"晚晴手上的挎包滑落下来。

随即，她整个人瘫软在地上。

尾声

时间过得飞快，半年很快过去。

天昊大酒店在一片祝贺声中正式开业。

大总裁徐天昊陪着小总裁徐子涵，笑容满面地迎接着红地毯上一批一批的贵宾，从政界到商界到新闻界，从大使馆高级官员到德国银行家，从华人知名律师到德国演艺界主持人，从法兰克福市长到特别邀请的艺术家……场面隆重，礼仪周到，鲜花装饰着每个细节，现场乐队的表演让人愉快，宾客们衣着打扮精致，服务生们绽放着舒适的笑脸，提供着无懈可击的服务……所有细节都显示着这个活动准备得很精心，也显示着这个被中国人买下并经营管理的新酒店的高端和卓越。

但是，高端大气上档次，并不是酒店最亮的的亮点。

大厅里，引人注目的是一大批中国艺术家正以独特的方式问候着众人。这让宾客们都露出巨大的惊喜：哇——

正像徐子涵当初向晚晴描述这酒店将具有浓厚的中国文化气息一样，酒店邀请了两位来自中国的变脸艺术家。

此外，还有京剧表演，还有中国传统舞蹈。

……

高价聘请的知名主持人担任活动主持，在钢琴师优雅的现场演绎之后，热烈的掌声中市长开始致辞：

"这是我所见过的最为印象深刻的酒店开业仪式，没有之一，确实是最为印象深刻——我想表达的是，我很惊叹，以至于我刚刚作了决定，我要抛弃我那份下午给自己准备好的、与其他酒店开业没有太大区别的贺辞，我要现场即兴表达我的心情。所以，这肯定也是一份独一无二的祝贺。这是为了感谢我们的中国酒店为法兰克福带来了那么迷人和独特的传统文化。"

众人听了，热烈鼓掌。

市长果然扔下了那张打印好的有文字的纸片，即兴发言：

"各位，我承认我是个好奇的人，我刚才仔细琢磨那个变脸的家伙，一直在想，那家伙把不同的脸究竟藏在哪个地方呢？我不知道，我想，就冲着我想了解这个秘密，我也愿意每星期跑到这个酒店来吃一次饭。所以，我认为，这酒店的老板将在不久之后挣走我口袋里的不少钱。"

众人又大笑。

"但是，我心甘情愿……因为，我感动，我发现中国的朋友们越来越把我们法兰克福当作第二个故乡，在这里生根发芽，繁荣发展，也在这里传播着美丽的中国文化。作为法兰克福的市长，我无比荣幸，能够在我们的城市里出现这样的美食文化和艺术。

"现在，我觉得，我的致辞显得很多余，因为我发现更多的宾客，他们已经把目光集中在了那几位中国京剧演员的身上，而不是在我身上……这让我觉得自己有点不甘心。这样吧，让我来先泄露这个好消息——刚才天昊酒店的总裁先生亲自告诉我：以后每天，都会在大酒店的最高层餐厅的舞台上，为大家表演非常精彩的中国艺术。每天有不同的表演，纯粹中国的传统文化！

"所以，各位，请让我们为法兰克福又多了美好的文化艺术氛围而举杯庆贺吧！"

一条红地毯从美食城的庭院里铺过。

我的父亲，当初医生说他的生命超不过三个月，但是，他已经坚强地熬过了六个月。只是，眼下的他，非常虚弱。

父亲在医生宣布了他的真实病情以后，第一句话是："孩子们，别难过，你们的老爸，这辈子过得可没有遗憾！"

我的妈妈在一旁暗自垂泪，老爸挽着她的手说："老伴，说好的啊，我们下辈子还是夫妻，我们的孩子，下辈子还是孩子。"

我们一听，忍不住号啕大哭。

但是，再后来，老爸就不许我们再哭了，他说要笑，要开心地活。

我的老爸，当初为了用假肢学开车，做了那么辛苦的康复。这次，他也试着用各种方法来打退病魔：医药、食补、气功、瑜伽。只是，这一次，好像父亲的努力不灵验了，随着时间流逝，他的病情越来越重。

一个月前，父亲与我谈了一次话。父亲说，他其实有个遗憾——他从来没有陪晚晴走过红毯，把披着婚纱的女儿送到疼她爱她的丈夫手中，向女婿交代好一切，尽一个父亲最幸福的一次义务。这是他当父亲的最大遗憾。

我一听，蒙了。该找谁来同晚晴结婚呢？

一连想了好几天，都想不出好办法来。

我的妈妈又在我身边嘀咕了："建中，你和晚晴，还能再有机会吗？"

我几乎要抓狂了——晚晴真的只拿我当哥哥看，那几年的婚姻，她已经够辛苦了。

可看着儿女结婚是中国老人的最大心愿。若不让父亲失望，那么真没其他辙，这事情，除了我——我是非常心甘情愿假扮一回新郎，让我的父亲眼看着晚晴的归宿而放心离去——可是，该怎么和晚晴说啊？

而且，说句实在话，这实在是很"表演"啊。

父亲越来越虚弱，也变得越来越伤感。我推着轮椅，他在庭院里与我说着话：

"儿子，你知道晚晴的心思吗？她这十多年的拼搏里，当需要取舍时，爱情总是第一个被放弃的，所以，我们的晚晴，她最需要的，是爱情啊。"

我点头。

"儿子，你在想什么，我知道；你那娘在想什么，我也知道；哎，我们不要为难晚晴了……她的下次婚姻，一定得是她自己满意的……"

我把手搭在老爸的手背上，想让他歇歇。

老爸喘着气，继续说："我，我就在想，我就提前给我们的晚晴走次红毯，你和她说，爸爸帮她提前办婚礼……陪她，走……没有新郎的红地毯，留个念想，没有遗憾……"

我含着泪水，点头答应。

这是非常明媚的一个春日下午，美食城被布置一新，鲜花装饰满了栏杆，红地毯铺过庭院。晚晴的几位好友帮晚晴化新娘妆，当晚晴穿着婚纱从闺房里走出来时，大家都欢呼了。

我的父亲说，这是他最幸福的一天，大家要笑，他更要哈哈地笑。

美丽的新娘晚晴，伸出一只胳膊，挽住坐在轮椅上的父亲的手，但是，父亲一定要用拐杖——他想站起来陪晚晴走。

"女儿，这是你父亲母亲共同留给你的最后礼物——那是你爸爸在德国第一次挣了钱，就给你妈妈买了一个手表，是带钻石的，现在，我和你妈妈商量后，就决定，把这手表传给你，手表是时间和岁月的象征，我们想用此记住，我们在一起的岁月里，是那么幸福……"

父亲不顾劳累，一口气说完很多话。

晚晴紧紧握住这个来自父母的馈赠。也许，在未来，她还会把这个关于幸福岁月的礼物再传给下面的子孙。

婚礼进行曲的动人音乐响起，大家向新娘和新娘的父亲撒着大捧的玫瑰花瓣。晚晴紧紧挽着父亲的手臂，慢慢地、慢慢地走过那片被鲜花花瓣淹没的红毯。

"晚晴，我的女儿，我是多么高兴……我终于能完成心愿，能把一个父亲的祝福，送给穿着婚纱的女儿！女儿，爸爸祝福你，永远幸福……爸爸不离开你，爸爸在天堂里，依旧每天微笑地与你见面。你想爸爸了，就抬头看看云彩，那就是爸爸……"

晚晴手挽父亲的胳膊，在婚礼进行曲中眼泪长流。

后记

　　作为一名"新移民"作家，也作为一名既拥有杭州户籍也拥有法兰克福户籍从而经常往返中德两地的普通城市居民，我常面对朋友们的提问：你更适应中国还是更适应德国？你写的东西是关于中国的多还是德国的多？你喜欢德国的文化还是喜欢中国的文化？你的思维方式已经偏向西式还是依然保持中式？

　　这些都是很生活也很常态的问题。其实，这些问题可以问在任何一位心态还算年轻、旅行还算丰富、爱好还算广泛的新移民身上，只不过，刚好因为我喜欢写小说，写旅游文章，所以就被问得更多了。

　　中国移民进入德国的历史已经接近二百年了。清嘉庆十六年（1816年）八月三日，二十四岁的冯亚星乘着荷兰籍船主LASTHAUSEN的海轮，前往欧洲，开始他的侨居生活。在一八二三年的时候，他与他的同乡弟兄冯亚学，成为中国最早到德国定居的华人。此后，中国晚清和民国期间，很多留学生来到德国，其中不乏中国近现代史上的名人。第一次世界大战期间，中国的劳工群体开始进入德国，他们大多是来自浙江省的青田人和宁波人。而中国人大规模进入德国，是上世纪的八十年以来的改革开放年代。今天，在德国生活着二十万华人，法兰克福以及附近地区就有一点五万。很长一段时间以来，在德国的百分之七十的华人依靠中餐馆为生，其中一些人终生以中餐馆为事业。但是最近十多年，随着中资企业、民间投资以及科技人才的进入，在德国华人的职业结构也变得丰富——而正是在这变化最迅速的十来年里，"新移民"成了一股年轻强大的力量。

"新移民"与"老移民"有什么区别？

从写作者的角度，我必须得承认，我们这一代的新移民，已经写不出前一代移民那么让人沉醉和热泪盈眶的乡愁文章，乡愁是需要被阻隔的距离、密闭的信息、无从抵达的彼岸来进行甜蜜又痛苦的想象，藕断丝连，缠绵动人。可是，这些前提都已经不存在。这个时代交通工具的便捷和丰富让我们想来就来想走就走，想团聚就团聚想告别就告别——并不是故乡让我们洒脱无牵挂，而是前方还有很多很多事情要做。"西出阳关无故人"的感慨，已经成为历史。

从创业者的角度，我也必须得承认，我们这一代的"新移民"，已经远没有前一代移民的辛劳和勤勉，那种用带茧双手和白天深夜时间并进创造的、在空白大地上通过点点滴滴积累起来的财富，永远是一种让人激动的鼓励，但是却不一定是践行的楷模。新老移民事业上的着力点不一样，时代的依托度也不一样，定义财富和成功的方式也完全不一样，但我们都还是同样渴望着丰收，期待收获着精神满足和喜悦。

"新移民"之"新"，不是因为年龄，不是因为第几代，而是因为所处时代。这个时代变化如此之大如此之快，昨天很好的，到了明天却可能已经落后，无从借鉴。这个时代也让空间变得如此紧密，"新移民"感受中的居住国与自己母国，不是水与油的精神相隔，而是水与面粉的糅合，然后再拿这和好的面粉设法做盘饺子。所以，相比于去感受或者分辨移民国与母国的差别，更重要的是——在移民国里做出一些别具一格、让自己觉得有满足感的事。

我喜欢这个时代，崭新，快速，色彩缤纷，创新第一。因为在生存压迫消退的时代，差异与差距已经不那么敏感，新移民们各自的行为方式更有个性飞扬的意味，所以精彩纷呈。也许细细思量之下，也会有些困惑：我们是不是太追求信息量了？我们是不是太注重当下生活的感官享受了？我们是不是太依赖科技了？我们是不是太关注过程，目标不被聚焦了？甚至，我们是不是因为着时代的利好，而感受不到了"移民"当初在夹缝文化下曾经被深度思索过的文化差异了？

不管怎么样，新移民的时代已经到来，而我，是这个时代的记录者。

最后，我要对几位老师、同仁、朋友诚挚表达我的谢意：

感谢在写作之前就陪我去影视公司签约的导师徐敏教授，还记得在伯尔尼的公园里您满怀同情地看着我抓紧时间写稿。

感谢北京泰和泰律师事务所刘汝忠律师，您热情地将本书推荐到我心仪已久的中国青年出版社，使其能尽早面世，到达读者的手中。

我还要感谢为这个书稿提供了很多资讯以及帮助的华人朋友们，耳闻目染以及亲身感受，让我更加了解"新移民"。德国文成华侨华人联谊会的叶增雅、余光金、陈如弟，德国青田会的郑光民、詹建云，德国福建同乡会的董安，德国华人经贸联合会的张李和……等等，你们在德国的奋斗感染了他人，丰收的喜悦以及公益上的慷慨更是鼓励着所有人！

最后，感谢德国VitaHora智慧导码公司潘杭琳先生的支持。"一路皆知识"，这是您的职业信条。时光疾驶，很多东西都会流逝，但是求知的欲望和能力却始终可以生机勃勃。谢谢您如此积极和愉悦的分享！

徐徐

2015年2月22日于法兰克福

图书在版编目（CIP）数据

法兰克福的青春战役/ 徐徐著．－－ 北京 ：
中国青年出版社，2015.4
ISBN 978-7-5153-3291-8

Ⅰ．①法… Ⅱ．①徐… Ⅲ．①长篇小说－中国－当代
Ⅳ．①I247.5

中国版本图书馆CIP数据核字(2015)第080246号

责任编辑：彭明榜
书籍设计：孙初+林业

中国青年出版社 出版 发行
社址：北京东四12条21号
邮政编码：100708
网址：www.cyp.com.cn
编辑部电话：(010) 57350506
门市部电话：(010) 57350370
北京科信印刷有限公司印刷　　新华书店经销

710mm×920mm　1/16　28印张　372千字
2015年5月北京第1版　2015年5月北京第1次印刷
定价：40.00元

本书如有印装质量问题，请凭购书发票与质检部联系调换
联系电话：(010) 57350377